新 潮 文 庫

望みは何と訊かれたら

小池真理子著

新 潮 社 版

8955

聖書の中に輝みがえる

小畑 進 著

日本基督教団出版局

望みは何と訊かれたら

If I only could wish myself something,
I would like to be happy a little,
For if I were too happy,
I would be homesick for being sad.

originally sung by MARLENE DIETRICH,
also sung by CHARLOTTE RAMPLING
in the film "THE NIGHT PORTER"

［2006年］

I

あれから三十数年の歳月が流れ過ぎた。

その間、秋津吾郎《あきつごろう》の名を見たり聞いたりしたことは一度もない。

たとえば彼が、若くして成功を収めた実業家、世間の耳目を集める学者や研究者になっていたのだったら、その手の専門誌やインタビュー記事、もしくはテレビなどで彼の名を一度は目にしていたはずである。あるいは、俳優やタレント、画家、詩人、音楽家……なんでもいい、少なからず世間に名前と顔をさらして生きていたのなら、どこかで一度は見かけることもあったと思う。

たとえそれが、どれほど小さな囲み記事、目にとまらないささやかなニュースであったとしても、わたしが、何かに印刷された「秋津吾郎」という名、あの顔、あの表情を見落としてしまうことは考えられない。その名はおそらく、真っ先に目の中に飛びこんできて、わたしを釘付《くぎづ》けにしたことだろう。年齢を重ねて、すっかり風貌《ふうぼう》が変わってしまっていたのだとしても、彼とわからずに見逃してしまうことはなかっただろう。

あのころ、彼の部屋には青い蝶《ちょう》が舞っていた。いや、舞っていた、というのは比喩《ひゆ》である。標本にされた幾多の青い蝶が、所狭しと飾られていただけのことだ。

だが、わたしにとって、あの部屋は、奥深く分け入った仄暗《ほのぐら》い静かな森に等しかった。人のいない、獣《けもの》もいない、ただ、姿も見せずに囀《さえず》り続ける野鳥の声が遠くに聞こえるばかりで、そんな中、一か所だけ、幾筋もの淡い光が木々の枝を通して、まっすぐに射《さ》しこんでいる場所がある。

大地にはやわらかな苔《こけ》が密生し、朽ちた倒木が横たわっている。そこに、無数の美しい青い蝶が乱舞している。じゃれ合い、ふざけ合ってでもいるかのように動きは敏捷《びんしょう》なのだが、不思議なことに、その羽音は聞こえない。

……記憶に残る彼の部屋は、たとえて言えば、そういう部屋であった。

だからといって、長い長い時間が過ぎていく中、いっときも休まずにわたしが彼のこと、彼の部屋、彼がわたしに見せた献身を思い返していたわけではない。あの、熱狂の、錯乱の、怒濤《どとう》の時代は風のごとく過ぎ去った。終わってみれば、壮絶だった祭りのあとの虚《むな》しさと脱力感だけが残された。

秋津吾郎と分かち合った時間と、自分がそれまで過ごしてきた時間との間には、あまりにも落差があり過ぎた。吾郎と別れて以来、わたしは完全に現実感を失った。そしてそうした状態は長く続いた。

かろうじてまともな精神状態を取り戻せたと思えるようになるまでに、五、六年はかかったと思う。そして、三十一歳になった年、わたしは人並みに結婚をした。妻となり、出産し、子育てと仕事に明け暮れた。慌《あわ》ただしく時は流れた。

学生時代……一九七〇年前後のことだったが、わたしはひとりの活動家が唱える煽情《せんじょう》的な思想に魅入られていた。彼は武装闘争なくして真の革命はあり得ない、ということを強く主張していた。

その思想というよりも、彼自身が発する強烈なエネルギーにわたしは惹《ひ》かれた。彼は破壊に向かって、まっしぐらに突き進み、革命と再生を信じ、そのための手段は選ばなかった。

彼にはひんやりとした知性があった。燃えさかる熱情があった。火と氷を身体《からだ》の奥深くに同時に隠しもっているような男だった。彼を見つめ、彼を慕いながら、わたしは猛《たけ》り狂う時代の中をわけもわからず、ただ、がむしゃらに駆け抜けようとしていた。

必要に迫られ、当時の自分自身を人に語ったことは何度もある。だが、いまだにあれが何だったのか、自分の中で結論は出ていない。出ていないのだが、後悔とか罪の意識とか、そういったたぐいのものはない。当時もなかったし、今もない。だからこそ、正しく理解されたいと願う。つまらない常識や市民社会のモラルで裁かれたくないと思う。

結婚してしばらくたったある晩のこと。わたしは衝動的にそんな思いにかられ、夫を相手に、問わず語りに話し始めた。まだ生後十か月にも満たなかった娘を寝かしつけ、夫とふたり、向き合って夜をすごそうとしていた時だった。

秋津吾郎のことは生涯、決して、死ぬまで誰にも話すまいと決めていたが、吾郎と出会うまでの自分については、夫にいつかは、正直に打ち明けるつもりでいた。今、その時が来た、とわたしは思った。

すべてを話し終えるまでに長い時間がかかった。気がつくと夜が明け始めていた。

真剣な顔をして話を聞いていた夫が、返す言葉を失い、烈《はげ》しくうろたえたことをわたしは知っている。殺人以外のことはなんでもやった。少なくとも、やろうとしていた時期が、わたしにはあった。子供を産んで母親になったばかりの、どう見てもリンチだの、粛清だの、武装蜂起《ほうき》だの、といった言葉が連想できない、一見、きわめて平凡な妻からそんな話を打ち明けられて、夫がどれほど困惑したか、容易に想像できる。

夫はわたしよりも少し年上だが、立て看板やアジ演説、シュプレヒコール、大学のバリケード封鎖、街頭デモ、といったものと無縁で生きてきた男だった。彼はわたしと同じ時代を生きながら、異なる風景を眺めていたのだった。

だからこそ、わたしは彼と人生を共にしようと思ったのかもしれない。彼が通りすぎてきた時間が、わたしには好もしかった。それは、当時のわたしには決して持ち得ない時間でもあった。

「ごめんね」とわたしはその時、あやまった。「いやな話だったでしょうね。でも、隠しておくつもりはなかったし、いつかは話そう、話さなくちゃ、と思ってたの。聞いてくれて嬉《うれ》しかった」

夫は情けない顔をして笑い、軽く貧乏ゆすりをし、「驚いたな」と言った。「正直、ちょっとショックだよ。いや、かなり、かな」

わかる、とわたしは注意深く言った。「連合赤軍事件の直後のことなんだものね。誰が聞いたって、ショックよね。ねえ、ひとつ聞かせて。結婚する前にこの話を聞いてたら、わたしと結婚しなかった？」

そんなことはない、と夫は言い、ないよ、と妙に気負ったような口調で繰り返した。

「きみが活動家だったことは知ってたし、俺にはよくわからないけど、けっこうハードにやってたことも知ってたし、何よりも、俺だって、あの時代を生きたはしくれだしさ。生き方自体は違ってたかもしれないけど、あの時代を生きた者同士、きみにもいろいろあったんだ、ってことも、わかってたつもりだから」

「でも、こんなにいろいろあったとは思ってなかったでしょ」

「そうだね」と夫は言った。「思ってなかった」

「頭がおかしかったんだ、って思う？」

「いや、そんなふうには思わないよ」

「でも、あなたにとっては異常なことだろうし、理解できないかもしれないね」

「いや、それよりも、きみとそれほど年が違わないのに、俺はいったい、あのころ、何をしていたんだろう、って、不思議に思うよ。好きな音楽聴いて、安っぽいバンド作ってボーカルやって、好きだった女の子のお尻《しり》を追いまわしては、自作の曲を贈ったりしてただけの、どうしようもなく意識の低い、低能の学生だった」

「同じ時代の空気を吸ってても、いろんな生き方をしてる人がいたわ」とわたしは言った。「何が正しくて、何が間違ってたかなんて、誰にも言えない」

うん、と夫はうなずき、深いため息をついて立ち上がると、しばらくの間、室内をうろうろと歩きまわった。わたしから聞いた話を咀嚼《そしゃく》し、飲みこみ、ただちに忘れようと試みているかのようだった。カーテンを開け、ベランダの向こうの空が明るくなっているのをしばらくの間、彼はじっと眺めていた。

やがて彼は、そのころ手がけ始めていたミュージシャンのデモテープが入っているカセットデッキのスイッチを入れた。そして、室内に流れ出した賑《にぎ》やかな音楽に耳を傾け、ふっと表情をゆるめて、「ま、飲もうよ」とわたしにワインをすすめた。

わたしはうなずいてワイングラスを夫にさしだした。そして、何事もなかったように、彼が話し出した音楽の話に相槌《あいづち》をうち、いつものようにわたしなりの感想を述べ、ワインを飲み続けた。

酔いがまわった。わたしが寝室のベッドにもぐりこんでも、夫はなかなかやって来なかった。気づくと娘が泣いていて、夫は娘を抱き上げ、あやし、ほうら、お母さんがやっと目を覚ましたよ、と言いながら、わたしの傍に来て笑った。

夫の前で、当時の話を克明に打ち明けたのはその時だけだ。彼は二度と、あのころわたしが通りすぎてきたことを話題にしたがらなかったし、わたしも話そうとしなかった。あの時代の記憶はわたしの中に堆積《たいせき》し、多くの例にもれず、少しずつではあるが、風化していった。あれほど信じがたいことをしてきたというのに、記憶にはすべて薄いフィルターがかけられ、色を失い、音も失って、今ではもう、遠い日に小さな映画館の片隅で観《み》た、不思議なサイレント映画か何かのようになっている。

だが、秋津吾郎だけは違う。わたしの中に、彼のことだけは今も生々しく残されている。

秋津吾郎との間に起こったことは、決して甘やかなものではなかった。彼を思い出そうとすると、決まって、ある不安が頭をもたげる。健やかに年齢を重ねた女が、遠い過去を振り返って胸を熱くさせる時の、あの感傷的な、実体のない夢まぼろしを思い返す時の悦《よろこ》びなど、そこには何ひとつない。

彼と分かち合ったものは、愛ではない。まして恋でもない。烈しい性愛でもなければ、言葉にして語られた理知や認識でもなく、人間的な理解、悲しみやさびしさのような感情でもない。

長い間、わたしの中には、折にふれ甦《よみがえ》ってくる、ある一つの懸念《けねん》が根強くはびこっていた。それはひどく具体的な情景となって、幾度となくわたしの中にあふれ、その都度、忘れようとしていた何かをかきたててきた。

ある日ある時、新聞を開いたわたしの目に、覚えのある名と、記憶の扉の向こう側に封印してきたはずの彼の顔写真が飛びこんでくる。そこには、秋津吾郎が忌《い》まわしい殺人事件の容疑者として逮捕された、と記されている。

そしてわたしは、その記事をむさぼるようにして読むのである。指先が、身体が、小刻みに震え出す。気分が悪くなり、脂汗《あぶらあせ》がにじみ始める。深呼吸し、もう一度、読み返す。両手で口をおさえ、目を閉じ、くちびるを噛《か》む。

何かの間違いだ、とは思わない。ここに報道されている秋津吾郎は、確実にあの男……三十数年前に、金をもたず、空腹と恐怖と不安とで意識を失っていたわたしに手をさしのべ、匿《かくま》い、献身的に世話をしてくれた男である、とわたしにはわかる。

彼はわたしが、人形のように無防備になって彼に身を委《ゆだ》ねることを望んだ。わたしに選択の余地はなかった。彼は父のようでもあり、兄のようでもあり、神のよう、悪魔のようだったりもした。彼の扱い方は支配的で強引だったが、だからこそわたしは観念して、ある時から、自分を預けることができた。仕方がなかった。そして、仕方がない、ということの、その快楽にこそ、わたしは溺《おぼ》れた。

彼が人を殺した、という事実を目の当《ま》たりにする瞬間を、幾度、繰り返し想像してきたことだろう。

いや、想像の範囲内にとどまらない。むしろわたしは、ニュースで報道される恐ろしい事件を通してしか、自分が吾郎の現在を知る機会は永遠に訪れないのだ、と思いこんでもいた。

吾郎と私に共通の友人知人はいない。誰ひとりとして、あの時期、わたしと彼が共に過ごし、あのようなひとときを分かち合っていたことを知る者はいない。

したがって、吾郎の消息をわたしに教えてくれるような人間は誰もいなかった。風の噂《うわさ》でどこからか耳に入ってくる、ということも考えられなかった。

とはいえ、真剣に彼を捜そうと思ったら、できないこともなかった。あの時代、わずかなりとも彼と関わりのあった場所、人物を思い起こし、糸をたぐり寄せていけば、彼自身の現在が見えてくる可能性はあった。

むろん、興信所を利用する、という簡便な方法もある。わたしが直接動かなくても、料金さえ払えば、遠い昔に所在のわからなくなった人間の居所は容易につかめるのだ。生きているのか、死んだのか、どこに住んで何をしているのか、年収がどのくらいで、どんな家族がいるのか、そのすべてがわかるのだ。

だが、わたしが吾郎を捜し出して会いたいなどと、どうして思うはずがあっただろう。忘れたかった。一生、忘れたまま、あの時代の記憶そのものを葬《ほうむ》り、二度と目に触れるところにそれを持ち出したくはなかった。

吾郎の記憶はそれほど恐ろしく、切ないまでに甘美だった。それは、あの時代、わたしが通りすぎてきた闇《やみ》、熱狂、嵐《あらし》の記憶と共に、わたしを永遠の繭《まゆ》の中に閉じこめようとする。そして、いったんそこに引きずりこまれたら最後、わたしは一切の外部、一切の現実との繋《つな》がりを軽々と断ち切ってしまうことになるのである……。

2

夫の名は、槇村一之《まきむらかずゆき》という。わたしは沙織《さおり》。旧姓は「松本」である。

槇村は大学卒業後、大手音楽会社に就職した。レコード全盛時代の話だ。

もともと学生時代からバンドを組み、ギターもキイボードも得意としながら、趣味で作詞や作曲を手がけてきた男である。会社のレコード制作部に籍を置き、何人かのミュージシャンたちと親しく交流しているうちに、独立に向けた夢が彼の中でふくらむようになっていったらしい。

わたしにはない、決定的な彼の美点のひとつに、「無邪気な楽観性」というものがある。槇村は人生を愉快に生きることのできる天才だった。彼はめったに悲観しなかった。彼の中にホームドラマや青春映画やロマンティックコメディはあっても、悲劇はなかった。

わたしと結婚し、娘が生まれて少したったころ、槇村は父親の援助を受けながら、音楽プロダクションを興《おこ》した。彼の父親が所有していた乃木坂《のぎざか》のビルの一画にオフィスを構え、毎日、意気揚々と仕事に出て行った夫の後ろ姿をわたしは今もよく覚えている。すでにその時点で、彼のプロダクションには何組かのロック・バンドやミュージシャンが所属するという話が決まっていた。それらはすべて、槙村が若いころから個人的人脈で作り上げてきた財産であった。

槙村の生家は大田区内にある。当時、同じ敷地内に建つ別棟に槙村の両親が暮らしていた。まもなくわたしは、まだ小学生だった娘を義母に預け、夫の仕事を手伝うようになった。

所属するアーティストたちと公私を隔てずにつきあい続け、それぞれにふさわしい将来のヴィジョンを考えて仕事を選び出す。新曲のレコーディングにつきそい、各種コンサートやライブの企画、宣伝までを賄《まかな》う。そのうえ、滞りなく音楽業界で人間関係もつなげていかねばならない。思っていた以上に、能力と体力が必要とされる仕事であった。

音楽に疎《うと》かったわけでは決してない。かたくなに自分自身の音楽体験だけに凝り固まっていたわけでもない。

わたしは若かったころに聴いたローリング・ストーンズやドアーズやモンキーズを聴くようにして、新しく世に出てきたバンドの若い男の子たちの音楽を聴いた。下手だと思うことはあっても、なじめない、と思うことは少なかった。

くだけた装《よそお》い……奇をてらった個性的なファッションに身を包み、にもかかわらず、見た目ほど派手ではない、むしろ物静かでおとなしく、生真面目《きまじめ》で傷つきやすくもあるような現場のスタッフやアーティストたちとの交流は、終始、わたしを和ませた。そこには何か、懐《なつ》かしいような空気も感じられた。酒、煙草《たばこ》、不眠不休、騒音、青くさい音楽論、意味不明の冗談話、昼夜問わずの乱痴気さわぎ……。

槙村はかつてわたしに、「きみにはビジネスの才能があったんだな」と感心して言ってきたことがある。だが、それは大きな間違いだ。売り上げを計算することにも、博打《ばくち》をうつがごとく先の見えない仕事に勝負をかけることにも、誰かを育てたり有名にしてやったりすることにも、わたしは何の興味も持てなかった。

わたしはただ、まるで熱帯雨林に棲息《せいそく》するインコか何かのように髪の毛を金色や緑や紫に染め、奇抜なヘアスタイルをして、今にも拳銃《けんじゅう》をぶっ放しそうな目で絶叫するように歌ったり、楽器を演奏したり、馬鹿《ばか》さわぎをしたりしている若いアーティストたち……感受性ばかりが肥大化し、いつもどこか見捨てられた子犬のような、哀《かな》しげな表情を見せながらも、前を向いて懸命に生きていこうとしている彼らと一緒にいることが楽しかっただけだ。

それにしても、記憶というのは奇妙なものである。

短い間だったが、わたしが秋津吾郎と過ごしたのは一九七二年、今から三十四年も前のことになる。なのに、ついこの間……わずか三か月前の出来事と、その三十四年前のことが、同じ時間、同じ風景の中にあるように感じられてならない。わたしの記憶の中で、時間軸が大幅に歪《ゆが》んでしまったのか。あのころを思い出すことを拒否したい、と思っているのと、何か深い関係があるのだろうか。思い出すことを徹底して拒否したいのに、一方では猛烈に思い返してみたくてたまらなくなる。何よりも記憶は年を経るごとに鮮明になっていく。思い返そうと努力するまでもなく、五感を伴った強烈な記憶の嵐が、ふいにわたしを襲うのである。あんなことがあった、こんな話をした、こんなふうに身体《からだ》を愛撫《あいぶ》され、こんなふうに彼の胸に包まれた……その時、窓のカーテンを揺らして部屋の中に吹いてきた風の匂《にお》い、雨の匂い、彼自身の匂い、彼が発した声、彼の表情、そのくちびるの動きに至るまで、まざまざと甦ってくる。

今から三か月前。二〇〇六年二月初旬。何の前ぶれもなく、秋津吾郎はわたしの目の前に現れた。

まるで悪夢のように、高熱を出して寝ている時に見る、わけのわからない夢のように、彼はわたしを烈《はげ》しく混乱させた。わたしはほとんどまともな会話もできないまま、その場から逃げ出した。

彼の容貌《ようぼう》は、もちろん、変わっていた。大人の顔になり、大人の身体つきになっていた。だが、それはやっぱり彼だった。昔のままの彼……三十四年前の彼だった。そうでなかったのなら、どんなによかっただろう。彼が、見分けもつかないほど醜くたるんだ、うす汚れた中年男になっていて、名乗られてもとんと見当もつかなかったとしたら、どんなに救われただろう。

秋津です、と繰り返され、まさかあの、と口に手をあてて声には出すものの、わたしはそのうち、笑い出したくなっただろう。いや、本当にこらえきれなくなって、笑い出してしまったかもしれない。

老《ふ》けた秋津吾郎。老けただけではない、精彩を欠き、輝きを失い、安全なもの、健全なものにしか興味をもたなくなったような秋津吾郎……。

巣穴でくつろぐことだけを考えて生きている小動物のような目をし、さも懐かしそうに、感傷的な歌を口ずさんで今にも涙ぐみそうな顔つきをしてわたしを見つめてくる男が、三十四年前の、あの秋津吾郎だと思ったとたん、可笑《おか》しくてたまらなくなっただろう。

恐怖心など、跡形もなく消えたに違いない。長い間、ずっと想像し、思いこんできたことが、まったくの誤解だったことをわたしはその場で知っただろう。

もしかするとわたしは、姿勢を正しながら右手をさしだし、力強く握手をし、本当にお久しぶりです、お元気そうで何よりです、と丁重に、にこやかに挨拶《あいさつ》したかもしれない。いや、場合によっては、ちょっとコーヒーでも飲んでいきますか、とわたしのほうから誘ったかもしれない。次の約束があるんですけど、まだ少し時間がありますから、だって懐かしいんですもの、ほんと、びっくりした、こんなところでお目にかかるなんて、何年ぶりでしょうなどと、空々しく明るく話しながら。

……そうに違いない。

今年の二月初めのことだ。わたしは夫と共にロンドンに飛び、さらにそこからパリに向かった。

ロンドンのスタジオでは、槙村が長い間手がけてきた、日本の人気ロック・バンドのレコーディングが行われていた。わたしと槙村はそれにつきあい、三日目の夜はレコーディング終了を祝って、バンドのメンバーやスタッフたち、それに、槙村と友人関係にある英国人ミュージシャンもまじえて、大勢で食事をした。

夫は五十六歳、わたしも五十四になっていた。その数字を口にするたびに、信じられない思いにかられる。夫の学生時代の友人の中には、もうじき孫が生まれる、と嬉々《きき》として年賀状に書いてくる人もいる。テレビのホームドラマで演じられるこの世代の夫婦はたいてい、日曜の午後、日当たりのいい一戸建ての家のリビングルームで、お茶などすすりながら、娘や息子の結婚式の話、健康の話に花を咲かせている。携わってきた仕事が特殊だったせいか、関わる人間たちがみな、老いも若きも年齢不詳だったからか。わたしも槙村も、世間並の、年齢相応と言われているような生き方はできなかった。まがりなりにも家庭をもち、子供まで作って育ててきたというのに、ともすればそんなことすら忘れてしまう。その晩も例にもれなかった。外国にいる、という軽い興奮も手伝っていたのだと思う。わたしたちは飲み、食べ、歌い、騒ぎ続けた。

アルコールの量が度を越した。午前二時過ぎになってホテルに戻ったのだが、どうやってベッドに入ったのか覚えていない。はっきり目覚めたのは朝十時ころだったが、ふたりともひどい二日酔いだった。起きられず、食べられず、ひどい頭痛に苦しみ、その日は終日、ホテルの部屋から出られなくなった。

回復したのは翌日になってからである。わたしたちはロンドンを発《た》ち、パリに向かった。

長年にわたり、夫が仕事上の関わりをもってきたパリ在住の日本人ミュージシャンがいる。わたしは面識がなかったが、槙村とは古いつきあいで、その晩、槙村は彼と仕事の打ち合わせをし、終了次第、わたしもまじえて三人で食事をする約束をしていた。

二月のパリに太陽の光はなく、曇り空が拡《ひろ》がるばかりで風はしんしんと冷たかった。そのまま、凱旋門《がいせんもん》近くのホテルにチェックインしたが、着いたとたん、槙村が体調不良を訴えた。少し熱っぽくて寒けがし、身体がだるいと言う。風邪をひいたというよりも、飲みすぎが祟《たた》ったようだった。彼は打ち合わせと夕食の約束をキャンセルし、翌日の昼にまわした。わたしたちはサン・ルイ島にある鮨《すし》屋でほんの少し鮨をつまんだだけで、あとはおとなしくホテルの部屋で夜をすごした。

今も思う。ロンドンであんなにスコッチだのワインだのビールだのを飲まなければ、どうなっていただろう、と。二日酔いにならず、槙村もわたしも元気にパリに到着し、予定通り、その晩、打ち合わせや会食に出かけていたとしたら。

そうなっていたら、パリでの二日目、槙村はこれといった予定もなくなって、もしかするとわたしと一緒に過ごしていたかもしれない。わたしが、どうしてもギュスターヴ・モロー美術館に行きたい、と言えば、つきあってくれたかもしれないが、多分、彼は美術館なんかより、映画に行きたい、と言っただろう。彼はモローのような世紀末絵画には、まるで興味をもたないのだ。

何が何でも、ギュスターヴ・モローの絵を観《み》たかったわけではない。映画を観に行くことに反対する理由もなかったから、わたしは彼に応じただろう。そうすれば、モロー美術館には行かなかっただろうし、秋津吾郎と再会することもなかっただろう。

あの日、槙村とわたしはホテルの近所のカフェで、遅い朝食をとった。

槙村は前夜、打ち合わせをキャンセルしたミュージシャンに会いに行く前、ついでにもう一件、旧知の間柄であるパリ在住日本人との約束を入れていた。わたしも知っている人で、コスメティック関係の仕事をしている男だった。一緒に行く？　と聞かれたが、あまり気が乗らなかったので、断った。

カフェを出ると槙村は、タクシー乗り場に向かった。わたしはその場で夫と別れ、一人、シャンゼリゼ通りをコンコルド広場のほうに向かって歩き出した。

これといって目的があったわけではない。ブティックをひやかし、書店を覗《のぞ》き、裏道に入ってみたりしているうちに、ふと、ギュスターヴ・モロー美術館に行ってみることを思いついた。

何故《なぜ》、モローだったのか、よく思い出せない。何度か仕事も兼ねてパリに行き、時間を作っては、誰もが足を運ぶような美術館を訪れてきた。たまにはモローのような、神話に題材をとった、世紀末の匂いがたちこめる絵を観に行くのも悪くない、と思っただけのような気がする。

パリは冷えこんでいた。前日同様、空は曇っていて、気温は低く、空気が乾き、底冷えがするほどだった。店のショーウィンドウのガラスは曇り、街角のオープンカフェは、透明なビニールシートで被《おお》われ、どの店にも、アウトドア用の暖房器具が置かれていた。

タクシー乗り場を見つけ、わたしは黒い顎鬚《あごひげ》をはやした、いかつい身体つきの運転手に「場所はよくわからないのだけど、ギュスターヴ・モロー美術館に行ってほしい」と頼んだ。いつものことながら、フランス語のRの発音がうまくいったかどうか、自信がなかったのだが、彼には通じた様子だった。

モロー美術館は、パリ9区、クリシー広場やサン・ラザール駅、オペラ座にも近い、ラ・ロシュフーコー通り沿いにある。

静かな古い石畳が連なる一角。石造りの四階建て。三色旗が掲げられているのは、国立の施設であることのシンボルだが、入り口はひっそりしていて、個人の家と区別がつかない。

重たい扉を開けて中に入ると、小さな玄関ホールに、モローの絵はがきや栞《しおり》、シールなどが並べられた平台があり、むずかしい顔をした若い男が立っていた。彼はわたしを見ると、低く「ボンジュール」と言った。わたしも小声で挨拶を返し、彼に三ユーロだったか四ユーロだったかの入場料を支払って、奥に進んだ。

モローと、かつては彼の両親も暮らしていたというアパルトマンを改装して造られた美術館だった。モローの死後、正式に開館されたのは一九〇三年。主要な作品が展示されているのは三階と四階だが、一、二階部分は画家の個人邸宅が、ほとんど手つかずに、そのままの形で残されている様子だった。

うすぼんやりと黄色い明かりが灯《とも》された狭い階段。曲がりくねった細い廊下。いくつかの小部屋。

小部屋のひとつには、暖炉があり、カウチが置かれていた。かつての画家の生活が、そっくりそこにあった。

壁いっぱいに、クロッキーや小さな素描画がちまちまと掛けられていた。人影は少なかった。暖房があまりよく効いていない。床は、歩くと、みしみし音をたてる。埃《ほこり》や黴《かび》くささと共に、そこかしこに時間が堆積《たいせき》し、止まってしまったようでもある。

小寒く、物音のしない、うすぐらい部屋で、一点一点、額に収められた素描画を眺めていくうちに、ふとわたしは、軽いめまいのようなものを覚えた。今がいつなのか、わからなくなった。

その感覚は、やがて起こる出来事の前ぶれだったようにも思える。

数人の、観光客とおぼしき来館者の、ひそひそとした話し声が聞こえてきた。それをしおに、わたしは三階に上がった。

ふいに視界が開けた。

板張りの床。高い天井。淡いレンガ色の壁いちめんに、額装された無数の油彩画がびっしりと隙間《すきま》なく掛けられている。

採光の具合は決していいとは言えない。窓の曇りガラスには、淀《よど》んだような外の明かりが張りついている。

一、二階と異なり、そこは来館者たちで賑《にぎ》わっていた。ひと目で観光客とわかる、中年の白人グループ。それぞれ単独で来ている、何人かの学生ふうの男女。ベトナム人なのか中国人なのか、東洋系の顔立ちをしたカップル。フランス語を交わし合っている老夫婦……。

美術館の許可を得ているらしく、一人の白人カメラマンが、館内に展示されている数枚の絵を撮影しようとしている。彼のまわりにはロープが張られている。

ここから中には入らないでくれ、と言わんばかりに、彼は鋭いまなざしを来館者たちに投げつつ、真剣な顔つきでカメラの位置を決めたり、採光の具合を確認したりしている。

展示作品についての説明が各国語に訳された案内書があった。わたしは日本語訳のものを手にしながら、一枚一枚、絵を眺めていった。

どこにどの絵が掛けられてあったのか、もう記憶は薄れてしまった。だが、それまで美術書などで見て好きだと思っていた絵は、タイトルともども、よく覚えている。

『レダ』『旅する詩人』『オイディプスとスフィンクス』『出現』『オルフェウス』、そして『一角獣』……。

中でも、一番観たいと思っていた『一角獣』の絵を見つけたのは、中世ふうの美しい螺旋《らせん》階段でつなげられている四階に上がってしばらくたってからだ。

湖畔に佇《たたず》む四人の娘と共に、三頭の白い一角獣が描かれている。一角獣、というのは、処女にしか懐《なつ》かない、と言われている、神話上の幻の動物である。

三頭のうち二頭は、左側の、えび茶色のドレスをまとって立つ娘に、猫のように身をすり寄せ、甘えている。画面右端に描かれているのは、全裸で寛《くつろ》ぐ娘である。彼女は残る一頭の首に手を回している。だが、一角獣は、何やらためらうような視線を彼女に投げるばかりで、それ以上、近づこうとする素振りは見せていない。

一角獣がためらっているのは、この娘が処女じゃないからかもしれない、とわたしは考えた。この愛らしい、一本の角をもつ白い動物には、きっと、そういうことがすべてわかってしまうのだ。

わたしは一歩前に進み出て、『一角獣』の絵の中の、全裸の娘に目を近づけようとした。

その時だった。後頭部のあたりに強い視線を感じた。いや、実際はそうではなかったのかもしれない。単に背後に、かすかな人の気配を感じただけだったのかもしれない。

何故ということもなく、ふと後ろを振り返ってみた。

わたしのすぐ近く、斜め後ろに男が立っていた。わたしの目と彼の目とが合った。

電流が走り抜けた、とか、心臓の鼓動が烈しくなった、とか、そういったありきたりな身体的反応は何もなかった。視線が釘付《くぎづ》けになった、というわけでもなかった。わたしはむしろ、ぼんやりしていた。深い夢の中を漂っているような気分だった。実際に男と視線を交わらせていたのは、二、三秒の間のことに過ぎない。先に目をそらしたのはわたしのほうだった。

案内書を手にした白人の中年女性の三人連れが『一角獣』の前にやって来て、英語でひそひそと何か話し始めた。

わたしはひと呼吸おいてから、もう一度、そっと振り返ってみた。静かに絵を見てまわっている来館者たちの中にまぎれたのか、すでに男の姿は見えなくなっていた。

秋津吾郎と別れたのは一九七二年十二月。三十三年あまりも昔のことになる。しかもここは日本ではない、パリである。

三十三年の歳月が流れている。三十三年どころか、場合によってはわずか数年の歳月が、人をどれほど変えてしまうことになるか、わたしはよく知っている。

若さや美しさ、性的な魅力は歳月と共に変容する。廃墟《はいきょ》のような無残な姿をさらす場合もある。同窓会の席上、名乗られなければ、それが誰なのかわからないという経験をしたことは、何度もある。

秋津吾郎とよく似ている男を見かけたからといって、あくまでもそれは「かつての彼」に似ているに過ぎないのだ、とわたしは考えた。「かつての彼」というのは三十三年前の彼である。だとすれば、今しがた目にしたあの男が、彼であることはあり得ない。三十三年の時が過ぎた後で、「かつての彼」を簡単に見分けられるはずもない。

わたしはそう自分に言いきかせた。秋津吾郎が幾つになったのか、計算してみた。彼はわたしよりも二つ年下だった。

五十二歳。五十二になった秋津吾郎を想像した。想像もつかなかった。

秋津吾郎が生きていて、どこかでわたしを見かけたとしても、すぐには、それがわたしだということは、わからないだろう。同様に、わたしもまた、たとえ彼を目の前にしたところで、それが彼であるとは、わからなくなっているだろう。

だから、自分が目にした男は現在の秋津吾郎ではない、とわたしは考えた。自分は単に、秋津吾郎に似た男を見かけただけなのだ。

それまで無心に鑑賞していたはずのモローの絵が、もう、何も見えなくなった。うわの空になった。

わたしは『一角獣』をもう一度、形ばかり眺めてから、腕時計を覗いた。午後二時半になろうとしているところだった。

戻ろう、と思った。いったんホテルに戻って休み、その後、どこかのカフェで熱いシヨコラでも飲もう、と。

そう思ったとたん、気持ちが烈《はげ》しくざわつき始めた。得体の知れない恐怖心が這《は》い上がってきた。

足早に螺旋階段のところまで行き、手すりに手をかけた。一気に駆け降りてしまおうとしたのだが、できなくなった。背中と腰の曲がった白人の老婆《ろうば》が、若い男に助けられながら、ゆっくりと狭い階段を上がって来たからだ。

わたしは彼らが上がって来るのを階上で待っていなければならなかった。背後に、靴音が近づいてくるのがわかった。人の気配が感じられた。

「失礼ですが」と呼びかけてくる男の声がした。わたしはおそるおそる振り返った。

先ほどの男がわたしを見つめていた。わたしも彼を見た。もう一度、まじまじと見た。

『一角獣』の絵の前では気づかなかったが、彼の鼻の下と顎のあたりには、うっすらと髭《ひげ》が生えていた。不精髭ではなく、意図して生やし、入念に整えられている髭のようだった。

形よく短くカットされた髪の毛には、白いものが混じっていた。黒いハイネックのセーターに、センスのいい焦《こ》げ茶色《ちゃいろ》のツイードのジャケットを着ていた。腕にはキャメル色をしたコートが掛けられていた。

太ってはおらず、痩《や》せてもいなかった。もちろん顔は大人のそれになっていた。佇まいにも、中年になった男の風格が加わっていた。だが、そこにいるのは明らかに彼……大人になった彼だった。

彼は覚えのある表情でわたしを見た。その面長の顔にも、奥二重になった少し切れ長の目にも、男らしい形をした鼻にも、どこか皮肉をたたえたような厚いくちびるにも、何もかもに覚えがあった。

時間がぐるぐる回り始めた。すさまじい勢いで、わたしは自分が過去に引き戻されていくのを感じた。

「日本の方ですよね」と彼は聞いた。

落ち着いた聞き方だった。容姿同様、声も変わっていなかった。少しぶっきらぼうにしゃべる、そのしゃべり方も。

わたしはうなずいた。声が出てこなかった。

「今はもう、苗字《みょうじ》は変わっていらっしゃると思いますが」と彼は言った。「旧姓が松本さん……松本沙織さん……ではないですか」

握っていた螺旋階段の手すりをわたしはもう一度、強く握りしめた。そうしないと身体《からだ》が揺れてしまいそうだった。

青年に手をひかれて階段を上がって来た老婆が、わたしの傍をゆっくりと通り抜けて行った。青年がわたしに向かって、「Pardon《パルドン》」と小声で言った。

わたしはその青年に助けを求めたくなった。お願い、ここからわたしを連れ出して、と。

「秋津です」と目の前にいる、わたしにとっては懐かしくも恐ろしい男が言った。「覚えてらっしゃいますか。秋津吾郎です」

わたしは黙っていた。彼から視線を外すことができなくなり、慌《あわ》ててうなずいた。首が少しがくがくした。

「すぐにわかりましたよ」と彼は言った。その口もとに、かすかな、懐かしそうな笑みが浮かんだ。「さっき、ひと目で。全然変わっていない。不思議です。あんまり変わっていないので、人違いかもしれない、とも思ったくらいだった」

同じよ、と言おうとして、言葉にならなかった。それまで止まったようになっていた心臓が、急に、どくどくと音をたて始めるのを感じた。

「いつからパリに?」

「昨日」とわたしはやっとの思いで言った。「昨日からです」

声が掠《かす》れていた。逃げ出したかった。

吾郎は「そうですか」と言い、うなずいた。「まさか、パリであなたに再会するとは。しかも、ここ……ギュスターヴ・モロー美術館で。こんなことになるとは、夢にも思っていなかった」

「本当に」とわたしは言った。あとの言葉は続かなかった。

「観光旅行ですか」

いいえ、とわたしは言い、はい、と言い直し、首を横に振った。「あの、ごめんなさい。ちょっと急ぐので、ここで」

「でも……」

わたしはひきつった笑みを浮かべた。「お元気で」

踵《きびす》を返して階段を降りようとすると、「待って」と吾郎は大きな声をあげた。すがるような言い方だった。

わたしは仕方なく階段途中で立ち止まり、振り返った。

彼は着ていたジャケットの内ポケットに手を入れ、黒革の薄い札入れを取り出した。

「僕の名刺を渡しておきます」

いらない、とは言えなかった。わたしが彼を見上げると、彼は「あ、そうだ」と言い、ジャケットの胸を両手で軽くたたいた。「何か書くものがあれば……」

そして思い出したように、腕に掛けていたコートのポケットからボールペンを取り出すと、名刺に慌ただしく何か書きつけた。

「僕の携帯番号を書いておきます。国際仕様にもなってます。気が向いたら、いつでも連絡ください」

連絡など、するはずがない、と喉《のど》まで出かかったが、わたしはその言葉を呑《の》みこんだ。彼とこれ以上、向き合っていることが恐ろしくなった。このまま向き合っていたら、何を言い出してしまうか、わからなかった。

名刺を受け取るや否《いな》や、それを着ていたコートのポケットに乱暴に押しこみ、「じゃあ」と小声で言って、わたしは螺旋階段を降り始めた。

途中、足がもつれ、危うく転がり落ちそうになった。後ろから吾郎が追ってくる、という幻影を見た。何をそんなに恐れなければならないのか、自分でもよくわからなかった。

小さな庭のついた、小さな古い家の、小さな部屋。庭にはいつも、濡《ぬ》れたように瑞々《みずみず》しく輝く緑があふれ、木洩《こも》れ日がさしていた。

風通しのいい窓。古く黄ばんで、ささくれ立っていた畳。マットレスを敷いてベッドコーナーにしていた部屋の片隅。トランジスタ・ラジオから、雑音まじりに流れていたFENの音楽。食器を重ねる音。水の音。

指先で少し強く触れただけで、いつもぼろぼろと粉状になったものが崩れ落ちてきた、黄土色の壁。飾られていた無数の美しい、青い蝶《ちょう》……。死んだ蝶……。

秋津吾郎……秋津吾郎……秋津吾郎……。

わたしは胸の中でその名を繰り返した。繰り返しながら、呼吸を止めるようにして螺旋階段を駆け降りた。

一階の玄関ホールでは、来館者たちがモローの絵はがきや栞《しおり》を買い求めていた。わたしは彼らの後ろを小走りですり抜け、美術館の外に出た。

日が傾きかけた街は、いっそう気温が下がっていた。人通りの少ない、わずかに傾斜した石畳の道を早足で歩きながら、荒い息の中、後ろを振り返った。吾郎の姿はなかった。

今しがた自分の身に起こったことは夢だったのではないか、とわたしは思った。妙な白昼夢を見たのかもしれない、と。

冷たい空気を吸いながら、早歩きしたものだから、息が切れた。喉の奥がむずがゆくなり、咳《せき》が出た。

サント・トリニテ教会の前あたりに、タクシー乗り場が見えてきた。わたしは振り返らずにタクシーに乗りこみ、「ボンジュール」と運転手に言ってから、凱旋門《がいせんもん》近くのホテルの名を告げた。

カーラジオからは音楽が流れていた。フレンチポップスだった。

着ていたコートのポケットに手を入れてみた。硬い名刺の角が、指先に刺さるように触れた。わたしはそれを取り出した。

「㈱東日商会　広報部副部長　秋津吾郎」とあった。

聞いたことのない会社名だった。住所は東京都渋谷区千駄ヶ谷。電話番号とファックス番号、パソコンのメールアドレスが印刷されていた。

名刺の裏に、斜めに走り書きされた、十一桁《けた》の数字があった。吾郎の携帯番号だ。わたしはしばし、その数字を見つめ、再び表を返して、印刷されている彼の名を眺めた。そして今度はそれをコートのポケットではない、バッグの内ポケットの奥深くしまいこんだ。

いきなり、頭の中にデモの怒号が甦《よみがえ》った。粛清、という言葉を耳の奥で聞いたように思った。

革命インター解放戦線。大場修造《おおばしゅうぞう》。

ついぞ思い出さなくなっていたその名が、甦った。

運転手が何か言った。わたしは我に返った。

ラジオをつけていてかまわないか、と聞いている。赤毛の、気のよさそうな、太った男である。

わたしは「もちろん」と答える。

ちょうどその時、ラジオからミッシェル・ポルナレフの『愛の休日』が流れてきた。原題を『Holidays』という。

一九七二年ころにヒットした。吾郎の部屋で、秋の風に吹かれつつ、トランジスタ・

ラジオから流れてくるこの曲を幾度も聴いた。あれはFMだったのか、FENだったのか。

胸がざわめく。タクシーはポルナレフの静かな歌声に充《み》たされながら、凍《い》てついたパリの街を走り抜けて行く。

赤信号で、幾度も停まる。運転があまり丁寧ではない。がくん、とそのたびに身体が前のめりになる。

何か話していないと、叫び出しそうになってくる。わたしは拙《つたな》いフランス語の単語を並べ、運転手に向かって聞いた。

「ムッシュー、この曲、知ってる?」

「もちろん!」と彼はバックミラー越しにわたしに向かって陽気に微笑《ほほえ》みかけた。「ミッシェル・ポルナレフの『ホリデー』! サングラスにカーリー・ヘア! 彼は……」

早口のフランス語が始まった。何を言われているのか、理解できなくなった。

わたしはフランス語が堪能《たんのう》ではないことを彼に伝え、できれば英語で話してほしい、と頼んだ。

タクシーはその時すでに、目指すホテルの前まで来ていた。彼は車を停めてから、

「それを早く言ってくれれば」と英語で言って、わたしのほうを振り返り、いたずらっぽく笑いかけた。「俺もフランス語、得意じゃないんだ」

ポルナレフが「Holidays, oh, Holidays」と歌い続けている。
わたしは運転手に料金を支払い、微笑みかけた。彼も屈託のない笑顔を返した。

3

ホテルの部屋に戻ってから、すぐに携帯を取り出し、夫に電話をかけようとした。用など何もなかった。まして、何も知らない夫に向かって、秋津吾郎なる人物とばったり会ったという話ができるはずもなかった。

だが、一人、微熱がこもっているような仄暗《ほのぐら》いホテルの部屋で、じっとしていることに耐えられなくなった。今にも吾郎がこの場所をつきとめ、やって来るのではないか、と思った。ホテル一階のロビーで、わたしが出て来るのをじっと待ち構えている彼の姿を想像した。わたしは怯《おび》えていた。

吾郎はその昔、ひそかに、わたしにもわからぬように、人を殺した。確かめたわけではない。証拠があるわけでもない。だが、彼がやったとしか、わたしには考えられない。

真相など、永遠に闇《やみ》の向こうだ。たとえ人を殺しても、そのまま何くわぬ顔をして生き続け、人生を全《まっと》うすることができる幸運な殺人者は何人もいる。吾郎もその中の一人だったに違いない、とわたしは思っていた。

何よりも、時代が彼を護《まも》った。あの時代が孕《はら》んでいた、どうにも整理のつけようのない混沌《こんとん》こそが、結果的に彼の犯罪を隠蔽《いんぺい》してくれたのだ。それだけは間違いない。

それにしても、何故《なぜ》、わたしと再会して、彼が怯えずにいられたのか、不可解だった。声などかけなければよかったではないか。黙っていれば、わからなかった。パリのギュスターヴ・モロー美術館の『一角獣』の絵の前に、秋津吾郎とよく似た男がいた、というだけのことで、そのうち、そんな記憶も薄れていったに違いないのに。

結婚後の姓を教えていないのだから、と安心はできなかった。吾郎の性格はよくわかっている。彼がひとたびわたしを捜そうと思ったら、根気よく、パリ市内のホテルをしらみつぶしに調べ、宿泊客の中に、「サオリ」という日本人の女の名を見つけ出すまで諦《あきら》めないに違いなかった。彼はそういう男だった。

いつからパリに、と聞かれ、昨日、と答えている。前日から泊まっている日本人の客、ということに的を絞れば、少しは手間は省ける。

さらに言えば、私の身なりは上等とは言えないまでも、貧相ではなかった。はき古したジーンズにセーター姿だったが、着たままでいたコートが安物に見えたはずはない。

黒いロング丈のカシミア素材のコートだった。デザインも洒落《しゃれ》ていて、ハイネックボタンを全部閉じると、ミリタリー調にも見えた。

親しくしている女性シンガーが、一昨年《おととし》、ミラノだかフィレンツェだかで買ってきて、似合わないから、とわたしに安く譲ってくれた。日本ではなかなか手に入らないタイプのものだった。

わたしが仕事でパリに滞在している、ということまでは彼にはわからなかっただろう。だが、少なくとも往復の格安チケットを使って、パリ名物の冬のバーゲンにやってきたとは思わなかったはずである。第一、安くなったブランド品だけを買いあさって、安ホテルに泊まり、慌《あわ》ただしく日本に帰るような旅を楽しめるほど、わたしはもう若くはない。

したがって、彼が本気でわたしを捜そうと思ったら、おそらく三ッ星以上のクラスのホテルをあたろうとするに違いなかった。そうなるとさらに選択肢が狭まり、「サオリ」は発見されやすくなる。

夫の携帯に電話をかけると、夫は少し怪訝《けげん》な声で「どうした」と聞いた。

「今、どこにいるの?」

「ヌイイにある彼の家だよ。ここで打ち合わせしてるんだけど……何かあった?」

「ううん、なんにも。ごめん、邪魔しちゃって」とわたしは言った。「何時ころ、こっちに戻れる?」

「この分でいくと六時過ぎになるかな。東京に帰ってから、ちょっと新しくプロジェクトを立ち上げようか、って話になってさ。盛り上がってるとこなんだ。……でも、何で

?」

「別にほんとになんでもないの。じゃ、わたしは部屋にいるから。あとでね」

「部屋にいなくたって、行きたいとこ、行って来ればいいじゃないか」

「もう行って来たからいい。とにかく、あとでね。彼によろしく」

何か言いたそうにしている夫を制して、わたしは携帯を切った。

部屋の窓には青いカーテンがかかっていた。たっぷりとドレープが取られたカーテンは、くすんだ金色の紐《ひも》で束ねられており、薄いレース越しに灰色の曇った冬空が見えていた。

身体《からだ》の芯《しん》にかすかに震えが走っていた。寒いからではなかった。怯えているのに、一方では、懐《なつ》かしいのだった。震えるほど怖いと思うのに、追いすがりたくなるほど吾郎が恋しいのだった。

夫と連れ立って帰国したのは、その二日後である。

シャルル・ド・ゴール空港で、あるいは成田空港で、秋津吾郎と再びばったり出くわすのではないか、という不安があった。もしまた出会ってしまったら、どうすればいいだろう、と思った。

夫に何と言って彼を紹介すればいいのだ。大昔、若かったころ、世話になった人、とでも言えばいいのか。

献身的に世話をされ、この世のものではないような閉ざされた空間を生きた。愛なのか、恋なのか、理解なのか、あるいは寄り添い合おうとする獣同士の本能が働いたに過ぎなかったのか。なんとも説明のつかない感情の波間に溺《おぼ》れ、互いだけを見つめて過ごした数か月間……。

わたしは彼に助けられ、匿《かくま》われ、彼に護られていた。一歩も部屋の外に出られなかった。出たいとも思わなかった。

わたしは追われている身だった。逃げ、隠れ、じっと息をひそめていなければならなかった。

警察には行けなかった。どうしてそんなところに行けただろう。わたし自身が、革命インター解放戦線のメンバーだったというのに。

昔、とても世話になった人なのよ、と言って、夫に吾郎のことを紹介すればいいのか。ごはんを食べさせてもらって、伸びた髪の毛を切ってもらって、身体も洗ってもらったのよ、と。追っ手から匿ってもらって、わたし、ほんとに世話になったのよ、と。

そんな話をもし夫が耳にしたら、彼は口をあんぐりと開け、わたしの気が狂ったのだと思うかもしれない。

槇村は若いアーティストたちと、いい年をして未《いま》だに信じがたい馬鹿《ばか》騒ぎをし、さすがに太って体型がだぶついてきたとはいえ、純白のマオカラーのスーツを今もうまく着こなせる男だった。音楽のセンスは抜群によく、感性もまだまだ鈍っていなかった。頭のいい男であった。

だが、彼は学生時代にわたしがやっていたことを本当には理解していなかった。理解することから逃げていた。

彼がそのことを口にしてきたことは一度もない。忘れた顔をしている。

わたしから打ち明けられて知ることになった、革命インター解放戦線の実態と、その内部で起こった出来事の数々が記憶の片隅にこびりつき、時折、彼を苛《さいな》んでいたのだとしても、そんなことは自分たちの結婚生活に何ひとつ影響しない、というふりをし続けている。

わたしたちは、絵に描いたようなよき父、よき母でいられる。よき仕事上のパートナーであり、家族であり、世界で一番信頼のおける友達同士であり、性愛を交わすことはなくなってしまったが、気分としては今も互いに男と女である。

だが、彼は本当はわたしが恐ろしいのだ。

わたしという女、わたしという人間が、彼には理解できないままでいるのだ。

若気の至りだったのだろうと頭ではわかっていても、彼にとっては、革命インター解放戦線の闘士だったわたしという人間は、多分、永遠の謎《なぞ》なのだろう。

謎は人を恐れさせる。どこまでいっても、どれほど近づき合っても、決して溶け合うことがないように思えるからである。

わたしが秋津吾郎を恐ろしいと思っているのと、それはどこか似ているように見えるかもしれないが、実はまるで違う。

槙村のわたしに対する恐れの中には、健全な市民社会にそむいた人間に向けられる、本能的な嫌悪《けんお》感《かん》がひそんでいる。一方、わたしの吾郎に対する恐れの中に、そういうものは何ひとつない。

わたしは今も、吾郎のことは怖い。どんな理由、どんな事情……たとえそれがわたしのためだった、ということがわかっていても、彼が人を殺したのだ、と思うと、思っただけで心底、恐ろしくなる。

だが、吾郎に嫌悪感を抱いたことは一度もないのだ。わたしがあれほど素直に、自意識も自尊心もすべて放り出したところで身を委《ゆだ》ね、裸になることができた相手は、生まれてこのかた、彼しかいない。

あの日々は、とてつもなく不健康だった。不健康だが、とてつもなく幸福だった。

4

帰国後、一人になるたびに、わたしは秋津吾郎から受け取った名刺をそっと取り出して眺めるようになった。

渋谷区千駄ヶ谷にある、東日商会という会社であった。何の会社なのかわからない。その会社に彼が勤め始めたのはいつなのか、自宅はどこにあるのか。何もかもわからないくせに、少なくとも、ここしばらく、毎日、彼は千駄ヶ谷まで通っていたのだと思うと、頭がぐらぐらした。

わたしが働いている槙村の音楽プロダクション・オフィスがあるのは乃木坂で、わたしもまた、規則的ではなかったとはいえ、ほとんど毎日、乃木坂まで通っていた。千駄ヶ谷と乃木坂は目と鼻の先である。

これまでも、どこかですれ違っていたのかもしれなかった。

東京という大都会に生きていれば、わたしも吾郎も小さな虫に過ぎない。日がな一日、わらわらとどこからともなくわき上がり、蠢《うごめ》き続ける虫である。

その数があまりにも多すぎるため、虫と虫は、すれ違ってもわからない。同じ地下鉄や電車の、同じ車両に乗り合わせているのに、まったく気づかぬままでいたこともあったのかもしれない。数分の差で、同じ交差点に立ち、同じ横断歩道を渡ったこともあるのかもしれない。乗っているタクシーの窓の外、行き交う通行人の中に、吾郎がいたり、わたしがいたりしたことがあったのかもしれない。同じレストランの右端と左端のテーブル席で、それぞれ、ビジネスの話をしながら、仕事上の相手と食事をしていたこともあったのかもしれない。

帰国して十日ほどたってからの、ある晩のこと。夫も娘も留守にしていた日だったが、わたしは勇気を出して、自宅のパソコンを使い、インターネットで「㈱東日商会」を検索してみた。

検索すること自体が恐ろしかった。そこで明らかにされることが恐ろしかったのではない。吾郎から渡された名刺を子細に眺めて、今さらながらに、吾郎のことを詳しく知ろうとしている自分が恐ろしかったのだ。

わずか数秒で、渋谷区千駄ヶ谷にある「㈱東日商会」の検索結果が出てきた。

……従業員数一〇九名。事業内容＝輸入卸販売、国内商品の企画および販売……。主にヨーロッパ・ブランドの時計やジュエリー、グラス、ファニチュアー、バッグなどを輸入している会社のようだった。目立った情報はその程度だった。ホームページに、「㈱東日商会」が扱っている商品の写真が何点か掲載されていた。だが、企業のビジュアル・イメージを意識しただけのコマーシャル写真に過ぎず、それ以上の収穫は得られなかった。

彼はあの日、パリに仕事で行っていたのだろう、とわたしは思った。その種の会社に勤めているのなら、商用でヨーロッパを頻繁に訪れていても不思議ではなかった。

そして、彼はたまたま、仕事の空き時間にギュスターヴ・モロー美術館を訪れた。そこでわたしと出くわしたのだ。

ある意味では、こうやってごく平凡に就職し、おそらくは結婚して家庭をもち、すでに五十の坂を過ぎ、誰もがたどる人生の道を歩んでいるのであろう彼が、不思議でもあった。何があったにせよ、彼はあの後も生き続け、ありふれた人生を選択し、今もなお、生きているのだ。

わたしを救ってくれた時、彼はまだ十九歳だった。わたしは二十一歳になろうとしていた。

彼がわたしに与えてくれた世界は、それまで想像したことすらない、別の世界だった。正しいとか、間違っているとか、理念とか、観念とか、思想とか、正義とか、そういったものは何の役にも立たなかった。

革命も闘争も、理想も、言ってしまえば、希望すらない世界だった。青い蝶《ちょう》に囲まれて、彼は生きていた。

あの蝶の標本は、どうしたのだろう。引っ越しと共になくしてしまったのか。結婚し、生まれた子供の無邪気な手で、羽がむしられ、ぼろぼろにされて、捨てざるを得なくなってしまったのか。

蝶のことを思い出すたびに、わたしの中から吾郎に対する恐怖心が消え去る。彼に会いたくてたまらなくなる。

5

時々、思うことがある。

人々は、本当のところ、何を考え、何を想《おも》い、何を欲しがり、何にこだわりながら生きているのだろう、と。

仕事で人と待ち合わせていたカフェに早く着いて時間をつぶしている時や、電車に乗って、見るともなく乗客を眺めている時。信号待ちをしているタクシーの中から、通りを行き交う人々をぼんやり見ている時。あるいは、盛大だけれど退屈なパーティー会場の片隅などで、わたしはふとそんなことを考える。

そこそこの出世、そこそこの富と名誉。平凡だが波風の立たない社会生活と家庭生活。表面上の恙《つつが》ない人間関係。子供の健やかな成長、夫婦の安泰、老後の保障。永遠の若さ、美しさ、人間ドックの後に出てくる、惚《ほ》れ惚《ぼ》れするような検査数値。瘦《や》せること、異性にもてること、恵まれた結婚をすること、いい家に住むこと……。

あればあったでかまわない。もちろん歓迎もする。だが、そんなものは結局のところ、どうだっていい、本当に欲しいものは他にあるのだ、と密《ひそ》かに考えているわたしのような人間は、いったいどのくらい、いるのだろう。

わたしは若かったころから、血が通ったもの、そこから生まれてくる真の情熱や力、人生の本質的なことにしか関心がもてなかった。今もそれは変わっていない。どれほど美しい風景やおいしい食べ物、優雅な暮らし……さらに言えば、美しい音楽や美しい絵、世界が認めるすぐれた文化だの芸術だの、といったものが周辺に転がっていたとしても……生きる上での、人も羨《うらや》む「かたち」が十全に整えられていたのだとしても……わたしの中から、得体の知れないざわめきが消えることはなかった。四六時中、欲求不満に苛まれていた、というわけではない。表向きの人生が充《み》たされれば充たされるほど不満を抱く女、という役柄を演じて似合っていたのは、女優のジャンヌ・モローだが、それとも異なる。

わたしは、生きているものが好きだったし、今もそうだ。文字通りの「モノ」、価値があると世間一般に信じこまされている何か、には基本的に関心がない。脈々と血が通い、息づいているものだけが、わたしの興味をひく。

旅先で見る美しい風景も、過ぎてしまえば、ただの記憶の中の映像でしかない。通りいっぺんの愛の言葉、愛の行為も同様だ。そんなものはたちどころに、泡のごとく消えてしまう。

自分自身が「確かに生きた」という痕跡《こんせき》のない記憶には、意味が残らない。つまるところ、わたしが興味をそそられてきたのは、ものごとの本質、人間性の本質だけだったのだ。

本質が見えてくると、無関心になれなくなる。思わず近づいていって、見て、触れて、感じて、自分のものにしたくてたまらなくなる。

かつて、「人間」ではない、「思想」や「観念」に惹《ひ》かれてやまない時期が、わたしにはあった。いや、正確に言えば、「思想」や「観念」に惹かれたのではなく、「思想らしきもの」を提唱していた人物と、そうした人物を生んだ時代そのものに惹かれていたにすぎないのだろうと思うが、そのことを認めるためには長い長い時間が必要だった。

革命、などという言葉が、まことしやかに、若者たちの日常会話の中で口にされていた時代でもあった。

革命について書かれた難しい本を読み、まるで理解できないくせに赤鉛筆でアンダーラインを引き、借り物の言葉や人まねをした表現を操って、仲間と議論を交わしていた。

世間が眉《まゆ》をひそめるようなことにこそ、価値があるとみなされた。口にする言葉と行動との間に矛盾が見えると、周囲から糾弾された。

言葉は慎重に扱わなければならなかった。その分、いたずらに理屈をこねざるを得なくなることも多かった。

一つの理屈が別の理屈を生んだ。理論で固めて、すべてが明晰《めいせき》になったかのように見えると、いつもそこには、新たな混乱が生じ、また次の理屈が求められた。その繰り返しだった。

考えること、行動することが常に同一線上に並んでいたし、そうあらねばならない、と信じられていた。個人的な内面生活やまっとうな市民社会生活に身を委ねることは、気恥ずかしいこととされていた。

家庭は諸悪の根源、という考え方が主流だった。闘争を通じて生まれた恋愛感情に苦しむ若者も多かった。恋愛か革命か、ということが大真面目《おおまじめ》に語られた。

思想が多くの自殺者を生み、殺人を正当化した。その裏には、馬鹿《ばか》げているほどの生真面目さが生まれた。時代そのものが生真面目だった。生真面目すぎて、ものごとの本質から、祭りのような狂騒が嵩《こう》じれば嵩じるほど、わたしたちは生真面目だった。大きくかけ離れてしまうことにも気づかなくなるほど、わたしたちは生真面目だった。

秋津吾郎と出会うまで、わたしはまさに、そういう時代の只中《ただなか》をわき目もふらずに生きていたのだと思う。

わたしは一九五一年十一月、東京で生まれた。ごくふつうの家庭だった。父は東京に本社のある製紙関係の会社に勤める会社員で、母は主婦。両親ともに長野県の出身だった。

佐久市生まれの父は、松本市内にある大学に進学して下宿暮らしを始めた。その後、下宿屋の娘で、当時、賄《まかな》いを手伝っていた母と恋におちた。ふたりは絵に描いたようなプラトニックな交際を温めてから、祝福された結婚をした。

父の生家は、今も佐久市のはずれに残されている。畑や林や小高い丘のある、信州らしい風景が拡《ひろ》がるのどかな一角である。祖父母亡《な》き後、しばらく伯父が跡を継いだが、その伯父も亡くなり、今はわたしの従兄《いとこ》にあたる一家が暮らしている。

広い庭には、リンゴやイチジクなど、実のなる木が多く生えそろっていたのを覚えている。ニワトリを飼っているから、卵を買う必要がない、というのも都会育ちのわたしには珍しかったものである。

子供のころ、夏休みになるたびに、わたしは五つ年下の弟と共に、父の田舎に滞在した。短い時でも二週間、場合によっては、夏休みの間中、居続けたこともあった。

広々とした素朴な田舎家だった。未舗装の道をはさんだ反対側には、近所の農家が所有する広い畑が拡がっていた。その向こう、小高い丘を登って行くと、日当たりのいい一画に松本家の墓所があった。

先祖代々の大きな墓だった。建てられてから三百年近く経《た》っている、と父から教えられた。何度か建て替えられたはずなのに、墓石のところどころが剝《は》がれ落ち、朽ちかけていた。

夕暮れがた、うす闇《やみ》の中で見ると、それは気味悪く感じられたが、昼間はどうということはなかった。わたしはよく、弟を従え、その墓所のあたりで地元の子供たちと、日暮れるまで遊んだ。

いつも蟬《せみ》がしぐれるように鳴き続けていた。木洩《こも》れ日の中、遊び疲れて斜面に寝ころぶと、草いきれがして、叢《くさむら》を飛び交う蜂の羽音が聞こえた。

「沙織ちゃん、沙織ちゃん、どこにいるの」と地元の子供たちの声が聞こえる。「健《けん》ちゃんが転んで泣いてるよ。お姉ちゃんに来てほしい、って言ってるよ」

草の上から起き上がり、わたしが声のするほうに行くと、まだ幼かった弟の健が地べたに座りながら泣いている。うそ泣きだということはすぐにわかる。膝小僧《ひざこぞう》にちょっとしたすりむき傷ができているだけなのだ。

わたしは「健、泣くんじゃないの」と弟を叱《しか》る。叱りながら、弟の膝を軽く撫《な》で、「平気平気、このくらい」と言う。子供たちが、にこにこしながら健を見ている。

墓所のまわりの叢に咲いていたのは、オレンジ色をしたフシグロセンノウだ。わたしは帰りがけに花を摘み、小さな花束にして、弟の手を引きながら丘を下りる……。

自分が永遠に子供のままでいることは間違いなく、大人になることなど想像もつかない……そんな時期が誰にでもあるのかもしれない。わたしは父の田舎で夏を過ごすたびに、そう思っていた。将来、その父の田舎の目と鼻の先で、連合赤軍あさま山荘事件が起こり、直後にわたし自身が、事件と酷似した世界に入りこむことになろうとは夢にも思わずに。

わたしが小学校高学年になり、中学に入るころには、夏休みのたびに父の田舎に長期滞在することは少なくなっていった。そのうち、父に転勤の辞令が出た。転勤先は仙台で、わたしは中学三年になっていた。

仙台市内の北一番丁というところにある、古い数寄屋《すきや》造りの社宅が住居としてあてがわれた。わたしはいったん公立中学に転入した後、翌年の春、県立の女子高校に進学した。当時、仙台の公立高校はすべて、男女別学であった。

七〇年安保に向けて、全国に学園紛争の嵐《あらし》が広がり始めたころのことだ。仙台も例外ではなく、東北大学を中心にして紛争が激化しつつあった。

わたしが通う高校でも、頻繁に体育館を使った討論集会が行われるようになった。革マル派の東北大学生とつきあっていた女子生徒が中心になって開く集会で、集まってくるのは、どこのセクトにも属していないが、じっとしてはいられない、と思っている生徒たちばかりだった。

討論の内容は、高校生活の日常の細部にこだわっただけの、他愛《たわい》のないものだった。パーマ禁止、ノーソックス禁止という校則についてどう考えるか、ということを議論しているにすぎないのだが、やがて、言葉だけが先走っていく。権力打倒、闘争勝利、などという、どこかで聞きかじったようなフレーズが誰からともなく口にされ始めると、館内は騒然としてくる。

革マルの恋人、とみんなに呼ばれていた、眼鏡をかけた女子生徒と、自称中核派の女子生徒とが、何がきっかけだったか、集会でつかみあいの喧嘩《けんか》を始めたこともあった。屈強さを売り物にしていた体育の教師が、どこからともなく飛んできて、間に割って入ったところ、中核派の女子生徒に股間《こかん》を蹴《け》りあげられ、教師は痛さのあまり、その場から動けなくなった。

わたしたちは大笑いしながら、体育の教師に向かって、少々品のない野次を飛ばした。駆けつけた教頭がマイクを手に、全員、ただちに教室に戻りなさい、とわめいた。誰も聞いていなかった。

東大安田講堂に籠城《ろうじょう》していた全共闘学生と機動隊の烈《はげ》しい攻防戦の果て、安田講堂が陥落して多くの逮捕者が出たのは、一九六九年一月十九日のことだ。

「ああいう連中は、全員、一列に並べて銃殺刑にすればいいんだ」と、テレビのニュース映像を眺めながら父は吐き捨てるように言った。「生きてる資格なんかない。親がどんなに悲しむか、わかってないんだよ。せっかく産んでくれて、苦労して育ててくれた親に向かって、唾《つば》をひっかけるようなものだ」

その物言いの奥にひそむ、ある種の信じがたい無教養とも呼びたくなる何かが、わたしの癇《かん》にさわった。わたしはまくしたてた。「そういう考え方って変よ。全体主義的、っていうやつよ。自分の気に入らないものは抹殺する……そんな独りよがりはナチのやったことと同じでしょ。日本がおこした戦争も。みんなそういう考え方からきてたのよ。違う？」

わたしがそう言うと、父はじろりとわたしをねめるような目で見て、「全体主義？　そんなこと、誰から教わったんだ」と低く聞いた。

「別に人から教えられたわけじゃなくて、自分で考えただけよ。何が悪いの」

「何も知らないくせに」と父は苛立《いらだ》ちを隠すように鼻先でせせら笑い、もう一度、わたしをにらみつけた。「つまらない思想にかぶれるんじゃない。いいね？　絶対にいけない。政治運動とか思想活動に走って親を悲しませるのは、一番の親不孝だ。それはね、今も昔も変わらないんだよ。パパは大正生まれだから、いろいろな若者の不幸を見てきた。だからこういうことが言える」

「正しいことをしていても？」とわたしは聞き返した。「世の中を変えたいとか、戦争に反対するとか、そういうことのどこがいけないの？　それがどうして、親を悲しませることになるの？」

ふだんはわたしや弟の前で、感情の起伏をほとんど見せたことのない父だったが、その時は違った。

それまで入っていた炬燵《こたつ》から無表情に立ち上がると、父は茶の間から出て行った。やがてわたしの部屋の襖戸《ふすまど》が開く音がし、何かが乱暴に床に投げ出される音がした。母と顔を見合せながら父のところに走った。父は畳敷きのわたしの部屋の、小さな本棚の前に立ち、中に入っていた数冊の本を次から次へと引っ張りだしては、書名を調べ、調べては床に放り出していた。

「何するの、パパ。やめてよ」

「マルクスだのレーニンだのスターリンだの、そういう本が、どこかに隠してあるんじゃないのか。え？　沙織。あんなものを隠れて読むようになったらおしまいだ。パパは許さない。絶対に許さん」

「どうしてよ」とわたしは歯向かった。母が隣でわたしの腕をとり、顔をゆがめて、やめなさい、と小声で言った。だがわたしはやめなかった。

「マルクスの本は今はここにないけど、読むわよ。『ドイツ・イデオロギー』とか、みんな読んでるのよ。読んでないと恥ずかしいのよ」

「馬鹿を言うんじゃない。読むのなら、ちゃんとした文学を読みなさい。夏目漱石《そうせき》でも志賀直哉《なおや》でも。ドストエフスキーもいい。すぐれた世界の文学を読みなさい。マルクスなんか、読まないでいい」

「小説なら倉橋由美子を読んでる」とわたしは言った。友達に借りて読んでいた、赤い箱入りの『聖少女』がちょうどその時、わたしの机の上に載っていた。

父は倉橋由美子を知らない様子だった。わたしは『聖少女』の箱入り上製本を手に取り、胸の中にくるみこんだ。「パパなんか、もう、時代遅れなのよ。なんにも知らないし、知ろうともしないでごまかして生きてるのは、パパのほうよ。ただのサラリーマンで、何の疑問も持たないで体制側について、権力にしっぽふってるだけじゃない」

言いすぎたか、と思った。ひっぱたかれる、と覚悟したが、父は黙っていた。黙ったまま、わたしをにらみつけ、口をへの字に曲げて震わせながら、部屋から出て行った。

そのころ、市内の公園では毎週土曜と日曜の午後、大々的に反戦フォーク集会が開かれていた。集会には多くの若者たちが参加した。公園の片隅で拡声器片手にアジ演説を始める活動家もいれば、様々な理由をつけてカンパを募る活動家も現れた。あたりは祭りのような賑《にぎ》やかさだった。

一九六九年の五月。わたしが高校三年生になった直後の、よく晴れた土曜日の午後だったと思う。芝生の上に車座になり、ジョーン・バエズの『勝利を我等に』をみんなで歌っていた時のことだ。

「べ平連」と書かれた白いヘルメットをかぶり、くわえ煙草《たばこ》でビラを配っていた男が親しげにわたしに話しかけてきた。べ平連の討論集会が定期的に開かれてるんだけど、一度来てみないか、というような内容の話だった。

わたしよりも二つ年上の、山形生まれ、山形育ちの男だった。今は親戚《しんせき》の家に居候《いそうろう》しながら仙台市内の予備校に通い、二浪目に突入したところだ、という話を聞かれもしないのに、彼はしゃべり続けた。

長く伸ばした、少しウェーブのかかった髪の毛が、ヘルメットからはみ出して肩のあたりまで届いていた。目が糸のように細く、やたらと長い顔に無精髭《ぶしょうひげ》を生やしていた。微笑を湛《たた》えているように見える厚いくちびると、反り気味の前歯が、気立てのいい猿を連想させた。当時、人気のあったグループサウンズのボーカルの男に少し似ていた。

「似てるって言われませんか」とわたしが聞くと、彼は軽く肩をすくめ、「時々ね」と答えた。「でも、正直なところ、あんまり嬉《うれ》しくないな」

「どうして？　わたしのまわりではファンが多いですよ」

「あいつは全然、ハンサムじゃないもの」

「でも、味のある顔だと思うけど。それに歌もうまいし」

「そう？　だったらいいけど」と彼は言って、鼻の下の無精髭を照れくさそうにこすった。

加納《かのう》、という男だった。下の名前は忘れてしまった。ヒロシだか、タカシだか、そういう名前だったかもしれない。

一緒に反戦フォーク集会に参加していた女友達は、少し離れたところで、ギターを抱えた背の高い大学生らしき男と話に興じていた。ギターの音色と歌声と笑い声と、拡声器を使ったアジ演説とで、あたりはどよめいており、大きな声を出さないと話ができないほどだった。

この後、何か約束でもある？と加納から聞かれた。別にありませんけど、とわたしは言った。

「だったら、コーヒー、飲みに行かない？　話の続き、したいから」

どうせ、オルグするつもりなんだろう、と思ったが、そういうことには慣れていた。自分が属している党派の思想的根拠がどこにあるのか、とか、革命のために共闘することの必要性など、小難しい言葉を使って語りながら、政治や思想に関心の薄い女の子を誘い、オルグなのか、口説いているのか、なしくずし的にセクトに引きずりこもうとすることは、当時、日常茶飯だった。

相変わらずギターの男と話していた女友達に、先に行くから、と声をかけ、わたしは加納と一緒に公園を出て、東一番丁にある三越デパート近くの喫茶店に入った。

手にしていた白いヘルメットを隠すようにして足元に置き、加納は、わたしに向かってにっこりと微笑《ほほえ》みかけた。白いコットンシャツの胸ポケットから煙草を取り出し、彼はそれをテーブルの上に置いた。

発売されたばかりのセブンスターだった。小さな星が無数にちりばめられたパッケージデザインが珍しく、わたしは彼の顔ではない、テーブルの上に置かれた煙草ばかり眺めていた。

「煙草、吸わないの？」

「たまに家でこっそり吸いますけど」

「吸ってもいいよ。よければどうぞ」

「ありがとう」とわたしは言い、彼が差し出してくれたパッケージから一本抜き取った。ラーメン屋の名が入った、しみのついたマッチ箱のマッチをすって、加納は火をつけてくれた。

咳《せ》きこみそうになったが、かろうじてこらえた。そのころ、まだ煙草はうまく吸えなかった。どうやれば、自分が手にした煙草の煙が目に入らずにすむのか、その方法すらわからなかった。

「それにしても、一度もデモに出たことないなんて、意外だね」

「そうですか。どうして？」

「なんとなく。そういうことに慣れてるみたいな感じに見えたから。高校三年でしょ？学校はどこ？」

「S女高です」

「え？　ほんと？　S女高だったら、革マルの恋人で有名な女の子、いるよね。眼鏡かけた子」

「いますよ。隣のクラスに」

「そのうち、S女高は革マルに占拠されるんじゃないか、なんて言ってたやつもいるよ。まあ、冗談だと思うけど」

「そんなの冗談に決まってますよ。うちの高校でそんなこと、できっこないもの。生徒の意識が低いから」

「ゲバルトローザってあだ名なんだってね、彼女。何度か東北《トンペイ》のキャンパスで見かけたことあるよ。そういえば、きみ、彼女にちょっと似てるね」

「そうですか？」

「眼鏡かけたら、そっくりかもしれない。いや、きみのほうがずっと美人だけど」

わたしはほとんど吸っていないセブンスターをアルミの灰皿でもみ消し、「それはどうも」と言った。

その日、加納は運ばれてきたコーヒーを飲みながら、いろいろな話をした。べ平連の活動内容や闘争に関する話題は、ほとんど出なかった。

彼が話し続けていたのは、雪深い山形の話、彼のおじさんだか、遠い親戚だかが、一升酒を飲んだ日のあくる朝、ふとんの中で冷たくなっていた、という話、親元から離れて浪人生活をしているけれど、親戚の家に住んでいるので、なかなか自由がきかず、深夜、窓からこっそり外に出て行って、明け方に帰ることもある、という話、いしだあゆみが好きだという話、本当のことを言うと、反戦歌よりも『ブルーライト・ヨコハマ』を歌っていたいのだ、という話……そうした他愛もない世間話ばかりだった。

帰りがけ、「また会おうよ」と言われ、「いいですよ」と答えた。

べ平連の集会に誘っているのだ、ということはわかっていたが、それはそれでよかった。もしも彼が、喫茶店でアジビラを前に、べ平連についてとうとうと語っていたら、わたしは集会になど行く気になれなかったかもしれない。

行こう、と誘われて受けたのは、彼が白いヘルメットをかぶってデモに出るよりも、洗濯ものが吊《つ》るされている木造アパートの窓辺に腰をおろして、ギターをつまびきながら、好きな女の子のことを想《おも》っているのが似合いそうな、素朴な男だったからだ。

誓って言える。私は何も、べ平連に参加して、穏やかに、ある意味では安全に、ベトナムの反戦活動をしようと思っていたわけではない。べ平連のみならず、革マルや中核、社青同や四トロなど、いずれのセクトにも、近づきたいと思ったことはなかった。

わたしは、あの時代の空気そのものに、身を委《ゆだ》ねていることが心地よかったにすぎない。すべてが新しく生まれ変わろうとしていた。空気そのものがうねっていた。躍動していた。そんな時代だった。

それにしても、考えてみれば不思議なことではある。わたしが、加納という、山形出身の気のいい素朴な男に誘われて、気軽にベ平連の集会に参加したのは、セクトに何のこだわりも持っていなかったからなのだ。もしも、何かの思想的こだわりがあったのだとしたら、わたしが加納に従うことは決してなかっただろう。

ベ平連との最初の接触をわたしに与えてくれたのは加納だった。喫茶店でコーヒーを飲みながらセブンスターを一緒に吸ったあの男と出会わなければ、わたしはベ平連にかかわることにはならなかっただろう。そうだとしたら、大学入学後の私の居場所も違ったものになっていたかもしれない。違っていたら、その後、ブントの流れを汲《く》む革命インター解放戦線に近づくこともなかっただろうし、大場修造と出会うこともなかった。革インターのアジトに行くこともなかった。

そして、つまるところ、秋津吾郎との出会いもなかったのだ。

初めて会ってから十日ほど経《た》って、わたしは加納と一緒にベ平連の討論集会に参加した。聞いていた以上に、そこに流れている空気は温和で、押しつけがましいところが何もなかった。いたずらに先鋭的なことを口にする者もいなかった。かといって、民青にありがちだった、温かい人間の輪を強調しようとする嘘臭《うそくさ》さもなかった。

討論は終始、和やかに、ユーモアをまじえながら進められた。集まっていたのは二十数名で、そのほとんどが学生だったが、中には社会人もいた。壜《びん》入りのぬるいコーラがふるまわれた。わら半紙の上には、駄菓子が載せられていた。

集会の途中、東北大学の法学部だという男子学生が、三島由紀夫の話を始めた。その一週間ほど前の五月十三日に、東大教養学部の900番教室で、作家の三島由紀夫と東大全共闘との討論会が開かれていた。大激論になったらしいよ、行きたかったなぁ、と彼は言った。

友達に東大全共闘の人間がいて、その時のもようを電話で教えられたばかりだ、という別の学生が、興奮気味に身を乗り出した。

教養学部のキャンパスに貼《は》られていたはずの、三島とのパネル・ディスカッション開催を教える案内ビラは、全部、あらかじめ民青によって剝《は》がされていた、ということ、そして、会場入り口に立てかけられた看板の、三島の似顔絵の下に「近代ゴリラ」とあり、その飼育料が百円、と大きく書かれてあったこと、激論の末、怒りのあまり会場を出て行った学生もいたらしいこと、などを彼は話してくれた。

集会の帰り道、わたしと加納は、加納がよく行っているという、まがいもののヨーロッパふう家具やシャンデリアで装飾された二階建てのけばけばしい喫茶店に寄り、スパゲッティ・ナポリタンを食べた。

その時、店内に流れていた音楽は『シバの女王』と『青い影』だった。今でもわたしは、『シバの女王』や『青い影』を耳にすることがあると、真っ先にあの、王朝サロンを模した安手の喫茶店を思い出す。

加納は相変わらず、闘争に関する話はしようとせず、読んだ本や観《み》た映画の話をし続けた。

三島は好き？　と聞かれ、好き、と答えた。

彼は、僕は嫌いだ、と言いきったが、『仮面の告白』だけは好んで読んでいたようで、しばらくの間、わたしたちは『仮面の告白』について話をした。

加納は三島のことを終始、「体制派」「右翼」と呼んでいた。

「だから嫌いなの？」とわたしが聞くと「まあね」と彼は言った。「作家はあくまでも左翼であるべきだ、って僕は思ってるしさ。だから、右寄りの作家が政治的行動に出てくると、なんだかね、文学が穢《けが》されるような感じがしちゃって」

文学に関してはもとより、三島に関して、わたしはまったくそう考えてはいなかったのだが、何をどう説明すればいいのか、うまい言葉が見つからなかったので、黙っていた。

その後、何度か加納と連れ立ってべ平連の討論集会に行った。べ平連の人間たちとも親しくなった。そして、10・21国際反戦デーでは、わたしは、べ平連のヘルメットすらかぶっていない、いわゆるノンセクトの連中に混じって、生まれて初めての街頭デモを体験した。

全共闘系の学生たちは、角材を手に、機動隊のジュラルミンの楯《たて》で囲まれながら、烈《はげ》しいジグザグデモを繰り返していた。怒号と野次が飛んで周囲は騒然とし、ものものしい雰囲気に包まれたが、後方についているベ平連系のデモの隊列は終始、穏やかだった。

それぞれが手をつなぎあい、道路いっぱいに拡《ひろ》がるデモ行進を〝フランスデモ〟と呼ぶ、ということをわたしはその時、初めて知った。機動隊員たちも、ベ平連系ノンセクトのおとなしい隊列にはあまり注意を払わなかった。

車道を大きく占拠するようにして、「安保粉砕」「闘争勝利」とリズミカルに大声で口にしながら歩き続けていると、日常が何なのか、わからなくなった。どこまでが現実で、どこから先が非現実としてのイリュージョンなのか、見えなくなった。

歩道には野次馬があふれていた。救援対策を略して、通称「救対」と呼ばれていた救援チームが、デモの隊列に添うようにして歩道を歩いているのが見えた。怪我《けが》人が出た時に、すぐさま連れ帰ったり、その場でしかるべき応急処置をとったりするために、各セクトが任意で要請している連中であり、そのほとんどが女子高生や女子大生だった。

彼女たちは、薬や脱脂綿、タオル、飲み物などを入れてある箱やバッグを手に、デモの隊列の歩調に合わせて歩くので、ただの野次馬ではないことがすぐにわかるのだった。

デモが終盤に近づくと、どこからともなく、『インターナショナル』の歌声がうねる波のようになって聞こえてきた。拡声器を通した怒号がいくつも重なり合った。警察の怒号なのか、全共闘系学生の怒号なのか、区別がつかなかった。喧騒《けんそう》は頂点に達した。デモ隊の先頭付近で小競《こぜ》り合《あ》いがあったらしく、機動隊員たちが烈しくジュラルミンの音をたてながら、一斉にそちらのほうに走って行った。無数の重たい編み上げ靴が、軍靴《ぐんか》のような地響きを残した。

　加納や、私と手をつないでデモをしている大学生、あるいはへたをすれば私自身とそれほど年齢の変わらない若い機動隊員たちの、濃紺の制服に包まれた後ろ姿に向かって、あちこちから罵声《ばせい》が投げつけられた。

　空ではヘリコプターが旋回していた。遠く、幾台ものパトカーのサイレンの音が鳴り響いていた。

　街そのものがどよめいていた。警察が拡声器を使いながら、「学生諸君、ただちに解散しなさい。もう一度、告げる。デモに出ている学生諸君、ただちに……」と何度もがなり立てた。

　わたしは立ち止まり、学生たちと共に声を張り上げながら、「起《た》て、飢えたる者よ、今ぞ日は近し……」と『インターナショナル』を歌った。歌声は街の空気を大きくうねらせ、さらなる興奮を呼びさました。

拡声器の野太い声が、その歌声を蹴散《けち》らそうとした。「学生諸君に再度警告する。ただちにデモを解散し……」

父の顔が浮かんだ。マルクスの本を隠してあるのではないか、と私の部屋の本棚を漁《あさ》っていた父の、らくだ色をしたカーディガンに包まれた、丸い背中を思い出した。ふと、自分はあそこに……あの温かな、何ひとつ問題のない、平凡で、健全な家庭に戻って行くことは一生ないのではないか、と思った。何故《なぜ》、そんなことを思うのかわからず、少し怖くなった。

翌一九七〇年の二月、わたしは東京の私立大学の入学試験を受けて合格した。四月からは吉祥寺《きちじょうじ》の四畳半ひと間のアパートで、ひとり暮らしが始まった。

加納はまたしても入試に失敗し、仙台で三年目の浪人生活を始めたと聞いたが、その後のことは知らない。いつしか連絡も途絶え、彼とはそれきりになった。

同年十一月、三島由紀夫は自衛隊の市ヶ谷駐屯地で割腹自殺をとげた。わたしはそのニュースを吉祥寺のアパートの、小さな古いトランジスタ・ラジオで聞いた。

6

人と人との出会い、つながりは不思議なものだ。

あの日あの時、あの場所に行かなければ出会わなかった人間。その人間との出会いが生む次なる出会い。さらに次の、そのまた次の出会いと、それぞれがもたらす幾多の別れ……そうやって連鎖し続ける出会いと別れの果てに、現在がある。そしてその連環は、命ある限り、休むことなく、この先も繰り返されていくのである。

いつだったか、槙村の長年の友人で、作曲家でもある男が所有している別荘に、槙村と共に招かれたことがあった。別荘といっても、人里離れた奥深い山の中にあり、付近に民家も見られない。鬱蒼《うっそう》とした森を切り開いて作られた建物で、標高が高い上、視界を遮るものは何もなかった。

夏の夜、夫たちが酔いつぶれてしまった後、眠れなくなり、闇《やみ》に満ちたベランダに出てみた。室内の照明はすべて消してあった。あたりは文字通りの漆黒の闇だったのだが、星明りに目が慣れてきて、ふと空を見上げ、わたしは思わず息をのんだ。

ちょうど前々日に大きな台風が近くを通りすぎていったばかり、という時だった。空は洗い流され、吹き流されて、その澄み渡った闇の透明感は怖いほどだった。

そこに拡がっていたのは、無音の夜だった。圧倒的な星空だった。星々が、信じられないほど無数の花飾りのようになって夜空に連なっていた。幾千幾万の星が散らばる濃い群青色《ぐんじょういろ》の空は、巨大な布のようになって、わたしをやわらかく、ひんやりと包みこんだ。

大きいの、小さいの。青白いもの、黄色いもの、赤いもの。ちかちかと温かく瞬《また》いているもの、青白い鉱物のように冷たく静まり返っているもの。手をのばせば掬《すく》い取れるのではないか、と思われるほど、星々は近くにあり、近くにあると感じる分だけ、永遠に遠いのだった。

言葉にならない畏怖《いふ》と感動とで、軽いめまいを覚えた。わたしは自分が、広大無辺の宇宙に、たったひとり佇《たたず》んでいることを感じた。

無数の出会いと別れを繰り返してきた人生をふり返ってみる時、わたしはいつも、あの時に見た凄絶《せいぜつ》なまでに美しい星空を思い出す。

夜が明け、星が消え、太陽が覗《のぞ》き、再び夜がきて、月や星が現れるように、太古の昔から飽かず繰り返されてきた宇宙の営みに逆らうことはできない。神ですら。

同様に、わたしたちの中にあらかじめプログラムされている人生のシナリオに逆らうこともまた、できないのだ。出会いと別れは、人生のプログラムの中にひそかに仕組まれている。その過程で味わう苦しみも至福も、悲しみも喜びも、そのすべては必然なのだとわたしは思う。

となれば、生きていくためには、見えざる人生の流れを受け入れていく他はない。夏の晩、森の奥で、満天の星を、息をのみつつ受け入れた時のように。

一九七〇年六月十五日。梅雨に入ってまもない、朝から小雨もようの日の午後だった。その年の春、わたしが入学したばかりのN大のキャンパスは、全共闘系学生たちでいつも以上に混乱をきわめていた。6・15樺美智子《かんばみちこ》追悼集会が全国的に繰り広げられている日だったから、よく覚えている。

その日から遡《さかのぼ》ること十年前の、一九六〇年六月十五日。共産党員からブントの活動家になった東大生、樺美智子は、安保改定阻止を訴えて、学生四千人と共に国会に突入。警官隊との烈しい衝突の中、圧死した。安保闘争における活動家の、象徴的な死であった。

立て看板が林立する中、各セクトが競い合うようにして、樺美智子さんは国家権力に虐殺《ぎゃくさつ》されたのだ、と拡声器を通してがなり立てていた。その中には「N大べ平連」と黒文字で書かれた白いヘルメット姿で、行き交う学生にビラを配っている男女の姿もあった。

たまたま近くを通りかかり、わたしは反射的に、目の前に差し出されたビラを受け取った。高校時代からべ平連になじみがあったせいで、興味をひかれたのだと思う。傘をもってはいたが、肌にまとわりつくような霧雨が降っていたので、木陰に入った。立ったままビラを読み始めたわたしに、ひとりの小肥《こぶと》りの女子学生が、にこにこしながら近づいてきた。

ヘルメットをかぶり、口もとにタオルをたらす、という当時の典型的な活動家スタイルをしていたが、メットの下から微笑《ほほえ》みかけてくる、化粧っけのない色白の丸い顔はあどけなくて、少女のように見えた。

「どうも」と彼女は澄んだソプラノで、わたしに声をかけてきた。「もしかして新入生？」

「そうです」とわたしは言った。

「べ平連に興味ありますか？」

「高校の時、ちょっと出入りしてました」

「ほんと？　高校はどこ？」

「仙台」

「じゃあ、仙台べ平連か。デモにも出てたの？」

「一応。ノンセクトの学生ばっかりの集団に混じってでしたけど」

「わたしと同じね。わたしもこんな勇ましいカッコしてるけど、ほんとのこと言うと、デモはいつもなんだか怖くて、ノンセクト系に混じって出てるの」

わたしが微笑むと、彼女も目を細めて微笑み返した。童顔のわりには、白いブラウスの胸のあたりが、はちきれそうにせり出していた。妙な色気のある人だ、とわたしは思った。

「今じゃ、紛争は高校だけじゃなくて、中学にまで飛び火してるものね。今年の二月のベ平連定例デモの時にね、清水谷公園から東京駅、っていうのをやったんだけど、そこに中学生全共闘が初参加したのよ。三十人も！　知ってた？」

わたしは目を丸くして首を横に振った。

彼女は歯並びの美しい白い歯を見せながら笑い、わたしが手にしていたビラを覗きこむようにしながら聞いた。「ところで、この詩、どう思う？　樺美智子さんが書いた詩。多磨《たま》霊園にある、彼女のお墓に刻まれてるんだって」

『最後に』と題された樺美智子自作の詩が、N大べ平連のアジビラの中に印刷されていた。

『誰かが私を笑っている／こっちでも向うでも／私をあざ笑っている／でもかまわないさ／私は自分の道を行く』……そんな詩だった。

「ああいう死に方をした人が、こういうものを書いてたんだと思うと、迫力ありますね」

「まあね。でも、悪いけど、大した詩じゃないな。ありふれてるじゃない、言葉の使い方が。あなたは詩を書くの?」

「たまにそれらしきものは」

「もしも遺書にするんだったら、きれいな詩を書いてほしいわ。ねえ、知ってる? ノコギリ自殺の話」

「いえ」とわたしは眉《まゆ》をひそめた。

彼女は葉を繁《しげ》らせた楡《にれ》の木の下でヘルメットを脱ぎ、いかにもうっとうしそうに、ぶるんと髪の毛を揺すった。ヘルメットの下からは、栗色《くりいろ》がかった長い美しい髪の毛があふれだし、白い半袖《はんそで》ブラウスの肩のあたりに流れた。

「ついさっき、先輩から聞いたの。釜《かま》ヶ崎《さき》ってあるでしょ」と彼女は言いながら、腰をよじり、はいていたカーキ色のズボンのポケットを探った。「あ、いけない。煙草《たばこ》、忘れてきちゃった。マッチはあるのに。あなた、もってる?」

わたしはショルダーバッグをまさぐり、封を切ったばかりのセブンスターを差し出した。「サンキュー」と彼女は言い、器用な手つきで、トントンとパッケージを軽くたたいて一本取り出し、口にくわえた。

その後、会うたびに感じたことだったが、彼女はいつだって、とても美味《うま》そうに煙草を吸った。彼女ほど美味そうに煙草を吸う女性と、わたしは以後、出会ったことがない。楡の木の向こう、降っていた霧雨の中に、彼女が吐き出す煙草の煙がたゆたうように流れていった。

「ええっと、どこまで話したっけ。そうそう、釜ヶ崎のね、あのへんのドヤ街に寝泊まりしてた活動家の学生が、闘争に疲れたか失恋したかで、ノコギリで自分の首を切って、自殺をはかったんだって」

「……死んだ、んですか」

「死にきれずに助かったの。それにしてもノコギリよ。ねえ、どうやれば、自分の首を削ったりできるものかしら。痛くて途中でいやになっちゃったりしないのかな。でね、その活動家、アジビラみたいな遺書を書き残してたんですって。ノコギリ自殺とアジビラみたいな遺書、って、なんとなく似合ってるけど、でも、わたしに言わせると、いやな死に方。きれいじゃないもの。なんか、型通りなだけ、っていう感じがするじゃない」

わたしはうなずき、「なんとなくわかります」と言った。

彼女は「あ、ごめんなさい」と言って、華やいだ大人びた笑みを浮かべ、煙草を指にはさんだまま、ぺこりと頭を下げた。「わたし、高畑美奈子《たかはたみなこ》、っていいます。文学部の二年生。N大べ平連に出入りしてるし、今日はたまたま、こんなカッコして筋金入りを気取ってるけど、まあ、実際はたいしたことしてないわ。煙草吸って、お酒のんで、ジャズ聴いてるほうが好きだから。あなたは?」

「お酒はまだそれほどでもないですけど、ジャズ聴くのは好きですよ」

「そうじゃなくて、名前」

わたしは笑いながら「文学部の一年です」と言った。「松本沙織といいます」

「仙台で生まれたの?」

「東京ですけど、両親がまだ仙台にいるので、今は吉祥寺のアパートでひとり暮らしです」

「わたしは出身が静岡。住んでるのが西荻《にしおぎ》のアパートだから、吉祥寺からも近いわね。ねえ、よかったら、これからうちのべ平連の事務局に行かない? 食べ物が豊富なのよ。差し入れのお菓子とか菓子パンとか、インスタントラーメン、コーヒーに紅茶。実家からの仕送りが間に合わなくなって、金欠状態になった時の食料調達場にしてるんだ、わたし」

そう言って、高畑美奈子という女は楽しそうに笑った。なれなれしさは感じなかった。美奈子は天衣無縫で、活動家のなりをして革命ごっこに興じているだけの、当時どこにでもいた、陽気な女子大生そのものだった。

高畑美奈子は吸っていた煙草を地面に落とし、スニーカーの爪先《つまさき》でつぶしたかと思うと、「こっちよ」とわたしを案内しながら、先に立って歩き出した。カーキ色のズボンに包まれた女らしい大きな尻《しり》が、歩くたびに長い髪の毛と共に左右に揺れた。

N大べ平連の事務局というのは、キャンパスのはずれの、こんもり繁った木立の奥に建てられているプレハブ長屋の中にあった。事務局とは名ばかりで、同好会の部室と変わらず、その日、部屋には、椅子《いす》に足を投げ出しながら本を読んでいる男子学生がひとりいるだけだった。

窓がついていて、思っていたよりも広い部屋だったが、中はひたすら汚れ、雑然としていた。ヘルメットやらアジビラ印刷用のガリ版やら、本やら雑誌やら新聞やら、煙草の吸殻でいっぱいのピースの缶やら、汚れた布、爪先部分が剝《は》がれて鰐《わに》の口のようになってしまっている黴《かび》の生えた古い革靴、ブリキのバケツ、さばの味噌《みそ》煮の空き缶や飲み残しが入ったままになっているコーラの壜《びん》などが、ろくに整頓《せいとん》もされないまま、あちこちに散乱していた。

「富樫《とがし》君」と美奈子は本を読んでいた男子学生に呼びかけた。「今日は清水谷、行くの？」

「うん、行くよ。高畑さんは？」

「わたしは行けない。バイトの日だから」

その日、午後六時から千代田区の清水谷公園で樺美智子追悼集会が行われ、集会が終わり次第、国会までデモをすることになっている、という話だった。

美奈子はデモの話ではない、バイト先だという、西荻にあるジャズ喫茶の話をしつつ、焦《こ》げ目のついた電熱器の上のやかんで湯をわかし、煤《すす》けて色あせたマグカップにインスタントコーヒーをいれ、わたしと、富樫に手渡してくれた。

「こちら、富樫君。法学部の二年生よ」と美奈子から紹介されたので、わたしはマグカップを手にしたまま、軽く頭を下げた。

「初めまして。松本沙織です。文学部の一年です」

彼は「どうも、富樫充《みつる》です。よろしく」と言い、そっけなく目をそらした。

髪の毛のさほど長くない、奥二重の涼しげな目をした、眉の濃い、育ちのよさそうな印象を与える男だった。

富樫はコーヒーをひと口飲むと、美奈子が配り残したビラの束から一枚を引き抜き、しげしげと眺めた。「それにしてもさ、この詩より、絶対、高野悦子が書いた詩のほうがいいよね」

「異議なし、よ」と美奈子は言った。

前の年に、立命館大学のノンセクトの活動家だった高野悦子が鉄道自殺をし、その際、残した詩が学生の間で話題になっていたのはわたしも知っていた。

富樫が、そらんじていたらしい詩の一節を口にした。「『出発の日は雨がよい／霧のようにやわらかい春の雨の日がよい……』」

「ほんと。絶対、そっちのほうがいい」と美奈子は言った。「詩的センスがある」

「やっぱりさ、樺さんは文学や詩よりも、政治だったんだよ」

そう言いながら、富樫はそれまで手にしていた本をテーブルの上に伏せて載せた。わたしの目がそのタイトルをとらえた。

高橋和巳《かずみ》の『憂鬱《ゆううつ》なる党派』だった。大江健三郎や安部《あべ》公房、吉本隆明《よしもとたかあき》、倉橋由美子らと並び、高橋和巳は、当時の文学好きの学生に必ずと言っていいほど読まれていた作家だった。

「まだ読んでないです、それ」と思わずわたしは言った。「『我が心は石にあらず』は読みましたけど」

「あ、僕はそっちをまだ読んでないな」と富樫が言った。「今度、貸してくれる？　僕はこれを読み終わったらきみに貸すから」

いいですよ、とわたしは言った。

コーヒーを飲み終えるころ、室内にどやどやと数人の男子学生が入って来た。全員、雨に濡《ぬ》れたヘルメットを手にしていた。誰もわたしに注意をはらわず、それぞれタオルで顔の汗をふきながら、美奈子相手に何かしゃべり出した。

「そろそろ失礼します」とわたしは誰にともなく言い、立ち上がった。

「またいらっしゃいね」と美奈子がわたしの背に向かって声をかけた。わたしは振り返ってうなずいた。

事務局の戸口に立ち、傘をさして外に出ようとすると、富樫が背後から「悪いけど、本館まで入れてってくれない？」と言った。

いいですよ、とまた、わたしは同じ答え方をした。わたしたちはひとつ傘におさまりながら雨の中を歩いた。

わたしよりも背の高い富樫が、傘をさしかけてくれる形になった。雨足が強くなってきた。遠くから聞こえるアジ演説の声が、路面をたたく雨の音に重なった。

何を話したのか、覚えていない。本館の前まで来ると、富樫はわたしに傘を返し、「サンキュー」と低く澄んだ声で言った。「また会おうよ。次に会う時までに『憂鬱なる党派』読み終えとくから」

はい、とわたしは微笑を返した。

7

当時、アパートや下宿の部屋に個人の電話を所有している学生は、わたしの知る限り、一人もいなかった。

大家や管理人が、電話の取り次ぎをしてくれるところもあったが、よほどの緊急時以外は利用しづらかった。友人からの電話呼び出しには応じない、と初めから宣言している大家もいたし、ひとり暮らしの娘に若い男から電話がかかってきただけで、取り次ぎを断る大家もいた。堂々と電話をかけることができたのは、身内だけだった。

とはいえ、別に不便はなかった。相手が電話を所有している場合は、公衆電話を利用すれば事足りたし、相手に電話がなく、さらに、大家や管理人が絶対に取り次いでくれない場合でも、手紙や葉書を書けばよかった。急ぐ時は、直接、相手を訪ねて行って、アパート一階にある集合郵便受けに手紙を投げ入れておいた。郵便受けすら見当たらなければ、部屋のドアの隙間《すきま》からメモをすべりこませておけばいいのだった。

通信手段のめざましい発達は、とどのつまり、何をもたらしたことになるのだろう。

そんなことをわたしは今も考える。携帯電話どころか、部屋に電話がなかった時代でも、わたしたちは今と何ひとつ変わらずに連絡を取り合い、恋や友情を育《はぐく》んでいくことができたのだ。

わたしが住んでいた吉祥寺のアパートは古い木造の二階建てで、一階と二階、合わせて十二の部屋があった。全室、押し入れとガスコンロのついた小さな流しがあるだけの四畳半一間であり、トイレは共同……という、当時の典型的な学生向けアパートだったが、唯一《ゆいいつ》、違っていたのは、一階共用廊下に赤電話が設置されていたことだった。

梅雨も明け、夏休みが始まったばかりの七月下旬。アパートの住人の大半が出払っていた時間帯だったから、午後二時頃だったか。一階の赤電話が鳴っている音が聞こえ、やがて、階下から「松本さん、松本さん、いますかぁ？　電話ですけどぉ」と呼ぶ声がした。

わたしの部屋は、階段を上がってすぐ右側にあった。赤電話が鳴り出したら、住人の誰かが電話に出て取り次ぎをする、ということで暗黙の了解ができていたが、どうしても、一階の住人は分が悪くなる。とりわけ、赤電話近くの部屋に住んでいる者は頻繁に電話応対しなければならなくなり、取り次いでもらうたびに恐縮したものだった。

慌《あわ》てて階段を駆け降りていくと、赤電話の斜向かいの部屋に住んでいる女の子が、わたしを見て作ったような笑みを浮かべた。電話台の上には、大きな受話器がごろりと、捨て置かれるようにして転がっていた。

　わたしよりも二つ年上の、美大に通う学生だった。それまでにも何度か立ち話をしたことがあった。大学を休学して配送のアルバイトをしている、という、痩《や》せて目ばかりぎょろぎょろと大きい、長髪の男と半同棲《どうせい》していた。毎晩のように、部屋でスポーツのように烈《はげ》しくリズミカルなセックスをし、アパート中にその声がもれ聞こえてくることでも有名だった。

「すみません」とわたしは彼女に頭を下げ、埃《ほこり》だらけの台の上に置かれてあった受話器を取って「もしもし、松本ですが」と言った。

「富樫です」と弾んだ声が聞こえた。「高畑さんから、この電話番号を聞いたものだから、それで電話してみたんだけど」

「ああ、びっくりした」とわたしは言った。「誰かと思いました。こんにちは」

　高畑美奈子とは、初めてべ平連事務局に行った後、一度、ばったり大学構内で会い、喫茶店に入って、世間話をした。その際、互いの連絡先を教え合ったことを思い出したが、美奈子がわたしのアパートの電話番号を富樫に教えるとは思っていなかった。

　とはいえ、悪い気はしなかった。富樫という男は、あの時代、どこにでもいたような、真面目《まじめ》なのに逸脱を好む、本好きの、小説も思想も詩も同時に咀嚼《そしゃく》して自分のものにしたがる、少し照れ屋の実直な学生だった。

似たような育ち方をして、同じ時代を生き、似たような世界を共有している、という安心感が感じられた。手になじんだ万年筆か何かのように、富樫は初めから、わたしにとって親しみ易《やす》い相手であった。

「アパートに電話があるなんて、うらやましいな。僕は今、公衆電話からかけてるんだけど、今、少し話せる？」と彼は聞いた。

「大丈夫。話せます」

「夏休みはどうするの？　仙台なんですってね？」

「一応そのつもり。仙台なんですけど」

「うん、知ってる。高畑さんから聞いた。僕は静岡。高畑さんとは同郷なんだよ」

「そうなんですか。知らなかった」

「仙台にはいつ帰る予定？」

「まだはっきり決めてないけど、八月になる前には戻らなくちゃいけないんです。東京でひとり暮らしを始めて、初めての夏休みなんだから、早く戻って来い、って親がうるさくて」

「じゃあ、それまでに会いませんか。それを言いたくて電話したんだ。というのもね、高橋和巳の『憂鬱なる党派』、読み終えたんだよ」と彼は親しげな口調で言った。「すごくよかった。それで、きみのもってる『我が心は石にあらず』と交換したいと思って。

覚えてる？　その約束」

「覚えてます」とわたしは言った。「ほんとのことを言うと、『憂鬱なる党派』、読みたかったのに、高すぎて買えなかったの。だから、貸していただけるんだったら、わたしもすごく嬉《うれ》しいです。でも、今貸してもらっても、すぐ帰省することになるし、お返しするのは夏休み明けになっちゃうと思うけど。それでもいいですか」

「そんなのかまわないよ。長い小説だから、ゆっくり読めばいいよ。読んだ後の、きみの感想も聞きたいし」

わたしが富樫と話をしている間、電話を取り次いでくれた美大の女の子は、部屋のドアを開けっ放しにしたまま、戸口のあたりに寄りかかって、けだるそうに廊下の窓の外を眺めつつ、煙草《たばこ》をふかしていた。お尻の形がはっきり出る黄色いショートパンツに、ひと目で男物とわかる、だぶだぶの白いコットンシャツ姿だった。腰のあたりでシャツの裾《すそ》を結び、大きくはだけた胸にハート型をしたいぶし銀のペンダントが下がっているのが見えた。

富樫と翌々日に会う約束をし、時間と場所を決めた。短い挨拶《あいさつ》を交わし合って受話器をおろすと、彼女は長い指で煙草の灰を廊下に落とし、にやにやしながらわたしを見た。

「恋人、できたみたいね。どんな人？」

「そんな」とわたしは笑って言った。「そんなんじゃないですよ。ただの大学の先輩ですから」

「あたし、別れようと思ってるの、彼と」

唐突な言い方だった。一瞬、何の話か、と思った。わたしは目を瞬《しばた》かせて彼女を見た。

アパートの二階の軒先に下がっている風鈴が、夏の風を受けて、ちりん、と鳴った。

「妊娠しちゃったのよ。これで二度目」と彼女は言い、短くなった煙草を深々と吸い、宙に向かって煙を吐き出した。「なのに、彼から堕《お》ろせ、って言われてんの。子供は絶対にいらない、って。ひどいわよね。絶対に、なんて強調しなくたっていいじゃない。自分の都合だけでよく言うわよね。手術がどれだけ大変なことか、全然わかってないんだから。二度も中絶したら、もう子供ができない身体《からだ》になっちゃうかもしれないのに」

口の中に、いつも透明な唾《つば》をいっぱいに溜《た》めているような、果汁をたっぷり含んだ果実をかじっている時のような、そんなしゃべり方をする子だった。

わたしは聞いた。「でも、大丈夫なんですか」

「大丈夫、って何が」

「ええっと、つまり……そういう状態の時に、煙草は吸わないほうがいいんじゃ……」

「いいのよ」と彼女は言い、ふっと力を抜くようにして笑いかけてきた。身体は細いのに、顔がふっくらしていた。笑うと目が細くなり、雛《ひな》人形のような顔になった。

「どうせ堕ろすことになるんだもの。今さらやめたって、意味ないわ。ねえ、松本さん。恋人にするなら、ちゃんとした男を選んだほうがいいわよ。男にだまされちゃだめよ。あたしみたいに苦労して、人生台無しにしちゃうことになるから」

毎晩のように情熱的にセックスして、アパート中に聞こえるほど大きな声をあげている彼女から、「だまされる」だの「台無し」だのといった、女性週刊誌の手記にあるような手垢《てあか》のついた言葉が飛び出してくるとは思えなかったので、少し可笑《おか》しかった。

よかったら、あたしんとこでコーヒー、飲んでかない？　と誘われた。彼女ともっと話していてもよかったのだが、外出の予定があり、時間がなかったので断らざるを得なかった。

「残念ね」と彼女は言った。「いつか気が向いたら、遊びに来てよね」

わたしは大きくうなずき、「伺います」と言った。

その晩遅く、すさまじい女の叫び声と何かが割れる音がして目が覚めた。怒鳴り声が聞こえ、物が投げられる音が響き、次いで悲鳴があがった。あんたなんか死ねばいい、と叫んでいる美大の女の子の声が轟《とどろ》きわたり、そこに男の太い声が重なった。建物全体が揺れるほどの地響きがしたかと思うと、窓ガラスが派手に割れて、破片が外の通りにまで広範囲に散らばった音がした。

誰かが赤電話を使って、救急車を呼んだようだった。まもなく救急車が、サイレンを鳴らしてアパート前に横づけにされた。

パジャマ姿のまま、わたしは二階の住人たちと共におそるおそる廊下に出てみた。階段の下、玄関ホールのあたりに、担架に載せられて運ばれて行く美大の女の子の姿が、ちらりと見えた。

彼女は、腹部を守るように身体を丸めていた。昼間、見た時と同じ、黄色いショートパンツ姿だった。泣きじゃくりながら、痛い、痛い、と訴える声が弱々しかった。

目の大きい、痩せて顔色の悪い長髪の男が、救急隊員に腕をとられるようにしながら玄関先に出て来た。男の右手に巻かれた白いタオルは、赤く染まっていた。

あとでわかったことだが、中絶するしない、別れる別れない、で大立ち回りになり、室内にあったあらゆるものを投げ合ったあげく、男は素手で思いきり窓ガラスを割った。美大の女の子は男に殴りかかっていったのだが、はずみで転倒し、炬燵《こたつ》の天板の角で腹部を強打して苦しみ始めた。赤電話を使って救急車を呼んだのは、長髪の男自身だったという話であった。

妊娠四か月だったという彼女は、それが原因で流産した。若くて体力も治癒力もすぐれていたのか、入院はわずかの日数で済んだ。その後、静養が必要だから、と実家のある新潟に戻っていたが、夏休みが終わって少し経《た》ったころ、再びアパートに帰って来た。

彼女は小ざっぱりとした顔つきをしていて、前よりも少し太り、想像していたよりも元気そうだった。

「なんか、別れられないのよ」とある時、彼女は言った。同じように富樫からアパートに電話がかかってきて、たまたま在宅していた彼女が取り次いでくれた時のことだ。

何の用件だったか忘れたが、富樫とわたしが話している間中、以前同様、彼女は部屋の戸口のあたりにいて、煙草をふかしていた。

電話を終えると、「ハーイ」と彼女は外国人のようにわたしに向かって小さく挨拶した。煙草を勧められ、わたしが一本もらって口にくわえると、マッチをすって火をつけてくれた。わたしが何も聞かないのに、彼女は続けた。

「大学出たら、結婚しよう、って彼から言われたの。すぐに子供を作って二人で育てよう、って。今回、あんなことになって流産した原因を作ったのは自分のせいだ、って、さすがにショックだったみたいで、ものすごく反省してるのよ。やっぱりね、バカみたいかもしれないけど、彼がいない人生はあたしも考えられなくて……なんか、最近は憑《つ》き物が落ちたみたいに、優しい気持ちになっちゃってんの」

よかったじゃないですか、とわたしは煙草の煙を吐き出しながら、笑顔で言った。

「雨降って地固まる、ってやつですね」

ほんとにそんな感じね、と彼女も言った。

それからまた少し経って、彼女は自分で染めたのだという、ろうけつ染めにした藍色《あいいろ》の正方形の布をアパート各室の住人に配ってまわった。騒がせて迷惑をかけたお詫《わ》びのしるし、ということだった。

染めあげられていたのは、サイケデリックな感じのする大小様々な丸い模様で、彼女によれば、壁に貼《は》って飾ってもいいし、テーブルセンターにして使っても、大判のハンカチにしてもいい、ということだった。わたしはそれを部屋にある四角いちゃぶ台の上に敷き、隣の空き地で咲いていたコスモスの花を摘んできて、ガラスコップに活《い》け、飾った。

それからしばらくの間、美大の女の子の部屋は静かだった。長髪の男と腕を組んで、洗面器を手に仲良く銭湯に行ったり、部屋の軒先に二人で洗濯物を干したりしている姿も、たびたび見られた。

だが、秋も深まるころ、再び真夜中の、スポーツをしているような、まるでメトロノームでリズムを刻んででもいるかのような、大きな声がアパート中に轟き渡るようになった。演技なのではないか、と思われるほど大げさに、規則正しく悶《もだ》える声が数十分にわたって続き、腹をたてたらしい隣室の住人が、いい加減にしろよ、バカヤロー、と壁を叩《たた》く一幕もあった。

そして、そんな声を発するようになったとたん、美大の女の子と長髪の男との仲は再び険悪になった。長髪男が他の女とつきあい出したことが原因らしかった。

十二月の小寒い日の晩、わたしが富樫充と会い、彼に送られてアパートに帰ると、パトカーが玄関の前に停まっており、人だかりがしていた。遠巻きにそれを眺めている野次馬の中に、わたしと同じ二階に住む女子大生の姿があった。

薄手のセーターの上に赤い半纏《はんてん》をはおっていた彼女は、わたしを見つけて近づいて来るなり、「ついにやっちゃったみたい」と半ばうんざりしたように言った。「あの人、たくさん薬を飲んだらしいの。苦しくなって、自分で電話かけたのよ。さっき救急車で運ばれたところ」

美大の女の子の部屋には明かりが灯されていた。中で、警官らしき男の影が動きまわっているのが見えた。

カーテンが開けっ放しになっていたので、窓ガラスを通して室内の様子がつぶさに見てとれた。例のろうけつ染めの布が、小さな部屋の土色の壁に画鋲《がびょう》で留められていた。

死にたくなるほど、長髪男が恋しかったのか。どうしてあんな男をそこまで、と思うとやりきれなかったが、同時に、彼女なら何度でも同じことを繰り返しながら、そのたびに元気になって、以前よりも太って戻って来るような気もした。

8

美大の女の子が流産した日の翌々日、吉祥寺駅近くの喫茶店で、わたしは富樫充と会った。『憂鬱《ゆううつ》なる党派』と『我が心は石にあらず』を交換し、それぞれの感想を述べ合っているうちに、次第に話題は拡《ひろ》がっていった。

N大べ平連の事務局で初めて会った時も、涼しげな顔をした男だ、と思ったが、その印象は変わっていなかった。眉《まゆ》も睫毛《まつげ》も髪の毛も、まばらに生えた不精髭《ぶしょうひげ》もすべて黒い。にもかかわらず、不思議と猛々《たけだけ》しさが感じられないのは、輪郭の美しい奥二重の切れ長の目が、青みがかって見えるほど澄んでいるせいかもしれなかった。

買いたい本があるからつきあってほしい、と言う富樫と共に喫茶店を出て、書店に行った。思想哲学関係の本だったと思う。本はすぐに見つかったが、高価なものだったので、彼は買うことを諦《あきら》め、わたしたちはまた別の喫茶店に入った。

話がはずみ、時間を忘れた。再び店を出て、汗を滴《したた》らせながら暑い街をあてどなく歩きまわっているうちに、いつのまにか日暮れていて、富樫が、ふと思いついたように

「高畑さんの店に行こうか」と言い出した。

高畑美奈子は西荻窪《にしおぎくぼ》の駅から歩いて二、三分のところにあるジャズ喫茶で、週に三日、アルバイトをしていた。一度遊びに来て、と言われていたし、わたしも行きたいと思っていたところだった。

富樫と美奈子は、共に静岡生まれの静岡育ちで、ふたりは同じ高校の卒業生でもあった。高校三年の時は、同級だったという。

「男好きする女、っていう言い方、あるだろ」と彼は、西荻窪に向かう電車の中でわたしに言った。「その言葉を初めて耳にした時、僕、言葉の意味がわかんなくてさ。『高畑って、男好きする女だよな』って、同じ高校の友達に言われて、僕は、そうかな、そうは見えないけど、って答えたんだよ。男好きする女、って、見境なく男に媚《こ》びを売ってばかりいる、だらしのない女のことを言うんだと思ってたから」

「あ、わたしも今の今まで、そう思ってた」とわたしは言った。「違うの？」

電車のドアガラスにもたれかかりながら、富樫は腕を組み、呆《あき》れたようにわたしを見つめて、くすくす笑った。「きみも、それでよく大学入試に合格したね。現代国語がまるでできてない。男好きする女、ってさ、男一般の好みに合うタイプの女、っていう意味で使われるんだよ。知らなかった？」

「知らなかった」

富樫は微笑《ほほえ》み、組んでいた腕を解くなり手を伸ばしてきて、わたしの頬を軽く突いた。親しみ深い仕草の中に、かすかに男女を意識させるものがあった。わたしは思わず視線を外し、窓の外の風景に目を奪われているふりをした。

雑居ビルの地下一階にあったその店は、ひどく薄暗く、煙草の煙がもうもうと立ちこめていた。美奈子は店にいて、わたしたちを見つけるなり、笑顔で駆け寄って来た。

薄化粧をし、髪の毛を頭の後ろでゆるくシニョンに結っていた。白いボックスプリーツのスカートに、当時流行《はや》っていたレモンイエローのチュニックふうブラウス姿だったのをよく覚えている。デモに出たり、ヘルメットをかぶってビラ配りをする彼女からは想像できないほど、女らしさが匂《にお》い立っていて、まぶしいほどだった。

わたしと富樫は、美奈子もまじえて少し話をした。客はわたしたちの他に何組かいたが、コーヒー一杯で何時間でもねばり続けるような若者ばかりだったから、美奈子がやることは何もなさそうだった。

店のオーナーで、美奈子の雇い主だという男は、小さなカウンターの奥に立ち、煙草を吸いながら全身でジャズのリズムを刻みつつ、雑誌のページをめくっていた。わたしたちよりもかなり年上に見える、ひょろりと背の高い、痩《や》せた男だった。

ほんの少しだが、ジョン・レノンに似ていた。わたしがそう言うと、美奈子は「そうでしょ」とうなずいた。「みんな、そう言うのよ」

男の年齢は三十二歳。小さな劇団で役者をしている年上の妻と三つになる男の子がいるが、妻とはあまりうまくいっていない、という話だった。聞かれもしないのに、美奈子はわたしと富樫にそんな話をして、煙草《たばこ》を吸い続けた。

やがてジョン・レノンに似た男は、大量のLPレコードが収納されている棚の前でレコードを選別しながら、つと、わたしたちのほうを振り返った。神経質そうな、気難しそうな表情が美奈子に向けられた。「高畑さん、サボってちゃだめだよ」

あ、いけない、機嫌悪そう、と言って、美奈子は肩をすくめた。「友達が来てしゃべってると、いつも怒られるの。そろそろ仕事に戻らなくちゃ」

席から立ち上がった彼女は、「あ」と小声をあげた。「ねえ、今かかってるこの曲、知ってる?」

どこかで聴いたことのあるメロディだったが、ジャズにはそれほど詳しくなかった。わたしも富樫も首を横に振った。

美奈子は「マイルス・デイビスよ」と言って目を輝かせた。「『いつか王子様が』っていうの。Someday My Prince Will Come……。そのものズバリのタイトルよね」

芝居がかった大人びた表情で軽くウインクを残し、美奈子はカウンターのほうに去って行った。富樫の視線が、ほんの一瞬ではあるが、その後ろ姿に向けられたのがわかった。

これといった理由も根拠もなく、わたしは美奈子と富樫は、かつて男女の関係だったことがあるのではないか、と思った。ふたりが恋愛したとは想像しにくかったが、べ平連の活動を通して親しくなり、一度や二度はくちづけし合ったことがあるのではないか、いや、肌を合わせたこともあるのかもしれない、などと思った。

そんな想像をしながら富樫を見ると、富樫までが大人びて見えてくるのが不思議だった。

その夏、仙台に帰省するまでに、富樫とはもう一度会った。新宿で待ち合わせ、夕食を一緒にとった記憶がある。何を食べたのだったか。カレーライスだったか。スパゲッティ・ナポリタンだったか。

互いの帰省中は、何度か手紙のやりとりをした。読んだ本の感想や近況報告を綴《つづ》ったにすぎない手紙だったが、最後に彼からきた手紙の末尾は「早くきみに会いたい」という一文で結ばれていた。

夏休みが終わり、九月になってわたしが東京に戻るとすぐに、少し早く静岡から帰って来ていたという富樫からアパートに電話があった。わたしたちは吉祥寺駅で落ち合い、そのままぶらぶら歩いて、井《い》の頭《かしら》公園まで行った。その日、彼は言葉少なで、どこか不機嫌そうにも見えた。

夕暮れ時で、鴨《かも》が泳ぐ池に、夕日が赤々と射《さ》しこんでいた。木々の梢《こずえ》を縫うようにして鳴きしぐれているツクツクボウシの声に囲まれながら、わたしたちは池のほとりにあるベンチに腰をおろした。会話は長く続かず、やがて彼が黙ってベンチから立ち上がったので、わたしも後に続いた。

彼はつとわたしを振り向き、わたしの肩に手をまわして歩き出した。わたしは、そんなことはちっともかまわない、何をされても驚かない、といった表情を作りながら、平静を装《よそお》った。

彼は彼で、自分がしていることに気づいていないかのように、いきなり詩の話を始めた。最近、詩を書き出したんだ、というような話だった。わたしは熱心に相槌《あいづち》を打ち続けたが、その実、何も耳に入ってはこなかった。

ふいに会話が途切れた。地面の小石を踏みしめる自分たちの足音しか聞こえなくなった。

やがて富樫はわたしを人けのない、小暗い木陰のほうに導き、叢《くさむら》の上にわたしを立たせて木の幹に軽く押しつけると、じっとわたしを見下ろした。

すごく会いたかった、と彼は言った。「どんなに会いたかったか」

「わたしも」とわたしは小声で言った。嘘《うそ》ではなかった。

彼はまたじっとわたしを見つめた。「キスしていい?」

うなずく代わりにわたしは目を閉じた。まぶたが緊張のあまり、小刻みに震え出しているのを感じた。

富樫はわたしを抱きしめ、こめかみや頬や額や首すじにキスをしてきた。彼の荒くなった吐息を耳にしているうちに、自分でも説明のつかない気分になってきて、身体《からだ》が溶けていくのを感じた。わたしは自分から彼の首に手をまわした。

静かに猛り狂いたくなるような気持ちが身体の奥底からわきあがり、出口を見失って渦を巻き始めた。

接吻《せっぷん》は長く続いた。接吻の仕方など、習い覚えたわけではないのに、わたしたちは互いが互いを求め、貪《むさぼ》り、気が遠くなりそうになる快感をどうすればいいのか、わからなくなって途方に暮れながら、そのままじっと抱き合っていた。

その後、わたしはN大べ平連の一員として、定例デモに参加するようになった。大学構内の事務局にも頻繁に出入りしたし、新宿紀伊國屋書店前で行われていた反戦フォークタ集会や討論集会に参加することもあった。いつも富樫や美奈子、あるいは、そのどちらかと一緒だった。

十一月二十五日、三島由紀夫が自衛隊市ヶ谷駐屯地で自殺した。美大の例の女の子が自殺を図ったのは、十二月初旬だ。

三島自決、そして、同じアパートの住人の自殺未遂、という事件が相次いだせいで、あのころ自分の身の回りに起こったことは、順序立ててはっきり思い返すことができる。

中野にある富樫のアパートの四畳半の部屋で、わたしと富樫が薄い布団《ふとん》にくるまりながら抱き合ったのは、十二月十日頃である。美大の女の子の命には別状がなかった、とアパート住人から知らされた日の翌日だったから、よく覚えている。

富樫の部屋には小さな電気炬燵《ごたつ》しかなかった。隙間《すきま》風の入る、建てつけの悪い古いアパートで、寒さが身にしみた。彼は、ふたりが両足を炬燵の中に入れられるような形で、薄い布団を一枚敷いてくれた。

わたしにとっては初めての体験だった。富樫はどうだったのだろう。はっきり聞いたことはない。初めての相手は美奈子だったのだろうか。

わたしたちはひどく不器用に愛撫《あいぶ》し合い、映画や小説の中で習い覚えたような愛の言葉を囁《ささや》き合った。好きだ、と富樫は言った。次いで「大好きだ」と言い、次に「愛してる」と囁いた。

妊娠が怖い、とわたしが言うと、もちろんだよ、と富樫はうなずき、避妊具なしで性を交わすようなまねは絶対にしない、と約束した。

「痛くない？　痛くない？」と富樫はわたしの中に入ってきて、少し震えながら問い続けた。

わたしが痛みを覚えることを恐れているからではなく、そう聞かなければならないから聞いているにすぎないようにも感じられた。彼は自分だけの世界に生きているように見え、わたしは必死になって彼に追いつこうとし、そんな自分が少し惨《みじ》めにもなった。ぺらぺらした薄い生地の、黄緑色のカーテンがかかった窓の外に、冬の夕暮れが拡がっていた。遠くに焼き芋売りの声が聞こえた。

痛いのか、苦しいのか、怖いのか、やめてほしいと思うのか、続けてほしいと思うのか、わからなかった。やがて富樫が、こらえきれなくなったように、かけていた毛布をはぎ取るなり、ああ、ごめん、ああ、ごめん、と言った。獣のような大きなうめき声があがった。彼は泣いているようでもあった。

炬燵布団がめくれ上がり、中の赤外線の光がふたりの肌を赤く染めた。富樫の上半身が、逆光の中の影絵のように見えた。

わずか二、三分……いや、もっと短かったかもしれない。快楽と呼べるような感覚はほとんどなかった。今、この瞬間、自分は処女を失ったのだ、などという大仰な思いも生まれなかった。

それまで経験したことのないような腫《は》れぼったい、濡《ぬ》れそぼった痛みを伴う、不快と言ってもいい感覚が足の付け根のあたりに拡がってきた。鈍い痛みと共に、股間《こかん》にしびれが走っていた。蝶番《ちょうつがい》が外れたような感覚がいつまでも残された。

わたしは、わたしの上に乗ったまま荒い呼吸を繰り返している富樫の背に手をまわし、身じろぎもせずに、節目の目立つ天井の一点を見つめていた。

夜明けと同時に嵐《あらし》が来る、その直前の奇妙な静寂に包まれているかのようだった。今はまだ風は凪《な》いでいて、雨も降り出してはおらず、世界はかろうじて均衡を保っている。だが、これから先、目の前で展開されることになる風景をわたしは知っているのである。突風が吹き、雨が打ちつけ、雷鳴が轟《とどろ》く。そういうことすべてがわかっていて、もうどうすることもできずに茫然《ぼうぜん》としているかのような……例えて言えば、そんな感覚だった。

わたしはふと、高校時代の女友達が「初体験の時、女はたいてい涙を流すのよ」と言っていたことを思い出した。

どうして涙を流さねばならないのだろう、と思った。泣くようなことでは決してなかった。失ったのではなく、得たのである。得たのなら、そのことに対して、何故《なぜ》、涙を流すのか。

だが、喪失の悲しみよりも、大人になったという喜びよりも、ただ、ひたひたと迫りくる不安に似たものばかりがわたしを包んでいた。それは、漠然とした恐怖、とも呼べる何かであった。

視界が潤《うる》み始めるのを覚えた。わたしは慌《あわ》ててくちびるを嚙《か》んだ。

富樫がわたしから身体を離し、少し照れたようにわたしを見た。「大丈夫？」

わたしはうなずいた。そして聞いた。「血が出てる？」

「少し」と彼は言った。

まだ、ボックス入りのティッシュペーパーが珍しかった時代のことである。花紙とかちり紙とか呼ばれていた薄い紙の束を手に、彼は後始末をし、わたしはその間中、炬燵に足を入れたまま横を向いて、毛布をかぶり、目を閉じていた。

沙織ちゃん、と富樫が静かにわたしの名を呼んだ。「僕……嬉《うれ》しいよ」

「え？」

「……初めてだったんだね」

うん、とわたしはうなずき、うなずいたとたん、わけもわからずに涙があふれてきたので、慌ててまた毛布をかぶった。

富樫が後ろから、毛布ごとわたしを抱きしめてきて、愛してるよ、と言った。言ってから彼はふいに黙りこんだ。次に続けるべき言葉を見失ってしまったかのようだった。わたしを抱きしめる腕に、不自然なまでの力がこめられた。わたしはその時、彼が小刻みに震えているのを知った。

9

それから少し経《た》ち、後に赤軍派と連合赤軍を結成することになる京浜安保共闘のメンバーが、東京の上赤塚交番を襲撃した。撃たれた三名が死傷。年明けて、翌一九七一年二月、彼らは栃木県真岡《もおか》市の銃砲店を襲い、散弾銃十丁などを強奪した。七〇年安保闘争は、明らかな変化を見せ始めていた。〝祭り〟は静かに終息に向かっているかのようでいて、実際には、より過激なものに姿を変えつつあった。

そんな中、わたしと富樫は、互いのアパートの部屋を行き来しながら、少しずつ関係を深めていった。日当たりがよくて居心地がよかったため、泊まる時はたいてい、わたしの部屋を使った。

台所の小さな流しの脇《わき》に置いていたアルミコップには、二本の色違いの歯ブラシが並んだ。時には、わたしの部屋の軒下にぶら下げている洗濯物の中に、男ものの下着や靴下がまざるようにもなった。

ふたりとも料理などできなかったが、ごくたまに気が向くと、わたしが食事らしきものを用意することがあった。小さな炊飯器で米を炊《た》き、ワカメとネギを入れた味噌汁《みそしる》や目玉焼きなどを作った。目玉焼きの横には、ちぎったレタスの葉とスライスした胡瓜《きゅうり》を並べた。

日曜の朝などに、窓から射しこむ春の光を浴びながら、富樫とふたり、向かい合わせに座り、ちゃぶ台の上で箸《はし》を動かしていると、そうやっていること自体がなんだかとても気恥ずかしく、照れくさくて、会話も途切れがちになった。窓辺に置いたトランジスタ・ラジオからは、ＦＥＮの英語放送が流れていた。アパートの住人が廊下を歩きまわるスリッパの音や、共同トイレを使う音などが、それに重なった。

これは生活ではなく、ママゴトなのだ、とわたしは思った。朝の目玉焼きも、味噌汁も、色違いの二本の歯ブラシも、すべて「ごっこ」だからこそいいのだった。さらに言えば、互いが心のどこかで絵に描いたような結婚を夢想しつつ、そうやっていることが楽しいのだった。

富樫と共にデパートに行き、何を買うでもなく、腕を絡《から》ませつつ、店内をうろうろと眺めてまわったことを思い出す。家具売り場にあったダブルベッドを前にして、「こんなベッドで寝たいね」と興奮口調で言い出したのは富樫のほうだ。

わたしたちは何種類かのダブルベッドの上に次から次へと腰をおろしていっては、はしゃぎ声をあげながらスプリングの具合を確かめた。シーツは何色がいいか、サイドテーブルを置くのだとしたら、どれにすればいいか、カーテンの模様はどんなものにしようか……ひとつひとつ口にし合っていくと、こまごましたものに対する趣味の一致や生活感覚が確かめられて、楽しくなった。

狭い部屋の、小さな窓辺に立ち、安物のガラスの花瓶に、空き地で摘んできたスミレの花を活《い》けている自分が容易に夢想できた。朝、ベッドに並んで身体を起こし、いれたてのコーヒーをすすっている二人の姿が、鮮やかに頭の中に浮かんできた。

結婚、という言葉こそ口にしなかったが、深く絡まり合うような関係になると誰もが夢に見ることを、わたしたちは、無邪気に思い描いていた。それもまた、わたしにとってはママゴトにおける儀式のひとつであった。それでよかった。

あのまま何の運命のいたずらもなく、穏やかに時が流れていたら、わたしが革命インター解放戦線に近づいて、大場修造と親しくなることなどなかっただろう。富樫との関係を最優先し、革命だの闘争だのということからは次第に遠ざかっていっただろう。そして、あの時代を生きた多くの娘たちと何ひとつ変わらない人生をわたしもまた、歩んでいったことだろう。

大場と出会わなければ、秋津吾郎とも出会わなかった。吾郎と分かち合ったあの奇妙な時間がわたしの中に刻まれて、以後、消えなくなってしまうようなことも、永遠に起こらなかったのだ。

大場修造と秋津吾郎。この二人の男を結びつけるものは、何ひとつない。あるとしたら、両者ともに、小娘時代のわたしと男女の関係にあった、ということだけである。吾郎のもっていた闇《やみ》に彩《いろど》られたような情念は、大場にはなかったし、大場のもっていたロジカルな観念と無分別な熱意は、吾郎にはなかった。

それなのに、大場は後に、わたしと吾郎を結びつける役割を果たした。そればかりか、やがてわたしを吾郎の元から立ち去らせることにもなった。わたしと吾郎を出会わせたのも大場なら、わたしと吾郎との間を無意識のうちに引き裂いたのも、大場なのだ。

そう考えるたびに、気が遠くなるような思いにかられる。過去のひとつひとつが、深く複雑な意味を伴ってくる。どれほど些細《ささい》な出来事、取るに足らない出会いであったとしても、意味を伴わないもの、ただの偶然にすぎないものなど、一つもなかったのだということを思い知らされる。

10

あれは、一九七一年の六月だった。

午前中だったか、大学構内でばったり会った高畑美奈子から、今日の夕方、ちょっとした学習会があるから一緒に行こう、と誘われた。

「革命インター解放戦線、っていうセクトの学習会なの。通称、革インターっていうらしいんだけど、わたしは知らなかったのよ、そんなセクトがあったってこと。沙織ちゃんは？　聞いたことある？」

わたしは「ううん」と言って首を横に振った。

セクトの解体と分裂が烈《はげ》しくなっていて、そんな時だからこそ、聞いたこともない小セクトが新たに生まれたとしても不思議ではなかったが、革命インター解放戦線、というのは初めて耳にする名称だった。

「この間、ミスター・レノンに誘われて渋谷に行ったの。渋谷に彼の行きつけのスナックがあってね、二人で入ったら、カウンターの隣の席に座って一人で飲んでた人に話しかけられて……。それが、革インターのリーダーをやってる人だったわけ。なんか、わたしのこと、べ平連デモやなんかで顔を見たことがあって覚えてたらしくて、それで彼のほうから声をかけてきたんだけど、全然、闘争の話なんかしないのよ。ジャズにも詳しくて、バタイユとか、ボリス・ヴィアンとか、他にもいろいろ小説や詩の話まで出て。ちょっと面白かったな。ミスター・レノンは不機嫌そうだったけど。やきもちを焼いてたのよ、きっと」

そう言って、美奈子は楽しそうにくすくす笑った。美奈子が、バイト先のジャズ喫茶のオーナーでジョン・レノンに似ている男と恋仲になって間もない頃だった。彼女は彼のことを「ミスター・レノン」と呼んでいた。

「うちの大学の学生なんですか、その人」

「ううん、違う。どこかは知らないけど、大学は中退してるみたい。年は二十四だって言ってた」

美奈子が熱心に説明してくれた話によると、革命インター解放戦線はブントの思想を受け継いではいるが、暴力革命の理念は掲げておらず、むしろもっとソフトな闘争理論を展開していて、女性を数多く取り込みながら新しい活動を目指している、ということであった。

とはいえ、聞きかじってきたばかりのような美奈子の説明には、今ひとつ、わからないことが多かった。また、質問の矢を飛ばせるほど、わたしの側に、その方面の専門的な知識があるわけでもなかった。

興味をもったとしたら、革インターという、聞いたこともないセクトのリーダーと、スナックで隣り合わせになって話しかけられただけで、学習会にまで行く約束を交わしてきた美奈子自身に対してだった。

「もしかして、そのリーダー、っていう人、ちょっとカッコよくて、美奈子さん、口説かれたか何かしたんじゃないですか?」とわたしは冗談めかして聞いた。

「え? 何、それ。どういう意味?」

「だって、いきなり学習会に行くだなんて……しかもブント系の、聞いたこともないセクトの学習会にですよ。そういうところに積極的に行こうとする美奈子さん、って、全然想像できないもの」

「別に何もないってば」と美奈子は言い、笑い出し、「ないけど、まったく驚くわね」と感心したようにわたしの顔をじっと見た。「図星よ。沙織ちゃんには負けるな。正直に言うとね、その人、カッコよかったんだ。外見はキューバのカストロみたいな感じ。そう言ったらわかるかな。口髭《くちひげ》をごわごわ生やしてて。見た目はいかつい感じなんだけど、話し出すと、甘いハンサムに見えてくるの。言葉づかいもきれいだし、今どきの活動家にはない珍しい魅力があったわ。だから興味もっちゃって、せっかく誘ってくれたんだから、一回だけ行ってみようか、っていう気になったわけ」

「やっぱりね」とわたしは言い、呆《あき》れたふりをして天を仰いでみせた。「思ってた通りだった。それでわたしを誘ったんですか？　そういう事情だったら、美奈子さん、一人で行くべきよ」

「ミスター・レノンに、絶対に一人では行かないから、って約束したのよ。沙織ちゃんが一緒に行ってくれないと困るのよ」

「そんなの、レノンさんに黙ってればすむことなのに」

「そう言わないで。ね？　行こうよ。その人、一見の価値あり、って感じなんだから。知っておいて損はないと思うわよ。場所は井の頭線の永福町。駅から近いところに、彼が住んでるアパートがあるんだって。学習会はそこで毎月二度、隔週の金曜日に定例でやってて、政治に限らず、文学や映画なんかの話もできる、意識の高い学生ばっかりが集まってくる、っていう話よ。あ、そうだ。機関紙みたいなもの、もらってあるの。見せてあげる」

美奈子がショルダーバッグをまさぐり、取り出したのは何枚かのわら半紙をホッチキスで綴《と》じただけの、そっけない印刷物だった。ガリ版で印刷された文字は、定規を引いて書かれたように角張っており、革命インター解放戦線、という文字だけが大きく目立っていた。

ごくありふれたアジビラ、どこにでもある機関紙と何も変わらないように見えたが、よく読むと、フッサールの現象学についてだの、レヴィ＝ストロースの構造主義についてだの、吉本隆明『擬制の終焉《しゅうえん》』を読み解くだの、当時よく読まれていた思想書についての分析がなされていることに驚かされた。それがわたしの、革インターに対して抱いた最初の正直な感想だ。

わたしは「へえ」と言いながら、機関紙に目を走らせつつ、「リーダーのその人って、何ていう名前なんですか」と聞いた。

「大場修造」と美奈子はどこか、誇らしげに答えた。

カストロに似た風貌《ふうぼう》だという男をわざわざ永福町まで電車に乗って見に行きたい、と思ったわけでもなく、聞いたこともないセクトの学習会に出て、ベ平連では味わえない新鮮で高尚な、文学論的革命談義に耳を傾けてみたい、と考えたわけでもなかった。

わたしがあの時、何ら深く考えずに美奈子の誘いを受ける気になったのは、その日、何の予定もなく、単に暇だったからに過ぎない。

その二日ほど前、富樫の祖父が急死し、彼は郷里の静岡に帰っていた。病気で寝ついていた祖父の看病疲れもあってか、母親が具合を悪くして倒れた、とも聞いていて、富樫が東京に戻って来るのがいつになるのか、その時点ではまだわかっていなかった。もし、富樫が東京にいたら、美奈子はわたしだけではなく、富樫も誘っていたに違いないと思う。富樫が一緒に行っていたら、どうなっていただろう。

大場は、明らかに恋人同士に見えたであろうわたしと富樫を、初めからまとめて革インターのメンバーに引きずりこもうと企《たくら》んだだろうか。それとも、わたしではない、男である富樫だけをアジトに入れようとしただろうか。

よもやそういうことになったとしても、富樫が革インターに近づくことなど、あり得なかったと思う。彼はあのころ、すでにわたしとの結婚を口にするようになっており、明らかに闘争から遠ざかろうとしていたからだ。

「これまで自分が批判してきたプチブルのやるようなことを僕は全部、きみと一緒にやってみたくなったんだ」

或《あ》る時、彼はそんなふうに言った。「きみと結婚し、一緒に暮らし、きみとの間に子供を作って、毎朝、出勤する時には子供を抱いたきみに見送られてみたいと思う」とも言った。「そのためにも、まともな就職をしなくちゃいけないから、将来のことを真剣に考え始めている」と。

彼の言うことは理解できた。間違ったことを言っているとは思えなかった。好きになった女と結婚し、子供を作り、家庭を営む。それは一般的に女が、好きになった男に対して望む、自然なことでもあった。

　だが、彼の言うことにどう応《こた》えればいいのか、わたしにはわからなかった。富樫との間にできた赤ん坊を抱いて、夫になった彼を見送っている風景は、自分の中になかった。ないものをあるかのように偽って表現することが、わたしにはできなかった。

　わたしがためらいながら黙っていると、ややあって富樫は「なんで黙ってるの」と聞いてきた。悲しそうな聞き方だった。「僕のことが嫌いになった？」

「どうしてわたしがあなたを嫌いになるの？」

「僕が言ってるのは、多分、ふつうの話なんだと思うよ。ふつうの男がふつうに考えるようなことで、ちっとも特別なことじゃないんだけど、でも、沙織は、僕みたいに考える男を好きになれないのかもしれない」

「そんなことない」とわたしはできるだけ優しく言った。「それは誤解よ」

　彼はしばらくの間、わたしを見つめていたが、やがて気を取り直したように軽く息を吸ってから、わたしの手を取った。「そろそろ、バイトでちょっとまとまった金を作って、きみに贈り物をするつもりでいるんだ。いつになるかわかんないけど、楽しみにしてて」

「なあに？　何を買ってくれるの？」

「あててごらん」

「わかんないな。何?」

「指輪」と彼は言った。そしてにっこりと微笑《ほほえ》んだ。「高いものは買えないよ。ほんとに高いやつは、沙織と結婚が決まった時に買うことにする。でも、それまでにはまだ少し間があるからね。安いものだったら、今でも買えないことはないし、いろんなことがきちんとするまでは、せめて僕との愛の証《あかし》をきみの指にはめてほしくてさ」

優しくて、まっすぐで真面目《まじめ》で正直で、わたしを愛してくれる、すばらしい男だ、と思った。何も不足はなかった。あるはずもなかった。

だが、どうしてなのだろう。指輪の話をされたとたん、わたしは、富樫と不器用に紡《つむ》ぎあげてきたものが、現実の糸の中に絡めとられ、急速に色あせていくのを感じた。どうしようもなかった。

11

永福町にある大場修造のアパートは、木造モルタルの二階建てだった。六畳二間、六畳相当のダイニングキッチンに、バス、トイレ、洗面所までついている2DKの部屋が、全部で十室。当時、親からの仕送りでギリギリの生活をしていた貧乏学生が決して借りることのできなかった種類の、贅沢《ぜいたく》なアパートであり、住んでいるのはほとんどが共稼ぎの新婚か同棲《どうせい》カップル、もしくは水商売関係者だった。

大場の部屋は、歩くとカンカンという音が鳴り響く外階段を上がってすぐ左側にあった。表札は出ておらず、むろん、「革命インター解放戦線」に関連した表示も何ひとつ見当たらない。当時流行《はや》っていたピースマークの黄色いスマイルシールが、玄関脇《わき》に何かの冗談のようにベタベタと何枚も貼《は》られていたのを覚えている。

雨あがりの蒸し暑い日だった。わたしと美奈子が夕方遅く訪ねた時、風通しをよくするためか、玄関ドアは大きく開け放たれており、奥に何足かの靴が、乱暴に脱ぎ置かれているのが見えた。

美奈子が「ごめんください」と中に向かって声をかけると、白いブラウスに紺色のスカートをはいた、清楚《せいそ》な感じのする若い女が現れた。ほっそりとして背が高く、髪の毛を肩まで伸ばし、ゆるくパーマをかけていた。うっすらと化粧を施した顔は、陶器のようになめらかで白かった。

大学やその周辺ではあまり見かけない、まして、思想闘争に深く関わっているとは思えないほど、洗練された美しい女だった。わたしの目には雑誌のグラビアを飾る若手女優かモデルのようにしか見えず、一瞬、入る部屋を間違ったのでは、と思ったほどだった。

「あのう、N大の高畑という者ですが、こちらは革命インター解放戦線の大場さんの……」と美奈子が言いかけると、その女はやわらかな表情のまま、「しーっ」と芝居がかった仕草で人さし指を口にあてがい、笑みを浮かべて軽く首を横に振った。「それはあまり大きな声では言わないでくださいね。ここ、一応、ふつうのアパートですから。さ、どうぞ、お入りください。今始まったところです」

鈴木《すずき》祥子《しょうこ》、という名の女だった。年齢は大場と同じくらいだったと思う。彼女が大場修造の第一夫人、と呼ばれていることは後で知った。

靴を脱いで中に入ったところが、ダイニングキッチンになっており、冷蔵庫と二人用のダイニングテーブルが置かれていた。テーブルの上には空のラーメン丼《どんぶり》やアルミのやかん、インスタントコーヒーやマグカップ、マッチ、ビールの空き壜《びん》、古新聞などが散乱していたが、掃除が行き届いているのか、床も壁も清潔な感じがした。

その奥の、間仕切りの襖《ふすま》を取り払った二つの和室は、合わせて十二畳の広さだった。ぎっしり本が詰め込まれているスチール製の本棚が一つと、折り畳み式の小テーブルが二つあるだけで、家具らしい家具は他に何もなかった。古い扇風機が一台、首をがくがく鳴らしながら回り続け、窓辺には素焼きの植木鉢があって、何の花だったのか、枯れた植物が植わったままになっていた。

そんな中、五、六人の若い男女があぐらをかいたり、壁に寄りかかったりしながら、それぞれ寛《くつろ》いだ様子で座っていた。全員、わたしがN大学の構内で見慣れているような、学生ふうのなりをしており、特に変わった点は見られなかった。

厚いレンズの黒ぶち眼鏡の男。端正な顔だちだが、ドラッグ常用者のように見える長髪の痩《や》せた男。聞きかじりの知識がひとつあれば、一時間でも二時間でも議論に集中していられそうな、化粧っけのない女子大生ふうの娘……。

ミニスカートから伸びる太い素足を惜しげもなく見せながら、けだるそうに煙草《たばこ》を吸っていた髪の長い童顔の女が、わたしと美奈子を、まるで吹き過ぎていく風でも見るような無関心そうな目つきで、ちらりと見上げた。

その時、わたしの目は、そのミニスカートの娘の隣にいた、一人の大柄な男に吸いよせられた。彼が大場であることはすぐにわかった。

　くるくるとあちこちで小さなウェーブを作っている髪の毛は漆黒で、つややかに光っていた。口のまわりには、唇が隠れてしまうほどびっしりと髭を生やしていた。眉《まゆ》も睫《まつ》毛《げ》も瞳《ひとみ》も黒く、とりわけ瞳は、夜の沼を思わせるほどの、底知れない深みを感じさせた。

　彼はくわえ煙草をし、立ちのぼる煙に、時折、目を細めながらも、丸めた左腕の中に一匹の子猫を抱いていた。模様ひとつない、差し毛の一本もない、全身が真っ黒の、どこが目なのかわからないような子猫だった。

　鈴木祥子は、大場に近づくと、妻のような落ち着きと威厳をみせながら、わたしたちを指し示して「N大の学生さんよ」と言った。

　大場はわたしと美奈子とを軽くあしらうように一瞥《いちべつ》し、子猫の頭を撫《な》でながら「やあ」と美奈子に向かって言った。「友達？」

「そうです。後輩なんですけど」と美奈子が笑顔でうなずき、わたしのことを紹介した。「松本沙織さんっていいます。N大べ平連での活動をよく一緒にしている人で……」

　聞いているのかいないのか、全部を聞き終える前に大場は「よく来てくれたね」と言い、わたしに向かって微笑んだ。髭に囲まれた唇がきれいな弓形を作った。「そのへん、どこでも好きなところに座って。しゃべりたくなければしゃべらないで聞いてるだけでかまわないし、何か言いたくなったら言えばいいし。好きにしてていいよ。ここはそういう場所だから」

わたしはうなずき、美奈子と共に部屋の隅のほうに腰をおろした。すかさず祥子がやって来て、わたしたちに紙コップ二つとコーラを一本、栓抜きと一緒に渡してくれた。コーラはよく冷えており、壜の表面に水滴が浮いていた。

だが、結局、その日、わたしも美奈子もそのコーラには手をつけなかった。理由はひとつしかない。それまでわたしたちがベ平連の活動を通して知っていた集会とは、まったく異なる空気が大場の部屋にたちこめていて、そのことに気持ちを奪われていたからである。

それは一種異様な……あえて言葉にするならば、魅力的なのにどこか近づきがたくて怖いような空気だった。

交わされる議論は、政治闘争に関することにとどまらなかった。大場がロラン・バルトについて話し始めると、誰かがそれを受けつつも、気がつくと埴谷《はにや》雄高《ゆたか》の話に変えてしまい、さらに別の誰かがフランスのヌーベルバーグについて語り出したかと思えば、次の誰かが『朝日ジャーナル』に掲載されていた記事についての批判を始め、大場がまた、独り言のように、ロラン・バルトの話に戻す……といった具合だった。

居合わせた全員が、己れの知性と教養を精一杯ひけらかすかのようにして、統一性のない話を続けているだけなのに、全体に流れる雰囲気が妙に溶け合っていて、にもかかわらず、そこには熱いものが感じられない。何かひんやりとした、質感の薄い無機的なものに触れているような、居心地がいいのか悪いのかわからない感触だけが残されるのだった。

それは明らかに参加している人間たちが醸《かも》しだす空気ではなく、大場修造という一人の男の存在が漂わせる独特の空気に他ならなかった。

あの黒い子猫は何という名前だっただろう。雌で、大場からは、クロ、と呼ばれていたが、そんな大場自身、気分によっては、ポオの小説に登場する黒髪の美女の名を使って、リジイア、と呼んだり、カラスの濡《ぬ》れ羽色《ばいろ》をしているからと、カーコ、と呼んだり、ふざけて、ミー公、ミー介《すけ》、などと呼ぶこともあった。

彼が命名した、という正式な名前を教えてもらったこともあるが、ロシア語を使った長ったらしい名前で、絶世の美女を表す言葉なのだと教えられたものの、わたしには覚えられなかった。

あの日、彼のアパートで初めて見た子猫は生後五か月ほどで、二月の寒い日の夜、永福町の駅の近くの、電信柱の脇に段ボール箱に入れて捨てられていたのを拾ってきた、と大場は言っていた。やんちゃで活発で、人見知りしない猫だった。自分の居場所をわきまえている賢さがある、とのことで、玄関のドアや窓を開けっ放しにしていても、決して逃げ出したりしない。それが大場の自慢の種でもあった。

四六時中、人が出入りしているような落ち着かない環境で、しかも、住まいを転々とさせられながらも、猫はよく眠り、よく食べ、よく人になつき、みるみるうちに大きくなった。

大場は武装蜂起《ほうき》や粛清についての話をしながら、かたわらに猫を置いて可愛《かわい》がり、時々、大場らしからぬ甘い声で呼びつけては抱き上げて、みんなの見ている前でその鼻先にキスをしたりした。

あの惨劇の現場になった奥多摩P村のアジトに、猫も一緒に連れて行く、と大場が言いはった時、真っ先に反対したのは祥子である。動物を連れて行くなんて、ただでさえ気をつかわなければならないことが多い中、足手まといになるだけだ、というのがその理由だった。

しかし、大場は頑として聞き入れなかった。

連れて行かないのなら、猫をどうするつもりなんだ、と大場は切り返すようにして祥子に訊《たず》ねた。静かな口調だった。

祥子は、そんな当たり前のこともわからないの、と言いたげな目をし、「獣医のところに連れてって、処分してもらえばいいのよ」と声高らかに言った。

一瞬、あたりの空気が凍りついたのがわかった。大場は大きく腕を振り上げたかと思うと、何も言わず、表情も変えないまま、祥子の頬を思いきり強く平手で打った。

祥子はもんどり打つようにして、横向きにはね飛ばされ、柱に背を打ちつけて、かすかに呻《うめ》き声をあげた。

その場にはわたしも含めて数人の人間がいたが、誰も祥子に駆け寄ることはしなかった。全員、祥子を見つめ、息を殺してじっとしていた。論理も理屈も思想も、何も役に立ちそうになかった。

祥子はスカートをはいていて、飛ばされた勢いで、白い太ももが見えるほど裾《すそ》がめくれ上がっていたが、慌《あわ》てた様子もなく、落ち着いた仕草でスカートの裾を直し、泣きもせず、驚いた様子も見せなかった。打たれた頰に手をあてがうことすらしなかった。わずかに顔をしかめてみせたが、それだけだった。

「わかったわ」と彼女は掠《かす》れた声で言いながら、つんと顎《あご》を上げ、柱に手をつき、少しよろけながら立ち上がった。「猫は連れて行くことにしましょう」

黒猫はその時、部屋の片隅に置かれた座布団《ざぶとん》の上で、置物のように行儀よく座っていた。祥子が張り飛ばされたことに、驚くというよりも、好奇心を隠せない、といった目をしていたが、それもわずかな間のことで、やがて何事もなかったかのように、のんびりと毛づくろいを始めた。

大場はそんな黒猫に愛情をこめた視線を投げかけながらも、自分たちがこれからやろうとしていることと、たかが猫の問題とを同一線上に乗せて論議すること自体、あやまっているのだ、とひと言、きつい調子で言い放った。一人一人に意見を求められたので、わたしたちはそれぞれ、大場の言っていることに異議はない、と答えた。大場が満足げにうなずき、やおら、爆弾製造について語り始めたので、猫に関する話はそこで終わった。

そんな具合で、猫は大場の寵愛《ちょうあい》を受け、村の廃屋を利用した新アジトに同行を許されることになったのだが、本格的な武闘訓練生活が始まってまもなく、行方がわからなくなった。物珍しさに、山の奥のほうに分け入って戻れなくなったのか。イノシシか野犬に襲われたのか。何か悪いものでも食べたのか。

猫がいなくなった、戻ってこない、と大場はしばらくの間、暗い顔をしてつぶやいていた。月明かりに照らされた夜の木立の奥に入って行って、背を丸め、舌を鳴らして猫を探し続ける大場の姿を見かけることもあった。

猫のことになると、日頃の冷静さ、落ち着きを失ってうろたえがちになる大場のことをからかって、革インターの名で村中に貼り紙をし、懸賞金をつけて猫を探してもらえばいい、と言い出すメンバーもいた。機嫌がいいと、大場もそれを受けて、冗談話にすり替えながら、懸賞金はいくら払えるだろうか、などと計算をし始めたりもしたが、虫の居所の悪い時は人が変わったようになった。猫と神聖なる武装蜂起とをごちゃまぜにしてジョークにすり替えるなど、たるんでいると言い、そんな話をしているメンバーを素っ裸にして、自分で掘らせた穴に入れ、朝まで出てくることを禁じたこともあった。だが、まもなく大場の口から猫の話が出ることはなくなった。革命インター解放戦線は、行方不明になった猫のことなどにかまっていられる状態ではなくなり始めていた。あれほど猫を可愛がっていた大場自身ですら。

わたしたちが全員、狂騒への道を走り始めたのと、黒猫の失踪《しっそう》がほとんど同時だったのは、不思議な符合としか言いようがない。

祥子が黒猫を始末したのではないか、と想像したこともある。誰も口にはしなかったが、わたしばかりではなく、同じことを考えたメンバーは他にもいただろうと思う。

祥子はのちに、大場とわたしの関係に気づいたに違いないのだが、いつだって平静を装《よそお》っていられる女だったし、わたしに限らず、大場と他の女との関係に、ありふれた嫉《しっ》妬《と》心《しん》や独占欲をみせない美意識の強さがあった。誰が大場と寝ようが、自分の立場はつゆほども揺るがない、と信じていたのかもしれない。

それでも、猫となると話は別だった。わたしは一度だけ……あれは永福町のアジトを出て、生田《いくた》緑地のアジトに移った時だったが……祥子が黒猫に向かって、ガリ版印刷用の鉄筆を乱暴に投げつけているのを目撃したことがある。

アジト内には他に誰もいなくて、大場も外出中だった。わたしは祥子から買い物を命じられ、町に出て食料を買い、戻ったところだった。

室内のトランジスタ・ラジオから音楽が流れていて、その音にかき消され、わたしが戻った気配に気づかなかったのだろうと思う。わたしに背を向ける姿勢で椅子《いす》に座っていた祥子は、何に苛立《いらだ》ったのか、彼女の足元にすり寄っていった黒猫に向けて、手にしていた鋭いアイスピックのような鉄筆をいきなり投げつけた。鉄筆は猫の背にあたり、弾《はじ》け飛び、驚いた猫は逃げ出した。祥子は床に転がった鉄筆を拾い上げるなり、部屋の奥に走り去った猫に向かって、再びそれを投げた。

わたしはそっと後じさりをして玄関から外に出、近所をひとまわりして時間をつぶしてから、アジトに戻った。祥子は穏やかにわたしを迎え、ごくろうさま、遅かったわね、と言った。

黒猫の姿はなく、再びわたしが猫を見たのはその日の夜遅くになってからだった。祥子に知られないよう、大場に不審がられないよう、そっと抱きあげて猫の身体《からだ》に触ってみたが、怪我《けが》をしている様子はなかった。

昼間、目にしたことを大場に教えよう、とは思わなかった。猫を溺愛《できあい》する大場に、祥子がしたことを明かし、どう反応するか、見たくもあったが、大場がわたしの言ったことを信じてくれる、という確証はなかった。

わたしが嘘《うそ》を言っていると思われる可能性もあった。ただの下等な密告者のように扱われ、大場の怒りをかうことになるのはいやだった。

とはいえ、わたしが、祥子の明らかな猫いじめを目撃したのはその時だけである。元来、怖いもの知らずのおっとりした性格だったのか。並はずれて神経が図太かったのか。猫は祥子から受けた仕打ちを忘れてしまったかのように、怯《おび》えることなく祥子にすり寄って行ったし、祥子は祥子で、とりたてて可愛がっているわけではないが、嫌ってもいない、といった態度を取り続けた。猫をやわらかく抱き上げ、大場に向かって「ほら、見て。竹久夢二の絵みたいでしょ」などと言い、おどけてポーズを取ってみせることさえあった。

P村のアジトで、猫が行方不明になった時、大場が祥子を疑ったのかどうかはわからない。少しでも猜疑心《さいぎしん》を働かせていたのなら、徹底的に祥子を問い詰めていたに違いないが、そんなことをしようとする素振りも見せなかった。

わたしの記憶に、今も色濃く残され、折にふれ思い出されるのは、黒猫を溺愛していた大場の、猫にだけ見せる素顔だった。

大場は自分の思想に酔いしれ、自分が作り上げた精神世界に溺《おぼ》れながら、革命のまぼろしに向かって疾走していた男だが、その裏には、自分が愛したものに対する、きわめて情緒的な執着があった。そして、わたしの知る限り、大場が本当に愛し、執着していたのは、女たちではない、あの猫だった。

彼は、猫に頬ずりするように女に頬を寄せ、猫のやわらかな身体を撫《な》でるようにして、女の髪の毛を撫でたが、その愛撫《あいぶ》の仕方は刹那《せつな》的で、乾いていた。黒猫を愛撫する時の、あの、もっともっと溶け合いたい、溶け合ってひとつになってしまいたい、ともどかしく悶《もだ》えるような、その種の狂おしさを彼が女に対して見せることはなかった。

わたしはそんな大場を愛していたのだろうか。恋い焦《こ》がれていたのだろうか。

自分が彼に対して、甘やかな感情を抱き始めている、と気づいた時、すでにわたしは革命インター解放戦線の中にどっぷりと浸《つ》かって身動きがとれなくなっていた。死ぬか生きるか、という壮絶な現実だけが目の前にあって、恋愛感情を意識する余裕は失われていた。

大場本人に、というよりも、大場が抱いていた幻想そのものに傾斜していった女たちは、わたしに限らず何人もいた。自分が生み出した観念の宇宙に女たちを引きずりこむことにかけては、大場は天才だった。

大場が口にすること、唱えることはすべて文学的で、ペダンティックで、にもかかわらず凶暴だった。是か非か、の世界であった。文学的であるにもかかわらず、片方でセンチメンタルな曖昧《あいまい》さは徹底して排除された。そこには常に、死や殺戮《さつりく》の予感があった。それでも近づいてみたいと思わせる、何か途方もない危険な魔力のようなものが、大場の中にはあった。

そしてそんな大場のかたわらに、いつもあの黒猫がいたのである。

大場を思い出す時、わたしにはいつも、決まって一つの光景が甦《よみがえ》る。背の高い、肩幅の広い大場が、猫を左肩に載せて歩いている。生成りのサファリシャツ姿である。顔は猫のほうに向けられている。猫は怖がる様子もなく、四肢をふんばって、大場の肩の上で見事にバランスを取っている。

P村アジトの裏側に、うねうねと曲がって伸びていた、幅の狭い未舗装の林道である。人家も人影もない。山の端《は》に太陽が沈みかけている。路面も木立も空も、何もかもが鬱《う》金色《こんいろ》に染めあげられた夕暮れ時である。

やわらかな風が吹いてきて、あたりの梢《こずえ》を揺らしている。大場の足どりはゆっくりとしている。ゆっくりすぎて、立ち止まってしまったようにも見える。

やがて猫と大場の姿は、夕日を浴びながら、幸福そうなひとつの黒い、細長いシルエットと化す。どちらがどちらなのか、見分けがつかなくなる……。

……そうした静かな光景が、今もわたしの目に焼きついて離れない。

12

永福町の大場修造のアパートに行き、革命インター解放戦線の集まりに初めて参加してから十日ほど経《た》った頃のこと。雨の降りやまない、蒸し暑い日だったが、深夜になって、突然、高畑美奈子がわたしの部屋を訪ねて来た。

「もしかして富樫君と一緒かな、って思ったんだけど。お邪魔していい?」

部屋の戸口からわざと離れて立ち、美奈子はいたずらっぽい口調で言った。色白のふっくらとした顔に、花が開いたような笑みが浮かんでいた。

その少し前まで、部屋に富樫がいたが、口喧嘩《くちげんか》をして別れたばかりだった。むしゃくしゃしていた時だったので、わたしは美奈子を歓迎した。

静岡の祖父の告別式から戻った富樫には、美奈子と共に革命インター解放戦線の大場の部屋を訪ねたことを打ち明けた。集会の様子や大場修造について、どう思ったか、ということも正直に口にした。

とたんに富樫は不機嫌になった。以来、何かにつけ皮肉を言うようになり、わたしにはそれが気に入らなかった。そして、その晩、彼が「きみは思想的にいい加減な人間だったんだな」と言ったことから、わたしたちの間に、決定的に険悪な空気が流れたのだった。

諍《いさか》いが始まると、口達者になるのは彼のほうだったし、言い返せなくなって悔しい思いをするのが常だったが、その時のわたしには、彼がわたしを称して「いい加減な人間」と言ったことの、裏にある気持ちがわからないでもなかった。

彼は思想を問題にしていたのではない。結婚だの同棲《どうせい》だの、といった、二人の単作りの話にわたしが乗り気ではない、ということに彼は気づいていて、そのことこそが問題だったのだ。

それなのに、彼は正面切ってわたしを問いつめることができずにいた。少しでもその話を始めたら、亀裂《きれつ》はさらに深まり、別れ話に発展していくことが、彼にもわかっていたのだろうと思う。

きみに溺れた、夢中になった、だから結婚しよう、と言われていたら、あるいは違う結果になっていたかもしれない。当時、わたしにとっての結婚は、男と女が身も心も溺れ合って、どうにも仕様がなくなった時に口にする、甘ったるい夢でしかなかった。そしてそれはきっと、彼がしきりと口にしていた結婚とは、まったく別のものだったのだろうと思う。

あの晩、堂々めぐりの口論を続けたあげく、富樫はいきなり「帰る」と低い声で言って立ち上がった。「きみの好きにすればいいよ。革インターの髭《ひげ》づら闘士の部屋に出入りしたけりゃ、すればいい。どうせべ平連の活動が生ぬるいと思ってたんだろ。だったら、過激にやってくれよ。赤軍のゲバルトローザになってくれよ。せいぜい遠くから見物させてもらうことにするよ」

ベ平連も革インターも関係なく、単にこの人はわたしが大場のところに行ったことが気にくわないだけなのだ、と思った。それなのに、思想的な問題にすり替えようとしている、と思うとむしょうに腹が立った。

わたしは乱暴に部屋のドアを開け放ち、「帰って」と言った。「もうここに来ないで」「ああ、来ないよ」と富樫は吐き捨てるように言った。階段を駆け下りて行く大きな足音がそれに続いた。

美奈子が訪ねてきたのは、そんなやりとりがあった直後のことだった。美奈子が来てくれなかったら、混乱するあまり、わたしは雨の中に飛び出して行き、朝まで外を歩きまわっていたかもしれない。

父親が買ってくれた小さな冷蔵庫には製氷器がついていた。富樫とたまに一緒に飲んでいた安ウィスキーが少し残っていたので、オンザロックを用意しようとしたわたしに、美奈子は「今日はお酒はいらないの」と言った。「おかまいなくね」

冷蔵庫の中には、昼間、マーケットで買って来たばかりのテトラパックのコーヒー牛乳が入っていた。わたしがそれを二つのコップに注ぎ分けている間、美奈子は窓辺に立ち、雨の降りしきる外の闇《やみ》を眺めていた。

「ほんとのこと言うと、富樫さんがさっきまでここにいたんです」とわたしは言った。「喧嘩して、彼、怒って飛び出して行きましたよ。革インターの大場さんの部屋に行くなんて、きみは思想的にいい加減な人間だ、って言われて、それでわたしもカーッとなっちゃって……」

美奈子はため息をついて、窓辺から離れた。「そうだったの。ごめん。わたしのせいね。沙織ちゃんを大場さんのところに誘ったのはわたしなんだし。そのことは彼に教えたの？」

「教えたけど、わたしたちの喧嘩とそのことは全然関係ないんです。彼は思想的なことなんか、ほんとはどうだっていいんだから。小市民ふうのことを口にするのが恥ずかしくて、そういう問題にすり替えて言ってるだけ。彼はね、わたしが一切の闘争から手を引いて、彼のお嫁さんになって、子供を作って、その子供を抱っこしながら、会社に出かける彼を見送るような、そんな人生をわたしに選んでほしいんですよ。でも、残念ながら、わたしにはそれができない。そこが大きな問題」

美奈子は四角いちゃぶ台に向かって横座りし、目を細めてわたしを見た。「沙織ちゃん、そういう人生はいやなの？」

「そういう、って？」

「だから、好きな人と結婚して、子供を作って家庭に入って、家族と一緒に平和に暮らすような人生よ」

どう答えるべきか、わからなかった。いやではなく、むしろ、そうしたいと願っている自分がどこかにいるのではないか、と疑ってもみたが、その時は、自分の中のどこにもその片鱗《へんりん》を見つけることはできなかった。

わたしが黙っていると、美奈子はおっとりとした仕草でちゃぶ台に片肘《かたひじ》をつき、髪の毛をかきあげながら、「実はね」と言った。「わたし、妊娠してるの」

わたしは目を瞬《しばたた》かせ、軽く息をのみ、「え？」と聞き返した。

美奈子は、ふっ、と空気が抜けていくような笑い声をもらした。「ずっと生理がなくて、変だな、と思ってたのよ。沙織ちゃんと一緒に大場さんのところに行った時も、ほんとのこと言うと、あやしいな、妊娠したかな、って思ってたんだ。で、今日、思いきって病院に行ってきたの。すごく怖かったし、心細かった。でもね、妊娠してます、って医者から言われた時、なんか、泣きそうになっちゃうくらい嬉《うれ》しくなって……ほんとに胸が熱くなって、涙が浮かんできたのよ。馬鹿《ばか》みたいかもしれないけど、嬉しくて嬉しくてたまらなかったの」

美奈子は色白の顔に幸福そうな笑みを浮かべ、かすかに目をうるませた。「ミスター・レノンの赤ちゃんよ。彼は結婚してるし、子供もいる。でもね、沙織ちゃん。わたし、産むつもり。絶対に産む。彼にはまだ教えてないけど、絶対に産む」

「まだ教えてないの？ どうして？ 早く教えなくちゃ。美奈子さん一人の問題じゃないんだから」

「わかってる。でもね、テレビドラマでよくあるでしょ。女の人が『赤ちゃんができたの』って言うと、相手の男が一瞬、黙りこんで、その後でバンザイをして、女の人を抱きしめて、よくやった、これで俺も父親だ……なんて、大声ではしゃぐような、そういうシーン。そんなの、わたし、人生の中で期待したことがないし、自分の人生に起こるなんて思ったこともないの。だからね、彼からすごくいやな顔をされるのも覚悟の上なのよ。そういう意味でも、妊娠を打ち明けるのは勇気がいるわ。今日もさっきまで一緒にいたんだけど、言い出せなかった」

「堕《お》ろしてほしい、って言われる可能性があるんですか」

「それはあり得ないな。彼はそんなこと、言わない人よ。こういうことで責任逃れはしない人。ただね、困った顔はすると思う。わたしはきっと、それが怖いのね」

「わかります」

「でも、どんなに困った顔をされても、産ませてさえもらえばいいの。認知とかなんとか、要求もしないつもりだし。あとはなんとかして、わたしが育てるから。できれば彼と暮らしたいけど、彼が奥さんと別れることができないんだったら、一緒に暮らせなくてもかまわない。この地球上にわたしがいて彼がいて、そこに彼との間にできた子供がいる……それだけで充分」

親の仕送りを受けながら暮らしている女子大生が、妻子ある男との間に赤ん坊を作り、最終的には男に頼らずに一人で育てていくことが果たして可能なのかどうか、一瞬、考えないでもなかったが、一般的な忠告を口にできるほど、わたしは大人ではなかった。

「カッコいいな、美奈子さん」とわたしは言った。「素敵。美奈子さんらしい生き方ですね」

「ミスター・レノンのお店でのバイトの日を増やしてもらって、ぎりぎりまで働くつもり。生まれてしばらく経つまでは、彼からの援助がないとどうしようもないけど、それ以上は求めない。わたしが産みたいとわがままを言って、産ませてもらう以上は、自分でなんとかしなくちゃ。出産の時だけ実家に帰ることになると思うけど、しばらくしたらまた、赤ちゃんと一緒に東京に戻って、彼の店で彼と一緒に働くことになると思う」

そうしているうちに、また状況が変わるかもしれないし、と美奈子は女らしい吐息をつきながら、ぽつりとつけ加えた。

大学を中退することも考えている、と宣言する彼女は、ベ平連活動も全共闘も、ついこの間、カストロに似ているから、と興奮してわたしを誘い、引き合わせた革命インター解放戦線の大場のことも、そこで見聞きした光景に野次馬的な興味をもっていたことも、きれいさっぱり忘れ去っているようだった。そのせいか、わたしの目に映る美奈子は、愛する男との間にできた赤ん坊を孕《はら》んでいる幸せな女、という役柄を演じている役者のように見えた。

「わたしは彼との人生を選ぶ覚悟を決めたばっかりなんだけど」と、ややあって美奈子は遠慮がちに聞いてきた。「……沙織ちゃんはどうなんだろう。結婚ということは別にしても、富樫君と一緒に生きていくつもりでいるんでしょう?」

わたしは「さあ」と言い、「うん」と言い、「どうかな」と言った。

「煮えきらないのね。彼のこと、好きじゃなくなった?」

好きですよ、とわたしは言った。「でも……」

窓の外で雨足が強くなる気配があった。雨の音以外、何も聞こえなかった。

美奈子はちゃぶ台の上から手を伸ばしてきて、わたしの腕を軽く揺すった。「すぐに仲直りできるわよ。明日になったら、彼のほうからあやまってくるに決まってる。賭《か》けてもいい。彼は沙織ちゃんにベタ惚《ぼ》れなんだから」

この人は何か誤解している、と思ったが、どう言えばいいのか、わからなかった。恋愛や妊娠、出産、結婚、といったものばかりを視野におさめていたくない、もっと別のものを見つめていたい……そんなふうに言うべきだったのだろうか。

だが、それはあまりに恰好《かっこう》をつけすぎた言い方で、わたしの本心ではなかった気がする。女の新しい生き方が次から次へと提唱されていた時代だったが、そういったことにわたしは、あまり興味をもたなかった。むしろ、自分は女にこだわることから遠ざかっていたい、と思っていた。

その晩、美奈子は、もう煙草《たばこ》はやめたから、と言って、ショルダーバッグの中からセブンスターの箱を取り出し、わたしに手渡した。中には十本ほどの煙草が残っていた。

美奈子が美味《うま》そうに煙草を吸うのを見られなくなったことがつまらない、と思った。好きになった男の子供を孕み、出産して、その男と生涯を共にしたい、と当たり前のように望む彼女が、自分とは違う世界に生き始めたことを感じた。一抹の淋《さび》しさを覚えた。

その漠然とした淋しさが、わたしを必要以上に革命インター解放戦線にのめりこませることになったのだと思う。

わたしは言った。「富樫さんに何を言われようが、また、大場さんのところで開かれる革インターの集まりに行くつもりでいるんです。すごく興味をもったから、もう一回、参加してみたくって」

「やっぱりね」と美奈子は深くうなずいた。「でもそれは、大場修造に対する興味なの？　それとも革インターの闘争理念に対しての？」

「どっちも、かな。といっても、闘争理念なんて、まだよくわかんないから何とも言えないんだけど。だいたい、この間、美奈子さんと一緒に行った時も、闘争に関する具体的な話なんか、全然、出てこなかったですものね。どこがブントの流れを汲《く》んでるんだろう、って不思議に思ったくらい。ブントだったら、ゲリラ戦術の話が出てきてもおかしくなかったはずなのに」

「ほんとほんと。選ばれたインテリが集まるアカデミックサロン、って感じだった。大場修造好みの教養趣味に傾いた、プチブル的な似非《えせ》サロン、なんて悪口言ってる人もたくさんいるのよ。そういう連中に言わせれば、革インターでやってることなんて、象牙《ぞうげ》の塔の中の哲学問答にすぎない、ってことになっちゃうのよね。なんとなく、それもわからないでもないけど」

「でも、似非サロンの中でインテリを気取ってる革命家って、別にわたしは嫌いじゃないな」

「沙織ちゃん、彼のこと気にいったんだね」

「変な意味でじゃないですよ。人間として面白い、って言ってるだけ」

美奈子はからかうような目でわたしを見て、「否定しなくたっていいじゃない」と言った。「彼はカッコいいだけじゃなくて、神秘的よ。彼を見せたくて沙織ちゃんを連れてったようなものだったんだから。まあね、ああいうサロンふうの雰囲気って、闘争につながるかどうかは別にしても、ほんと、珍しくて、うちの事務局の人間たちにも教えてやりたいくらい。でも」と美奈子は言い、軽く肩をすくめた。「妊婦が革命インター解放戦線のサロンにいそいそと出入りするのは滑稽《こっけい》だもんね。だから、わたしはもう、あそこには行かないことにした。大場修造に会えなくなるのは残念だけど」

「妊娠してたら、思想的なことに関わるのは滑稽になっちゃうんですか？　おかしいですよ」

「バリケードの中で出産した、っていう話は何度か聞いたことある。現実にそういうことは、あるんでしょうね。大きなお腹《なか》して、ぎりぎりまで闘争に関わってたら、あり得ることだもの。でも、わたしは当分、おとなしくしてるわ。美奈子、日和《ひよ》ったのかよ、って、みんなには猛烈に批判されるだろうけど、そんなのはかまわないの。無理はしたくない。いろいろ考えたいこともあるから」

妊娠と闘争とは別問題だし、そもそも別次元のことだから同列には語れない、と美奈子が大まじめに語ってくれることをかすかに期待していた。わたしは、ひどく裏切られたような気持ちになった。

わたしたちはしばらくの間、示し合わせたように口を閉ざした。雨が軒先を叩《たた》いていた。

あちこちの部屋の窓が開け放されていたらしく、誰かが室内でかけているラジオの深夜放送が、聞こえてきた。当時、大ヒットしていた映画『ある愛の詩《うた》』のメロディが、雨音の中に滲《にじ》んでいった。

ものの思いに耽《ふけ》っているような顔つきをしながら、コーヒー牛乳をひと口飲み、美奈子はふいに沈黙を破るようにして、「来年の一月なんだ」と言った。瞳《ひとみ》が輝いていた。

「え？　何が？」

「生まれるのが、よ。でも、お願い、沙織ちゃん。このこと、まだ富樫君にも誰にも言わないでね。ミスター・レノンにもしゃべってないっていうのに、つまんない噂《うわさ》をたてられたくないから。言うべき時がきたら、自分で言う。まあ、それまでにお腹が大きくなってきて、自然にバレちゃうんだろうとは思うけど」

わたしは美奈子からもらったセブンスターを一本くわえ、マッチをすって火をつけてから、大きく手首を振って炎を消した。そして、顎《あご》を上げ、深々と吸い込んだ煙を天井に向かって吐き出してみせた。「誰にも言ったりなんか、しませんよ」

どこかぞんざいな、ふてぶてしい言い方になっていることに恥ずかしさを覚えたが、美奈子がそれに気づいた様子はなかった。

13

翌七月の半ば、赤軍派と京浜安保共闘は合体して、連合赤軍を結成した。軍資金はあっても武器がなかった赤軍派と、銃を所持してはいても、資金不足に喘《あえ》いでいた京浜安保共闘とが急速に接近し合った結果であった。

あさま山荘事件勃発《ぼっぱつ》と、それに続く大量リンチ殺人事件発覚の、わずか七か月ほど前のことである。だが、もちろん、わたしも含めて誰も……おそらくは大場ですら、当時、そんなことを予測できるはずもなかった。

七月三十日には、岩手県雫石《しずくいし》上空で、全日空機が自衛隊機と衝突し、墜落。乗客乗員、一六二名の死亡が確認された。

真夏の、むせかえるような草木で被《おお》われた山の中に、大破した航空機の残骸《ざんがい》が広範囲にわたって飛び散り、ヘリコプターの音が響きわたっている映像が、繰り返し、テレビ画面に映し出された。二週間ほどの予定で、わたしが仙台に帰省していた間に起こった事故で、わたしはそのニュースを何度も何度も、テレビで見ることになった。

事故が起きた数日後のことだったと思う。夕食どき、自宅の居間のテレビでは、遺体確認をした遺族が、抱き合って泣きじゃくっている映像が流されていた。

父は黙ってテレビを消した。誰も「どうして?」とは聞かなかった。

静寂が戻った。食べ盛りの弟が、飼い葉桶《おけ》に顔をつっこんだ馬のような勢いで食事を続けていた。その、せわしなく動かされる箸《はし》の音と食べ物を咀嚼《そしゃく》する音だけが、あたりに響きわたった。

味噌汁《みそしる》の椀《わん》を手にした父が、「沙織」とわたしの名を口にしながら、一切わたしの方に目を向けずに聞いた。「今年の夏休みは、どうしてまた、八月半ばに東京に戻ることにしたんだ。何か大事な用でもあるの?」

父と視線が合わないように注意しながら、わたしは咄嗟《とっさ》に「仲間と同人誌を作ってる最中なの」と嘘《うそ》をついた。「みんなと協力し合って、それぞれの作品をガリ版刷りして、束ねて一冊にして、きれいな表紙をつけて……。それで、いろんなところに売りに行く、っていうことになってるんだ」

母には別の嘘をついていたような気もした。弟にはさらに別の嘘を。

それぞれ、どんな作り話をしたのだったか、混乱して思い出せなくなっていた。思い出すのも億劫《おっくう》だった。

早く東京に戻りたかった。戻って、また、大場の部屋に行きたかった。すでにその頃、わたしは数度にわたって大場のところに出入りしていて、大場とも祥子とも、他のメンバーとも親しくなっていた。

「同人誌?」と父が聞き返した。「初耳だね。小説を書き出したのか」

「一応、ね。下手くそな散文みたいなもんだけど。とにかくそういう感じで、ちょっと忙しいし、あとはね、友達と旅行に行くことになってるの。こっちのほうがメイン・イベント」

「旅行? どこに」

「新島」

「誰と」

「だから友達とよ。わたしも入れて四人で。言っとくけど、全員、女だからね」

いったん嘘をつくと、あとからあとから嘘がわき上がってきて、嘘をつくことの罪悪感すら希薄になっていくのが不思議だった。わたしは、一緒に行く友達の一人の親戚《しんせき》の人が、新島で民宿を経営していて、安くしてくれるの、と言いながら、小鉢の中の黄色い沢庵に箸を伸ばした。

「飛行機に乗るのだけはやめてよ」と母が真顔で言った。「落ちたら最後なんだから」

「馬鹿ね、ママったら。新島には船で行くのよ。船でしか行けないの」

「でも、船は沈むことがあるよ」と弟がご飯粒を口から飛ばしながら言った。「飛行機が落ちる確率と船が沈む確率と、どっちが高いんだろう。調べてみよう」

母が「そういうくだらないことを言うのはやめなさい」と言ったので、わたしは笑い声をあげた。

弟がむせて、派手な咳《せき》をし、慌《あわ》てて麦茶に手を伸ばして、コップを倒してしまったため、麦茶がテーブルの上にこぼれて大騒ぎになった。父はそれ以上、何も聞いてこなかった。

畳敷きの居間の隣にはサンルームがついており、母が焚《た》いた蚊とり線香が、縁の欠けた古い陶器の皿の上でゆらゆらと煙をあげていた。サンルームの向こうに拡《ひろ》がる庭には、すでに夜のとばりが下りていた。網戸の破れ目から入って来たのか、大きなカナブンが一匹、電灯のまわりを飛びまわり、その小さな影が、ちろちろとした木洩《こも》れ日のようになって食卓の上を揺れ動いた。

わたしが自宅で、父と母、そして弟と家族団欒《だんらん》の食事を共にし、ごくありふれた女子大生の顔をみせていた平和な夏は、正真正銘、それが最後になった。

八月半ば、お盆の帰省客と逆方向に向かう急行列車に乗り、わたしは東京に戻った。吉祥寺のアパートの住人は、ほとんど全員、それぞれの田舎に帰省していて、その時期、戻ったのはわたしだけだった。

永福町の大場のアパートで、革インターの定例集会が行われたのは、その翌々日である。

いつも参加しているメンバーは、誰も帰省してなどおらず、全員がそろい、さらに新しい参加者の顔も見えた。十人を超える人間たちが集まったせいか、大場の部屋は、扇風機をいくらまわしても汗が滴《した》り落ちてくるほど蒸し暑かった。

その日、集会が終わると、祥子は用があるから、と言って帰って行った。メンバーたちも、一人、二人と引き上げていき、気がつくとわたしだけが残っていた。

大場に頼まれて、飲み物や灰皿などの後片付けを手伝い、黒猫のトイレの始末をし、そうこうしているうちに夜になった。

猫のために煮干しを煮てやっていた大場は、帰り支度をしていたわたしを引き止め、「外に飲みに行かないか」と誘った。「近くに赤ちょうちんがあるんだ。きみ、酒は飲めるんだろ?」

「飲めます」

「じゃあ、行こう」

やわらかく煮こんだ煮干しを削りぶしと一緒に猫に与え、食べ終えるのを見届けて頭をひと撫《な》でしてやると、大場はわたしをアパートのそばの商店街にある、小さな赤ちょうちんの店に連れて行った。

その晩、彼は猫のことを、クロ、と呼んでいたと思う。わたし相手に、他にとりたてて話したいことなど、何もなかったのかもしれない。焼き鳥を食べ、コップ酒を飲み、大場はクロの話ばかりしていた。

「骨のついた鶏肉《とりにく》は猫にはやっちゃいけないらしいよ」と彼は言った。「魚の骨はいい。でも鶏の骨はいけないんだ。喉《のど》に刺さったら、大変なことになるっていう話で、それを聞いてから、クロには絶対に骨つきの鶏肉は食わせないことにしてる」

「猫なら、魚でも鶏でも、なんでもまるごと骨まで食べちゃって平気なんだと思ってましたけど」

「ネズミも食う。ゴキブリもカマキリも食う。ほっときゃ、なんだって食うけど、考えてみたら、猫が食うのは小さい活《い》き餌《え》ばっかりなんだよ。ニワトリを食ってる猫、ってのはかなりシュールだよな」

わたしはくすくす笑いながら、彼が二杯目のコップ酒を注文して飲み始めるのを目の端で意識していた。

「……あの人はどうした」

「あの人?」

「きみを連れてきた人……べ平連の……ああ、そうだ、高畑さん、っていう名前だっけ。彼女、あれきり顔を見せないね」

美奈子はバイト先の妻子ある男との間に赤ん坊ができ、未婚の母になる決意をして、闘争から遠ざかりつつある……そんな話をしたら、大場のような男は何と言うだろう、と興味があった。

だが、その種の話題は大場にとってはひどく俗的で、つまらないものなのかもしれなかった。余計なことは言わないほうがいい、と思い、わたしは黙っていた。

「さぞかし呆《あき》れ返ったんだろうな、彼女」

「どういう意味ですか」

「俺たちのやってることは、ベ平連理論の対極にあって、彼女には受け入れられなかったんだろう」

「美奈子さんは、別の事情があって、足が遠のいただけみたいです。ベ平連とは何も関係ないと思うけど」

そうか、と大場は言った。

その話はそこで終わった。

赤ちょうちんの店にいたのは二時間ほどだったろうか。割り勘にしなければ、と思ったのだが、財布の中には帰りの電車賃も含めてわずかの金しか入っていなかった。

仙台から東京に帰る時、母親からそっと封筒を手渡された。小遣いに困って何かろくでもないアルバイトに手を出すのではないか、と案じている父親からの、特別のプレゼント、ということで、中を開けてみると一万円札が二枚、入っていた。四畳半ひと間のアパートの部屋代が、月八千五百円だった時代に、二万円はめったに手にすることのできない大金であった。何かの時のための蓄えにしようと決め、封筒ごと部屋の机の小引き出しに入れておいた。せめて四分の一だけでも持って来ていれば、割り勘にできたのに、とわたしは後悔した。

店を出てから、「ごちそうさまでした」と言って頭を下げた。「割り勘にできなくてすみません。じゃあ、わたしはここで」

聞こえていたのかいないのか、大場は「もう一軒、行こうよ」と誘ってきた。

終電までにまだ時間はあったが、この上さらに、大場に金を使わせることになるのは気がひけた。わたしがためらっていると、大場は「金なら俺が持ってるから」と言った。

ちょうどいい具合に酔いがまわっていたに違いない。次に入った庶民的な雰囲気の居酒屋のカウンター席で、大場はおよそ初めて、闘争の話題を持ち出し、赤軍批判を始めた。

彼によれば、攻撃型の階級闘争論と暴力革命の思想を打ち出しているのはいいとして、赤軍は女を差別している、ということだった。しかも、彼らはその事実に気づいていないし、気づく気配もない。野蛮人と変わらないんだよ、と彼は力説した。

赤軍派の女たちは全員、恋人や夫やフィアンセのための個人的支援という形でしか、闘争に関わることができず、しかも、女としての自覚をもつことさえ許されずにいる。化粧をしたり、ファッションやヘアスタイルに気をつかったりすることは、多くの場合、批判の対象になる。そのうえ、彼女たちの任務は、電話連絡やビラ用のガリ切り、カンパ集め、アジトでの料理係など、すべて雑用でしかない。その信じがたい差別的体質は、近代国家の封建制そのものであり、彼らが提唱する革命の名を穢《けが》すものだ……といったようなことを大場はまくしたて、煙草《たばこ》をたて続けに吸い、コップの中の日本酒をあおった。

それこそが大場修造一流の、巧みなフェミニズム戦術であり、革命インター解放戦線に女であるわたしを誘いこんで、使い回しのきく女性兵士に育て上げていくための周到な作戦だったのだが、当時のわたしが、そんなことに気づくわけもなかった。

彼の話は、理屈を超えたところでわたしをわくわくさせた。これまで経験しなかったような興奮が、全身を駆け抜けていくのがわかった。

「鈴木祥子という人はね」と彼は、煙草の脂《やに》がしみついた指で、黒く猛々《たけだけ》しい髪の毛を無造作にかき上げながら言った。「多分、きみも同じ意見だと思うが、非常に優れた女性だ。頭がよくて、知性にあふれていて、何ものにも惑わされない。胆《きも》がすわっている。ある意味では、革インターの代表者と言ってもいいと思うよ。代表は俺であるし、同時に彼女でもあるんだ。メンバーの女性たち全員に、俺は同じ意識を与えたいし、そういう意識をもって参加してもらいたいと考えている。志を高く保って、既成の価値観を否定することを恐れず、そのうえで、知に対する飽くなき探求を怠らずにいてほしい。そういう女性が化粧をしたり、服装に気をつかったりすることのどこに問題があるのか、俺にはわからない。人が美しくあろうとすることは、美意識に基づく行為じゃないか。それはあくまでも個人の自由であって、尊重されるべきだし、自己批判や総括の対象になんか、される謂《いわ》れはないんだよ。それに、日常的な雑用は男女の別なく、全員で手分けしてやるべきだ。人間が生きていく上で、生殖行為以外、性別の違いは何の意味もたない。料理が得意な男は料理を作る。料理よりも射撃のほうが向いている女は、射撃の訓練をする。闘争資金の調達にしても、アジトの維持にしても、男女がともにいてこそできる。もっとわかりやすく言おうか。個性や能力を基準にした役割分担はあっても、性別による役割分担などというものはあり得ない、ということだよ。男女がペアを組んで、世間の監視から逃れられることはたくさんある。同棲《どうせい》カップルを気取れば、アジトにするための部屋を簡単に借りることができるだろ。場合によっては法律上の婚姻関係を結んで、偽《にせ》の家族を作ることさえできる。いいかい。革命は男だけのものではないんだよ。革命家は男で、女は彼らを陰で支えて、母親のような役回りに満足すべきだ、なんて、考えてるやつがいたとしたら、とんでもない薄ら馬鹿《ばか》だ。革命に男女の別はない。互いを求め合う情熱の深さに、男女の別がないのと同様にね。わかるかな」

「わかります」とわたしは目を輝かせながら言った。「すごくよくわかります」

うぶな娘、その場の空気に染まりやすい、扱いやすい小娘だ、と思われたかもしれない。わたしは彼が話してくれたことに異様な感動を覚え、目を爛々《らんらん》と光らせていた。当時のわたしがどうしても言葉にできずにいたことを、彼が代弁してくれているような気がした。革命の話をしていながら、そこにはもっと深い、世界の本質的なものが見え隠れしているように思えた。

帰りたくなかった。朝までそうやって大場の話に耳を傾けていたかった。

だが、大場は何か約束でもあったのか、あるいは、わたしとそれ以上、話をしているのが急に億劫《おっくう》になったのか、ちらりと腕時計を覗《のぞ》くと「そろそろ終電の時間だな」と言った。「乗り遅れたら、始発まで待つか、歩いて帰るかしなくちゃいけなくなる。住んでるのはどこ?」

「吉祥寺です」とわたしは言った。

「一人暮らし?」

「ええ。四畳半ひと間のアパートに」

「駅からは近いの?」

「歩くと二十分くらいですが、最終のバスに乗れれば、バス停からアパートまではすぐですから」

「じゃあ、もう駅に向かったほうがいい」

小さくうなずいてみせたのだが、わたしはカウンターの上のセブンスターと、美奈子がバイトしているジャズ喫茶のマッチとをショルダーバッグに入れ、席から立たずに、しばらくの間、ぐずぐずしていた。

「あのう」とわたしは言った。「最後にひとつ、質問したいことがあるんです。聞いてもいいですか」

「質問をするのに、いちいち断らなくてもいいよ。何?」

「革命インター解放戦線の正式なメンバーは、全部でどのくらいいるんでしょう。つまり、全国に、っていう意味ですけど」

大場はちらりとわたしを見て、さも可笑《おか》しそうに肩のあたりを揺すって笑い出した。

「全国もへったくれもないね。あの部屋に集まってくる連中ですべてなんだから」

「は?」

「集会に頻繁に出てこないやつもいるから、きみも知らない人間がいるとは思うけど、まあ、大半はすでに顔を合わせてるはずだ」

「……そうだったんですか」

「何かおかしい?」

「いえ、別に」

「あんなにみみっちい人数では、何もできない、って？　革命遂行には、少なくとも五十人、百人の兵士が必要だ、って？　正論だね。きみは間違ってない」

「すみません、とんちんかんな質問をしたりして」とわたしは慌《あわ》てて言った。「全共闘の主なセクトについての知識はあるんですけど、それぞれの組織がどこでどんなふうにつながり合っているのか、不勉強なんです。もちろん、革インターがブントの分派である、っていうことはよく知ってましたけど……」

「確かにブントの分派だよ。でも、俺はブントの思想をそのまま継承しているわけじゃない。むしろ、まったく違う方法を講じながら、より先鋭化させることを企《たくら》んでいる」

「それはなんとなくわかります。こうやって革インターのことを知れば知るほど、大場さんの話を聞けば聞くほど、他のどんなセクトともつながらないで、完全に独立してる感じがしますから。独自の路線、って言えばいいのか……うまく言えないんですけど、なんかそんな感じがしていますから」

大場は少し疲れたように微笑《ほほえ》んだ。「それがわかってればいいさ。今のところは充分だ。さあ、もう行ったほうがいい」

じゃあ、ここで失礼します、とわたしが挨拶《あいさつ》をすると、彼はその日初めて、人を射抜くような、どぎまぎさせるような視線をわたしに向け、「また会おうな」と低い声で言った。

最終バスに乗り、吉祥寺のアパートに帰った時、時刻は深夜十一時をまわっていた。玄関先で靴を脱ぎ、自分のスリッパにはきかえて、階段を上がりかけたわたしは、ぎょっとして立ち止まった。

階段を上がりきったところの、人けのない、空気が淀《よど》んだうすぐらい廊下の片隅に、富樫が大きな黒い影のようになってうずくまっているのが見えた。

「どうしたの。そんなところで何してるの」

富樫は力なく顔を上げ、「ご挨拶だね」と嗄《しわが》れた声で言った。「きみを待ってたに決まってるじゃないか」

「静岡に帰ってたとばっかり思ってた」

「そんなこと、どうだっていいだろう」

「わたしが東京に帰って来たこと、どうしてわかったの」

それには答えず、彼はよろけるように立ち上がって、「水をくれよ」と言った。「ずっと待ってたんだ。喉《のど》がかわいた」

「わかった」とわたしは言い、バッグの中から部屋の鍵《かぎ》を取り出して、ドアを開けた。ドアを開ければ、すぐそこが四畳半の和室である。明かりをつけるために、電灯の紐《ひも》を引こうとした時だった。いきなり背後でドアが閉じられる音がし、わたしは富樫に押し倒された。

何するのよ、と怒鳴ったつもりなのに、声にならなかった。少しの間、もみあう形になったが、彼の力はわたしよりも圧倒的に強かった。肩にかけていたショルダーバッグが飛び、はずみで口が開いて、中のものが畳の上に散らばった。

一気がつくと畳の上に仰向けにされていた。馬乗りになった彼は、わたしの両腕を大きく開かせ、手首を押さえつけてきた。

閉め切ったままの部屋の中は、熱気がこもり、べたべたしていた。カーテンが開いたままになっている窓ガラスには、外の闇《やみ》が映っていた。

わたしは烈《はげ》しく手足をばたつかせようとしたが、富樫の力の前には無力だった。

「どういうつもり？」とわたしは聞いた。「離してよ。今すぐ離さないと、大声出すわよ」

「そうしたければしろよ。どうせアパートには誰もいないんだ」

わたしは口を結んだまま目を見開き、彼を睨《にら》みつけた。

彼はわたしを押さえつけたまま、呻《うめ》くような声で聞いた。「どこに行ってた」

「その前に教えてよ」とわたしは彼から目を離さずに聞き返した。「どうしてわたしが東京に帰ってることがわかったの。なんで、今日、ここにいたの」

「今日、きみのうちに電話したんだよ。お母さんが出てきて、もう東京に戻った、って教えてくれたんだよ。くそ。今までどこに行ってたんだ。答えろよ」

「言わせたいの？　大場修造のところに行ってたんだ、って、そんなに言わせたいわけ？」

声は震えてはいなかった。自分でもぞっとするほど、ひんやりとして落ち着いていた。閉じたドアの隙間《すきま》から、廊下の明かりが細い一条《ひとすじ》の光となって、もれていた。彼はわたしを見下ろしたまま、身動きひとつしなくなった。

闇の中で、その目が月明かりのように光るのが見えた。荒い呼吸を繰り返す彼のこめかみから汗が滴《したた》り、わたしの顔にあたって弾《はじ》け飛ぶのが感じられた。甘ったるいような吐き気を覚えた。

やがて、彼は、いきなり何かに跳ね返されたかのようにわたしから離れたかと思うと、廊下に飛び出して行った。階段を駆け降りる音がし、玄関の引き戸が乱暴に開けられる音がした。アスファルトの路面を走り去って行く彼の靴音がしたが、それもまもなく遠のき、何も聞こえなくなった。

室内は蒸し風呂《ぶろ》のようだった。汗が全身の毛穴という毛穴から噴き出してきた。廊下からやぶ蚊が入って来て、しきりと耳元で唸《うな》り声をあげていた。わたしは押し倒された時と同じ恰好《かっこう》で仰向けになったまま、じっと天井を見上げていた。

何も考えられなかった。感じなかった。怒りも悲しみも後悔も何も。

自分がそれまで感情と呼んでいたようなものが、すべて失われているのを感じた。肉体は空洞と化し、そこにはびゅうびゅうと音をたてて、冷たく乾いた風が吹いていた。

その晩を最後に、わたしと富樫の関係はわずか一年ほどで終わりを告げた。次に彼と顔を合わせたのは、翌年の一月か二月だったと思う。あさま山荘事件が起きる直前だったから、二月だったかもしれない。わたしはすでに大場と深い関係になり、革インターの中で重要な任務をあてがわれ始めていた。

曇り空の寒い日の午後、吉祥寺の駅ビルの中にある大きな書店で、偶然、日本文学の棚を見上げていた富樫を見つけた。わたしの目と鼻の先に彼はいた。咄嗟《とっさ》に踵《きびす》を返して店から出ようとしたのだが、間に合わなかった。ふとこちらを振り返った彼と、目が合った。

わたしは祥子と一緒だった。革インターの闘争資金を作るために、二人で書店に入り、万引きして高く売りつけることができそうな本を物色していたところだった。ちょうど祥子がわたしと離れたところにいたため、富樫はわたしが一人だと思ったようだった。

「どうも」と彼は言った。冷やかな言い方の中に、困惑と驚きと、照れのようなものが滲《にじ》んでいるのが感じられた。「久しぶり」

「ほんとに」とわたしは言った。心臓の鼓動が速くなっていたが、表情は変えずにいられたと思う。

「元気そうだね」

「なんとか。あなたも元気そう」

「まあね」

彼は紺色の、大きなフードのついた厚手のダッフルコートを着ていた。高校生が着るような、フードつきコートのせいだったのか。それとも、わたしが大場をはじめとする、革命インター解放戦線の男たちを見慣れていたせいなのか。彼は何故《なぜ》か、とても幼く見えた。

「本を買いに来たの？」と彼は聞かずもがなの質問をし、わたしがうなずくと、「そうか」と言って、視線を外し気味にしながらわたしの顔を見た。

「少し痩《や》せたみたいだね」

「そう？　そんなことないと思うけど。髪の毛が伸びたから、そう見えるんじゃない？」

「そうかな」

「うん。ずっとカットしてないから」

少しくせのあるわたしの髪の毛は、その時、肩のあたりまで伸びていた。伸ばせば伸ばすほど、パーマをかけたように、毛先がくるくると小さく巻きあがってしまう。そのため、以前と少し違う印象を与えたのだろうと思うが、確かにわたしは痩せていた。食事に気をつかうことがなかったし、一日中、食べずにコーヒーと煙草《たばこ》だけで過ごすこともあった。

「ちゃんと食べなきゃだめだよ」

わたしは彼を見上げた。

彼は表情をゆるめ、不器用ながら笑みを作って、わたしに向かって諭すようにうなずきかけた。

富樫らしいその種の気遣いが嬉《うれ》しく、ありがたく、悲しく、同時にうっとうしかった。

半年ぶりに会った女……結婚を口にし、将来の話をし、何度も何度も肌を合わせ、同じ布団《ふとん》で朝を迎えた女が、万引きするために書店にいる事実を知ったら、この人はどうするだろう、とわたしは想像した。

軽蔑《けいべつ》し、無関心を装《よそお》って立ち去っていくだろうか。それとも、腕をつかんで店の外に連れ出し、馬鹿なことをするもんじゃない、と説教しようとするのだろうか。

「じゃ、僕はこれで」と彼は唇の端を軽く吊《つ》り上げてみせながら言った。「ちょっと探してた本があったんだけど、ないみたいだから」

「そう」とわたしは言った。

何の本を探してたの、と聞こうとしたのだが、聞けなかった。離れた場所に立っていた祥子が、わたしに向かって咎《とが》めるような視線を送っていたからだ。

富樫は、束の間《つかのま》、目を瞬《しばたた》かせ、何か言いたげにわたしを見た。わたしもまた、彼の視線を正面から受け止めた。

何を言おうとしているのか、知りたかった。次の言葉……おそらくは最後になるであろう彼の言葉を聞きとどめておきたかった。だが、それ以上、話しているわけにはいかなかった。

わたしは「元気でね」と早口で言った。祥子の視線を意識するあまり、いきなり会話を遮断するかのような言い方になってしまったのだが、どうしようもなかった。

明らかに何かを言いかけていたのであろう彼の目の中に、失望の色が滲むのがわかった。彼はそれを振り払うようにして背筋を伸ばし、「きみも元気で」と低い声で応《こた》えた。

わたしの横をすり抜けるようにして去って行った富樫が、書店の外の人ごみの中に消えていくのを見送った。紺色の大きなフードだけが最後まで視界に残り、やがてそれも見えなくなった。

冬だというのに、全身に汗が滲んでいた。できない、とわたしは思った。今日は万引きなど、できなくなってしまった、もう二度とできないかもしれない、と。

祥子がひとつ向こう側の通路から、わたしに目配せしてきた。先に外に出ている、という合図だった。

数分の間、棚の本を眺めているふりをし、わたしもまた書店から出た。駅ビルの中の通路には、大勢の買い物客が行き来しているだけで、祥子の姿はなかった。階段を使って一階に降りた時、どこからともなく風のように祥子が現われ、わたしの隣にぴたりと寄り添った。かすかに彼女の香りがした。いつも使っているシャンプーの甘い香りだった。

「さっきの男、誰だったの？」と祥子は聞いた。「知り合い？」

「大学の友達」とわたしは答えた。「まさか友達に会うとは思わなかったから、びっくりしちゃって。今日は無理でした」

「仕方ないわね。わたしはやったわよ」

わたしは驚いて祥子を見た。祥子は「立ち止まらないで」と叱《しか》りつけるように言った。「コートの下に入れてるんだから。重たくて落っこちそう。脇《わき》でおさえてるだけなのよ。早くここから出ましょう」

駅ビルから外に出て、わたしたちはガード下の、人目につかない一角まで行った。祥子はいつものように、ひとまわりサイズの大きい、ダークグレーのありふれたデザインのコートを着ていた。前ボタンをとめずに、無造作に羽織るように着たコートの中に、盗んだ本を隠し、脇にはさんで店から出るのだが、祥子のその一連の動作はいつも鮮やかだった。あたりをきょろきょろ見回したりすることもなく、堂々としていたし、顔だちは美しいが派手なところはなく、清楚《せいそ》だったので、どこから見ても彼女は、まじめな女子大生か、もしくは若い教員、司書、といった風情《ふぜい》であった。

その日、祥子が肩にかけていたショルダーバッグの中には百貨店の紙袋が入っていて、彼女はわたしにそれを取り出させると、コートの下に隠していた本をそこに押しこんだ。本は二冊あった。何の本だったか、よく覚えている。セザンヌの厚手の画集、あとの一冊は生田耕作が翻訳した、ジョルジュ・バタイユ著作集だった。

祥子がバタイユについて語っているのは聞いたことがあるが、セザンヌというのは意外だった。印象派の絵画と祥子、というのは似合わないような気がした。

「セザンヌ、好きだったんですか」とわたしが聞くと、彼女は「別に」と言い、呆《あき》れたように目を丸くした。「好きな本を万引きしてるわけじゃないのよ。高く売りつけられそうなものを選んでるだけなんだから」

「そうですよね」とわたしが力なく言うと、祥子は「しっかりしてよね」と小さく笑い、紙袋を手にして、さっそうとした足どりで歩き始めた。

ショルダーバッグを肩に、百貨店の紙袋を提げ、少しヒールの高いパンプスをはき、長く伸ばした髪の毛をうるさそうに後ろに振り払いながら姿勢よく歩く祥子は、革命家の恋人で、万引き常習の、人が死んでいく様を見ても顔色ひとつ変えずにいられる女には到底、見えなかった。彼女は有名大学の研究室にいる有能な助手、あるいは父親ほど年の離れた金持ちに囲われながら、密《ひそ》かに将来の夢に向けて金をため続けている、年若い、世智《せち》にたけた女を連想させた。

祥子が二冊の本を古本屋に売りに行く、というので、わたしは一人、バスに乗り、いったん自分のアパートに戻った。

一瞬、階段を上がった二階の廊下に、富樫が佇《たたず》んでいる幻を見たように思った。ちゃんと食べなきゃだめだよ、と言った富樫の声が甦《よみがえ》った。

鍵を開け、部屋に入り、ドアを閉めたとたん、どういうわけか胸が熱くなった。唇をかみ、涙をこらえた。かつて自分が生きていた世界が、遥《はる》か遠い、手を伸ばしても届かないところにあるような気がした。馬鹿《ばか》げた感傷……当時の言葉を使って言えば、プチブル的ロマンティシズムに浸っているにすぎない、とわかっていたが、どうしようもなかった。

暖房をつけていない部屋は、しんしんと冷えこんでいて薄暗かった。電灯をともし、小さな炬燵《こたつ》のある、小さな部屋を眺めた。

ほとんどの時間を大場や祥子や仲間たちと過ごすようになっていたため、アパートに戻ることは少なかった。部屋はどこかよそよそしく、肌になじもうとせず、かつて自分が使っていた日用品が置かれているだけの場所になり変わっていた。

ガスコンロにやかんをかけ、湯をわかし、マグカップでインスタントコーヒーを作った。炬燵に入り、コーヒーをすすりながら煙草を吸った。

全部吸い終えるまでに、富樫と共にあった自分自身の記憶を抹殺しよう、と心に決めたのだが、煙草をアルミの灰皿でもみ消している間に、こらえきれなくなった。

わたしは炬燵の天板に肘《ひじ》をつき、両手で顔を被《おお》い、声を押し殺して泣いた。

14

あの頃、革命のために万引きや窃盗、強盗などの罪を重ねることは、「反人民的行為」という言葉で表現されていた。

大場は、しかし、その言い回しに異を唱え、黒い髭《ひげ》に被われた形のいい唇に、皮肉をこめた嘲笑《ちょうしょう》を浮かべていたものだ。

「美意識のかけらもない言い方だよ。何もわかっていない、いかにもセンスのない連中が口にしそうな言葉だ」

そう言って、黒猫を膝《ひざ》に載せ、黒いベルベットのようなその背をいとおしげに撫《な》でていた大場の姿を、昨日のことのように思い出す。

革命には何よりも美意識が必要だ、というのが大場の考えだった。

世界から徹底的に孤立しながらも、法をおかしながらも、戦い抜くことで、いかに美に向かい、美そのものと同化していくか……ということを彼は冬の晩、少し動いただけでスプリングがぎしぎしと鳴る、薄っぺらなベッドの上で腹這《はらば》いになり、煙草を吸いながら、わたしに語った。

「通俗的マルクス主義者はそのことに全然、気づいていないんだよ。何かを思想的に非難しようとする時に、文学的美学的な側面は無視してしまう。それどころか、視野に入れようともしない。そこが問題なんだ」

「でも」とわたしは大場の、筋肉に被われた腕を見つめながら、小さく嗄《かす》れた声で言った。「美意識とか何とか、っていう問題以前に、やっぱり、初めて本を……その……万引きした時は怖かった。失神するんじゃないかと思うくらい怖くて……今も時々、その時の夢をみてうなされることがある」

ふっ、と彼は低く笑った。「何をする時も、初めての時は緊張するもんさ。初めての学校、初めての研究発表、初めてのセックス……」

そしてわたしのほうをちらりと見おろし、大場はどこか愉快そうに聞いた。「初めての男は誰？」

「そんなこと」とわたしは言った。「答える必要、ないです」

そうだな、と彼は言い、うなずき、吸っていた煙草を消すと、仰向けになってわたしを抱き寄せた。

いつかはそうなる、必ず大場に抱かれる時がくる、とわたしにはわかっていた。彼とは恋愛関係ではなく、性的な結びつきを宿命づけられた男女になるだろう、ということまで、あらかじめわかっていた気がする。

大場はわたしにとって魅力的な男である前に、何よりも信頼できる群れのリーダーであり、誰も教えてくれなかったことを教えてくれる教師であり、生きていくことの指針を示してくれる逞《たくま》しい兄、父、そして時には、神ですらあったのだ。

一九七一年十二月二十四日。繁華街にクリスマスツリーをかたどったイルミネーションが輝き、サンタクロースの衣装に身を包んだ男たちが、街頭で苺《いちご》の載ったデコレーションケーキを売っていた日の晩、誘われるままにわたしは大場と、池袋の駅から少し離れたところにある連れ込みホテルに入った。アジト用に使うためのアパートを探しておきたい、と大場が言い出し、わたしが大場の同棲《どうせい》相手を装《よそお》って、二人で浦和や川口あたりまで出かけて行った帰りだった。

電車の線路沿いに建っている、古く薄汚れたホテルだった。彼はもの慣れた仕草でわたしを伴いながら中に入り、フロントとは名ばかりの怪しげな小窓に向かって、「部屋を頼むよ」と言った。

小窓の奥から、眼鏡をかけた化粧の濃い中年女が、プレートのついた鍵《かぎ》を差し出してきた。前金制で、二時間を超過したら、その分を帰りがけに支払うシステムになっているようだった。

大場は金を支払い、渡された鍵を手に、小窓の脇に伸びている階段を上がった。以前にも、何度か利用したことのあるホテルのようだった。外を電車が通るたびに、すりガラスのはまった窓がガタガタと、地震でもきたように振動した。壁も天井も、埃《ほこり》をかぶったような薄い黄緑色をしていた。ベッドのシーツ、布団や枕《まくら》はすべて黴臭《かびくさ》く、皮膚に触れるものは何もかもが湿っていた。

浦和でも川口でも、適当な物件は見つからなかった。川口の駅前の蕎麦屋《そばや》で、熱いぬき蕎麦を食べ、熱燗《あつかん》を一本、飲んできたところだったが、身体《からだ》は冷えていた。「一緒に風呂《ふろ》に入ろう」と大場は言い、口笛まじりにバスタブに湯を充《み》たしに行った。そしてすぐに、わたしの見ている前で服を脱ぎ、素っ裸のままトイレを使い、先に風呂を使い出した。

浴室は狭く、半円形をしたバスタブも壁も床も細かい白いタイル張りで、タイルはあちこちが欠け、ひびが走り、剝《は》がれ落ちたまま黒ずんでしまっている箇所もあった。

大場の前でいきなり全裸になるのはひどく恥ずかしく、わたしが身体にバスタオルを巻きつけて浴室に入って行くと、彼は「なんでそんなものをつけてるんだよ」と呆れたように笑った。「生まれたままの姿になれよ。きみは娼婦《しょうふ》じゃないんだ。肉体は隠せば隠すほど、かえって卑猥《ひわい》になるってこと、知らないんだな」

そんなふうに言われると、余計に恥ずかしくなったが、表情には出さなかった。わたしは言われた通り、バスタオルを外し、大場の視線を意識しつつ、湯船に足をすべらせた。大場はすぐに湯の中でわたしを抱きしめ、濡《ぬ》れた両手でわたしの顔をはさむと、キスをしてきた。

大場とキスをするのはそれが二度目だった。一度目はその年の秋、永福町の大場のアパートで、二人でビールを飲みながら話をし、立ちあがりざまにわたしがつまずいて転びかけた時だった。

馬鹿だな、と言って笑いながらわたしを助け起こしてくれた大場の唇が近づいてきた時、わたしは自分が、どれほど彼に焦《こ》がれていたかを知った。

大場はわたしの乳房をやわらかくもみ、乳首にキスをし、わたしの身体を自分の膝の上で抱きかかえるようにすると、手をとって、湯の底のほうに導いた。

重《おも》りのような、それでいて、湯の中で前後左右に自在に揺れているような、自己主張の限りを尽くしている硬いものが、わたしの手に触れた。

黙ったまま、彼はわたしの身体を愛撫《あいぶ》し、キスを繰り返していたが、やがてこらえきれなくなったようにわたしを抱き上げるなり、立ち上がった。

ざば、と湯の音が大きくあたりに響いた。

大場は力強くわたしを抱き上げたまま浴室から出ると、ベッドに向かった。濡れたままの二人の身体が湿ったシーツの上で重なった。

大場の愛し方はもの慣れていて、どこまでもふつうで、特に変わった性癖のようなものは何もなかった。ひとりよがりではなく、むしろ、丁寧で優しすぎるほどだった。

「痛くない？」と彼は、ふだんの彼からは想像もつかないような囁《ささや》き声で聞いてきた。わたしの中に入ったまま、唇やうなじにキスをし、髪の毛の中に両手の指を這わせ、

「きみが好きだよ」と言った。

「好き」とわたしも小声で返した。

彼はかすかに喘《あえ》ぎながら、わたしの身体の奥深いところを突き続け、そうしながらも乳房や首筋や肩への、まろやかな、乱暴さのかけらもない優しい愛撫をやめなかった。

だが、ひとたび終わってみれば、それまでの時間はすべて、巧妙に演出された芝居だったかのように思われた。低いうめき声と共に避妊具の中に長い射精を終えた大場は、肌を合わせたことの余韻に浸る間もなく、たちまち現実に立ち返った。

ひと呼吸おいてベッドから出ると、彼は部屋にある冷蔵庫からビールを一本、持って来た。二つのグラスに注《つ》ぎ分けたビールは生ぬるかったが、大場はごくごくと飲みほし、手の甲で唇をぬぐって小さなげっぷをした。そして全裸のまま、満足げにベッドに大の字になり、ふう、と深い吐息をついた。

おいで、と言われ、わたしは彼の隣に並んで横になった。薄い掛け布団《ぶとん》を、互いの腰のあたりまで引っ張りあげて掛けた。

彼は腕を伸ばしてきて、わたしを引き寄せた。わたしは彼の肩や腋《わき》の下にうっすらと

浮いている汗を感じながら、そこに顔をうずめた。わたしたちはしばらくの間、黙ったまま、じっとしていた。

冬の夜のしじまの中を、電車が通りすぎて行く音だけが聞こえていた。電車が遠くに走り去ってしまうまで、ガラス窓は細かく震え続けた。

ふと仙台にいる両親や弟を思い出した。今ごろ、茶の間の隣にあるサンルームには、きっと小さなクリスマスツリーが飾られているに違いない、と思った。

母は、昔から年中行事を怠らない人間だった。わたしや弟が大きくなっても、雛祭《ひなまつ》りには祖母から受け継いだ古い雛人形を、五月の節句には小振りの鯉《こい》のぼりを押し入れから出してきて飾ったし、七夕になれば、庭のひょろ長い竹に千代紙を切って短冊《たんざく》を提げた。中秋の名月のころには月見団子を作り、近所の空き地から取ってきたススキと共に、縁先に並べたりもした。

だから今夜も、と想像して、わたしは固く目を閉じた。誰が買って来たのだったか、父だったのか、親戚《しんせき》の誰かだったのか、ずいぶん前から家にある、子供だましのように小さなツリーに、母はきちんと飾りつけをし、電飾を光らせ、食卓から見えるところに置いているに違いない、と。

「考えていることがある」と彼は言った。思いがけず、大きな声だった。わたしは我に返った。「いずれ、きみは重要任務を与えられることになるよ。今から肝に銘じておいてほしい」

初めて肌を合わせた後の、甘ったるい余韻が感じられる男女の会話を、大場修造に求めていたわけではない。祥子をはじめとして、常に何人もの女と深いかかわりをもっている異端の革命首謀者に、愛だの恋だの、といった言葉を望むのは愚かなことだとわかっていた。だが、わたしはやっぱり、さびしく思った。

わたしが黙っていると、大場は大きく息を吸い、軽い咳払《せきばら》いをした。重要な話を始めようとする時の、それは彼のささやかな癖だった。

「俺たちのやろうとしているのは大衆闘争ではない。あくまでも武装闘争だ。そのための非合法的行為が認められるべきかどうか、なんていうことは、まったくの話、馬鹿げていて、議論の対象にならない。今さら言うまでもないことだけどな」

わたしは大場の横顔を見つめてこくりとうなずき、「ええ、わかっています」と言った。自分の声がくぐもって聞こえた。

「革インターの中に、今のところ指名手配者は一人もいない」と大場は言い、わたしの肩から腕を外すなり、ベッドにうつ伏せになった。

煙草《たばこ》をくわえ、マッチで火をつけてから、ゆっくりと吸い込んで、「これは強みだよ」と彼は言った。「どこのセクトにも指名手配者の一人や二人はいる。いれば警察に絶対的にマークされる。でもうちにはいない。本当にただの一人も。これまで目立った動きをせずに沈黙を守っていたことが功を奏したんだ。今では完璧《かんぺき》に地下にもぐって、なりを潜めた形になっている。わかるかな。まさに機は熟したんだよ、沙織」

ふいに呼び捨てにされたことに気を取られ、後に続く言葉を聞き逃すまいとするのに努力を要した。彼がそれまで、わたしの名前を呼び捨てにしたことは一度もなかった。

「そろそろ本格的に始動する」と彼は言い、煙草をくわえたまま、再び仰向けになった。

「いや、言い方を変えよう。そろそろ、想像を絶するほどの非合法的な行動に移らなくてはいけない時期がきた。大げさではなくて、これは真面目《まじめ》な話だ。冷静さと覚悟と度胸が必須《ひっす》条件になる。俺たちがやろうとしているのは、幼稚園児のお遊びではない」

「想像を絶するほどの非合法的な行動……?」とわたしは小声で聞き返した。おおよその推測はついたが、その場で大場相手に確認するのは何故《なぜ》か恐ろしいような気がした。

「そうなった場合」と大場は言った。「きみにも重要な任務をあてがう。ひょっとすると、きみは祥子に次ぐ優秀な兵士になれるかもしれない。そう俺はふんでる」

大場が口にするほめ言葉としては、最上等の部類に属するものだった。ありがとう、と言うべきか、嬉《うれ》しい、と言うべきか、迷った。わたしはそっと、大場の胸に指を這わせた。厚い胸の小さな乳首が、人さし指の先に触れた。

この人は勘がいい、とわたしは思った。当時のわたしが、革インターの中で抱き始めていたささやかな野心に、大場はいち早く気づき、わたしを手なずけ、彼好みの兵士にすべく、早くも教育し始めようとしているのは間違いなかった。

適度におだて、ほめ、厳しく命じる……彼はそうやってメンバーに接し、育てようとしていた。女性メンバーに対しては、そこに性的な愛撫と雄の視線が加わった。

それこそが大場の手だったに違いないのだが、その手が見えていてもなお、わたしは大場に自分の中にある理知と勇気をほめられ、そのうえで女として注目され、愛されていたかった。目指すところに革命があるかどうかは二の次だった。カクメイ、というのはわたしにとって、常に大場と共にある、美しい呪文《じゅもん》だった。

部屋には、コインを入れると一定時間、映像が流れる小型テレビが備えつけられていた。部屋に入って、そろそろ二時間が過ぎようという頃になり、服を身につけた大場は、着ていたコール天の黒い上着のポケットから小銭を取り出し、テレビをつけた。

映し出されたのはニュース番組だった。スタジオで、アナウンサーらしき男と報道部記者が、何やらものものしい雰囲気の中で話し合っていた。

新宿伊勢丹《いせたん》デパート前の四つ角にある交番裏で、クリスマスツリーに偽装した鉄パイプ爆弾が爆発し、十二名の重軽傷者が出た様子だった。報道部記者が、「極左過激派」「不毛なテロリズム」といった言葉を口にしていた。

大場はしばらくの間、何も言わずに立ったまま画面に見入っていた。その横顔に表情はなかった。

「黒ヘルだな」と彼はぼそりと言った。言ったのはそれだけだった。

ややあって、彼は射抜くような目を向けるなり、わたしの腕を強く引いた。わたしは彼の大きな身体の中に、抱きくるめられる恰好《かっこう》になった。

いったん、ニュース画面が切り替わったようだった。テレビからは何かのコマーシャル音楽が、場違いなほど賑《にぎ》やかに流れてきた。

「沙織」と彼はわたしを抱きしめたまま、囁くように言った。

「はい?」

「……ついてこいよ」

わたしは大場の胸の中で大きくうなずき、彼の上着にしがみつくようにしながら、「もちろんです」とつぶやいた。

大場の上着は、煙草と太陽と干し草を合わせたような匂《にお》いがした。

彼はわたしの髪の毛の中に音をたててキスをし、少しの間、動かずにいたが、やがて急に興味を失ったかのように素っ気なく身体を離すと、「出よう」と言った。

美奈子からの手紙が速達で送られてきたのは、その翌々日だったと思う。

たまたま、吉祥寺の自分のアパートにいたところ、母から電話がかかってきた。最近、いつも留守のようだけど、どうしているの、お正月は帰ってくるんでしょう？　と聞かれ、どう答えるべきかわからなくなって、慌《あわ》ただしく電話を切ったその直後だった。アパートの玄関先に郵便配達の男が現われ、「松本さぁん、速達ですよ」と大きな声で言った。

赤電話の前にいたわたしは、その場で速達を受け取り、差し出し人の名を見て、急いで封を切った。

わたしが富樫と別れ、ベ平連の事務局から足が遠のいて以来、美奈子と会うことはなくなっていた。ジャズ喫茶のオーナーの子を孕《はら》み、その後、どうしたものやら、何の連絡もこなくなった。気になって、美奈子のバイト先に訪ねていこうと思っていた矢先であった。

大学が冬休みに入っていて、アパートは静かだった。誰もいない廊下に立ったまま、わたしは美奈子からの長い手紙を読んだ。

便箋《びんせん》を何枚も使って、緑色のインクの万年筆で書かれていたのは、長い長い報告だった。

ミスター・レノンとの間にできた子は、彼と話し合った結果、やむを得ず、堕胎してしまったこと、その後、彼と一時期、関係が悪くなったが、今はまた復活したこと、そして、ひと月前に引っ越しをし、彼と半同棲を始めたということ、彼の妻はそれでもまだ、二人の関係には気づいていないようだ、ということ……そういったことが、美奈子の日常の心象風景と共に長々と綴《つづ》られていて、最後に目黒区五本木の、引っ越し先の住所が記されてあった。

松本ハイツ、というアパート名だった。わたしの苗字《みょうじ》と同じだった。

『沙織ちゃん、何度も何度もあなたのアパートに電話して呼び出してもらったのですが、いつも留守でした。どうしているのか、と心配しています。N大ベ平連とは疎遠《そえん》になってしまったのですが、先日、ばったり富樫君と会い、少し話をしました。彼とあなたが別れてしまったことは、初めて知りました。残念です。今はこんなこととしか言えません。年末で、そろそろ帰省するころだと思い、少しでも早く着くように速達にしました。返事をください。待っています』

手紙の最後はそう結ばれていた。

わたしはその手紙を二度、読み返した。美奈子のことは懐《なつ》かしかったが、すぐに連絡を取ろうとは思わなかった。美奈子の理解を超える世界に足を踏み入れている自分をどうやって説明すればいいのか、わからなかった。非合法なことをしながら、大場と肌を合わせ、さらなる大それた行動に移ろうとしている自分自身をどんな言葉で表現すればいいのか、想像もつかなかった。

いつか返事を書こう、書かなければいけない、と思った。思ったのはそれだけで、美奈子からきた速達は、現実を象徴するかのように、わたしの掌《てのひら》の中にずしりと重たく残された。

連合赤軍における活動資金の調達方法は、大場が嫌っていた言い方で言えば「反人民的行為」の中で行われていた。

それは過激であると同時に、甚だしく原始的な側面も兼ね備えていたのだが、原始的、ということに限って言うならば、革命インター解放戦線はそれ以上だったと言える。

もっとも日常的に行われていたのは万引きであった。

一人ないしは二人で大型書店に行き、高価な本や専門書、通常手に入りにくい全集などを数冊ずつ小分けにして万引きし、古書店に売りさばく。書店も古書店も、東京とその周辺まで入れれば無数にあり、同じ書店で何度も万引きを繰り返す必要もなかったので、安全性は高かった。

一度だけ、祥子が新宿の表通りから少し外れたところにある、あまり規模の大きくない宝飾店をねらい、ダイヤモンドの指輪を盗み出すことに成功したことがある。その種の店に入っても、祥子はよく似合ったし、堂々としていたから疑われなかった。その時は「婚約者」と称して、革インターの男性メンバーも祥子に同行した。婚約者役の男が、あれもこれも、とたくさんの指輪を取り出させては、店員に質問を飛ばし、話しこんでいる隙《すき》に、祥子が何くわぬ顔でポケットに指輪をひとつ、すべりこませる。店員のほうでは、何点の指輪をケースから取り出したか、すでにわからなくなっている。そして、祥子はどれを買うか、迷いに迷った演技をしたあげく、結局、気にいったものが見つからないのでまた来ます、と言い、「婚約者」と腕を組みながら悠然と店を出てくる、という手口であった。

その時祥子が万引きしたのは、一カラット二カラットのダイヤがついている指輪ではなく、いわゆる屑《くず》ダイヤと呼ばれているものがちりばめられているだけの、さして高価な品物ではなかったが、さしもの祥子も、以後、宝石類の万引きを繰り返そうとはしなかった。売れば足がつきやすいし、万一失敗した時のことを考えると、危険度が高すぎる、というのがその理由だった。

かといって、若い娘たちが好んで集まるアクセサリーショップをねらっても、意味はなかった。子供だましのようなガラス玉の指輪や金メッキのネックレスを万引きしても、二束三文にもならないからだった。

それに比べれば、書店で高価な本を万引きし売り飛ばすほうが、はるかに簡単で、実入りがよかった。

あの頃、本当に本を必要としていた人々が、予算の都合で、高価な本の購入を諦《あきら》めてしまうことはめったになかった。とりわけ大学や大学院の研究室にいるような人間は、専門書欲しさに古書店を念入りにまわって、少しでも安値で手に入れようとする労を惜しまなかった。

したがって、古書店のほうでも、高価格の本はそれなりに高く買い取ってくれた。新品に近い状態であれば、なおのこと歓迎された。

万引き以外で闘争資金を作るには、パチンコや競輪競馬などのギャンブルに頼る方法もあった。だが、元手が必要なことと、文字通りの賭《か》けであり、多大な損失を招く可能性もある、というので推奨されなかった。

鍵《かぎ》をつけたまま駐車してある車を盗み、ナンバーが読み取れないようにプレートを折り曲げたり数字を削ったりして使い始めたのは、P村のアジトに移動してからのことになるが、路上に停められている自転車を盗んで乗りまわし、用がなくなると捨ててしまう、といったことは日常茶飯に行われた。

結婚式場にしのびこみ、控室に置かれている荷物の中から、金目のものを盗み出してくる者もいた。白いシャツ、黒いズボン、黒いネクタイ姿で、見知らぬ他人の葬儀や通《つ》夜《や》の会場に行き、香典《こうでん》を持ち出すことに成功したメンバーもいた。

活動のために必要とされていたのは、現金や乗り物ばかりではない。日用品や衣類、食料、嗜好品《しこうひん》も同様であった。わたしのように親からの仕送りだけで生活していた学生は少なく、メンバーの中には自ら親と縁を切り、自分の生活費をすべてアルバイトで賄《まかな》っている者もいた。経済的に余裕のある人間などいるわけもなかったから、アジトにおける共同生活の中で、必要とされるものもまた、やはり万引きによって集められるのが普通だった。

その際、主な標的になったのは、都内の大型百貨店だった。人の目が多い場所で、何ものも恐れずに、必要とするものを奪い取って来る、というのは、「闘争」に必要な行動力、勇気、大胆さを養うことにもつながる、として、大場は百貨店での「反人民的行為」を奨励した。

わたしも一度だけ、渋谷にある百貨店の地下食料品売り場から、高級ウィスキーを盗み出してくるように、と命じられたことがある。

酒類コーナーに配置されている店員の数はどの百貨店でも少数で、売り場に誰もいない時間帯もある。レジが少し離れた場所にあることも多く、見つかる危険性は案外少ない。革インターのために、というより、きみ自身の度胸だめしのためにやってみろ、と大場は言った。

書店で、たった一冊の本を万引きすることすら、怖くて身体《からだ》が震え出すほどだったというのに、大勢の人が行き交う百貨店でウィスキーを盗み出すことなど、できるはずがない、とわたしは思った。

本の一冊や二冊なら、バッグの中にすべりこませてしまえば、なんとかなる。だが、ウィスキーの壜《びん》のようにかさばって重たいものは、そう簡単にはいかない。

第一、場所は食料品売り場である。しかも、大場が指定してきたのは、買い物客でごった返すことがわかっている夕暮れ時だった。

身のすくむ思いにかられ、想像しただけで胸が悪くなったが、わたしは大場にはもちろん、祥子にも誰にもそのことは言わなかった。

気弱になっている、と思われたくなかった。度胸がないことを大場や祥子に見抜かれたくなかった。最後の最後まで、大場にほめられ、実力を認められ、祥子を超えずとも、祥子の次に続く有能なメンバーでありたかった。大場の寵愛《ちょうあい》がほしかった。大場を喜ばせること、大場にほめてもらえることなら、なんでもやりとげてみせたかった。

大場が思い描く桃源郷は、わたしのものでもあった。すべてを新しくするためには、すべてを破壊しなければならない、という彼の基本理念が理解できないようでは、大場に愛される資格はない、と思った。

再生のための破壊を恐れるのは、もっとも恥ずべきことだ、と大場はわたしに教えた。わたしもそう考える努力を惜しまなかった。

彼によれば、目的のためには「反人民的行為」どころか、死や殺戮《さつりく》すら、恐れてはならないのだった。そしてわたしはそれすらも信じようとする努力をした。それこそが、狂気の沙汰《さた》ということだったのだろうか。わたしはあの頃、すでに狂い始めていたのだろうか。狂っていく自分に目を塞《ふさ》ぎ、何も見ないふりをしようとしていたのだろうか。

……その答えは今も出ない。

あの日、わたしは渋谷の百貨店の地下にある酒類コーナー付近を丸一時間、何をするでもなくうろつき回った。

確かに売り場には店員はいなかったが、レジはすぐ傍にあった。あたりが立てこんでいない分だけ、見通しがきいて、かえって人目につきやすいように感じられた。

胸が苦しくなるほどの緊張感に見舞われた。だめだ、できない、と思った。わたしはエレベーターを使い、屋上に上がった。

あさま山荘事件が発生し、全国民がテレビの前に釘付《くぎづ》けになる直前だったと思う。二月中旬。数日前に都心に降った雪がまだ溶けず、外は寒く、吐く息は白かったが、わたしは全身に汗をかいていた。

人もまばらな屋上のベンチに座り、煙草《たばこ》をたて続けに何本も吸った。かいた汗がたちどころに冷えていき、寒けがしたが、それでもあとからあとから汗が出てきた。わたしは深呼吸を繰り返し、意を決して再び地下に向かった。

当時、学生が飲むウィスキーと言えば、「ホワイト」「レッド」「角」……といった安価な国産ウィスキー、と相場が決まっていた。輸入ものの高級ウィスキーなど、飲んだ経験がなかったから、わたしには区別もつかなかった。

ジョニー・ウォーカーの黒ラベル……通称、「ジョニ黒」の前に立ち、手に取って眺めた。高級ウィスキーの代名詞と言ってもいい、「ジョニ黒」という名称だけは、かろうじて知っていた。

値段がいくらなのか、はっきりしなかった。壜にプライスシールは貼《は》られていなかった。よく見れば、売り場の棚のどこかに値段が明記されていたのかもしれないが、緊張の只中《ただなか》にいたわたしの目には入らなかった。

しばらくの間、壜を手にしたまま、何をするでもなく、立ちつくしていた。壁から天井から床から、幾百幾千もの目が自分を監視しているような気がした。背後から人が近づいてきて、「聞きたいことがあるんだが。ちょっとこっちに来なさい」と強く腕を引かれる、その一瞬を、現実に体験しているかのような恐怖を覚えた。

大ぶりの布製バッグを手にしていたのだが、そこにウィスキーをすべりこませ、何くわぬ顔をして外に出て行くことなど、死んでもできそうになかった。そんなことをしたら、恐怖のあまり、途中で倒れてしまうに違いない、と思った。

盗む、という「反人民的行為」そのものが怖かったのではない。地下食料品売り場の雑踏の賑《にぎ》わいや、漂ってくる様々な食べ物の匂《にお》い、買い物に来ている人々の、平和で波風の立たない人生をペンダントにして、誇らしげに首からぶら下げてでもいるかのような、その幸福そうな表情のすべてがわたしには恐ろしかった。それらは、別次元の映像のように、今まさに自分の目の前にあるにもかかわらず、遥《はる》か遠いスクリーンに映し出された異国の風景のように感じられた。

ジョニ黒を棚に戻し、足がもつれそうになるのを必死でこらえながら、売り場から離れた。できるわけがない、と思った。そう思うと、胸が張り裂けそうになった。

大場の称賛を得ることができないのは、大場を失うことにつながった。大場を失う、ということは、自分の居場所も失う、ということでもあった。

先のことが何ひとつ見えなくなっていた。とどまることも引き返すこともできず、わたしはもう、やみくもに前に進むしか生きる方法がなくなってしまったことを感じた。

近くの喫茶店で時間をつぶし、夜になってアジトに戻った。そのころ、革インターのアジトは、永福町から生田に移されていた。緑の多い生田の町の、寺の近くにあったアジトは木造モルタルのアパートの一階。永福町のアパートよりも広々としており、借主の名義は鈴木祥子になっていた。

アジト内にはその時、大場と祥子しかいなかった。確か、他のメンバーもまた、わたし同様、「任務」のために外出していた日だったと思う。

二人は座卓をはさんで差し向かいに座っており、卓の上にはインスタントラーメンを食べた後の空のどんぶりが二つ、載っていた。

大場はわたしを見るなり、「どうだった」と聞いてきた。

わたしはうなだれながら、「できませんでした」と言った。

彼は無表情な目でわたしを一瞥《いちべつ》した。「できなかった?」

「言い訳はしません」とわたしは言った。「できなかったんです」

束《つか》の間《ま》の沈黙が流れた。祥子は無反応だった。

ややあって大場は言った。「貫徹できなかったということをしっかり総括しておけ。いいな」

「総括」という、大場らしからぬ陳腐な言葉が飛び出してきたことに驚かされた。当時、「総括する」という言葉は活動家たちの間では、流行語になっていた。

わたしは目を伏せ、「わかりました。総括します」と言った。

祥子はわたしを見上げ、ぼんやりとした、潤《うる》んだような視線を送ってきたが、何も言わなかった。

大場の膝《ひざ》の上には、黒猫がいた。黒猫の、濡《ぬ》れたような光を放つ背を、彼の掌がやわらかく撫《な》でまわしていた。なんとも性的な感じのする、その掌の動きを見ていると、わけもなく泣き出しそうになった。

涙ぐんでいることを大場や祥子に見咎《みとが》められるのが怖くて、わたしは大きく息を吸い、胸を張り、「総括します」と繰り返した。

自分は何を言っているのだろう、と思った。総括とは何なのか。何を意味することなのか。

「食事は？」と祥子が我に返ったように、わたしに訊《たず》ねた。

わたしは小さく首を横に振り、「大丈夫です」と答えた。

黒猫が媚《こ》びるようにして甲高い声で鳴き、大場の膝から畳の上に下り立った。

「今夜は冷えるわ」と祥子は誰にともなく言った。言いながら、華奢《きゃしゃ》な肩をいからせ、いかにも寒そうに両腕で上半身をくるみこむ仕草をした。

これといった具体的な理由はない。何ひとつない。

だが、その時、わたしは祥子と大場が、誰もいないアジトの中でその日、何をしていたかを知ったのだった。

16

奥多摩P村にあった空き家を、大場が正式に借り受けてきたのは、一九七二年三月下旬のことになる。

前月の二月十九日に、連合赤軍によるあさま山荘事件が起こり、さらに三月上旬には、群馬県内の山中における集団リンチ事件が発覚。十二名の遺体が発見されていた。世間の目が一斉に連合赤軍事件に向けられたのを隠れ蓑《みの》にしつつ、大場は祥子と二人、陶芸家の夫婦を気取りながら、レンタカーでP村まで出向いた。村はずれに、廃屋同然の空き家がある、という情報を聞きつけていたからである。

その空き家の持ち主は、以前、農業を営んでいた老人であった。結婚していたこともあったが、子供ができないままに妻に死なれ、以来、独り暮らしを続け、係累《けいるい》がない。持病の心臓病が悪化したとかで、やむなく農業から身を引いたのが二年ほど前。それまで住んでいた家をそのままに、村の目抜き通りにある小さなアパートを借りて引っ越した。そして、いよいよ容体が悪くなったため、病院に入院中だったところを、大場と祥子が訪ねて行き、陶芸の仕事に使うので放置されている空き家を借りたい、と申し出たのだった。

　老人は大場たちを、都会暮らしから足を洗いたがっている本物の陶芸家夫婦だと信じたようであった。

　自分の肉体同様、朽ちていくにまかせるしかなかった家が、若い陶芸家の役に立つのならば、とふたつ返事で了承し、さらに、祥子が値切る必要もなく、家賃をただ同然の安さにしてくれた。自分が死んだら、家屋も含めて周辺の農地はすべて、村に寄贈することになっていて、その手続きもすでに済んでいるため、売却するわけにはいかないが、存分に使ってほしい、という話であった。

　祥子は手みやげに持って行った果物の中から林檎《りんご》を取り出し、ナイフで丁寧に皮をむき、食べやすいように細かく切って老人に食べさせてやった。そして、自分にも祖父がいて、ずいぶん可愛《かわい》がってもらったけれど、中学三年の時に亡《な》くなってしまった、元気だったころ、祖父は林檎が大好きで、よくこうやって一緒に食べたものです、などという、まことしやかな作り話までして聞かせた。

　雑然とした六人部屋の片隅のベッドにいた老人は、涙を浮かべて喜び、祥子と大場の手を握りしめるなり、立派な陶芸家になってくださいよ、お願いしますよ、と言ったという。

……そんな話をわたしは後になって大場から聞いた。

大場はその時、「冥土《めいど》のみやげになったな」と言って、髭《ひげ》に囲まれた唇に笑みを浮かべた。「この世の終わりに、祥子みたいな美女の手を握ることができて、じいさん、さぞかし感激しただろう」

さしたる意味もなく口にしたのであろう「美女」という言い方が、わたしの胸に突き刺さった。

祥子は確かに美女だった。彼女は最後まで、わたしなどが張り合おうとしても決して敵《かな》わない、美しい泥棒、美しい策士、美しいテロリスト、そして、美しい死に神だった。

空き家を提供してくれた老人は、あの後、どうしたのだろう。長期入院中だったはずだが、わたしたち革インターのメンバーが、空き家を山岳アジトとして利用している間に、老人が退院した、という話は聞かなかった。訃報《ふほう》が届いた覚えもなく、老人がどうなったのかは、わたしにもわからない。

あの空き家で行われた惨劇を、老人は後に詳しく知ることになったのだろうか。知ったのだとしたら、どう思っただろう。

わざわざ病院まで訪ねて来て、林檎をむいて食べさせてくれた若く美しい女と、陶芸家と称する髭づらの若い男。その二人が、実は武装蜂起《ほうき》をめざして武闘訓練をするために空き家を借りに来た過激派の活動家だったことを知ったら……。

村に寄贈するつもりでいた自分の土地で、死人が出たことを知ったら……。そして、大場が「冥土のみやげ」と言って笑っていた、美しい祥子の手が、殺戮のために使われていたことを知ったら……。

大場が老人から借りた家は茅葺《かやぶ》き屋根で、民話に登場するような典型的な農家であった。

建物はさほど大きくはないが、L字型を描く寄棟造《よせむねづく》りになっていた。突出部が入り口兼土間。上がって右手には、囲炉裏のある広い板の間。板の間の裏手が台所と風呂《ふろ》場、トイレだった。

空き家になってからは二年程度だったはずだが、もともと病弱な老人の独り暮らしで、家の中のことにまで手がまわらなかったらしい。家は荒れ果てた状態で、板の間の隣に並ぶ二つの座敷の畳は腐り、反り返り、不潔なだけで使い物にならなくなっていた。

室内は寝起きする他に、主に爆弾を製造するために使われることになるから、畳など初めからないほうが、かえって作業に都合がいい、と大場は言い、メンバーに命じて、座敷の畳をすべて剝《は》ぎ取らせた。

生活の場としての環境を整えるためにも、やらなければならないことはたくさんあった。

老人が、引っ越しの際に残したままにしていた大量のゴミの処理。水道と電気は通っていたが、都市ガスは引かれていなかったので、煮炊《にた》きのためにプロパンガスが必要だったし、風呂とストーブ用の薪の準備もしなければならなかった。P村は標高が高かったから、五月でも朝晩、かなり冷えることがあり、囲炉裏の火だけでは寒すぎた。薪ストーブは必需品だった。

盗難車を利用する傍ら、革命インター解放戦線の資金を使い、中古のライトバンが一台、購入された。日本全国、どこに行っても見かけるような、荷台つきのありふれた白い、二人乗りの車だった。偽造した運転免許証を複数のメンバーが所持していたため、町まで買い物に出る時や、必要な「任務」に携わる時などに、車は頻繁に利用された。

いよいよ準備も整い、メンバー全員が集結し始めたのは、四月も半ばになってからである。

アジトまでは青梅線終点の駅から、本数の少ないバスに乗り、途中の停留所で降りて、さらに二十分ほど歩かねばならなかった。複数で同じ場所に向かうのは怪しまれる、というので、わたしたちはそれぞれ、時間や日にちを少しずつずらしながらアジトに向かうことになった。

出発当日、わたしは吉祥寺のアパートの部屋で荷造りを始めた。私物は必要最小限のものにとどめよ、と大場からあらかじめ言い渡されていたので、荷造りといっても、下着や衣類、生理用品、乳液や化粧水、ヘアブラシなどをボストンバッグに詰め込むだけで終わった。

机の引き出しの奥に隠してある現金を持って行くべきかどうか、迷った。前年の夏、仙台から帰京した際、母親から手渡された小遣いの二万円は、まだその時、手つかずのまま残っていた。

アジトに持って行っても、荷物検査をされれば、高額の現金はすぐさま闘争資金として没収されることはわかっていた。かといって、没収される前に馬鹿《ばか》正直に大場に二万円を供出するのも、なんだか仙台の両親を冒瀆《ぼうとく》する行為のように思えていやだった。そんなことをさせるために、両親は二万円もの大金を小遣いとして娘に手渡したわけではないのだった。今さら両親の気持ちを斟酌《しんしゃく》するなど、おこがましいということはわかっていたが、せめてそれくらいの気遣いはしてやりたい、とわたしは思った。

当時、仙台の両親は、アパート近くにある郵便局の局留め扱いにして、毎月、定期的に現金書留で生活費と学費を送ってくれていた。あれほど革インターにのめりこみ、大場の思想に追随して、現実の生活など、ほとんど見失っていたというのに、わたしは仕送りを郵便局で受け取るたびに、その旨《むね》、電話をかけて親に知らせる習慣だけは怠っていなかった。

P村アジトに潜伏し、行方をくらますことになるとわかっていて、最後に仙台の家に電話をかけた時の、あの引き裂かれるような思いは、今もたまに、生々しい悪夢として甦《よみがえ》る。

「ちゃんと届いたのね？　よかった。相変わらず連絡がつかないんだもの。どうしてるの？　元気でいるの？」と電話に出た母が矢継ぎ早に聞いてきた。「パパもいつも心配して、寝ても覚めても、あんたの話ばっかりしてるのよ。ほんとに何やってんだか」

「元気よ」とわたしは言った。「たまたま忙しいだけだから心配しないで」

「前も同じこと言ってたじゃないの。ほんとに心配ばっかりかけるんだから」

他に何を言えばよかったというのか。これから爆弾闘争をするために爆弾作りに行くのよ、と言えばよかったのか。

いつも通っていた銭湯の近くの公衆電話ボックスだった。よく晴れた日の夕方だった。桜の季節も終わり、あたりの家々の垣根越しに覗《のぞ》く木々は、どれも瑞々《みずみず》しい葉に被《おお》われ始めていた。

銭湯帰りの親子連れが、ボックスの傍を通りすぎて行くのが見えた。幼い男の子は、棒つきのキャンディーを舐《な》めながら歩いていた。葡萄色《ぶどういろ》をした薄手の半纏《はんてん》を着た若い母親は、男の子の肩を抱き寄せるようにしながら、しきりと楽しそうに話しかけていた。

「何かあったの？」と母が声をひそめた。「何だったら、ママがそっちに行こうか」

「どうして？」

「パパに言えないこと、あるんじゃないかと思って。いつでも行くわよ。あんたのところに様子を見に行ってこい、ってパパから何度も言われてるし」

「大げさね」と言って、わたしは屈託なく笑ってみせた。「パパに言えないことなんか、なんにもないって。楽しく大学生活をエンジョイしてる、ってパパに言っといて」

「そう。だったらいいんだけど」と母は言った。信じていない言い方だった。「みんな心配してるのよ。……気をつけてね」

「何に気をつけるの」とわたしは笑いをにじませながら聞き返したが、母はそれ以上何も言わなかった。

それをいいことに、わたしは「もう十円玉がなくなっちゃった。ごめん。またね」と言いおいて、受話器をおろした。

コイン返却口に一斉に戻されてくる十円玉の音を聞きながら、母の声を聞くのもこれが最後だ、と思った。

両親が送ってくれた現金書留が、着ていたスプリングコートのポケットに入っていた。わたしは電話ボックスから出て、そのままアパートの大家の家まで行き、その月の部屋代と、請求されていた光熱費を支払った。そして残った現金のほとんどを、P村アジトに向かうわたしの所持金にしようと決めた。

これだけの金があれば充分だろう、と思った。実際には決して充分ではなく、その後、革インターの闘争資金として使われて、手元には残らなかったのだが、もちろん、その時点で、わたしにP村での暮らしがどんなものになるのか、わかるわけもなかった。P村に行くにあたって、わたしは机の引き出しの中の二万円を残していくことに決めた。後になってわたしを捜しにここに来た父や母が、これを見つけてくれるだろう、と思った。手をつけずに大切に保管してある封筒入りの二万円を、彼らにこそ見つけ出してほしかった。

しかし、その二万円を引き出しに残さず、持って行ったとしたら、どうなっていただろう。そんなふうに今も考えることがある。二万円を封筒に入れたまま、うまい具合にアジトに持ち込み、誰からも発見されない場所に隠しておくことができたのだとしたら。二万円あれば、あの時、わたしは別の行動をとっていただろう。なけなしの金を使って着のみ着のまま逃げ出し、飲まず食わずで過ごしたあげく、気を失って倒れるようなことにはならなかっただろう。そして、そうなっていたら、秋津吾郎と出会うこともなかっただろう。

室内を見苦しくない程度に片づけた。窓を閉め、カーテンを引いた。最後に部屋を見回し、もうここに戻ってくることはないのだろう、と思った。

富樫と布団《ふとん》の中で抱き合うようにして眠り、目覚め、布団を押し入れに片づけて、ちゃぶ台で朝食をとっていた頃のことが思い出された。

狭い台所の流しで彼の下着と自分の下着を石鹼《せっけん》で手洗いし、晴れた日に、軒下に張ったビニール紐《ひも》に並べて洗濯鋏《ばさみ》で留めた時のこと、洗面器とタオルを手に、肩を並べて銭湯に行った時のこと、三十分後にまた、と銭湯の出口で待ち合わせし、わたしが出て行くといつも富樫が待っていてくれたこと、同じシャンプーを分け合って使っていたので、銭湯帰りには二人とも同じ香りを漂わせていたこと……。

ボストンバッグを手に廊下に出て、部屋のドアに鍵《かぎ》をかけた時、ふいにその場にうずくまりたくなるほどの苦しみに襲われた。

父や母がどれだけ心配するか、どんなふうに捜しまわるか、決して想像をしてはならない、過ぎ去った穏やかな日々を感傷的に振り返ったりしてはならない……そう自分を戒めるのだが、戒めるそばから新たな想像が、凄《すさ》まじい現実感を伴って頭の中にあふれ返った。

娘は死んだと思うことにする、と誰彼かまわず怒鳴るように言いながら、ひくひくと喉《のど》を鳴らして涙を流している父の顔が浮かんだ。お姉ちゃんのバッキャロー、と叫び、顔を歪《ゆが》めて嗚咽《おえつ》している弟の顔が想像できた。かつて、父方の祖父母の家の近くの丘で転び、泣き叫びながらわたしを呼んでいた、幼い弟が甦った。

わたしは唇をかんで天井を振り仰ぎ、涙をこらえた。ひとたび涙ぐんでしまったら、際限がなくなるような気がした。

青梅線の終着駅に着いたのは、午後三時過ぎ。すでに山の端《は》に日が傾き始める頃合いであった。

バスに乗ろうとして、大きなリュックを背負ってこちらに歩いて来る、一人の若い女に気づいた。カーキ色のだぶだぶとしたズボンに、紺色の薄手のブルゾン姿だった。黒ぶちの洒落《しゃれ》っ気のない眼鏡をかけ、洗いっぱなしなのか、あるいは単に潤《うるお》いがないだけなのか、おかっぱにカットされた肩までの長さの髪の毛は、四方八方にはねて、ぱさついていた。

眼鏡をかけているのを見たのは初めてだったし、長く伸ばした髪の毛を首の後ろで一つに結んでいた彼女の、おかっぱ頭を見るのも初めてだったが、それが革インターのメンバー、浦部《うらべ》幸子《さちこ》であることはすぐにわかった。

浦部幸子は、わたしと同年齢、同学年の、薬科大学に在籍する女子大生だった。民青に所属している大学生に片思いを続けていたが、手ひどくふられたのをきっかけに、大場修造の革命理論に惹《ひ》かれ、迷わず革インターに近づいた、という話であった。

とはいえ、私的な会話を交わしたのはその話を聞かされた時だけであり、彼女と組んで革インターの「任務」を行ったことはない。生真面目《きまじめ》なだけで勘が鈍い彼女のことを、大場は陰で苦笑まじりに語ることがあり、「あと少し美人に生まれついていたら、浦部は革命のことなど考えず、民青が何なのかもわからずに、民青の野郎にくっついて、歌声喫茶で朗々とロシア民謡でも歌ってたに違いない」などと言っては小馬鹿にしていた。そんな浦部がP村のアジトでの武闘訓練に参加することを、あるいは大場は歓迎していなかったのかもしれない。最終的に、優れた精鋭部隊をP村アジトに集結させるつもりでいたはずの大場にとって、浦部幸子という女は初めから、いてもいなくてもどちらでもかまわない人間だったのかもしれない。

バスに乗ってから、浦部幸子はわたしに気づいたらしく、周囲を警戒しつつも、軽く会釈《えしゃく》をしながら近づいて来て、隣の席に座った。

「よかった」と幸子は前を向いたまま、甲高い声で早口に言った。「松本さんと一緒なら心強いもの」

「髪の毛、切ったの？」とわたしは聞いた。「変装のつもり？」

「そうよ、そう。でもだめね。知ってる人にはわかっちゃうわよね。……荷物、それだけ？」

「できるだけ少なくしたから。これだけよ」

「偉いのね。わたしはいろんなもの、持ってきちゃった。胡麻《ごま》せんべいまで入ってるんだから」

「胡麻せんべい？」

「母が送ってくれたの。うちの田舎の銘菓。おいしいよ。一度食べだすと、やめられない」

女同士の小旅行にでも来ているような、どこかはしゃいだしゃべり方に強烈な違和感をもったのは、わたし自身もまた、これから始まろうとしている生活に、気が変になりそうなほどの不安を抱いていたからだろうか。

バスは山間《やまあい》の曲がりくねった道を進み、遠くに見える山々は重なり合うように迫って見えた。杉木立を煙のような薄い靄《もや》が被っていて、落ちかけた日はおぼろな光となって残されているだけだった。

小さな民家が続き、続いたと思ったら途切れて、芽吹き始めた雑木林が始まった。広い庭のある田舎家が現われ、伸びた生け垣に沿って、バスは愚鈍な牛のようなのろさで走り続け、そうこうするうちに、ふいに視界がひらけた。

遠くに山の稜線《りょうせん》が見えるだけで、山麓《さんろく》に位置するそのあたりには、遥《はる》か向こうまで見渡せる畑や田が広がっていた。これから青々とした葉盛りの季節を迎えようとしている、こんもりとした木立が数か所、点在していた。のどかで牧歌的な風景であった。

目的の停留所に着き、わたしと幸子とがバスから降りるころ、車内には老婆《ろうば》の二人連れが残るばかりになっていた。運転手も含めて、誰もわたしたちのほうには目を向けなかった。その装《よそお》いから、若い娘二人のハイキング客か何かだと思われていたに違いなかった。

「ねえ」と幸子が、先に立って歩き始めたわたしの背に向かって言った。

わたしは振り返った。「何？」

「あの……松本さん。わたしのこと、どうかよろしくね」

何を言われているのか、意味がわからなかった。わたしは無表情に聞き返した。「よろしく、って何が？」

「わかんない。ごめんね。わたしったら、何言ってるんだろう。きっと、怖いのよ。すごく怖がってるのよ」

わたしは鼻先で笑ってみせた。「そういうセリフは口にしないでくれる？　怖い、っていう言葉に対して、どう答えればいいの？　大場さんがもっとも嫌う言葉よ。わたしたちが使ってはならない言葉だったはずでしょ」

「知ってる。でも……」

「行きましょう」とわたしは決然としたふりを装って言った。「闘うしかないのよ。ここまで来たら、もう引き返せないのよ。それともあなた、帰りのバスを待って、戻るつもり？　そうしたいの？」

まさか、と幸子は言い、小鼻をひくひくと震わせながら、ひきつったような笑みを浮かべた。

わたしは自分を鼓舞するために、露骨に軽蔑《けいべつ》した視線を彼女に送り、再び前を向いて歩きだした。早くしなければ、日が暮れてしまうのではないか、と思い、怖くなった。

「ごめんなさい」と背後で幸子が情けない声を出した。「それより、松本さん、知ってた？　革インターとは全然関係ない話なんだけど……川端康成がね、ガス自殺したんだって」

三島に続き、川端も、と思うと、どういうわけか、振り返ることができなくなった。言葉にならない戦慄《せんりつ》に襲われて、その時、わたしの頭はぐらりと大きく揺れた。

17

P村アジトで日常的に行われていたことは、わたしの知る限り、あさま山荘事件を引き起こすまでの連合赤軍が山岳ベースでやっていたことと、どこか似ていた。四月の第三週から月末にかけて全員がそろうと、すぐさま、共同生活上の規律が設けられた。アジト内での喫煙は無制限に許可されたが、それまで自由だったはずの飲酒は厳禁になった。

全体会議は、ほぼ毎晩、夕食後に行われた。時には指導者会議と称して、大場と祥子が別室に行き、二人だけで遅くまでぼそぼそと、小声でしゃべっていることもあった。

昼間は、二人で組んで行う腹筋や背筋運動などの体力作りが義務づけられた。二人一組になって、近隣の山に入り、風呂《ふろ》やストーブの焚《た》きつけに使う枯れ枝を拾い集めて来る、という任務もあった。

だが、大場の命によって、組む相手はその都度、替えられた。同性異性を問わず、革インター内で、特定の親密なペアができることを大場は警戒していた。

各種作業をする上で、男が女を助けようとしたり、女が男の苦手な分野を引き受けてやろうとしたり、あるいは互いが性的に惹かれ合うことが起こったとしても、すぐさま批判の対象になることはなかったが、女が女性であることに甘え、自らの任務を放棄して、男に依存することは許されない行為と見なされた。

そういった点に目を光らせ、夜の全体会議の際に厳しく追及してくるのはたいてい祥子だった。

祥子は華奢《きゃしゃ》な身体《からだ》つきをしていたというのに、薪割《まきわ》りも易々《やすやす》とこなしたし、車のハンドルさばきもうまかった。何事につけ、勘がよく、生き抜いていくための強靭《きょうじん》な精神力を発揮できる人間だった。

腕力がない、体力が男よりも劣る、ということに甘えてはならない、と彼女はいつも会議の席上、わたしたち女性メンバーに向かって厳しく言いわたした。革命に向かおうとする戦士としての強い意識さえあれば、腕力の不足すら克服できるはずだ、というのが祥子の口癖だった。

わたしも何度か、アジトの庭で薪割りをやらされたことがある。最初はまるでうまくいかなかった。勢いよく振り上げた鉈《なた》の重みで、身体がよろけ、後ろ向きに倒れそうになる始末だった。

大場はくわえ煙草《たばこ》をしながら、面白そうにそれを眺めていただけだったが、祥子はさも腹立たしげに、「役に立たないったら、ありゃしない」と吐き捨てるように言った。

わたしはその場で、祥子に薪割りのコツを教えられた。数回繰り返しているうちに、なんとか恰好《かっこう》がつくようになったものの、そのうち、肩甲骨《けんこうこつ》のあたりの筋を痛めたらしく、背中の痛みに耐えられなくなった。

痛みを訴えると、祥子は黒いビー玉のような、感情のこもらない、しかし美しい瞳《ひとみ》でわたしをじっと見つめ、「一人でサバイバルしながら闘わなくちゃいけなくなることも想定しておくべきよ」と言った。「薪割りひとつできなくてどうするの。だらしがない」

「努力します」とわたしは言った。

永福町のアジトで行われた勉強会に初めて美奈子と参加した時、わたしが会った鈴木祥子……大場の第一夫人と呼ばれ、いそいそと大場のために動きまわっていた、あのおやかな立ち居振る舞いをする鈴木祥子……はもうそこにはいなかった。

祥子はすでに、大場と共に自爆も覚悟しているほどの女テロリストになっていた。そこには、森林の奥で孤高に生き抜こうとする、野生動物のような凄味《すごみ》すら感じられた。

深夜、アジト内の暗い土間のあたりで祥子とすれ違った時など、本当にその両の眼が、獣のそれのようにきらりと光ったのを見た思いがしたこともあった。獲物を見定めて闇《やみ》の中で炯々《けいけい》と光る、それは、豹《ひょう》の眼にも似ていた。

だが、そんな祥子でも、わたしに向けて投げつけてくる厳しさや苛立《いらだ》ちや皮肉の数々は、大したことはなかった。

大場がわたしと寝た、大場とわたしとが男女の関係をもった、ということを知っていたはずだが、それだけを理由に、祥子がわたしに感情をぶつけてくることは一切なかった。

その点において、祥子は理性的で合理的、しかも、利口な女だった。大場という男の最側近として不動の地位を固めていた祥子が夢見ていたのは、大場との恋愛関係を深めていくことではなく、大場を独占することでもない、周到に計画された革インターの爆弾闘争を、大場と共に成功させることに尽きたのだ。

そんな祥子の苛立ちの標的にされたのは、悉《ことごと》く不器用で、何かというと弱音を吐きがちだった浦部幸子であった。

「何か他のことに気をとられてるんじゃないの?」と祥子はある時、全体会議の席上、皮肉まじりに幸子に言った。「自分をふった民青の男がそんなに恋しい?　いい加減にしたらどうなのよ。どうして作業をテキパキとこなせないの。いつだってそうでしょう。ぼやぼやして、おどおどして。簡単な作業に人の倍の時間がかかる。何のためにここにいるのか、わかってない。ブルジョワのお嬢さん気取りでいるのは、ただちにやめなさい。だいたい傲慢《ごうまん》よ。自分の傲慢さを総括してみせなさいよ。ねえ、ちょっと聞くけど、あなた、総括、ということがどういうことなのか、わかってるの?」

「はい、わかっています」と幸子は震える声で答えた。

「じゃあ、この場で言ってみなさいよ。総括って何よ。何をすることなのよ」

「自己批判をすることです」

「この人、だめだわ」と祥子は渋面を作って大場を振り向き、意地悪そうに笑った。「総括と自己批判の違いすらわかってない。熨斗《のし》つけて民青に戻したほうがよくはない？」

大場はにこりともせずに、祥子と幸子とを同時にねめるような目で見据えた。黒猫が大場の傍にいて、寛《くつろ》いだ様子で毛づくろいをしていた。

五月に入ったばかりの頃合いだったが、P村は夜になると冷えこんだ。アジト内では薪ストーブを焚き、囲炉裏に火を入れていた。

大場は吸っていた煙草を囲炉裏の火に向かって乱暴に投げ捨てると、「総括できずにいるようなやつは」と言った。平板な口調だった。「そのつど、処刑の対象にする。いいな」

「異議なし」と誰かが低い声で言った。それに続くようにして、居合わせたみんなが、次から次へと「異議なし」と小声で口にし始めた。

幸子が怯《おび》えきった視線をわたしに投げたのがわかったが、わたしは目を合わせまいとした。処刑、という言葉はひどく恐ろしく響いたし、否応《いやおう》なしに連合赤軍の事件を思い出させたが、大場が言っていることは間違っていないような気がした。

その時点でわたしはまだ、大場が本当に「処刑」を始めることになろうとは、考えていなかったのだ。大場が口にした「処刑」という言葉は、メンバーの結束を固めるために使われた、一種の比喩《ひゆ》であるに違いない、と思っていたのだ。

そもそも、そう思ってでもいなければ、わたしもまた、幸子と同様、震え、怯えて、誰でもいいからすがりたくなるほどの恐怖を感じ、いたたまれなくなっていたに違いない。

ライトバンを使って必要な食料品や日用品、工具類、医薬品などを町まで買い出しに出かけるのは、当番制になっていた。単独行動は決して許されず、この場合も、常に二人が組になって行動した。

アジト内外での作業や任務が忙しく、誰も買い出しに行けない時は、食事は缶詰、菓子パン、インスタントラーメンだけのこともあった。だが、たいていは祥子が陣頭指揮をとり、主に男子メンバーに鶏肉《とりにく》や野菜をいれた五目雑炊を作らせた。大鍋《おおなべ》で作られる雑炊は量が多く、ある程度保存もきいて食べ放題だったので、メンバーに歓迎された。

大場は黒猫のために、古くなった鰹《かつお》ぶしと四角い箱状の削り器をアジトに持ちこんでいて、毎日、朝晩、決まった時間に鰹ぶしを削った。がりがり、ごりごりという、削る音が聞こえてくると、どこからともなく黒猫が現われ、大場の足元にやわらかくからみつく光景が見られた。

大場はそのたびに、何か小声で猫に囁《ささや》きかけながら、削りたての鰹ぶしを掌《てのひら》に載せ、食べさせた。小さな器に、残り物の米飯を盛り、雑炊の余ったスープをかけ、その上に鰹ぶしを載せて与えることもあった。

鰹ぶしを削る音を響かせても、いっこうに黒猫が現われる様子がなくなったあの日……。

あの日は、朝から雨が降り続き、あたりには草の匂《にお》い、土の匂いが立ちこめていた。大場は途中から不安そうに鰹ぶしを削る手を止め、「あいつはどうしたんだ」と誰にともなく聞いた。

十分経《た》っても、二十分経っても、黒猫は現われなかった。大場はアジト内の隅々を探しまわり、猫の姿がないとわかると、雨の中、傘もささずに庭に出て行って、クロ、クロ、と呼びかけた。

「どこかで雨宿りしてるんですよ、と誰かが言った。「雨がやんだら戻ってきますよ」

大場はそれには応《こた》えず、憮然《ぶぜん》とした顔をして奥に引っ込んで行った。

あとには鰹ぶしの削り器だけが残された。そしてそれは、しばらくの間、土間の片隅にそのまま放置されていたが、やがて、猫が本当に戻らないとわかってからは、いつのまにか誰かの手によって片づけられ、目にすることはなくなった。

連合赤軍と革インターとでは、その闘争方針以外に、決定的に異なっていたことが二つある。

一つは、革インターのアジトにおいては、女性メンバーの化粧および、アクセサリー類の装着が自由だったことである。

連合赤軍の女性兵士たちは、化粧をしたり、その必要もないのに首にスカーフを巻いたり、指輪やペンダントなどのアクセサリーをつけることは厳しい批判の対象にされた。そして、まさにそういった点をこそ取り上げては、大場は常日頃、連合赤軍の理念を侮《ぶ》蔑《べつ》し、嘲《ちょう》笑《しょう》していたのである。

大場は革インターの女性メンバーがアジトでの身だしなみに気を配り、鏡を覗《のぞ》いたり、口紅をつけたり、指輪やネックレスをつけたりすることを、あえて声高に奨励はしなかったものの、好意的に受け取ろうとしていた。

祥子は大場に贈られたものなのか、あるいは他の男からもらったものなのか、左手の中指に高価そうに見えるいぶし銀のリングを常にはめ、ライトバンを使って外出する際には、スカートをはき、長めに伸ばした髪の毛を絹のネッカチーフで結わえることさえあった。

他の女性メンバーも、祥子にならって、自由に化粧をしていた。わたしも口紅をつけることがあったし、髪の毛を留めるのに、色合いのきれいなカチューシャやリボンを使うこともあった。

とはいえ、女性メンバーたちにそうした余裕が与えられ、全体として家庭的とも言える自由な雰囲気が漂っていたのは、ごく初期の段階に限られる。

五月も半ばを過ぎるころになると、急速に状況が変化し始め、アジト内に漂う空気は次第に緊張感を伴うものになっていった。家族的な雰囲気……かつて大場を中心にしてその周囲に心地よい煙のようになって漂っていた、文学的ペダンティズムとも言える空気は、いつのまにか消え去り、革命や殺戮《さつりく》、粛清といった言葉に代表される、重苦しい、こわばったものに取って代わられた。

それに伴うように、女たちは装《よそお》ったり、飾ったりすることをやめた。いや、やめたというよりも、それどころではなくなった、と言ったほうが正しいのかもしれない。

そして、連合赤軍と革命インター解放戦線とのもう一点の甚だしい相違は、連合赤軍が銃による殲滅《せんめつ》戦を唱えていたのに対し、大場修造の場合、あくまでも爆弾闘争のみに限定して、テロを計画していたことにある。

P村アジトにおいて、射撃の訓練は一切、行われなかった。だいたい、アジトに銃は一丁もなかったと思う。武器としての銃に、大場は興味を示さなかった。彼の目的はあくまでもダイナマイトを手に入れることであり、そのために地方の銃砲店をターゲットにすることはあっても、銃そのものの奪取が計画されることはないのだった。

銃が標的にできるのは単数に限られるが、爆弾は複数だ、規模そのものが無限に異なる……と大場は言い、爆弾による「都市殲滅」という言葉を執拗《しつよう》に使うようになった。トシセンメッ……まるで口の中で大きな飴玉《あめだま》を転がすかのように、その言葉を繰り返す大場を前にしながら、わたしは次第に自分の中の感覚が麻痺《まひ》していくのを覚えた。

そういうことが果たして可能なのか、という疑問はすでに抱かなくなっていた。潜在的に感じていた罪悪感、恐怖心といったものの影も消え去りつつあった。

自分はこれから、大場の言うトシセンメッに向けて疾走するのだ、とわたしは思った。具体的に何をどうするのか、大場からはその時、まだ聞かされていなかったが、時限装置を使い、どこかで爆弾を炸裂《さくれつ》させることになるのだろうということは容易に想像できた。

爆弾、ダイナマイト、爆殺、といった言葉が日常化していった。使い慣れていくうちに、それらの単語が、次第に無機質なものに変わっていくのが感じられた。たとえ、親の前にいたのだとしても、「ちょっとそこまで爆弾作りに行ってくるから」と言って、口笛まじりに出かけていくこともできそうなほどだった。

こんなふうにひた走りに走った先に、何があるのか、考えたり恐れたりしても、無駄だろうとわたしは思った。「革命」という呪文《じゅもん》に魅せられ、魔法をかけられ、決死の覚悟を固めた以上、わたしにはもう、大場の後に続くしか生きる方法がなくなっていたのだと思う。

18

P村アジトに柏木和雄《かしわぎかずお》がやって来たのは、四月半ば過ぎ。わたしとほぼ同時期であった。

柏木はT大の物理学科に在籍する学生で、一九四九年生まれ。当時二十三歳だった。ひょろりと背が高く、痩《や》せていて、姿勢が悪かった。あまり豊かとは言えない、細い髪の毛をマッシュルームカットにし、紺色の、腰まである丈の長いサファリジャケットに薄汚れたジーンズ、という、いでたちでいることが多い男だった。

当時、本人から聞いたところによると、能登《のと》半島の輪島の出身で、親類の家に居候《いそうろう》しながら東京の予備校に通って浪人時代を過ごし、T大に入学したのだと言っていた。どこまで本当だったのかはわからない。とはいえ、そんなことで同志に嘘《うそ》をつく必要もないのだから、あるいはすべて本当のことだったのかもしれない。

柏木は爆弾製造の専門家だった。少なくとも、そういうことになっていた。大場との接触がどこから始まったのか、わたしは知らない。永福町のアジトにもたまに顔を出していたが、個人的に話をしたことはなかった。

そもそも、永福町アジトにおいての、柏木の印象は、わたしにとっては薄いものでしかない。

グループサウンズ全盛時に流行したような、マッシュルームカットに似た髪形だけが目立っていたが、それ以外、人の記憶に強く残るような特徴は見当たらなかった。表情にとぼしく、顔色も悪かった。その顔は血の通わない、古い能面のようにひんやりとして見えた。

目は切れ長だったが、一重の上に、キツネのようにつり上がっていて、人を上目遣いに見つめる癖があった。あまり笑わず、黙りこみがちでもあった。総じて、何を考えているのか、つかみにくい男であった。

そのせいか、柏木が爆弾製造の第一人者だ、と聞かされても、にわかには信じがたかった。T大の物理学科の学生といえば、誰よりも優秀、明晰《めいせき》と思われていた時代にあって、柏木に限って言えば、そのような印象は希薄だった。まして、簡単に爆弾を作り出せる才能がある男のようにはとても見えなかった。それどころか彼は、あの時代、どこにでもいた、世をすねている陰気な学生の一人にすぎないように思われた。

しかし、それにしても、ダイナマイトと爆弾の区別すらできずにいた、何の知識もないわたしのような人間が、何故《なぜ》、爆弾闘争を目指す柏木や大場らと足並みそろえて行動することができたのか、未《いま》だに説明がつかない。

爆弾を製造している柏木や、製造方法を教わっている大場、その他のメンバーたちを横目で眺めつつ、果たしてここで作られていく爆弾が、幾つの命を奪うことになるのだろうか、とすら考えずにいられたのは何故だったのだろう。

理知や理性など、つけ入る隙《すき》もなくなっていた。それほどまでに、革命のための殺戮は、わたしたちにとって、一つのしたたかな正義になっていたのだった。そうとしか言いようがない。

爆弾の材料になるダイナマイトや導火線、雷管などは、すべて盗品で賄《まかな》われた。メンバーが、長野県や群馬県内の道路工事現場の火薬庫や保管庫に侵入し、盗み出してきたものばかりであり、それらはすでに、P村アジト内に運びこまれていた。柏木が独自のルートで他セクトから譲り受け、持ち込んできた材料もそろっていた。工具類は新しいもの古いもの、様々だったが、不足はなかった。

油紙に包まれたダイナマイトは、乳白色をしており、形はソーセージに似ていたと記憶している。鉄のように硬いものを想像していたのだが、それは、つきたての白い餅《もち》、あるいは、ねっとりとしたクリームを連想させ、触れると信じられないほど柔らかかった。

その、爆発とは無縁に思える柔らかなしろものの他に、雷管、導火線、導火線バサミがあれば、簡単に爆弾を作ることができる、と柏木から教えられた。それを聞いて、わたしが子供のように驚いて目を丸くし、「信じられない」と言ったのがちょっと可愛《かわい》かった、と後で柏木が言ってきたことがある。

異性に対して、その種のお愛想めいたことを口にするような男ではないと思っていたので、少し意外であった。

そう言ってきた時の柏木は、顔を赤らめ、上目遣いにわたしを見ながら、薄い唇に笑みを浮かべていた。もともと唇の薄い男で、微笑《ほほえ》むとそれはさらに薄くなった。前歯が鼠《ねずみ》のように小さく、内側に向かって生えていた。そのせいか、彼の笑みの奥には、黒々とした、三日月の形をした穴しか見えなかった。

アジトには、分解されたまま箱の中に保管されていた爆弾があった。それに雷管と導火線をつなげ、ともかく爆発具合を確かめてみよう、ということになったのは、五月の連休が明けたばかりの頃だったろうか。

アジトの近所には、山のすそ野に続く広大な雑木林が拡《ひろ》がっているばかりで、民家はなかった。アジトから先に道はなく、たとえ車が迷いこんできたのだとしても、通り抜けることは不可能だった。外部の目を案じる必要もなく、爆弾の実験ができる場所は無数にあった。

林の奥まで行き、地面に穴を掘って爆弾を埋めこむ。導火線に火をつける。離れた場所に退避して、様子を窺《うかが》う……爆弾の爆発具合を見るためには、それだけで事足りた。柏木と大場、祥子、それに浦部幸子と、もう一人、男のメンバーが実験に参加した。幸子に参加するよう命じたのは祥子だった。

見るからに気が進まない様子の幸子に向かって、祥子は「浦部さん。あなたが導火線に火をつけなさい」と言った。「いいわね?」

「やります」と幸子は答えた。

しかし、明らかに幸子の目の焦点は定まっていなかった。それを見抜いたのであろう祥子は、じろりと彼女を睨《にら》みつけるなり、念を押すかのように「やるのよ」と低い声で繰り返した。

その日、わたしはたまたま、車の運転ができる男のメンバーと組んで町まで買い出しに行く、という任務を命じられていた。

相変わらず、おどおどとした態度を取り続け、祥子を苛立《いらだ》たせている幸子が、気の毒に思えた。幸子の代わりに実験に参加し、自分が導火線に火をつけます、と申し出ようと思ったほどだが、その種のことを言い出せば、祥子がまた、何を企《たくら》むかわからなかった。わたしは危うく喉《のど》まで出かかった言葉を飲みこんだ。

わたしがもう一人の男のメンバーと共に町から戻ると、浦部幸子が眉《まゆ》をひそめながら近づいて来て、「すごい音がしたのよ」とわたしに耳打ちした。「ズン、っていう音。

身体《からだ》に震えが伝わってくるくらいだったの。地響きがして、地面が地震みたいに揺れたし」

怖かった、とつけ加えようとしたのか、幸子は一瞬、口を「O」の字に開けたが、言葉には出さなかった。

わたしはできるだけそっけなく「そう」と言った。「だったら、成功だったのね？」

「でも、導火線に火をつけてから爆発するまでの時間が少し短すぎて、大場さんはそれが気にいらなかったみたい」

「そんなもの、実戦の時に、導火線を長くすればいいだけの話なんじゃない？」

わたしが陽気にそう問いかけると、幸子はひきつったような笑みを浮かべながら「そうよね」と言った。「長くすればいいのよね」

革インターの爆弾闘争に向けた理論に同調しつつも、恐怖、怯《おび》え、といった本能的な反応を自分の内側に奥深く封印してしまうことができずにいた幸子の性格に、わたしはその頃から潜在的な不安を覚えていたはずだ。

爆弾を爆発させれば、「すごい音」がするのは当然だった。「地響きがする」のも当然で、容易に予測できることでもあった。

そういった現象に対して、ひとつひとつ、革命や闘争などとは縁遠い、一般の女子大生のごとき幼い反応をみせる幸子が、今後、革インター内でどう扱われていくのか、すでにあの頃から、誰の目にも明らかだったように思う。

爆弾を爆発させると、地面にめり込んでいた鉄パイプが破片状になって周囲に散らばる。

その破片ひとつひとつが限りなく同じ大きさになるように……つまり、充分な殺傷能力を発揮できるように、鉄パイプにあらかじめ彫りつけておく溝《みぞ》の形状などを計算しなければならなかった。また、導火線の燃えていく速度計算も必要だった。それらすべての条件を充《み》たして初めて、実戦用の爆弾が完成するのである。

柏木を中心にして、日夜、P村アジトにおける爆弾製造が本格的に進められていった。アジト内の土間には、「工作台」が設けられた。金ノコギリを使って鉄パイプに溝を彫ったり、導火線の点火部分に仕掛けを作ったり、柏木の指導のもと、革インターのメンバーは、じきに爆弾製造に慣れていった。

初めのうちは、三日かけて一つの爆弾を完成させるのがせいぜいだったが、やがて二日に一つ、日に一つ、作り出せるようになった。大場と祥子は、自分たちが製造した爆弾の威力を試したがった。はしゃいでいた、と言ってもいい。まるで自宅の庭先で、打ち上げ花火に火をつけたがっている、無邪気な子供のようでもあった。

もし、あの日、雨が降らなければ、多分、間違いなく、わたしも参加を命じられていたことだろうと思う。だが、雨のせいで……しかも小雨ではなく、低気圧が通過したか何かで嵐《あらし》のように雨風が強まったせいで、幸か不幸か、大々的に行われるはずだった実験は延期になった。

したがって、わたしは一度も、柏木や大場が製造した爆弾が炸裂する、その瞬間に居合わせたことがない。その威力がどれほどのものか、目の当《ま》たりにすることもなかった。一度目の実験の際に、導火線に火をつける任務を命じられた幸子が口にしていた、「ズン」という音を耳にすることもなく終わったのだ。

わたしの中では、爆弾というのは、常にあの、柔らかなクリームのような白いダイナマイトから作られた、少し危うい玩具《がんぐ》のようなものでしかなかった。爆風を受けて飛び散る血液や肉片、ガラス片の山……それらのものと、あの、大場たちが生み出していた「玩具」とは、想像の中でうまく結びつかなかった。大場が始終、口にしていた、都市殲滅《せんめつ》、という言葉と共に、バクダンもまた、わたしにとって、あくまでも闘争精神を盛り上げるための、乾いた記号のようなものでしかなかったのである。

そんな或《あ》る晩、小さな出来事があった。あの、取るに足りない、ささやかな出来事が、後に起こることになる事件の引き金になったのだと思うと、今も胸が痛む。

アジト内では布団《ふとん》は使わず、全員、各自の寝袋で休んでいた。よほど冷えこむ晩以外は、寝袋ひとつあれば寒さはしのげた。

寝袋といっても、文字通り袋状になった寝具の中に身を横たえていただけである。外から胸元に手を差し込むこともできたし、小柄な人間同士なら、二人はいって寝ることも可能だったかもしれない。

あの晩、かすかな気配、というよりも、はっきりとした衣《きぬ》ずれの音を耳にし、わたしはふと、眠りから覚めた。

同室にはわたしと柏木の他に、男が二人、浦部幸子……の合計五人が眠っていた。わたしをはさんで、両側に柏木と幸子がいた。あとの二人は、わたしたちの足元のほうに並んで寝ていた。眠る場所は、あらかじめ大場によって指示されていた。それを勝手に変更することは許されなかった。

午前四時頃だったろうか。時刻は定かではないが、閉じた雨戸の節穴から、一条《ひとすじ》の光も洩《も》れていなかったので、夜明け前だったと思う。

誰かがいびきをかいていて、そのいびきの音に溶け入るようにして、幸子の寝息が聞こえてきた。風のない日で、木々の葉擦れの音もせず、あたりは静まり返っていた。

幸子のほうに顔を向けて横になっていたわたしは、柏木が隣で、ごそごそと音をたてつつ、寝袋から出た気配を感じ取った。トイレに立つのだろうか、と思った。

だが、しばらくたっても足音が聞こえてこない。そればかりか、立ち上がろうとする様子もなかった。闇《やみ》の中、妙に気ぜわしく繰り返される、荒い鼻息の気配だけが伝わってきた。

　こっちを見ている、と思った。暗がりで、しかも、わたしは柏木のほうを向いてはいなかったのだが、鼻息は確実に柏木のものだということがわかった。彼が隣に寝ているわたしを見下ろし、呼吸を荒くしながら、少しずつ顔を寄せようとしているのだった。鼻息とも、喘《あえ》ぎともつかない、獣じみた息遣いをしながら、柏木がわたしの寝袋に手をかけてきた。

　その瞬間、わたしは寝返りをうち、彼のほうに顔を向けた。しっかりと開けた目には、ざらついた闇しか映らなかったが、柏木の顔のおぼろな輪郭と、白茶けたような顔色だけは判別できた。それは思いがけず、わたしの目の前にあった。

　柏木の手が伸びてきた。指先がわたしの頬に軽く触れ、唇のあたりをまさぐるようにし、次いで、その手はおそろしいほどの素早さで寝袋の中にしのびこんできた。

　湿った生温かい手だった。隣で幸子が寝返りを打つ気配があった。わたしは身じろぎもせずに、柏木を見上げていた。

　心臓の鼓動が烈《はげ》しくなった。その音が、周囲に聞こえるのではないか、と案じてしまうほどだった。

　爆弾製造の天才、と呼ばれていた柏木の手が、わたしの寝袋に差し込まれ、着ていたトレーナーの中に押しいってきた。下着をつけたまま寝ていたわたしの乳房をまさぐろうとしているのだった。柏木の口から、低い、喘ぎ声のようなものがもれた。キスをされる、と思った瞬間、わたしは音をたてないよう注意しながら、右手で柏木の手首をがっしりとおさえこんだ。そして聞いた。「これは何のまねですか」

今の今まで眠っていたとは思えないほど、声は澄んでいた。発音も明瞭《めいりょう》だった。

「いや……」と彼は言った。うめき声のようにも聞こえた。「別に……」

「同志としての友情表現ですか。それとも、求愛行為なんですか。悪いけど、どっちにしても、やめてくれませんか」

柏木は慌《あわ》てて手をひっこめた。そして、バツが悪かったのか、つとその場に立ち上がると、逃げるようにして部屋から出て行った。

翌日、わたしは大場をアジトの外に呼び出し、「寝ている時に、柏木さんが妙なふるまいをしてきて困りました」と訴えた。

「妙なふるまい?」と彼は聞いた。「迫られた、ということか」

「まあ、そういうことになりますね」

「何をされた。キスか」

わたしは軽く肩をすくめた。「キスはさせませんでした。でも、胸を触られました」

大場の黒い髭《ひげ》に被《おお》われた顔に、満面の笑みが拡がった。黒猫が行方不明になり、アジト内にひりひりする緊張感がたちこめるようになってから、それは久しぶりにわたしが見る、ある意味では懐《なつ》かしい大場の笑みだった。

「あいつも隅におけない」と彼は言い、さも可笑《おか》しそうに笑った。「ニトログリセリンさえあれば、一生、楽しめるやつかと思ってた」

「お願いがあります。今夜から、あの人と別室で眠るのを許可していただきたいんです」

「一度くらい、相手をしてやれよ。一度くらいなら、いいだろう。柏木も気がすむだろうし、それで爆弾作りの能率が上がってくれるんだったら、一石二鳥、ってもんだ」

わたしの中に、その時、怒りとも悲しみともつかない感情が、砂粒のようになって音もなく吹きつけた。

大場は恋人でもなく、かといって友達でもなく、兄でもない。爆弾闘争を企てている革命インター解放戦線のリーダーであり、女テロリストを目指している鈴木祥子を第一夫人に据え、都市殲滅に向けて疾走しようとしている男……兵士にふさわしい女であれば、誰とでも寝て、革インターに引きずりこんでしまえる男だったが、それでもわたしにとって、彼は唯一《ゆいいつ》、革インター内で肌を合わせた男……特別な男であったのだ。

そんな大場から、柏木と一度くらい寝てやればいい、と言われると、ひどく侮辱されたような気持ちになった。

「ここで娼婦《しょうふ》をやるつもりはありません」とわたしは言った。「質問してもいいですか。どうしてわたしが、柏木さんと寝なければいけないんです」

「一度くらい、と軽い気持ちで言っただけだ。そんなにつっかかるなよ」

「自分が寝る男は自分で決めますから」

わかったわかった、と大場は苦笑し、きらりと目を光らせるなり、わたしの肩を抱きよせて、「ちょっと」と言った。わたしは大場に引きずられるようになりながら、アジトから少し離れたところにある、小さな竹藪《たけやぶ》の中に連れて行かれた。

小暗く湿った竹藪だった。歩くと、地面に堆積《たいせき》している濡《ぬ》れた笹の葉に、爪先《つまさき》がめりこんでいきそうだった。

大場は竹藪の中の、少し開けた場所まで行くと、抱きしめる間もなく、いきなりわたしの顔を両手で強くはさみ、唇を塞《ふさ》いできた。

大場とキスをするのは久しぶりだった。気持ちはまるで潤《うるお》っていないというのに、覚えのある、好きな男の唇を受けながら、自分の中に封印していた何かに火が放たれた。炎がたちまち、野火のようになって全身に拡がった。気がつくとわたしは、自ら大場の首に手をまわし、大場の唇をむさぼっていた。

大場が、わたしの着ていたトレーナーの裾《すそ》をたくし上げてきた。下着が外され、乳房をわしづかみにされた。その猛々《たけだけ》しさにわたしが思わず腰を引こうとすると、彼は狂おしくいきり立ったものを押しつけてくるなり、息を荒らげた。

「こんなところで」とわたしはかすかに喘ぎながら言った。「だめです」

彼は応《こた》えなかった。代わりにわたしの右手を取って、はいていた茶色のズボンの前ファスナーを忌《い》ま忌《い》ましげに下ろすと、自らの股間《こかん》に誘導しようとした。おそろしく熱くて硬いものが、指先に触れるのがわかった。

たぎるような思いと、急激に冷めていくものとが烈しくせめぎ合った。後者のほうが、いくらか勝っていた。こんなふうに扱われたくない、と思った。初めから大場は、こういうことをするためだけにわたしに近づいてきたのだ、愛だの恋だのという感情は、かけらもなかったのだ、と思うと腹立たしく、惨《みじ》めになった。

わたしは呼吸を乱しながらも、身体を強くねじり、彼から逃れた。

彼は棒のようになったペニスを天に向かって屹立《きつりつ》させたまま、わたしを正面から無表情に、虚《うつ》ろな目で見つめた。

そんな滑稽《こっけい》な状態にあったというのに、わたしは彼の顔が美しい、と思った。それは、磔《はりつけ》にされたキリストの顔に似ていた。

傾いた午後の日射《ひざ》しが、竹藪の中に淡く射し込んできた。まだ冷たさの残る五月の風が吹いてきて、竹の葉擦れの音をたてた。

大場はわたしを見据え、仁王立ちになったまま、その場で自慰を始めた。素早くリズミカルに手が動き続けた。彼は喘いではおらず、やや苦しげに口を開けているだけのように見えた。

視線を外そうとするのだが、できなくなった。彼の目は何も見ていなかった。わたしを見つめながら、わたしを通り越した外側にある、どうしようもない虚無を覗《のぞ》いてでもいるかのようであった。

ふいに、大場が、うう、と低く呻《うめ》いた。全身の筋肉を、一瞬、硬直させた、と思った瞬間、白いものが噴き上がるのが見えた。

竹の葉を通して射してくる午後の淡い光が、その逞《たくま》しいものを神々《こうごう》しく包んでいた。

わたしは、彼の顔と彼のペニスとに交互に視線を移し替えながら、少しずつ後じさりし、次いで、踵《きびす》を返して全速力で走り出した。

19

事件はその後、一週間ほど経《た》ってから起きた。

五月も末になっていた。その日、町まで食料品などの買い出しに行く任務を命じられていたのは、柏木と浦部幸子で、ふたりは昼過ぎにアジトから出て行った。ライトバンの運転をしていたのは柏木で、幸子が、柏木の横の助手席に座り、たまたま外にいたわたしに向かって、軽く手を振ってきたのを覚えている。

朝から曇り空が広がっていた日で、彼らが出て行ってからまもなく雨になった。

二人が帰って来たのは、午後五時ころだったと思う。幸子の様子はその時から明らかに妙だった。

どこか怯《おび》えたような、今にも震え出しそうな顔つきをしていたのだが、雨のせいで周囲が薄暗くなっており、彼女の表情がこわばっていることにはっきり気づいた人間は少なかったかもしれない。

彼女と柏木が買ってきた食料品などをアジト内に運び入れるのを、わたしも含めて数人が手伝った。幸子は誰とも口をきこうとせず、誰かから話しかけられるのを拒絶するかのように、硬い表情で台所に立ち、夕食の支度に取りかかった。

夕食作りは当番制になっていて、その晩の当番は幸子の他に二人ほどいた。男のメンバーだったと思う。

食事がふだん通りに恙《つつが》なく供されて、全員が食べ終えたのが午後八時過ぎ。久しぶりのカレーライスだった。安いブタのバラ肉に、ころころとしたじゃがいもが入っているだけのカレーだったが、アジト内における最上等のメニューであった。

食後、銘々が食器を台所に下げ終えるのを見計らったかのように、大場が火のついた煙草《たばこ》をくわえ、腕組みをしたまま言った。「今から緊急の全体会議を開く。全員、この場に残るように」

夕食の後の小一時間は、自由時間になるのが常だった。別の部屋に行きかけていたメンバーたちは、やや怪訝《けげん》な顔をしながらも、大場が指定した囲炉裏傍に集まって来た。

祥子が大場の隣に寄り添う形で腰を下ろした。全員が囲炉裏を取り囲むようにして座ったのを見届けてから、大場は「浦部幸子」と、低くよく通る声で言った。「立て」

幸子はその時、わたしの隣にいた。大場がその名を口にしたとたん、彼女の身体《からだ》がびくっと大きく震えたのがわかった。

幸子が立ち上がると、大場は顎《あご》をしゃくって、「そっち」と言った。「そこの柱の前に行け」

囲炉裏のある部屋には、中央付近に太い柱があった。大黒柱だったのだと思う。四角く黒ずんだ柱だった。

幸子がその柱の脇《わき》まで行くと、大場は「柱に背中をつけて立ってろ」と命じた。「正直に言うんだ。今日、町に買い出しに行った時、誰に電話をした」

幸子は柱の横に立ったまま、硬い表情で大場を見つめた。「それは、密告……ですか」

幸子にしては珍しい反応だった。恐れおののきながらも、彼女は精一杯の反抗を試みているようだった。

「それがどうした」と大場はせせら笑うようにして言った。「ここまできた革命戦士が、今さら、非難がましく密告などと、きれいごとを言うんじゃない。えらそうに」

「わたしの行為がメンバーによって密告されたんですか。そういうことですか」問
「黙りなさい」と祥子が言った。威厳のある言い方だった。「誰に電話をしたのか、と聞いてるのよ。同志である柏木君の目を盗んで、こそこそ公衆電話ボックスに入って行ったそうじゃないの。電話をかけた先は二件。時間にして、合計、約六分。誰に電話したの」

幸子は気圧《けお》されたようになって押し黙った。貧相な薄い唇の端が、かすかに震えているのが見えた。

「どことどこにかけたのよ」と祥子が声を大きくした。「答えなさい」

「あの」と幸子は言った。先程までの強気は消え失《う》せ、声が震え、掠《かす》れていた。「一人は……その……恋人、で、もう一人は……実家の母親です」

「恋人！」と祥子はわざとらしく声を張り上げ、軽蔑《けいべつ》したように、ふん、と鼻を鳴らした。「あなたに恋人なんていたの。初耳ね。誰よ。まさか、あなたをふった、っていう民青の男のことを言ってるんじゃないでしょうね」

幸子は答えなかった。祥子は凄味《すごみ》をきかせた声で「なんで黙ってんのよ」と問い返した。「民青の男なのね？」

幸子は、がくがくと首を軋《きし》ませるようにしてうなずいた。

「恋人だか、元恋人だか、片思いしてただけの男だか、そんなことには興味ないから、どうでもいいのよ。でも、革インターのメンバーであるあなたが、よりによって民青のやつに電話をかけた、ということが、何を意味するのか、わかってやったわけ？」

「いえ、そんな意味じゃ……」

「そんな意味って、どんな意味よ」

「だから……別に、わたしは何も彼には言ってなくて……」

「嘘《うそ》言うんじゃないわよ。このアジトのこと、しゃべったんでしょう」

「いえ、絶対にそういうことは……」

「じゃあ、電話で何をしゃべったのよ」

「別にこれといったことは何も……」

「答えになっていないでしょう。何を話したのかと聞いてるのよ」

「元気でいるのかどうか、とか、そういうことです」

「他には」

「大学で単位を落としたこととか、バイトの話とか……」

「ついでに今、自分がP村のアジトにいるってこともしゃべったんでしょ。爆弾闘争の準備をしてる、ってことも。そうなのね？」

幸子は顔を歪《ゆが》め、呼吸を荒くして、烈《はげ》しく首を横に振った。「絶対にそんなこと、言ってません。誓います」

「じゃあ、もうひとつ質問よ」と祥子は急に口調を変え、もの柔らかに言った。「その後、実家に電話をかけたわけね。お母さんと何をしゃべったの」

「心配しないで、とか、そういうことです。わたしのアパートに母が連絡してきてると思ったし、わたしの所在がわからなくなって、騒ぎ出さないように、って」

「お利口な答えね。その通りだと思うわよ」と祥子は勝ち誇ったように言った。「でも、あなた、嘘を言ってるわね。母親に電話をして、何か教えたでしょう」

「いえ、そんな……わたしは何も……」

「心配している母親に、心配するな、と言うために、何か作り話をしたはずよ。ただ、心配しないでって言い続けたら、相手はもっと心配するじゃないの。大学のみんなと合宿に来てるとかなんとか、そういうことを言ったんでしょ。そうしたら、親は聞いてくるわね。どこで合宿してるのか、って。で、あなたは答えた。奥多摩にあるP村っていうところだ……違うの？　どう？　違うとは言わせないわよ」

図星だったのか、あるいは祥子の剣幕に怯えただけだったのか。幸子は気の毒なほど唇を震わせ、哀願するかのように前屈《まえかが》みになり、両手を合わせて訴えた。「すみません。ごめんなさい。外部と連絡を……その……取ってはいけない、っていう規律を犯したこと、認めます。でも、でも……絶対にわたし、ここのことは誰にも……」

「認めるんだな」と大場が、何か言いかけた祥子を制するようにして、低い声で言った。

「今、言ったな、おまえ。認める、と」

「ですから、認めたのは、規律を犯したことであって、わたし、このアジトのこととか、そういうことは……」

「ふざけるな！」

大場の怒声に、居合わせたメンバーは身を硬くした。むろん、わたしも。

これから何が起ころうとしているのか、わからなかった。わからないことが恐ろしかった。

「規律を犯したことを認めた以上」と大場は言った。「浦部、我々はおまえに対して、徹底した自己批判を要求する。これは、どこに電話して何をしゃべったか、ということ以前の問題だ。わかってるのか」

震える唇を震える歯で必死になって噛《か》みしめて、幸子は嗚咽《おえつ》をこらえていた。そして首を縦に振り、横に振り、わけがわからなくなったように、烈しくうなずき始めた。

「俺たちは楽しい合宿生活を送るためにP村に来たわけじゃない。革命戦争に身を委《ゆだ》ねる覚悟を決めて、ここに集結した。許可なくここから出て、外部の者と接触した者がいれば、それは即刻、処刑の対象と見なさねばならない」

そこまで言うと、大場はおごそかな表情で、囲炉裏のまわりに座っていたメンバーをぐるりと見渡し、「異議のあるやつはいるか」と問いかけた。

誰かが小声で「異議なし」と言った。それに続いて、別の誰かが大きな声で「異議なし！」と繰り返した。その、呪文《じゅもん》のような言葉は、重なり合いながら次から次へとあたりに広がっていった。

わたしも同じことを口にした。ただし、とても小さな声で。

そう言わなければならない、と感じたからではない。催眠術にでもかけられたかのごとく、わたしは大場や祥子の作り出した革命インター解放戦線の空気の中に、飲みこまれようとしていた。意識を周囲に同化させ、飲みこまれてしまうことによってしか、自分を守りきれなくなりつつあることに、どこかで気づき始めていたのかもしれない。

「全員の同意があったと見なす」と大場は言い、改めて幸子のほうを睨《にら》みつけた。「おまえはさっき、密告、と言って反抗的態度をとったな。規律を犯した人間がいた事実を追及しないままに、真の同志の結束はあり得ない。おまえは、そのことについて、どう考えるのか、この場で説明してみろ」

幸子はしどろもどろになりながらも、必死になって何か説明しようとした。だが、恐怖のためか、言葉になっていなかった。

祥子が「意味不明よ」と罵《ののし》った。「問われたことに答えることもできない。満足な自己批判もできない。薪《まき》割《わ》りだってできなければ、爆弾の導火線に火をつける時もへっぴり腰。柄にもなくブルジョワのお嬢さんを気取るのはやめることね」

「おい、浦部」と大場が言い、あぐらをかいていた足を伸ばすなり、ゆっくりと立ち上がった。「おまえは革命に本気で捨て身になろうとしているのか。え？　何のためにここにいる。何をするためにここに来た。カレーを作るためにか」

周囲でかすかな笑いがもれた。だが、大場は笑わなかった。冷ややかな表情のまま、幸子が立ちつくしていた柱の前まで進み出ると、いきなり彼女の頬を平手で張り飛ばした。

幸子は柱に頭をぶつけ、その場にうずくまった。うめき声とすすり泣く声が聞こえた。

「優れた革命戦士になる、と言え！」

幸子は何か言った。言葉になっておらず、何を言っているのか、わからなかった。

大場は次に、幸子の足のあたりを烈しく蹴《け》り上げた。幸子は、ひぃ、と声を上げながら、もんどりうった。

「言え！」と大場が怒鳴った。

幸子は、その声をしのぐほどの大きな泣き声を上げながら、「優れた革命戦士になります。なります。なります……」と続けた。

無防備な子供のようになって、烈しくしゃくり上げている幸子を、大場は無視した。そして、囲炉裏のまわりで、固唾《かたず》を呑《の》んで見守っていたメンバーのほうに向き直ると、

「全員、浦部を批判しろ」と命じた。

興奮しているせいか、髭《ひげ》に被《おお》われた頬が青ざめ、目ばかりが異様にぎらぎらと光っていた。いくつもの小さなウェーブを作っている漆黒の髪の毛は汚れ、あちこちに毛束ができているのが見えた。

大場の視線が、その時、ひたとわたしを捉《とら》えた。目と目が合い、思わずそらそうとしたのだが、できなくなった。わたしの中に、数日前に見た、大場の自慰の光景がまざまざと甦《よみがえ》った。

滑稽《こっけい》なほど場違いな感情が、わたしを充《み》たした。慌《あわ》てて目を伏せたのだが、たちまち、大場の声が飛んできた。

「松本。おまえからだ」

　ぎくりとして顔を上げた。大場はわたしを感情のこもらない表情で見返した。それは、わたしを女として愛したことも、わたしの目の前で自慰をしたことも、すべて記憶の中から抹消してしまっている表情だった。彼の目は、わたしを革インターの女兵士としてしか見ていなかった。そこには性を交わした者との間に生まれる、秘密めいた甘やかなものなど、何ひとつ見当たらなかった。

　ふいにわたしは、彼がとてつもなく恐ろしくなった。それまでかろうじて、同じ場所、同じ世界にいたはずの人間が、急激に遠のき、他人以上の他人になってしまったように感じた。しかもそこにはすでに、荒々しい暴力の気配、血の匂《にお》いすら漂っていたのだった。

　わたしはかろうじて咳払《せきばら》いをし、怯えを押し殺した。「あの」と言い、「ええと」と口ごもった。「つまり……あの……革インターの規律に反した行為は、どんなことでも、許されるものではない……というように考えます」

「それだけか」と大場は聞いた。小馬鹿《こばか》にした聞き方だった。「そんなことは中学生のガキでも言える」

　わたしは唇をなめ、小鼻をふくらませた。必死の思いで言葉を寄せ集めた。「アジト内における目的意識の持ち方が……その……浦部さんの場合、軟弱だったんじゃないでしょうか。恋愛や私生活は、闘争の対極にあるわけだし……個々がいつまでもそういうものを引きずっていては、足並みが乱れる、という認識が必要だろうと……」

視界の端に、幸子の姿があった。幸子の怯えがわたしのそれに加わった。

よし、と大場は低く言った。

わたしの次に、隣にいた男のメンバーが、幸子批判を始めた。そうやって順番に、囲炉裏のまわりに座っていた同志たちが銘々、幸子を糾弾していった。

誰かが烈しい言葉を使えば、次の誰かがそれ以上の刺激的な言葉を使った。それは批判というよりも、明らかなつるし上げと化していった。

幸子は震え、すすり泣き、両手で自分の耳をおさえつけ、また泣き声をあげた。祥子が勢いよく立ち上がり、つかつかと幸子のところに歩いて行ったかと思うと、いきなり、彼女の頰に平手打ちした。

「うるさいのよ！　子供みたいにいつまでも泣いてんじゃないわよ！」

ごめんなさい、ごめんなさい、と幸子は震える声で許しを乞《こ》い続けた。涙と鼻水でべとべとに濡《ぬ》れた顔を上げ、懇願するように祥子に向かって両手を合わせた。

祥子は形のいい美しい唇を固く結び、もう一度、幸子の頰を張った。幸子は床に倒れ、うずくまり、海老《えび》のように丸くなって、切れ切れの悲鳴をあげた。

「誰か、浦部を柱に縛りつけろ」と大場が苛立《いらだ》たしげに言った。

数人の男のメンバーが立ち上がった。どこからか細いロープが持ち出された。彼らは、倒れていた幸子を起こし、柱を背に後ろ手の形で座らせると、上半身をロープでぐるぐる巻きにして縛りつけた。

何か悪い夢でも見ているような気がした。さもなければこれは、テレビドラマや映画の中のワンシーンであり、自分はそれを映像として遠くから観《み》ているだけなのではないか、と思った。

仙台の実家の茶の間で、母や弟とテレビの前に座っている自分を思い描いてみた。ブラウン管に映し出される残酷な映像に興奮しながらも、食卓の上のみかんをむいたり、弟が口にするつまらない冗談を無視しつつ、手に汗握るバイオレンス・ドラマに見入っている自分……。

だが、それは寝苦しい夜に見る悪夢でもなければ、茶の間のテレビに流れている映像でもなかった。まぎれもない現実であった。

柱に縛りつけられた幸子は、恐怖に目を見開き、命乞いでもするかのように、わたしのほうを見つめてきた。助けて、と彼女はしきりと目で訴えていた。お願いだから、助けて、と。

涙でしとどに濡れたその目が、わたしを震え上がらせた。今もわたしは、あの時の幸子の、いびつに歪んだ目、助けを求める目を夢に見ることがある。

わたしに限らず、誰も彼女を救うことなどできなかった。「処刑」を理由に加えられる暴力は、明らかに集団リンチを連想させた。つい先頃明らかになった、連合赤軍集団リンチ事件そのものでもあった。

そうわかっていて、その異様な事態に誰ひとりとして、異議を唱えようとする者はいなかった。後に起こるであろう不吉な影を暗示するものは、いくつもあったはずなのに、誰もが大場の命令に、無条件で従おうとしていた。従うことこそが、目指す爆弾闘争に向けての最重要事項だと信じようとしていた。これは正当な処刑なのだ、と思いこもうとした。

そして、その中に、わたし自身もいたのである。

その晩、柱に縛られたままでいた幸子をよそに、別室でさらなる全体会議が開かれた。会議がどんなものだったのか、まるで記憶に残っていない。幸子に対する「処刑」が、いかに正当なものであるか、不自然なほどなめらかな口調で語り続ける大場の演説に、全員、車座になって、耳を傾けていただけだったような気もする。

幸子を縛りつけているロープがほどかれる様子もなく、夜が更《ふ》けていった。夕刻から本降りになった雨足が強くなり、アジトの軒先に絶え間のない水音をたて始めた。縛られている痛みのせいなのか、恐怖のせいなのか、時折、すすり泣く幸子の声が、雨音に混じって聞こえてきた。

夕食にカレーライスを食べたのだから、当分、空腹で辛《つら》い思いをすることだけはないだろう、とわたしは自分に言い聞かせた。だが、喉《のど》が渇いているかもしれない、と思った。せめてコップの水を一杯、飲ませてやりたかった。そして励まし、慰めてやりたかった。共に大場の「処刑」から逃れる術《すべ》を考えてやりたかった。

だが、そんなことはできるはずもなかった。アジト内に漂う空気はもはや、P村に全員が集結してきた頃のものではなく、切っ先鋭いナイフで虚空《こくう》を切り裂いたようなものになり変わっていた。

夜明けが近くなった頃、やっとわたしたちは会議から解放された。わたしが不安な思いを抱いたまま、寝袋にくるまろうとした時だった。柏木が近づいて来て、「松本さん」と呼びかけた。

同室の男のメンバー二人のうち一人は、縛られている幸子の監視役を大場から命じられていた。もう一人はその時、どこかに行っていて姿が見えなかった。部屋にいたのはわたしと柏木だけだった。

柏木はわたしを見つめ、床にあぐらをかいて座るなり、にやにやした薄笑いを浮かべた。「大場さんに電話のことを密告したのは僕だ、ときみも思っているよね」

「浦部さんのこと？　当たり前でしょう。彼女が誰かに電話をかけているのを目撃して、そのことを大場さんに言えるのは、柏木さんしかいないじゃないですか」

ひょろ長い上半身をわずかに揺らすようにしながら、柏木は腕組みをし、「どうしてなのか、わかってるかな」と聞いた。「僕は自分が目撃したことを大場さんに黙ってることだって、できたんだからね」

わたしは彼を睨みつけた。「どういう意味ですか」

彼はほんの少し、肩をすくめてみせた。「僕は大場さんと共に、最後まで命を賭《か》けた革命闘争を貫く……その覚悟でここに来て、爆弾製造のレクチャーをしてきた。今後も、この意志は変わらない」

「それが?」とわたしは注意深く問い返した。「……それがどうしたんです」

柏木は再び肩をすくめ、薄い唇をさらに薄くして微笑《ほほえ》んだ。「僕があの晩、きみにしたことを……つまり、僕がきみの身体《からだ》に触ったことを……きみは大場さんに言ったね」

わたしは答えずにいた。柏木は、またしても唇をゴムのように薄く伸ばして微笑みの形を作った。

「あのさ」と彼は言った。「大場さんが革インターのリーダーである限り、僕は彼にどこまでも従うつもりでいるんだよ。彼を失望させたくない、決して。だから、きみにあいうことを告げ口されたくはなかったよね。きみが大場さんに告げ口したことは、あまりに次元が低すぎるよね。革命兵士としての美学にもとることだよね。もしきみが、わざわざ大場さんにあんなことを教えなかったら、僕は浦部さんのことも、大場さんには黙っていたかもしれないね。きみと浦部さんが仲がいいこと、知ってたしね。うん、きみさえ、あんなことを大場さんに告げ口しなかったら、僕は浦部さんの規律違反行為を、見なかったことにすることもできたと思うよ。……そのことをさ、ちょっと言っておきたくてね」

「意味がわからない」とわたしは呻《うめ》くように言った。「全然わからない。何を言ってるんです。柏木さん、あなた、もしかして、浦部さんが処刑の対象になっているのは、わたしのせいだ、って言いたいの？」

「まあ、そう思うんだったら、思ってくれてかまわないけどね」

「卑怯者《ひきょう》！」とわたしは寝袋の外に出て、低く吐き捨てるように言った。「何が革命兵士の美学よ。自分で言ってることがどんなに卑劣なことか、わかってるんですか」

「どうせ、このことも大場さんに告げ口するんだろう」と柏木は言った。ふいに、その顔から笑みが消えた。「するならしてみろよ。お嬢気取りでいるのも、いい加減にしたほうがいいぜ。きみみたいのがいるから、僕らの貴重な結束が乱れるんだ。昔、小学校に、自分のまわりに起こったどんな些細《ささい》なことでも担任の教師に言いつけに行く金持ちの娘がいたけど、きみを見てると、それを思い出して腸《はらわた》が煮えくり返る。大場さんの個人的な寵愛《ちょうあい》を得ているつもりらしいけど、勘違いも甚だしいんだよ。彼にはまぎれもない同志である、祥子さんがいる。きみなんか、下っ端《したっぱ》の、使い捨て兵士にすぎない」

怒りのあまり、呼吸が乱れた。わたしが彼を睨《にら》みつけ、何か言おうとして口を開きかけたその時、人の気配が近づいて来た。柏木がわたしよりも先に反応し、素早くわたしから離れた。

わたしが寝袋をわしづかみにして、怒りに耐えていると、部屋に入って来た男のメンバーが「まったく……臭くてやりきれないよ」と顔をしかめて言った。「大場さんが、トイレにも連れて行くな、って言うもんだから、放っといたら、浦部のやつ、とうとう糞《くそ》をたれやがってさ」

囲炉裏のある部屋のほうから、祥子がヒステリックに怒鳴る声が聞こえてきた。大場の声も聞こえた。合間に地響きのような音が伝わった。

ああ、また殴られている、と思った。

柏木に対する烈《はげ》しい怒りと、アジト内で行われていることに対する恐ろしさに、わたしは一瞬、未消化のままのカレーを吐き戻しそうになった。

その晩から、丸三日間、幸子は同じ柱に、同じようにして縛りつけられていた。トイレに連れて行ってもらえず、それなのに、幸子が垂れ流し状態になるたびに、大場と祥子は幸子を殴り、わたしたちにも「殴れ」と命じた。

あの時、実際に幸子を殴ったのは誰だったろう。中に柏木がいたのは確かだが、わたしも含め、祥子の他に二人いた女のメンバーは誰も殴りかかることができずにいた。祥子は、「大場の命令に背くのなら、あんたたちも処刑の対象にするわよ」といきり立つようにして言った。だが、どんな理由があったのか、大場はそれについては無反応だった。

リンチの時だけ、ロープが解かれた。幸子は床にうつ伏せにされ、背中や大腿部《だいたいぶ》を蹴《け》られたあげく、薪《まき》を両膝《りょうひざ》の裏にはさまれて、逆エビの形に縛られた。

幸子の悲鳴は次第に弱くなっていった。泣くこともなくなった。監視役のメンバーの手によって、縁の欠けた茶碗《ちゃわん》から水を飲ませてもらうだけで、食事は一切、与えられなかった。

それでも、幸子はよく脱糞《だっぷん》した。食べてもいないのに、何故《なぜ》、と不思議に思うほどの量だった。あるいはそれも、恐怖のせいかもしれなかった。

そしてそのたびに、烈しい制裁が加えられた。スラックスと下着を脱がせろ、と大場に命じられ、わたしともう一人の女のメンバーが、幸子がはいていた黄土色のスラックスと下着を脱がせた。スラックスも下着も、手がつけられないほど汚れていた。

わたしは幸子の下着と衣類の替えを持って来てやろうとしたのだが、大場がそれを許さなかった。幸子は下半身をさらしたまま、柱に縛りつけられ、立ったままの姿勢でいなければならないことになった。

正視に耐えない形相だった。顔色が次第に蒼白《そうはく》から土気色に変わっていくのがわかった。柱に縛られたまま、ぐったりしているので、頭がぐらぐらと右に揺れたり左に揺れたり、あたかも首が落ちてしまったかのように、前に垂れたりしていた。たまに発していた呻き声も、やがて小さなものに変わっていった。

大場は食事の場所を別室に替えた。囲炉裏のある部屋では、たまにメンバーが囲炉裏に火をくべ、煙草《たばこ》を吸ったり、雑談に興じたりしていたが、そうやっていながら、柱に括《くく》りつけられた幸子が、次第に虫の息になっていくことに誰も関心を示そうとしなかった。

剝《む》き出しになっている幸子の下半身を見て、卑猥《ひわい》な言葉を投げつける者は一人もいなかった。彼らは、それすら見ていなかった。

……こうやって、あの時のことを思い返すだけで、意識が遠のいていくような感覚に襲われる。

あれから三十四年。わたしは未《いま》だ、あの一連の出来事が現実に起こったことである、という認識を抱けずにいるのだ。

あれほど異様なことが起きている只中《ただなか》にいてさえ、わたしたちは食事をし、薪を割り、二人一組になって燃料用の小枝を拾いに行ったり、新しい爆弾を作ったり、度重なる全体会議に出たり、寝袋にくるまって眠ったりしていた。

たまには誰かが若者らしい冗談を飛ばし、屈託のない笑い声がアジト内を充《み》たすことさえあった。半ば意識を失っていた浦部幸子の剝き出しになった下半身から、一滴の尿すらもれなくなってしまっても、わたしたちは大場を中心にして、それまでと変わらぬ規律を守りつつ、アジト生活を続けていたのである。

後に出会い、わたしを匿《かくま》ってくれた秋津吾郎が言ったことがある。

「悪い夢を見ただけだよ」と。

そう言ってから、吾郎はわたしの口もとにスプーンを近づけた。スプーンには、甘い香りを漂わせる、とろりとしたコーンスープが入っていた。

ガス台の上の小鍋《こなべ》で温めた、缶詰のスープだった。わたしがわずかに口を開くと、スプーンが口の中に差し込まれた。わたしはちょうどいい温かさのスープを口にふくみ、飲みこんだ。

窓の外は土砂降りの雨だった。吾郎の家の小さな庭に植えられた、ヤッデの葉を雨が烈しく叩《たた》き続け、細く開けた窓からは、濡《ぬ》れた土の香り、木々の香りが室内に流れこんできていた。雨の音以外、何も聞こえなかった。

吾郎はまた、小鍋からコーンスープをすくって、わたしの口に近づけた。「悪い夢」

と彼は低い声で繰り返した。「そうなんだよ」

わたしは黙っていた。応《こた》えずに彼の目を見た。

吾郎はスプーンを軽くわたしの唇に押しつけた。わたしが彼を見つめたまま、口を薄く開くと、彼はスプーンをそっと差し入れ、傾けた。二口目の温かなコーンスープが、わたしの口腔《こうくう》から喉の奥に向かって流れていった。

ごう、と音がして一陣の風が吹きつけた。バケツの水を一挙にまいたかのような音と共に、建て付けの悪い家の窓ガラスが、ガタガタと鳴った。その音は、初めて大場と肌を合わせた時の、場末の連れ込みホテルで聞いた音を思い出させた。

もう、どうでもいい、とわたしは思った。

悪夢だろうが現実だろうが、誰が死のうが生きようが、埋められようが、爆弾がどこで炸裂《さくれつ》しようが、逮捕されようがどうしようが、もう、どうでもいいのだ、と。

そう思った瞬間、ふいに、浦部幸子の苦悶《くもん》に歪《ゆが》んだ恐ろしい死に顔が目に浮かんだ。幸子の骸《むくろ》から漂っていた糞尿の臭《にお》い、酸《す》っぱい死臭が鼻孔の奥に甦《よみがえ》った。

猛烈な吐き気が襲ってきた。わたしは慌《あわ》てて吾郎の腕を押しやるなり、前屈《まえかが》みになって、飲んだばかりのコーンスープを畳の上に嘔吐《おうと》した。

20

幸子が柱に縛りつけられてから四日目の朝。夜が白々と明けたばかりの頃だった。アジト内が急に騒がしくなり、その気配でわたしは目を覚ました。肉体の疲労というよりも、精神の疲労のせいで眠りは浅く、いつも小刻みな睡眠しかとれなくなっていたのだが、その時に限って、ぐっすり寝入っていたようだった。

深い眠りから覚めた直後の現実感のなさを覚えながらも、わたしは何が起こったのか、すぐに察した。たちまち意識が覚醒《かくせい》し、次いで、喉が張りつくような恐怖心が込み上げてきた。

寝袋の中で首を起こし、あたりを見回すと、同室で眠っていた柏木たちも、わたしと同じように、むっくりと顔を上げ、眠そうな目を瞬《しばたた》かせながら起き上がろうとしていた。

大きな足音が近づいてきて、「全員、起床しろ!」という声が轟《とどろ》いた。大場の声だった。

大場はわたしたちの部屋の板戸を勢いよく開け放った。雨戸の隙間《すきま》からもれてくる朝日を背に、大場はその場に立ったまま、わたしたちを見下ろした。

「浦部が死んでる」と彼は言った。

感情のこもらない、おごそかと言ってもいい、静かな狂気の中を漂っているような言い方だった。わたしには彼が、鳥が飛んでる、風が吹いてる……と言ったように聞こえた。

「ゆうべから様子がおかしかった。祥子が雑炊を食わせようとしたんだが、食べなかった。それが昨夜十時くらいだな。その後、眠ったように見えたんだが……その後、しばらくして死んだんだと思う」

水しか飲ませていないはずだった。もしかすると、大場と祥子は、幸子の状態がいよいよ目に見えて悪くなってきたのを知り、さすがに慌てて食事を与えようとしたのかもしれなかった。

だが、遅かったのだ。幸子は衰弱しきっており、すでに食べものを受け付けなくなっていたのだ。

「とにかく」と大場は、険しい目でわたしたちをじろりと見回した。「すぐに集まるんだ」

わたしたちは全員、囲炉裏のある部屋に集合した。幸子はロープを解かれ、板敷きの床の上に仰向けに寝かされていた。

首から下には茶色の古毛布がかけられていたが、すでに死後硬直が始まっていたのか、あるいは、長時間にわたって殴られたり、蹴られたり、不自然な姿勢で縛られたりしていたせいで、身体《からだ》中の関節がねじ曲がってしまっていたのか、毛布の下の彼女の身体は、仰向けのまま両膝を立て、両腕を後ろ側にくの字に曲げた形で、のけぞる姿勢をとっていた。

白目をむいた目は、黄色く濁り、どこに黒目があるのかわからなかった。口はぽっかりと空洞のように開いていて、その奥には黒く不吉な闇《やみ》が覗《のぞ》き見えた。

「敗北した者の宿命だ」と大場が言った。「いいか。よく見ておけ。これが敗北死した者の顔だ。無残きわまりない顔だ」

立ちすくんだまま、おそるおそる幸子の亡骸《なきがら》を見下ろしていたメンバーたちは、さすがに何も言わなかった。祥子がつと、膝を折り、手にしていた白い手拭《てぬぐ》いを幸子の顔にかぶせた。

だが、それは、死者に向けた哀悼の表現ではなく、ただ単に、不快な死に顔をいつまでも見ていたくないから、という理由でやったことに過ぎないように感じられた。

忘れもしない。それは六月二日だった。

三日前の五月三十日には、日本赤軍がテルアビブ空港で乱射事件を起こしていた。ニュースは、アジト内のトランジスタ・ラジオから流れてきて、全員が知るところとなった。

ニュースを聞き、興奮してあれこれと感想を述べたてようとする者もいたが、大場も祥子もいたって冷静だった。むしろ、無関心と言ってもいいほどだった。

大場はあくまでも地下組織である革インターが展開する、爆弾闘争にのみ、こだわっていた。外国の空港で銃を乱射するのとは比べものにならないほど、自分たちは壮絶なテロを目指しているのだという自負が、彼の尊大な顔に露骨に表れていた。

そのニュースが流れてから、ちょうど二日後に、浦部幸子は息絶えたのである。

まだ梅雨に入る前の季節で、外はよく晴れわたっていた。世界中が朝の光で充たされているような日だった。

アジトの軒先に張られた巨大な蜘蛛《くも》の巣には、無数の朝露が、煌《きら》めく玉模様を作っていた。それはレース編みの丸いテーブルセンターを思わせた。

野鳥がさえずる声が、あたり一面、谺《こだま》していた。誰かが開けた窓からは、甘みを帯びた朝の清澄《せいちょう》な空気が一斉に流れこんできた。

それは、凄惨《せいさん》なリンチを受けて絶命した幸子の死体が目の前にあることを忘れさせるほどの、信じられないほど美しい六月の朝だった。

囲炉裏のある部屋に集まったメンバーは全員、無言のままでいた。大場が、居合わせたメンバーをぐるりと見渡した。

「松本」と彼は、何を思ったか、わたしに視線を定めながら言った。「夜になったら、浦部を埋めてこい。いいな」

空っぽの胃に、小さな冷たい鉛の玉が、幾つも転がり落ちてきたような感覚があった。わたしは思わず身体をこわばらせた。埋める？　死体を？　恐ろしい夢を見ているのか、と思った。幸子の死体を前にして、夜になったら埋めてこいと命じられている、いやな夢……。

わたしは震える声をごまかしながら聞き返した。「わたし一人で、ですか」

「同室の二名と一緒だ。三人で行け。できるだけ遠くに行くんだぞ。山の奥だ。穴は深く掘れ。埋めたら、明るくなる前に戻って来い」

柏木と目が合った。彼はふてぶてしく、かすかに笑みを浮かべ、わたしを横目で見た。

夜になったら、夜になったら、夜になったら……とわたしの頭の中に、大場の声が反響し続けた。夜になったら、浦部を埋める、埋める、埋める……。

「担架が必要だな」と大場が祥子に言った。「背負っていくのは、いくらなんでも無理だろう」

そうね、と祥子はうなずいた。「ただの板でいいのよ。探せば適当なのがあるはずよ」

わたしは嚙《か》みしめていた奥歯が鳴り出さないよう、唇に握りこぶしをあてがった。そうしながら、おそるおそる、仰向けになって死んでいる幸子を見下ろした。

P村にやって来た時、奥多摩の駅から一緒にバスに乗った時のことが思い出された。郷里の母親から送ってくる、という胡麻《ごま》せんべいの話をしていた。川端康成がガス自殺したことを教えてくれたのも、彼女だった。

あの時の幸子が、ここに白目をむいて転がっている。糞尿《ふんにょう》と涙と汗にまみれて。おそらくは何の理論武装もできないまま、時代が孕《はら》んでいる空気に惹《ひ》かれ、流され、民青の男に冷たくされた勢いで、大場に近づいただけの幸子……革命のことを真剣に考えたわけでもなく、実践できると信じていたわけでもない、郷里の母が送ってくれる胡麻せんべいをかじりながら、少女漫画を読み、将来の夢を紡《つむ》いでいるのがふさわしかった、薬科大学に通うありふれた女子大生が、ここに、無残な姿で転がっている……。

柏木がやおら、スコップの話を始めた。大場がそれに応え、居合わせたメンバーのうち、何人かが、おもむろにそれぞれのズボンのポケットから煙草を取り出し、吸い始めた。幸子を悼《いた》み、線香代わりに煙草をくゆらすのではなく、死が当然の帰結であることを自分に納得させようとするかのように。

「夜まで、土間におろしとけ」と大場が顎《あご》で幸子の遺体を指し示しながら命じた。「もう一枚、毛布を持ってきて、頭からくるんでおくんだ。今日は少し暑くなりそうだし、このまま気温が上がると、臭《にお》い出すかもしれないからな」

囲炉裏端で、無表情に煙草を吸っていた男のメンバーがうなずき、吸殻を囲炉裏の灰の上に突き刺して立ち上がった。

誰も幸子の死を感傷的にとらえてはいなかった。少なくとも、そのようにふるまっていた。幸子はすでに、いつ腐臭を発するかわからない、獣《けもの》の骸《むくろ》のように扱われていた。

「今朝の食事係は誰?」と祥子が聞いた。

二、三のメンバーが、手を挙げると、祥子は「すぐに支度して」と言った。そして、今の今まで、幸子が縛られていた柱と、その周辺の床の念入りな掃除を命じた。

わたしの見ている前で、頭から爪先《つまさき》までをすっぽりと二枚の毛布にくるみこまれた幸子の遺体が、土間まで運ばれて行った。土間の片隅には、古い農機具が置かれていたのだが、遺体はその農機具の裏に、大きな荷物を捨て置くようにして転がされた。

メンバーは、その日一日、幸子の「敗北死」についての議論を続け、テルアビブ空港での日本赤軍乱射事件の感想を述べ合っていた。

大場がそのように仕向けたからだが、実際、メンバーは全員、幸子の死を契機に、異様に興奮し始めていた。全員が集められた部屋は、そのため、ふだん以上の重苦しい熱気に包まれることになった。

わたしもむろん、彼らと共にいた。彼らが演説口調で興奮気味に話し続けるのに耳を傾けるふりをしていた。

だが、彼らの発する言葉はすべて、わたしの耳を素通りしていった。わたしが無言でいられたのは、幸いにも、他のメンバーたちが次から次へと競い合うようにして演説を始め、無意味だが迫力だけを湛《たた》えた長大なモノローグが、途切れることなく続けられていたからだ。

　それをいいことに、わたしは必死になって、別のことを考えようとしていた。誰かに……とりわけ大場に、胸のうちを見透かされるのでは、と恐ろしくなったが、かろうじて表情を変えずにいることができた。

　どうやればこのアジトから脱走できるだろうか……わたしが考えていたのは、それだった。

　その時点における、P村アジトからの脱走は、文字通り、命を賭《か》けた行為だった。死が隣り合わせになっている、とあらかじめ納得していなかったら、できないことだった。もし失敗すれば、わたしも間違いなく幸子のようになるのだった。幸子よりもさらに酷《ひど》い処刑を受けることになるのかもしれなかった。

　柱に縛りつけられ、垂れ流し状態のまま放置される、ということだけでは済まず、全身をアイスピックで刺されるのかもしれなかった。あるいは、作ったばかりの爆弾を背中に括《くく》りつけられ、爆破の人体実験をさせられる、ということも考えられた。

　しかし、やるしかない、とわたしは自分に言い聞かせた。このままここにいたら、第二第三の犠牲者が出るに決まっていた。そしてその犠牲者が、自分になる可能性もあった。いや、それどころか、祥子のわたしに対する潜在的な嫉妬《しっと》、柏木のわたしに対する憎しみがはっきりしている分、幸子の次に粛清されるのは、自分に違いない、と言うこともできた。

もし、その年の三月に、連合赤軍集団リンチ事件が明るみに出ていなかったら、わたしはそこまで切迫した思いにかられなかったかもしれない。浦部幸子が死んだ、ということには強いショックを受けていたに違いないが、それでも、その時点ではまだ、本格的な脱走を企てずにいたかもしれない。

幸子の死をきっかけに、わたしの脳裏をめぐり始めたのは、その年の春、週刊誌や新聞で大きく報道されていた何枚かの写真だった。連合赤軍のリンチで息絶え、山の中に埋められた幾つもの遺体を掘り出した後の「穴」が写し出されている写真であった。

横一列に並ぶ、文字通りの「墓穴」は四角くて、奥底には警察の手によって描かれたのであろう、白チョークによるヒトガタが見えていた。

右向き、左向き、おそらくは仰向け……それらの幾つものヒトガタを思い出し、そこに骸が横たわっていたことを想像した。

そしてわたしは、革命インター解放戦線のP村アジトにおいても、これからそれとまったく同じことが起こる……そして、次に自分があの、さびしい山の中に埋められ、ヒトガタを描かれることになる……と、震える思いの中、確信したのである。

21

P村アジトにおいて、私物は個々人で管理することが許されたが、まとまった現金はあらかじめ供出するよう命じられていた。革命インター解放戦線の共同資金、という名目で大場の管理下に置かれたのである。

とはいえ、それも基本的には自己申告であり、さすがの大場もメンバーの身体検査、荷物検査をしよう、などとは言い出さなかった。国家権力が人民に強いるようなことを、革インターがするわけがないだろう……と、いつだったか、大場は苦笑まじりに、わたしにもらしたことがある。荷物検査はしないんですか、と冗談めかして質問してみた時だ。

確かな自信に裏打ちされていたようでいて、実は矛盾だらけだった大場の理論武装にも、たまにこの種の、凡庸なわかりやすさが弾《はじ》けて見える時があった。そのたびにわたしは、大場の言っていることはやはり、すべて正しかったのだ、と安堵《あんど》したものだ。

そんな具合だったから、アジト内で、煙草《たばこ》代程度の小銭は誰もが持ち歩いていたし、そのことについて咎《とが》められることはなかった。中には、供出しなかった現金を私物のどこかに潜ませていたメンバーも、少なからずいたと思う。

だが、あらかじめ脱走することを視野に入れて、現金を隠し持っていた者は皆無だったろう。わたし自身がそうだったのと同じように。

個別に所有していた現金は、あくまでもアジト生活における、ささやかな楽しみのためにこそ使われていた。煙草、菓子類、書籍……男なら、任務を命じられて都心に出向いた際、ちょっとした余り時間を利用して入るパチンコ店での代金、女なら化粧品類や安物のアクセサリー、新しいTシャツ代……せいぜいが、その程度だったのだ。

現金……とわたしは考えた。自分がいくらの現金を所持しているのか、はっきりしなかった。覚えていたのは、最後に自分の金を使ったのが、幸子の事件が起こる二週間ほど前だった、ということだけである。

祥子に指名され、祥子と共に町まで出て、情報収集のための週刊誌や新聞、必要な食料などを買いあさった時だ。その際、珍しく祥子が「コーヒーが飲みたくなった」と言い出し、帰りがけ、彼女につきあって駅裏にある、ホンコンフラワーがけばけばしく飾られているだけの小さな喫茶店に入った。

運ばれてきたのは、泥のように濃くて苦いだけのコーヒーだった。カップからあふれるほどミルクを注ぎ、わたしは祥子と向き合った。

店の人間が聞いている可能性があったので、闘争に関する話は一切せず、交わしたのは他愛《たわい》のない世間話ばかりだった。その折、どういう話の流れからか、将来の夢が話題になった。

祥子は「わたし、いつかグリニッチ・ビレッジに住んでみたいんだ、ニューヨークの。あなた、知ってるでしょ？」と聞いてきた。

グリニッチ・ビレッジ、という街の名を耳にしたのは、その時が初めてだった。わたしが正直にそう言うと、祥子は呆《あき》れたように両方の眉《まゆ》を上げた。「世界中の思想と文化が集められたような街よ。時代の先端をいくような芸術家が、たくさん住んでるのよ。有名なのに、知らなかったの？」

すみません、とわたしは言った。「マンハッタンだったら知ってるんですけど」

彼女は、何か言いたげに口を開きかけたが、コーヒーをひと口飲んでから、少し首を傾けると、夢見がちな表情で話し始めた。「狭くてもいいから、グリニッチ・ビレッジにある古いアパートに住めたら、どんなにいいかしら。もし、住んだとしたらね、ベランダのところに、真っ赤なゼラニウムの鉢植えをたくさん並べるわ。そうしておけば、雨の日なんか、空が暗くても、ゼラニウムの赤がきれいじゃない？ 灰色の中に赤がある、っていうの、結構、好きなのよ。で、そういう部屋で、午後の間中、好きな本を読んだり、音楽を聴いたりして。夜になったらトレンチコートの襟を立ててね、くわえ煙草をしながら、仲間が集まってるような安いレストランに食事に行くの。そこでひと晩中、お酒を飲んで、いろんな議論をして、笑って、騒いで……。楽しいでしょうね」

そんなことを口にする祥子を見るのは初めてだった。爆弾闘争だの、テロリズムだの、粛清だの、といった言葉とはまるで無縁になっている祥子……あの時代、若者の誰もが口にしていたような、少し気取った夢を語っている祥子を、わたしはあの、埃《ほこり》がたったような、薄汚い喫茶店の片隅で、確かに見たのだ。

わたしは微笑《ほほえ》みかけ、「祥子さん、そういうの、すごく似合いそう」と言った。「特にトレンチの襟立てて、くわえ煙草するなんて、映画に出てくる女優みたいだし、祥子さんにぴったりですね」

単なるおべっかだと思ったのか、あるいは、グリニッチ・ビレッジも知らない人間にほめられても、嬉《うれ》しくない、と思ったのか、祥子はそれには応《こた》えず、わずかに作ったような笑みを浮かべながら、視線を逸《そ》らした。

店にいたのは三十分程度だったか。わたしたちはそれぞれコーヒー代を出し合い、祥子がレジで会計を済ませ、少し離れたところに停めておいたライトバンに乗って、アジトに戻った。

それ以来、金を使ったことは一度もなかった。財布代わりに使っていた小銭入れも、以後、手にした覚えがない。そのため、自分にいくらの現金が残されているのか、わたしにはわからなかった。

吉祥寺のアパートに残してきた二万円のことを思い出した。何故《なぜ》、あれを持ってこなかったのか、と悔やまれた。

二万円あれば、脱走後、すぐに着替えの服や下着を買うことができた。追手から逃れ、二、三日なら、安宿に泊まってシャワーを浴び、心身を休めることもできた。目的地がはっきりすれば、特急列車を利用することも、タクシーを使うこともできた。いや、最後に祥子とだが、二万円どころか、千円残っているかどうかも怪しかった。

コーヒーを飲んで、グリニッチ・ビレッジの話を聞いた時、小銭入れに四角く畳まれた千円札が入っていた、という記憶はなかった。

せめて、吉祥寺までの電車賃だけは残っていますように、と祈った。吉祥寺まで辿《たど》り着ければ、アパートの部屋に戻って二万円を持ち出すことができる。

じりじりする思いで、時間が過ぎるのを待った。浦部幸子の死について語り合う全体会議は、漫然と、しかし、異様に張りつめた空気の中で続けられ、やっと終了したのが夕方になってからだった。

大場と祥子は、その後、指導者会議を開く、と称して別室に消えた。メンバーたちも興奮気味にアジト内をうろつきまわったり、声高に何かを話し合ったりしていた。

誰もが、互いのことを注視しなくなる時間帯だった。疲れと興奮とが、メンバーの……とりわけ同室であり、共に幸子の遺体を埋めに行くことを命じられた柏木の注意力を、散漫にしているように見受けられた。

そのうち柏木がわたしに背を向け、二、三のメンバー相手に声をひそめて何か話し出した。わたしは目立たぬように立ち上がり、いつも寝起きしている部屋に向かった。中に入り、廊下の様子を窺《うかが》った。誰もこちらにやって来ないことを確かめてから、そっと戸を閉めた。

同室のメンバーの私物は、部屋の片隅にまとめて置かれてあった。その中から、わたしは自分のボストンバッグを取り出し、急いでファスナーを開けた。下着類を詰めてあるビニール袋の中に手を差し入れた。覚えのある、小さな赤い革製の小銭入れが指先に触れた。

ずっと昔、父がどこかからもらってきたものだった。四角くて、握ると掌《てのひら》に収まってしまうほど小さかったが、大人びたデザインが気に入り、高校のころから愛用していた。

祈る思いで中を開けてみた。やっぱり、という思いと同時に、頭皮に冷たい水が拡《ひろ》がっていくような感覚が走った。

掌に小銭入れの口を向け、幾度も振ってみた。振った後、無駄を承知で、再び中を覗《のぞ》きこんだ。

何度繰り返し数えても、所持金はわずか三百三十五円しかなかった。

アジトに来る直前、仙台の親からの仕送りを使ってアパートの部屋代と光熱費を支払った。一万五千円ほどの現金が残されたが、アジトに到着してすぐ、大場から財布ごと供出するよう、求められた。わたしは二千円だけ手元に残し、残りをすべて彼に渡してしまっていた。

二千円は煙草代や、外出時に買う菓子パン代などに消えていった。間違って、どこかに五百円札が……いや、百円玉がもう一枚でもいい、入ってはいないだろうか、とボストンバッグの中をさぐってみたのだが、無駄だった。三枚の百円硬貨と三枚の十円硬貨、一枚の五円硬貨……わたしが自由にできる現金は、それだけしかなかった。

たった三百三十五円では、電車に乗って、どこまで行き着けるものか、わからなかった。切符を手に入れることができたとしても、駅の売店であんパン一つ、テトラパックの牛乳一つ、買うことすらできそうになかった。

だが、吉祥寺までは行ける、と思った。間違いなく行ける。部屋に入ることができたら、二万円の金を手にすることができる。わたしは奮い立った。

ボストンバッグの内ポケットをもう一度、まさぐった。ヘアピンが何本かと、残り少なくなったメンソレータムが入った丸い容器、それに、安物のオレンジ色の口紅が一本……そこに入れておいたはずの鍵《かぎ》はなかった。

わたしは内ポケットに入っていたものをすべて取り出し、改めて中を手さぐりした。

ポケットを裏返しもしてみた。

鍵はどこにもなかった。

アジトに来てから、むろん、一度も吉祥寺には戻っていない。となると、四月にP村に来る際、荷物を手にアパートの部屋の鍵を閉めて以来、一度も鍵を見なかったことになる。

部屋のドアを施錠した後、鍵をボストンバッグの内ポケットに入れたのは確かだった。わたしはバッグの中の衣類をすべて外に出し、すみずみまで探してみた。

どこかで落としてしまったのか。アパートの部屋の鍵を、アジトにいる誰かが盗んだとは考えられなかった。そんなものを盗む意味はどこにもなかった。アジトに来る途中のどこかで、紛失したのかもしれなかった。

アパートまで戻り、鍵をなくしたからと言って、大家に部屋のドアを開けてもらうことはできなかった。仙台の両親は、すでに捜索願を出しているに違いなかった。となれば、大家にもその話が伝わっていて、わたしが帰ったとたん、警察や親に通報されてしまうのは明らかだった。

決して親には知られたくなかった。娘は死んだと思っていてほしかった。心を病み、どこかで手に入れた薬を大量に飲んで、人里離れた雑木林の中、息絶えてしまったのだ、と思っていてほしかった。

なくした鍵を、いつまでもぐずぐずと探しているのは危険だった。七枚の硬貨を赤い小銭入れに戻し、わたしはそれを、はいていたスラックスのポケットに押しこんだ。小さな小銭入れはポケットを不自然にふくらませることもなく、足の動きを損なうこともなく、うまく収まってくれた。

たったそれだけのことをやるのに、心臓は破裂せんばかりに大きな鼓動を繰り返していた。二万円は諦《あきら》めるしかなかった。こうなったら、この三百三十五円を使って行けるところまで行ってみるしかない、とわたしは思った。

過度の緊張で気分が悪くなりそうだった。わたしは深呼吸をし、死ぬほどの思いで平静を装《よそお》いつつ、部屋を出た。

大場と祥子はまだ戻っておらず、柏木は先程と同じ姿勢のまま、熱心に話しこんでいた。誰もわたしを見ていなかった。

その晩の食事は簡素だった。ふだん通りに当番が食事を作って供する、という余裕が失われていて、誰かがサバの水煮の缶詰を開けて食べ始めたのをきっかけに、銘々、自分が口にするものを簡単に用意する、ということになった。

食欲などあるわけもなかったが、ここで何も食べずにいたら、身体《からだ》が参ってしまう、とわたしは自分に言い聞かせた。だが、一方では、これからやろうとしていることの恐ろしさ、そのために必要な体力、精神力については、なるべく意識しないようにした。

意識したとたん、叫び出してしまいそうだったからだ。

インスタントのチキンラーメンをどんぶりに入れ、湯をわかして注いだ。全部食べきれる自信はなく、やっとの思いで、半分ほどを胃に流しこんだ。

もしかするとこれが、この世での最後の食事になるかもしれない、と思った。そんなふうに生の終わりを強く意識すると、薄暗い電灯の下、毛布にくるまれ、転がされている浦部幸子の亡骸《なきがら》が思い出され、喉《のど》が詰まった。

大場は妙に澄んだ表情をしていた。柏木が終始、大場に取り入るようにしながら傍についていた。爆弾製造について、何か熱心に口にし合っている二人の男の、場違いなほど闊達《かったつ》な話し声が、ラーメンをすするわたしの耳に届いた。

気のせいか、柏木はちらちらとわたしの方に、意味ありげな視線を投げることがあった。遺体を埋めるために、深夜、山中に入ったら、この男は自分を押し倒し、犯すつもりでいるのではないか、とわたしは想像した。

そうなったら、殺すしかない、と思った。

殺して、幸子の遺体と共に穴に埋めてしまえばいいのだ、と。

武器を何か持っていかねば、と真剣に考えた。台所の包丁がいい、と思いついた。何かされたら、あれで柏木の心臓をひと突きしてやる……。

だが、冷静になって考えれば、そんなことは起こるはずもなかった。わたしと柏木の他に、加藤《かとう》という名の男が同行することになっていた。柏木と同じ年の大学生で、柏木とは対照的に小太りの小柄な男だった。

二人きりになるわけでもあるまいし、いくらなんでも、柏木が漆黒の闇《やみ》の中、幸子の遺体を埋める任務を放り出して、わたしを犯そうとするなど、あり得なかった。

落ち着いて、とわたしは必死になって自分を戒めた。並外れた緊張感が、あらぬ妄想を抱かせ、そのせいでまた、新たな緊張感がつのってくる。悪循環は断ち切らねばならなかった。

とにかく、逃げることだけを考えるべきだった。生きるか死ぬかの大それた計画に挑もうとしている時に、無用な不安を作り出し、いちいち怯《おび》えるのは馬鹿《ばか》げていた。

三百三十五円が入った小銭入れが、スラックスのポケットからはみ出していないか、何度も何度も確かめた。包丁もいらない、武器は何も必要ない、ただ単に逃げ出すこと、走り続けること……生と死の境界線があるとしたら、そこにしかないのだ、とわたしは思った。

22

わたしと柏木、そして加藤という男が、大場に見送られ、アジトを出発したのは、夜十一時をまわった頃だったと思う。

幸子の遺体は、煮しめたような色の古毛布で何重にもくるまれ、さらにありったけの紐《ひも》でぐるぐる巻きに縛られて、暗がりの中で見ると、大きな細長い荷物を思わせた。

遺体は茶色のベニヤ板の上に載せられ、柏木と加藤が、担架のようにして、それぞれ板の両端を持ち上げた。わたしは後方から二本の懐中電灯を使い、彼らの足元を照らす役をあてがわれた。

二本のスコップは、初め、遺体と共に板の上に載せられていたが、柏木と加藤の歩調が微妙に異なるため、板の上の遺体は左右に揺れ、同時にスコップも揺れて、時折、遺体もろとも地面にすべり落ちそうになった。柏木がわたしに、スコップはきみが持ってくれ、と言った。

重いスコップだった。二本の懐中電灯で前方を照らしながら、二本のスコップを持っのは容易ではなかった。スコップは肩に担《かつ》ぎ上げるしかなく、不自然な恰好《かっこう》での歩行は苦しくて、こんな思いをするのなら、遺体を運んでいたほうがましだ、と思ったほどだった。

それにしても、二度と思い出したくない光景だ。深夜、遺体を載せた板を持ち、黙々と山の中に入って行く……。弔《とむら》うためにではなく、ただ、埋めて隠すために。

何度も何度も、後日、わたしはその時のことを克明に弁護人に話さねばならなかった。検察側の証人として出廷した時は、大勢の人間が聞いている中で、言葉にしてみせなければならなかった。

目にしたもの、鼻が嗅《か》ぎとったもの、耳にしたもの、そのすべてがまざまざと、今もわたしの中に甦《よみがえ》る。握りしめた懐中電灯の、指にあたるグリップ部分のざらついた感触から、スニーカーをはいた足の爪先《つまさき》に触れる小石の一つ一つ、肩に食いこんでくるスコップの冷たい重みと金属臭に至るまで。

そのすべてを肌が記憶している。それは眠りのさなかに立ち現われる、色彩のない悪夢と化して、今もわたしを苦しめ続ける。

懐中電灯と言っても、サーチライトのような明るいものではない。うすぼんやりと幾重にも円を描いて光が拡散していくような、そんな明かりしか得られず、かえって前方に拡がる闇が濃くなったような気がして、恐ろしかった。

空は晴れていて、月明かりだったのか、あたりにはわずかながらの明るさがあった。そのせいか、暗さに目が慣れるにつれて、かえって周囲に拡がる風景が黒々しい影となって視界に映し出されるようになり、恐怖心が増していった。

柏木と加藤は「けっこう、こいつ、重いな」「それほど太ってたわけじゃないのに、骨太だったんだな、きっと」などと、明るさを装った口調で話を交わしていた。

彼らもまた、その異様な事態に平然としてはいられなかったようで、傍で聞いていても、彼らが底知れぬ恐怖を危ういところで抑えつけているのが、手にとるように伝わってきた。

彼らの恐怖心がわたしの恐怖を助長した。彼らが黙りこめば恐ろしく、どうでもいいような会話を始めたら始めたで、さらに背筋が凍るような恐怖心がつのった。

登り坂になると、彼らは息を切らせ始めた。荒くなった呼吸の音に、堆積《たいせき》した枯れ葉が腐葉土を作っている小道を踏みしめていく、三人の足音が重なり合った。そこに時折、地虫の鳴く声や、かすかに動きまわる小動物の気配が混ざった。

山は、どこまでも甘いような夜の匂《にお》いを放っていた。梅雨入りを前にした、湿った空気が樹林のそこかしこに満ちていて、静寂の中にも、得体の知れない無数の生き物の蠢《うごめ》きが感じられた。

目的地があるのかどうか、定かではなかった。大場は「できるだけ遠くに」と指示を出したが、「遠く」というのがどこを指すのか、わたしには不明だった。柏木たちもわかっていなかったと思う。

アジトを出発してから、四十分ほど経《た》っていた。山といっても、さほど標高が高いわけでもなく、思っていたほど険しい道のりでもなかった。わたしたちが歩いていたのは、自然遊歩道とも、よくできた獣道ともつかぬ山道だったのだが、その少し先に、ふいに下草に被《おお》われた平坦《へいたん》な場所が現われた。

前を歩いていた柏木は、うんざりしたように加藤を振り返り、「ここで休憩しよう」と言った。

遺体を載せた板を地面に下ろし、男二人はしばし、伸びをしたり、草の上に足を投げ出して座って、煙草《たばこ》を吸ったりしていた。

へなへなと座りこんでしまいたくなるほど疲れていたが、わたしは懐中電灯を手にしてあたりを照らし出したまま、立ち尽くしていた。一度座ったが最後、二度と立ち上がれなくなるような気がしたからだ。

風のない夜だったが、そこかしこで葉擦れの音が聞こえていた。その音が不気味だった。

煙草を吸い終え、土の上でもみ消してから、柏木はわたしに向かって手を差し出した。

「懐中電灯をくれよ」

わたしが二本の懐中電灯のうち、一本を手渡してやると、彼はそれを手に背を向け、その場から離れた。彼の動きにしたがって、光もまた、遠ざかり、あたりの闇の濃さが、瞬《また》く間に二倍になった。

残された加藤とわたしは、黙っていた。近くで柏木の衣擦《きぬず》れの気配がしていたが、どこから聞こえてくるのかはわからなかった。

ややあって、加藤はわたしに「電池、なくならなければいいね」と言った。

わたしが答えずにいると、彼は「懐中電灯だよ」と言い、顎《あご》をしゃくってみせた。

ああ、とわたしは言い、「そうね」と続けた。その後に何か言おうとしたのだが、言葉にならず、押し黙った。

加藤はまた煙草をくわえ、マッチをすった。あたりが一瞬、明るくなり、やがてまた闇に沈んだ。

柏木の手にしている懐中電灯の光が少し遠ざかり、木々の向こうで揺れ動き、見えたり見えなくなったりを繰り返していた。加藤は途中まで吸いかけた煙草を消し、落ち着かなげに立ち上がった。

柏木は少し経ってから戻って来て、「この向こうに、でかい木がある」と言った。「その根っこのあたりの土が柔らかいよ。ためしに少し掘ってみよう。よさそうだったら、いっぺんに掘り進めてしまえばいい。こいつを運ぶのは穴ができてからだ」

「オッケー」と加藤がそれに応じた。半ばほっとしたような、それでいながら、これからやるべき重労働にうんざりしているような、力のない声だった。

懐中電灯を手に、柏木は、加藤にスコップを二本持たせ、わたしに向かって「しばらくここで待ってろ」と言った。「それとも一本、その懐中電灯を僕たちにくれよ」

「いやです」とわたしは言った。「真っ暗な中で待ってるのはいや」

ふっ、と柏木は皮肉まじりに鼻先で笑った。「じゃあ、きみが穴を掘るか。僕たちはここで待ってるからさ」

わたしは烈《はげ》しく首を横に振った。

加藤が「まあいい」と言った。「一本は彼女に残しておいてやろうよ」

柏木は何も言わなかった。暗くて表情は見えなかったが、やがて彼は加藤に先立って歩き出した。板の上の幸子の遺体は、そのまま、夜露に濡《ぬ》れた地面に放置された。

懐中電灯の光と共に遠ざかっていく二人の男の影が、わたしの視界から消えた。前方の闇の中で、男たちの話し声だけが聞こえていたが、やがてそれも少しずつ遠のいていった。

今しかない、とわたしは身体を硬くした。一秒の何分の一かの瞬間だった。このチャンスを逃したら、二度とめぐってこない。

わたしの手元には懐中電灯が一本、残されていた。そして、スラックスのポケットには三百三十五円入りの小銭入れがあった。

恐怖で足がすくんでいた。だが、生きたい、死にたくない、幸子のようになりたくない、という思いだけがわたしを烈しく突き動かした。何が間違っていて、何が正しかったのか、そんなことはもはやどうでもよかった。大場の闘争理念も、爆弾闘争を展開し、世界革命を目指す、とする革命インター解放戦線の過激な方法論も、大場と寝たこと、大場の自慰を見せられたことすら、わたしにとっては何ら意味のない、漫然と記憶に刻まれただけの記号のようなものと化していた。何としてでも、ここから、P村から、アジトから、逃げ出さねばならなかった。生き延びなければならなかった。敗北死、などと呼ばれるような死に方をしてはならなかった。迷っている余裕はなかった。少し掘ってみたが、土が固そうだ、として、二人がスコップを手に戻って来てしまう可能性があった。

ぐずぐずしている暇はなかった。意を決し、わたしは踵《きびす》を返した。それは草原で鳴り続ける下草を踏みつける音が、信じられないほど大きく耳に響いた。それは草原で鳴り続ける、シンバルの音のように聞こえた。

気づかれるに違いない、と思った。おい、と遠くから声をかけられ、逃げたぞ、と言う大声が響き渡り、やがて、二人の男は地響きのするような大きな足音をたてながら、こちらに向かって全速力で走って来るに違いない、と。

胃が縮み上がるような恐怖にかられながらも、初めのうち、歩調はゆっくりと、次第に速度を速めていった。振り返るのが怖かった。だが、追われていないことを確かめるためには、振り返らなくてはならなかった。

途中、走りながら、首だけまわして後方を窺《うかが》った。遠い闇の向こうに、ちろちろと小さな鬼火のように、柏木が手にしている懐中電灯の明かりがゆらめいているのが見えた。気づかれた様子はなかった。二人の男は、すでに穴を掘り出しているのかもしれなかった。土を掘り返すスコップの音のほうが大きくて、下草を踏む音は何も聞こえなかったに違いなかった。

手に握りしめている懐中電灯の光が、所在を明らかにしてしまうのはわかっていた。だが、消してしまったら、月明かりに頼るしかなくなる。元来た道を引き返す以外、逃げる方法はなく、そのためにも、懐中電灯を消すわけにはいかなかった。

開けた場所から山道に入った。前方を照らしだす光は、薄い乳白色の霧のように見えた。勾配《こうばい》のある道を雪崩《なだ》れるように光が降りていくのが見えた。わたしはそれに従いながら、足元が震えるのもかまわず、全速力で走り出した。

意志の力ではなく、本能によって足が勝手に動いていた。乱れた呼吸も、胸が痛くなるほどの息苦しさも、恐怖心が勝ちすぎているあまり、何の苦痛にも感じられなかった。

途中、二度ほど、大きく前につんのめった。

一度目はしたたかに膝《ひざ》を打ち、すりむけた膝小僧から血がにじみ出したのがわかった。二度目は、石につまずき、もんどり打って転がりそうになる身体《からだ》を守ろうと、思わず鷲《わし》掴《づか》みにした木の枝に、鋭い棘《とげ》が密生していた。右の掌《てのひら》に熱湯をかぶったような痛みが走った。

それでも、左手に握りしめていた懐中電灯は離さずにいられた。道なき山道は鬱蒼《うっそう》とした藪《やぶ》に被われ、月明かりも届かず、懐中電灯の明かりだけが頼りだった。爆弾で左手首を吹き飛ばされない限り、これを手離すことはないだろう、とわたしは血の味のする唾液《だえき》を喉《のど》を鳴らして飲みこみながら思った。

時に、自分の荒々しい呼吸が、追ってくる柏木たちの息の音に聞こえた。耳のすぐ後ろあたりに、柏木がへばりつくように迫っていて、はぁはぁと息を吐きかけているようにも感じられた。

少しだけ立ち止まって、呼吸を整えたいと思った。だが、いよいよ息が止まる、もう、心臓が張り裂ける、と思っても、駆け続ける足はその動きを止めなかった。心臓が破裂するか、柏木たちにつかまってリンチにかけられ、暗い穴に埋められるか、二つに一つだ、とわたしは思った。

拡《ひろ》がる闇が、夜の暗い海を連想させた。

海を泳ぐように走ろう、とわたしは自分に向かって言い続けた。振り返らず、恐れず、黒い水面《みなも》を水平線に向かって、無心に泳ぐように、走り続けるのだ、と。

どれだけの時間、走っていたのだったか。二十分か、三十分か。実際にはその程度だったと思うが、わたしには二時間にも三時間にも感じられた。

山を降り、平坦な場所に出たことを知ったとたん、腰が抜けたようになった。走るのをやめ、前かがみになりながら、烈しく咳《せ》きこんだ。大量の血を吐くのではないか、と思った。

そこがどこなのか、一瞬、わからなくなっていた。来た道を戻っただけなので、迷うわけもなかったが、どうやってこの先、P村アジトの近くを通らずに、別の方角から奥多摩の駅に行けばいいのか、一瞬、見えなくなっていた。

笛が鳴っているように聞こえる、自分の荒い呼吸の音を耳にしながら、後ろを振り返った。柏木たちが追って来る気配は何もなかった。

もう、とっくに、わたしがいなくなっていることに気づいたはずなのに、何故《なぜ》、と思うと、かえって追われていないことが恐ろしく感じられた。

彼らは遺体を埋めることのほうが先決で、脱走した革インターのメンバーを追跡するのは、大場の指示を待ってからにすべきだ、と判断したのかもしれなかった。

数分の間、地面に腰をおろして休んだ。もう何も考えられなくなっていた。

全身にかいていた汗が、少し引き、呼吸も徐々に整ってきた。見上げれば、満天の星だった。

もう少し歩けば、町道に出る、とわたしは思った。そして、アジトとは反対の方向に歩き続ければ、いずれ必ず奥多摩の駅に出るはずであった。

ヒッチハイクはできなかったし、するつもりもなかった。何らかの手がかりを残すとは、絶対に避けたかったし、たとえ、ヒッチハイクを望んだとしても、当時、あの界《かい》隈《わい》を、あの時間帯に走っているトラックや乗用車はほとんどなかったと思う。

水が飲みたかった。飲みたい飲みたい、と思うと、舌がひりついて、渇ききった胃袋が喉元までせり上がってくるような感覚に襲われた。

奥多摩の駅まで、歩いて何時間かかるか、わからなかった。P村アジトから、駅までは八キロほどあった。その時、わたしがいた場所はアジトから離れていたとはいえ、駅までの道のりは似たりよったりだろう、と思った。

一時間に四キロ歩けば、二時間。休み休み行くことを計算に入れれば、三時間……。

奥多摩駅まで行き、三百三十五円の現金で切符を買って、行けるところまで行き、逃げのびるのだ、生き抜くのだ、とわたしは思い、がくがくする膝とふらつく身体に鞭打《むちう》ちながら、立ち上がった。

23

杉木立に囲まれた道を歩き、小走りし、立ち止まり、呼吸を整え、うねうねと曲がりくねった山間《やまあい》の道を縫うようにして進んだ。時折、小さな集落が現われ、遠のいたと思ったら、次にさびしく寄り添うようにして建つ数軒の民家があり、それらの家々の小窓に灯《とも》されたままになっている黄色い灯も、歩き進むにつれ、また遠のいて行った。

街灯はあったりなかったりし、何もなくなると、あたりは闇《やみ》に閉ざされて、懐中電灯の明かりだけが頼りとなった。行き交う車は少なかったが、全くないわけではなかった。前方から車が走って来る気配があると、慌《あわ》てて懐中電灯を消し、顔を伏せた。

ヘッドライトの明かりの中に浮かび上がるわたしの姿は、ドライバーの眼にどのように映っていたのか。闇の中、手ぶらで髪の毛を振り乱しながら、よたよたと歩いているわたしは、幽鬼のように見えたと思う。あの晩、わたしに関する目撃証言があった、という話を聞かなかったのが、不思議なほどだ。

わたしを見かけたドライバーたちは、不審に思いながらも、見ないふりをして走り過ぎたのだろうか。関わり合いになりたくなかったのだろうか。それとも、わたしは文字通り、生きた人間には見えなかったのか。

靴ずれのため、両足の踵《かかと》に大きな水泡ができ、それが破れて靴下を濡らし始めるのがわかった。少しでも歩く速度をゆるめたり、歩行のリズムを変えようとしたりするだけで、その部分が焼けつくように痛んだ。

山道で転んだ時に打った膝が、軋《きし》み音をたてているような気がした。地面を踏みしめるたびに、腰や背中にまで響くような痛みが走った。単なる打撲ではなく、骨折でもしているのではないか、と思うほどだった。

喉が渇き、渇きのせいで意識が遠のくように感じられた。幻聴だったのか、あるいは本当に近くを川が流れていたのか、せせらぎの音を聞いたような気がした時は、自分が渇ききった獣のごとく、やみくもに音に向かって突進していくのではないか、と怖くなった。

やっと青梅《おうめ》線の奥多摩駅が視界に入った時、時刻は午前四時をまわっていたと思う。あれほど濃かった闇が薄れ、東の空が少しずつ明るくなり始めていた。

夜が明ける、あと少しで駅に着く、と思った瞬間、偶然だが、駅構内の蛍光灯が次から次へと点灯された。駅は、温かな一軒の、帰るべき家のように見えた。安堵《あんど》と疲労のあまり、膝がくずおれそうになった。

駅構内には、始発電車に備えて行き交う駅員の影があった。自分がいかに、ひどいなりをしているか、わかっていたが、さほど気にはならなかった。連合赤軍事件は人々にとって少しずつ過去のものになりつつあった。今、また、単にひどいなりをした若い女が始発電車に乗ろうとしているからといって、警察に通報されるようなことはないだろう、と思った。

駅に入る前に、ひと呼吸入れる必要があった。まだ閉まったままの商店の陰に身を隠し、壁に背をもたせかけながら、スラックスのポケットをまさぐった。

赤い小銭入れをどこかで落としてしまったのではないか、と一瞬、恐ろしい妄想にかられたが、それはきちんとポケットに納まっていた。

中に三百三十五円が入っていることを確かめ、再びポケットに戻した。すぐ脇《わき》に、畳まれた形で積み上げられている古い段ボール箱の山があった。わたしはその山の裏側に、懐中電灯を投げ捨てた。

そんなものを手にしていると、かえって怪しまれる、と思ったからだった。懐中電灯は、商店のモルタル塗りの外壁と段ボール箱との隙間《すきま》をがさがさと音をたてながら、すべり落ちていった。

乱れた髪の毛を両手で撫《な》でつけた。顔が涙と汗で汚れているのはわかっていた。せめてハンカチの一枚でも持って来ていれば、と悔やんだ。

仕方なく、掌で頬をごしごしとこすった。逃げる時につまずいて枝を摑み、棘の刺さった掌に、鋭い痛みが走った。思わず声を上げそうになったが、かろうじてこらえた。深呼吸を繰り返し、何食わぬ顔をしなければ、と何度も自分に言い聞かせた。唇を嚙《か》み、両目を大きく見開いて、天を仰いだ。

空はどんどん明るくなってきていた。二度と朝の光を見ることもなくなるかもしれなかった自分が、明け始めた菫色《すみれいろ》の空を目にしている、と思うと、我知らず鼻の奥が火照《ほて》ったように熱くなった。

生きてさえいれば、なんとかなる、と思った。なんとかなる、なんとかなる、なんとかなる……その言葉だけを胸の内でつぶやき続けた。

足は焼けつくように痛んでいたが、引きずらないようにしてみせなければならなかった。わたしは落ち着いた足どりを心がけながら、できる限り背筋を伸ばし、まっすぐに前を向いて駅構内に入った。

始発電車を待つばかりとなった構内は、清々《すがすが》しい六月の朝の匂《にお》いに満ちていた。乗客らしき人間は誰もいなかった。中年の駅員が一人、わたしを見て、やや怪訝《けげん》な顔つきをしたが、何も話しかけてはこなかった。

ポケットに手をすべり込ませ、赤い小銭入れを取り出し、手ぶらではないことを見せようとふるまいながら、壁の上のほうに貼《は》られてあった国鉄運賃表を見上げた。

何がきっかけだったのかわからない。青梅線、中央線、山手線……それぞれの路線の表示を見つめている時、ふとわたしは、高畑美奈子のことを思い出した。

美奈子なら匿《かくま》ってくれる……唐突にそう思った。

それまで思いつきもしなかったその名案に、わたしは疲れと痛みも忘れるほどの興奮を覚えた。しばらくの間、匿ってほしい、と嘘《うそ》偽りなく申し出れば、美奈子なら、とりあえず何も問い質《ただ》さずに受け入れてくれるに違いない、いっときの安息所を与えてくれるに違いない、と思った。

その前の年の暮れ、美奈子から速達が届き、彼女が案じてくれていることがわかりながら、返事を出さずにおいた。疎遠《そえん》になってしまっていたことは事実だった。だが、それでもわたしの中に、美奈子なら、こうした事態に陥ったわたしを、たとえ短期間であるにせよ、救ってくれるに違いない、という確信に近いものが湧《わ》き上がった。

それはN大ベ平連での活動を通じて生まれた、思想上の相性があったからではない。人柄、性格の相性であり、さらに言えば、あの時代、誰もが抱えていたような恋愛問題について包み隠さずに打ち明け合い、語り合った同性の友人に向ける最大級の友情の証《あかし》を、美奈子ならわたし相手に見せてくれるだろう、という思いがもたらしたものでもあった。

美奈子が引っ越した先はどこだったろう、と必死の思いでわたしは記憶を総動員させた。ジャズ喫茶のオーナーである男と半同棲《どうせい》している、と手紙には書かれてあった。あれから半年近く経《た》っている。今、彼とどうなっているのかはわからない。だが、たとえ美奈子が、現在、ジョン・レノンに似た男と一緒に暮らしているのだとしても、自分が救いの手を求めて訪ねて行くべき先は、彼女のところ以外には考えられない、とわたしは思った。

目黒の五本木、という地名はすぐに思い出すことができたが、さすがに番地までは覚えていなかった。受け取った速達には、電話番号が記されていなかったから、電話を持っているとは思えず、となれば、電話帳を調べて美奈子本人と連絡をとることも叶《かな》わなかった。

その時、記憶の奥底で、そろり、と何かが動いたのを感じた。まるで、突然、息を吹き返した、小さな生き物のごとく。思い出すべき何か……思い出すことの可能な何かがあることに、わたしは気づいた。

松本……美奈子の新住所に記されてあったアパートの家号が、鮮やかに甦《よみがえ》った。自分の苗字《みょうじ》と同じ家号だった。松本、という自分の苗字に、「アパート」ではなく、「ハイツ」という、当時としてはしゃれた呼び名がつけられていたことも思い出した。「松本アパート」ではない「松本ハイツ」。美奈子は新しい暮らしを始めていて、しかもそれは、これまでよりも豊かなものになったのだろう、と感じたことも思い出された。

目黒区五本木にある、松本ハイツ……。

それだけのデータが揃《そろ》っていれば、なんとかなりそうだった。近くまで行き、近所の地理に詳しい米屋や酒屋に立ち寄って聞いてみるか、そうでなければ、道行く誰かに尋ねてみてもいい、と思った。

美奈子の顔が目に浮かんだ。色白でふっくらとした丸い顔。いつもポケットに、皺《しわ》の寄った煙草《たばこ》のパッケージとマッチをしのばせていた。そして、ことあるごとに煙草を取り出しては、少し照れくさそうにしながらも、笑みを湛《たた》えつつ、美味《うま》そうに煙をくゆらせていた、その姿……。

助けて、美奈子さん、と胸の中でつぶやいた。その途端、思いがけず涙がにじんだ。早く美奈子に会いたかった。こうなってしまった以上、誰も助けてくれはしない。だが、美奈子なら、助けてくれる。きっときっと、寝場所を提供してくれる。そうでなくても、一杯の水と、何か口に入れるものを与えてくれる……。

五本木の最寄りの駅は、東横線の祐天寺《ゆうてんじ》である。立川経由で中央線に乗り換え、吉祥寺まで行き、そこから井の頭線に乗り換えて渋谷……さらに東急東横線に乗り換えるのが最も近い。

だが、そのコースを取った場合、三百三十五円の金では、祐天寺まで行くことは不可能だった。私鉄が二回も初乗り扱いになるため、運賃が嵩《かさ》むのだった。ならば、遠回りにはなるが、井の頭線を諦《あきら》めて、新宿経由で渋谷まで行くしかない。わたしは運賃表を見上げ、もう一度、国鉄運賃を確認した。祈る思いだった。奥多摩から立川、新宿を経て渋谷までが二百八十円。そして、渋谷から東横線乗り換えで、祐天寺までは、たしか三十円……。合計、三百十円であった。

24

奥多摩駅のトイレで顔を洗い、むさぼるように水を飲んだ。飲んでも飲んでも足りず、しまいには飲みすぎた水が逆流してきて、嘔吐感《おうとかん》も何も感じないまま、半ば以上、吐き戻した。それなのに、渇きは癒《い》えず、また両手で水道の水を受けるなり、ごくごくと飲みほし、手の甲で乱暴に唇を拭《ぬぐ》った。光の射《さ》さない暗いトイレの、薄汚れた鏡には、疲労のせいで青黒く見える自分の顔が映っていた。とても自分の顔とは思えなかった。

たったひと晩で形相が変わっていた。それは、死臭の漂う顔、暴力と死と恐怖がしみついた顔だった。リンチを受けて息も絶え絶えになっていた時の浦部幸子の顔に似ているように思え、わたしは慌《あわ》てて目をそらした。

革インターの誰かが駅構内に隠れ潜んでいない、とは言いきれなかった。幸子の遺体を山中に埋めた柏木たちがアジトに戻り、大場にわたしの脱走を報告すれば、彼はすぐさま連れ戻せ、と命じるに決まっていた。指令を受けた誰かが、ライトバンを運転してアジトを出れば、わたしよりも遥《はる》かに早く駅に到着していることは充分、考えられた。始発電車は空いている。わたし以外、乗客は誰もいない。なのに、隣の車両から若い男が一人、やって来て、そっと手で制しながら、わたしの隣に腰を下ろす。そして彼は小声で言うのだ。「静かに」と。

脇腹のあたりに何か、冷たくて硬いものが触れる。彼は前を向いたまま言う。「これは何だと思う？　きみも見慣れているはずの、ダイナマイトだよ。きみと僕とは、同志であること以外、何の縁もない。でも、僕は革命遂行のために、きみもろとも死ぬ覚悟はできている。だからこうやって、ここに来た。革インターの闘争理念を体現して、ここで僕と一緒に死ぬか、おとなしくアジトに戻って粛清を受けるか。どちらかを選ぶ権利がきみにはある」

そう言ってから、その「誰か」は、わたしの顔を覗《のぞ》きこむようにして、うっすらと笑い、そして質問してくるのだ。

「どっちがいい？」と。

……そうした妄想に苛《さいな》まれながらも、黎明《れいめい》の中、都心に向かって単調に走り続ける電車の座席に身を委《ゆだ》ねているうちに、わたしはやがて、信じがたいほどの眠気に襲われ始めた。

意識が遠のいていくのを覚えた。軽い失神状態に陥っていた、と言ってもいい。

電車が揺れるにつれて、身体《からだ》もまた大きく揺れた。頭が何かに触れたのを感じ、はっとして目が覚めた。

隣に座っていた背広姿の初老の男が、迷惑げに咳払《せきばら》いをしてきた。すみません、と言った、その声は、老婆《ろうば》のような嗄《しわが》れた声になっていた。

どのように乗り換え、窓の外にどんな風景を眺めながら祐天寺まで辿《たど》り着いたのだったか。幸い、早朝だったので、ラッシュには遭わずに済んだ。

祐天寺の駅で下車した時、時刻は八時少し前。下り電車の中に乗客はまだ、まばらだった。

わたしは駅構内のトイレを探して入った。用を足したのだが、血の色のする尿が出ていた。これはすべて血液だろうか、と思ったが、別段、恐ろしくはなかった。もう、何も怖くはなかった。頭の中は靄《もや》がかかったようになっていた。ただ、ただ、身体を横たえ、毛布にくるまって、静かな場所で休みたかった。

喉《のど》は渇いておらず、空腹も感じなかった。むしろ、吐き気がし、咳でも一つしようものなら、嘔吐する時の猫のごとく、背を丸め、大きく喉を鳴らしながら、胃の腑《ふ》のすべて、内臓のすべてを吐き戻してしまいそうな気がした。

小銭入れには二十五円しか残っていなかった。高校時代から使っていた赤い革製の小銭入れと、二十五円。それに、土やら埃《ほこり》やらがこびりついて、どこもかしこも汚れているスニーカー。あちこちに泥や汗や、得体の知れない染《し》みが飛び散っているクリーム色のスラックス。濃紺の丸首Tシャツ。大学の入学祝いに父が新しく買ってくれた、黒い革バンドつきのセイコーの腕時計。……わたしの全財産、全所持品はそれだけだった。

駅員に切符を手渡し、改札口を出た。外には六月最初の土曜日の、いかにも私鉄沿線の駅を思わせる、のどかな朝の風景が拡《ひろ》がっていた。

駅前にあった住居表示板で五本木を確かめた。駅の西側から南に向かい、駒沢《こまざわ》通りに出るあたりまでの一帯が、五本木だった。思っていた以上に広いことがわかり、不安にかられた。

駅の周辺に米屋も酒屋も見当たらなかった。その時間、開いている店もなかった。

しばらく歩いて行くと、孫なのか、幼い男の子の手を引いて、ゆっくりと散歩している割烹着《かっぽうぎ》姿の老婆とすれ違った。その温厚そうな笑顔につられるようにして、わたしは「あのう、ちょっとすみません」と思わず老婆の背に声をかけた。「道をお尋ねしたいんですが」

老婆が立ち止まって振り返るよりも先に、幼い男の子がわたしを見上げ、一瞬、ひるんだようになって、老婆の後ろに隠れた。

だが、老婆がゆっくりとわたしに向けた笑顔は揺るがなかった。

わたしはできるだけ愛想よく訊《たず》ねた。「このあたりに、松本ハイツ、というアパートがあるはずなんですけど……ご存じないでしょうか」

「松本ハイツ？」と老婆が聞き返した。

小さな、奥まった、皺に埋もれた象のような目がわたしを見つめたまま、眠たげに瞬《またた》いた。「松本ハイツ……松本ハイツ……聞いたこと、あるわね。マツモトシンキュウインのことかしらね」

何を言われているのか、わからなかった。質問の内容が理解されていないのではないか、とわたしは思った。

老婆は「マツモトシンキュウインよ」と繰り返してから、はいていた灰色のスカートの後ろ側に手をまわし、腰のあたりにまとわりついている幼い男の子の頭を撫《な》で、「ねえタカシちゃん、あの先生のとこ、確か、松本ハイツ、っていったんじゃなかったかしらね」と言った。

タカシ、と呼ばれた男の子はさらに表情を硬くして老婆にしがみついた。

「先生はアパートの大家さんだから」と老婆は歌うように言った。「シンキュウインはアパートの一階にあるのよ。あ、でも、先生のご自宅は別のところなんですけどね」

「あの……すみません、シンキュウイン、って……」

「お灸《きゅう》をしてくれるとこよ」と老婆は言い、さらにのどかな笑みを満面に浮かべた。

「いい先生なのよ、とっても。その先生のとこにいらっしゃるんじゃなかったの？　一度行ったら、やみつきになりますよ。遠くから通ってくる方もいてね。身体がすごく楽になるの。でも、あそこは午前中は診療しないのよ。午後二時からなの。それも月水金だけで、火木土は……」

わたしはやんわりと老婆を遮った。「ごめんなさい、鍼灸院《しんきゅういん》を探してるわけじゃなくて……わたしの友達が松本ハイツというところに住んでいて、それで……」

「おやおや、そうだったの」と老婆は言って、また、のどかに笑った。

男の子が老婆の後ろから顔を覗かせ、またしても上目づかいにわたしを見上げた。何もかも見通しているかのように見える子供の目が、恐ろしく感じられた。わたしは急いで道順を老婆から聞き出し、礼の言葉もそこそこに、その場を離れた。

教えられた通り、二ブロックほど先の角を右に曲がった。靴擦れでできた傷口は拡がり放題に拡がっていて、両足の踵《かかと》は痛むというよりも、歩くごとに熱い火箸《ひばし》を押しつけられてでもいるかのようになっていた。

少し前から、その痛みを忘れさせるような別の痛み、新たな痛みが、みぞおちのあたりに拡がっていくのを感じ始めていた。身体がふらついた。早く横になりたかった。眠りたかった。何よりも、その前に、水が飲みたかった。

美奈子なら、部屋に入れてくれるだろう、と信じた。すぐに休ませてくれるだろう。冷たいコーラが飲みたい、と言ったら、飲ませてくれるかもしれない……。

「松本鍼灸院」と書かれた、縦長の白い看板が見えてきた。看板脇《わき》の、背の低いフェンスに通用門がついていて、替えたばかりなのか、そこだけ真新しい門扉《もんぴ》に「松本ハイツ」と印字されたプレートが針金で吊《つ》るされていた。

当時、どこにでもあった鉄筋の、これといった特徴のない建物だったが、全体が簡素な清潔さ、家庭的な匂《にお》いに満ちていた。学生や独身者向け、というよりも、新婚家庭向きのアパートのようだった。

六月の朝、太陽はぐんぐん上りつつあった。これから蒸し暑くなりそうな朝だった。「松本ハイツ」の門扉の向こう側に植えられた紫陽花《あじさい》の葉に、蜘蛛《くも》の巣が丸いレース編みのようになって光っているのが見えた。

美奈子がここにいる、と思うと、腰のあたりから力が抜けていきそうになった。あと少しの我慢だ、と自分を奮い立たせながら、一階に並ぶ各戸の玄関ドアと表札を順番に調べていった。

一番手前のドアだけが、他のドアと異なり、白く塗られていた。ドアについている鍵《かぎ》フックには、診療時間を明記した厚手のカードが下げられ、ドア脇には「松本鍼灸院」と墨で書かれた木札が掛かっていた。

自転車が停められている部屋、ベビーカーが玄関脇に置かれてある部屋、出前の蕎麦《そば》屋のどんぶりが二つ、重ねて外に出されてある部屋……。

一階と二階に、それぞれ四室、合計八世帯が入居していた。そして、一階住居に「高畑美奈子」の表札は見当たらなかった。

悲鳴をあげてしまいそうになる足の痛みに顔をしかめながら、二階に続く外階段を上り始めた。ミスター・レノンと呼ばれる男と同棲《どうせい》に近い形で暮らしているのなら、美奈子は彼の名を使って表札を出しているのかもしれない、とふと思った。

ミスター・レノンの本名は何だったか。思い出そうとするのだが、頭の中はぼろ布がいっぱいに詰められているようになって、何も浮かんでこない。美奈子との間で、美奈子の恋人は常に「ミスター・レノン」でしかなく、名前を聞いたことはなかったような気もしてくる。

さらに言えば、美奈子は今、その、ジョン・レノンに似た男と別れ、どこかに引っ越してしまっている可能性もあった。この瞬間まで、そういったことをつゆほども考えずにいた自分が呪《のろ》わしかった。

手すりにつかまりながら、やっとの思いで階段を上がり、二階の外廊下を歩き出した。

一軒目と二軒目の表札は違う名だった。二軒目の家の、外廊下に向かう格子《こうし》付の小窓は開いていて、奥からテレビの賑《にぎ》やかなコマーシャル音楽が聞こえてきた。人の話し声もした。

三軒目は風通しをよくするためか、ドアが半分開かれたままになっていて、表札が見えなかった。覗くともなく中を見ると、玄関先に下げられたレース地の丈の短い暖簾《のれん》の向こうに、赤ん坊を抱いてあやしている男と、子供を覗きこむようにして何か話しかけている女の姿が見えた。美奈子ではなかった。

最後の四軒目。祈る思いでドアの前に立った。ドアには木彫りの薄いプレートが下がっていた。そこには「高畑」と彫られていた。

ドアについている郵便受けには、たくさんの新聞が押しこまれていた。ドア脇の小窓の格子にも、新聞がいくつか束になって、はさまっていた。

ドアチャイムもブザーもなかったので、わたしはドアをノックした。初めは左手の中指だけで。次に四本の指を使って。やがて、拳《こぶし》になり、しまいには掌《てのひら》で……。

留守だとわかっても、永遠にそうやって虚《むな》しくドアを叩《たた》き続けていたかった。もはや、それ以外、できることは何もないような気がした。

顔が歪《ゆが》み、汗が噴き出した。みぞおちの痛みが烈《はげ》しくなった。泣いても何も変わらない、と思うのだが、涙があとからあとから溢《あふ》れ、頬を伝った。伝い落ちる涙は唇に届き、それは塩辛いというよりも、顔の汚れと汗を含んで、饐《す》えた匂いを放つものになっていた。

人の気配がし、隣の部屋の玄関から男が顔を覗かせた。男は、もう赤ん坊を抱いてはいなかった。

いかにも怪しい人物を眺めるような目つきでわたしを見るなり、男は手を伸ばして玄関のノブをつかむと、ドアを閉じようとした。

呼びとめて美奈子の行き先を聞きたかったが、「あの……」と言いかけ、咄嗟《とっさ》にわたしは口を閉ざした。

高畑さんはお留守なんでしょうか……聞かずもがなの、そんな質問をし、「見ればわかるでしょう」と答えられれば、二の句が継げなくなる。それればかりではなく、泣きながら美奈子の行き先を尋ねてきた、様子のおかしい若い女が、革命インター解放戦線の一員だった、と明らかにされることがあるとしたら、美奈子に迷惑がかかるかもしれなかった。

隣の玄関ドアがそっと閉じられた。内側から鍵がかけられる音がし、男と女が、何かぼそぼそと話している気配があった。何を話しているのかはわからなかった。

わたしはもう一度、美奈子の部屋の玄関ドアを見つめた。四つ折りにして郵便受けや窓格子に押しこまれている、朝刊と夕刊の日付を調べてみた。少なくとも、ここ一週間近く、美奈子はこの部屋に戻っていない様子だった。

格子のついた小窓のガラスは曇りガラスで、窓の内側の棚らしき部分に置かれているものが黒いシルエットを作っていた。わたしの目にそれは、コップか何かに立てられた二本の歯ブラシのように見えた。

みぞおちの痛みが脇腹のほうに拡散し始めていた。わたしは美奈子の部屋のドアに両手をつき、身体を支えながらうつむいた。そのまま足から力が抜けて、ずるずると地の底まで落下していくのではないか、と思われた。

美奈子は旅行に出たのかもしれなかった。ジャズ喫茶のオーナーでジョン・レノンにそっくりだ、と美奈子が自慢している男と二人で。あるいは誰か女友達と一緒に。そうでなければ、何かの事情があって、静岡の実家に帰っているのかもしれなかった。

引っ越した様子はない。いずれまた、ここに帰って来るに違いなかったが、いつ戻るとも知れない友人を待ちながら、いつまでも玄関ドアの前に佇《たたず》んでいるわけにはいかなかった。第一、それだけの体力がわたしには残っていなかった。

少し前に祐天寺の駅のトイレで用を足したばかりだというのに、またしても重苦しいような尿意を覚え始めていた。肉体が渇ききっている、というのに尿意を覚えるのが不思議だった。

おしっこがしたいのではなく、血の色に染まった水を出したいだけなのではないか、と思った。瀕《ひん》死《し》の人間が、最後に垂れ流す血液のごとく。浦部幸子が、食べてもいないのに脱《だっ》糞《ぷん》していた時のごとく。

わたしはよろよろと歩き出し、手すりにしがみつきながら階段を下りた。どこへ行く、というあてもなかった。太陽が眩《まぶ》しくて、行き交う車のボンネットに光が弾《はじ》けるたびに、一瞬、あたりが白くぼやけた。

美奈子の恋人が経営しているジャズ喫茶に連絡してみる、というのはどうだろうか、とぼんやり考えた。公衆電話ボックスに入り、電話帳を調べれば電話番号はわかる。所持金は二十五円だが、十円玉一枚あれば、電話をかけられる。

だが、その時刻、店が開いているわけもなかった。どこかで時間をつぶし、開店を待ってから電話をかければいいのか。夕方まで待つ？　この状態で？

たとえ、なんとか倒れずにいられて、夕方、店に電話をかけることができても、電話口で、いったいどう言えばいいのか。高畑美奈子さんはどこにいますか、と聞けばいいのか。

電話に出てくる人間が、店のオーナーであるとは限らない。オーナーは遅い時間にしか店に出て来ないのかもしれない。また、彼が美奈子と共に旅行に出ているのなら、店に電話をかけても無駄である。所持金二十五円が十五円になってしまうだけだし、そもそもわたしは、ジョン・レノンに似た男の名前ばかりではない、彼が経営しているジャズ喫茶の名前も、思い出せずにいるのだった。

コンクリートの路面を真夏のように照らし出している太陽を避け、日陰を選びながら、足を引きずって歩き続けた。頭の中は空白なのに、とりとめもなく様々な思いが儚《はかな》い薄《うす》羽《ば》かげろうのように、音もなく現われては、消えていった。

そんな中、運命の連鎖について考えた。大場修造に出会ったのは、高畑美奈子に連れられて革インターの集会に参加したからだった。高畑美奈子に出会ったのは、N大に入学し、べ平連活動に加わったからだった。N大べ平連に加わらなければ、富樫充と出会うこともなく、富樫とは異なった強烈な個性を発する大場に惹《ひ》かれ、革命インター解放戦線に足しげく出入りすることもなかったのかもしれなかった。

また、N大べ平連に興味を持ったのは、仙台の反戦フォーク集会で加納という男と知り合い、仙台べ平連の集会に誘われて、デモに参加したりしていたからだった。時代が大きくうねり狂っているさなか、大阪でも札幌でも名古屋でもない、仙台に住むようになったのは、父親に仙台への転勤の辞令が出たからだった……。

そうやって紐《ひも》をたぐり寄せるようにして、ひとつずつ自分の過去を辿《たど》っていくと、人生はすべて、組み合わされた小さな無数の歯車によって、回り続けていることがわかってきた。

歯車は大中小、それぞれが壮大な秩序の中にあって正確に嚙《か》み合いながら、わたしの中を流れる時間を埋め尽くしていた。生まれる前まで遡《さかのぼ》って、その全体像を把握しようとするのは、大宇宙に向かって手を伸ばし、何万光年も彼方《かなた》にある星を探りあてようとする行為に似ていた。ぐらりと頭が揺れ、気が遠くなった。

小さな公園が見えてきた。ベンチが一つと、古くて錆《さ》びついたジャングルジムが一つあるだけの公園だった。木陰が多く、緑が瑞々《みずみず》しくて涼しげだった。人影はなかった。広場の中央にある何かが、日の光を浴びて、きらきらと眩《まばゆ》い光を放っていた。

それが水飲み場の蛇口であることを知ったとたん、わたしは往来を行く人の目も気にせず、前のめりになりながら、足の痛みも忘れ、地響きをたてるようにして大股《おおまた》で公園に入った。水飲み場の脇で、地面で何かをついばんでいた数羽の雀《すずめ》が、驚いたように一斉に飛び去った。

水飲み場の蛇口をわしづかみにし、身体《からだ》を屈《かが》めて口をつけた。蛇口をひねりすぎたのか、噴水のように水が噴き上がり、顔面をしとどに濡《ぬ》らしたが、かまわずにそのままの姿勢でわたしは水を飲んだ。飲んでは両手で顔を洗い、首のあたりを濡れた手で拭《ぬぐ》い、雫《しずく》を滴《したた》らせながら、また水を飲んだ。

飲めば飲むほど、みぞおちから背中や脇腹にまで放散される痛みがひどくなっていった。足は痛みのために痺《しび》れ始めており、これ以上歩かねばならないのなら、両足とも即刻、切断してもらいたい、と思うほどだった。

それなのに、わたしはまだ水を欲していた。何が渇いているのか、わからなかった。内臓なのか。皮膚の細胞なのか。それともあらゆる居場所を喪失したことによって生まれる、精神の渇きなのか。

少し前まで感じていた尿意はなくなっていた。代わりに下腹部に鈍く重たい痛みがあった。月に一度、生理が始まる直前に感じる、なじみのある痛みだった。クリーム色のスラックスの、股の部分だけを赤く染めて、路上に倒れている自分を想像した。こんなふうになっても、毎月、決まって訪れてくるものがある、ということが信じられなかった。

わたしはよろよろと歩いて、木陰のベンチに腰をおろした。どこかでしきりと蟬《せみ》が鳴き狂っているような気がしたが、その季節、蟬が鳴き出すには早すぎる。耳にした油蟬の鳴き声は、幻聴だったのだと思う。

木洩《こも》れ日が踊るベンチの背に頭を載せ、両足を前に投げ出して、ぐったりともたれかかった。やわらかな光の線が、葉陰から幾筋もこぼれ落ちていて、それは本当に優しい初夏の日射《ひざ》しだったというのに、わたしには目を射抜いてくるような、獰猛《どうもう》な光に感じられた。めまいがし、上半身を起こしていることすら、難しくなった。

スニーカーをはいたまま、わたしは虫のようにのそのそと動いて、ベンチの上に身体を横たえた。眉根《まゆね》を寄せ、口を開け、深呼吸をひとつして、目を閉じた。

自分にはもう、何もない、と思った。帰る場所も、逃げこむ先もなければ、受け入れ、抱きしめてくれる人も、励ましてくれる人も、一枚のパン、一杯の水を与えてくれる人もいなかった。眠るための安全な寝床もなく、生きていくために必要な、最低限の道具すらなかった。ただ、六月の昼日中、見知らぬ公園のベンチに瀕死の病人のごとく横たわる、疲れ果てた肉体があるだけだった。

わたしの脱走を知った大場はどうしただろう、とぼんやり考えた。男女の関係を結び、決して自分を裏切るまいと信じていた女から、かくも見事に背かれたことに怒り狂っただろうか。それとも、その種の私情は一片たりとも抱かぬままに、即刻、探し出して殺害せよ、という残忍な指令を下しただけだったろうか。

いずれにせよ、彼はまず、吉祥寺のアパートに見張りをつけようとするだろう、とわたしは考えた。着替えもさしたる現金も持たないままに、わたしが真っ先に立ち寄る先があるとしたら、アパートの自分の部屋に決まっている、と彼は思うはずであった。

公園の中を、少し湿った風が吹き抜けていった。木々があちこちで葉擦れの音をたてた。

ベンチの上に横たわり、身体を丸めて目を閉じながら、もしも祥子が今のわたしの立場だったら、ということも考えてみた。

彼女なら、決して自分の部屋、安全な古巣には戻らないだろう。そんなことは考えもしないだろう。たとえ、着のみ着のままであっても、祥子なら泥を舐《な》めてでも生き抜いていくだろうし、第一、祥子には無類の美貌《びぼう》がある。彼女なら、あの飛び抜けた美貌を武器に、社会の底の底、裏の裏で、闇《やみ》にのまれながらも、したたかに力強く生き延びていける。大場の能力をもってしても、ひとたび脱走した祥子を探し出すことは到底不可能だろう。

だが、脱走したのは祥子ではない、このわたし……松本沙織、であった。爆弾闘争に至る思想を我が物にするどころか、安全な寝場所と食べ物が保証されていなければ、まともにものを考えることもできなくなってしまう、ごくふつうの、ありふれた女子大生であった。そんな小娘を探し出すのは、大場にしてみれば造作もないことなのかもしれなかった。

吉祥寺のアパートにわたしが立ち寄る気配がないとわかったら、大場は次に何を考え出すのか。わたしと親しくしていて、わたしを革インターの集会に連れて行き、実質上の仲介役を果たしたことになる、N大ベ平連の高畑美奈子を思い出すだろうか。

だが、仮に大場か祥子が美奈子を思い出したとしても、二人は美奈子の引っ越し先までは知らないはずだった。したがって、大場の指令を受けた革インターの誰かがわたしを密《ひそ》かに尾行でもしていない限り、目黒の五本木まで追手が迫っている、ということは、その段階ではまず考えられなかった。

大丈夫、安心できる、自分が目黒にいることはまだ、大場たちには知られていない……そんなことを自分に言い聞かせてみるのだが、束《つか》の間《ま》の安堵《あんど》の気分はたちまち極度の疲労感に取って代わられ、横になっているというのに、全身がぐらぐらと揺れ始めるのを感じた。嵐《あらし》の海を航行する、船の底に横たわっているかのようでもあった。

睡魔とも貧血状態ともつかない、淀《よど》んだ意識がわたしを被《おお》いつくしていた。痛みの感覚すら遠のいていき、五感がその機能を果たさなくなっていくのが感じられた。ふいに富樫充の顔が頭の中にちらついた。懐《なつ》かしい、というよりも、それは古い記憶の中に閉じこめられた顔……笑顔をこちらに向けてはいるが、血の通っていない、セピア色に変色した写真の中の顔のようであった。

今、もし、わたしが助けを求めて行ったとしたら、彼は受け入れてくれるだろうか、と考えた。部屋に招き入れ、冷たい水を飲ませ、乾いたシーツの上に寝かせてくれるだろうか。何も聞かずに眠らせてくれるだろうか。

答えは、否《いな》、だった。

25

砂の底に吸いこまれるような、ざらざらとした眠りの中を漂った。

時折、犬の鳴き声や子供たちの笑い声が聞こえた。わたしが寝ているベンチに近づいて顔を覗《のぞ》きこみながら、「死んでるのかな」「死んでないよ。ほら、今、目が動いたじゃん」などと言い合っている、小学生らしき子供たちの話し声も耳にした。

そのたびに、うっすらと目を開け、あまりの外界の眩しさに烈《はげ》しく瞬《しばたた》きながら、自分を見下ろしている幾人かの子供たちの、のっぺらぼうのように見える、判別できない顔をぼんやりと見回した。

わたしが起き上がろうとしないものだから、子供たちは「病気？」「そうだよ、きっと」「違うよ。寝てるだけだよ」「女の酔っぱらいだ」などと、ひそひそ言い合った。中には、誰か大人を呼んでこようよ、と言い出す子も現われたが、わたしに特に苦しんでいる様子が見えなかったせいか、同調する子供はおらず、やがて彼らはベンチの上に横たわっているだけの女を見物することに飽きたのだろう、がやがやと騒ぎながら立ち去って行った。

買い物帰りとおぼしき初老の女が、買い物籠《かご》を腕に「どうしたの。大丈夫?」と話しかけてきた記憶も残っている。かすれた声ではあったが、わたしが「大丈夫です。はい、本当になんでもありませんから」と言うと、女は何か言った。

救急車を呼んであげましょうか、とか、医者に連れて行ってあげましょうか、とか、そういったことを言ったのだと思う。よく聞き取れなかったが、わたしはまた、「大丈夫です」と言った。「眠たいだけですから」とつけ加えたような覚えもある。

次に目を開けた時、話しかけてきた女の姿はすでになく、園内に子供たちの影も消えていて、急に雲が出て翳《かげ》り始めてでもいたのか、あたりは小暗くなり出していた。

眠りは切れ切れに訪れた。そのうち何十分かは、死を思わせるような深い眠りとなり、かと思えば、半覚醒《はんかくせい》状態のまま、中空を漂って、どこまでが現実でどこまでが夢なのか、わからなくなることもあった。

そんな中、男の声を耳にしたのは、眠っているのか起きているのかわからない、とろとろとした生ぬるい泥の中に沈みこんでいくような眠りが、あまりに不快で苦しくて、眉を寄せ、顔をしかめていた時だった。

「生きてますか」

男は低い声で聞くともなくそう聞いた。わたしが薄目を開けたまま黙っていると、

「ああ、生きてるな」と言った。からかうような言い方ではなく、かといって、不安げな、訝《いぶか》しむような言い方でもなかった。男の話し方には乾いた単調さがあって、紙に書かれた言葉を読み上げているだけのようにも聞こえた。

「ずっとここにいるみたいだけど、行くところ、ないんですか」

声がさらに間近に聞こえた。わたしは幾度か瞬きを繰り返し、なんとかして目を大きく開けようと試みた。焦点はなかなか合わなかった。ぼやけたモノクロ映画のように見える画像が一つに結ばれるのに、途方もなく長い時間がかかった。

若い男だった。長めに伸ばした黒い髪の毛には、全体にパーマでもあてたような細かいウェーブがついていた。真一文字の太い眉に、小さめの奥二重の目。目と目が少し離れているせいか、童顔に見える。厚く、ぼってりとした唇。鼻は開き気味で、細面《ほそおもて》の顔には、ニキビの痕《あと》や毛穴が見当たらず、頭蓋骨《ずがいこつ》につやつやとした小麦色の皮膚を隙間《すきま》なく、ぴったりと張りつけているかのようでもあった。

男は中腰になって、ベンチの上に寝ているわたしを見下ろしていた。誰だろう、とぼんやりした意識の中で思った。革インターの回し者ではないのか、と疑っても不思議はなかったのだが、P村にいたメンバーではないことは確かだった。これまでに、大場の周辺で見かけたことのある顔でもなかった。

「行くところ、ないんですか」

男は同じ言葉をもう一度、セリフを棒読みするようにして繰り返した。顔に残っている幼さに不釣り合いなほど、声は太くて低かった。訛《なま》りはなかった。

わたしは小さくうなずいた。うなずいたつもりだったのだが、彼にはそれが伝わらなかったようだった。彼はさらにもう一度、「ないんですね」と念を押すように聞いた。

答えずにいると、「何も食べてないんでしょう」と彼は言った。「怪我《けが》もしてるみたいだし。でも、病院には行けない。……そんな感じだね」

意識の深いところで、かすかに警戒心が蠢《うごめ》き出すのを感じたが、すぐに消えた。考えたり不安がったり、計算したり、理性を働かせたりすることが億劫《おっくう》になっていた。わたしは何度かゆっくりと瞬きをしてから、ごくりと唾《つば》を飲み、目の前で自分を見下ろしている男を見つめた。

「別に怪しいもんじゃないですよ」と彼は一本調子に言った。ぶっきらぼう、と言うよりも、すべての感情を押し殺したしゃべり方が板についてしまったような口調だった。

「この近くに住んでて、今日、朝から何度かここを通りかかった時に、ベンチに女の人が寝てるのに気づいて……ずっと気になってただけだから」

わたしは彼から視線を離さずにいた。意識がはっきり覚醒するにつれて、全身の痛み……とりわけ足腰の痛みと、怪我をした掌《てのひら》の痛み、そして、公園に着いたころから感じ始めていた下腹部の痛みが烈しくなった。

間違いなく生理になる、もしかすると、もうなっているのかもしれない……と思った。目の前にいて話しかけてくる若い男がうっとうしかった。血の匂《にお》いを嗅《か》ぎつけて近づいてきた、雄のハイエナのようにも思えた。

わたしはかすかに身体《からだ》を動かし、顔をしかめながら、起き上がろうとした。思わず小さなうめき声がもれた。

「大丈夫?」と男は聞いた。「病院に行けないんだったら、何か薬、買って来てあげようか」

いらない、とわたしは言った。あっちに行って、わたしにかまわないで、と言いたかったのだが、そんな言葉を発する元気もなかった。

「うちに来てもいいよ。大したもんじゃないけど、食べるもの、あるし。ゆっくり眠れる」

わたしは首を横に振った。振りながら顔をしかめ、なんとか上半身を起こそうと試みた。

この男は頭がおかしい、と思った。薄汚れた病気の娘を見かけると、興奮する性癖があるのだ、と。

男は表情を変えずに、妙に落ち着きはらった表情のまま、同じ姿勢でわたしを見ていた。半袖《はんそで》の白い丸首Tシャツに、インディゴブルーのジーンズ姿だった。首が太く、鍛え上げられたような身体つきをしていた。どこかの体育大学の学生だろうか、と思ったが、彼について思ったのはそれだけだった。

上半身を起こしたとたん、わたしは烈しいめまいに襲われた。ぐらりと身体が揺れ、ベンチから転がり落ちそうになった。世界から振り落とされそうになる恐怖を覚えた。

その瞬間、男が即座に手を伸ばし、力強くわたしを支えてくれた。わたしは思わず、両手で彼の腕にしがみついた。

「歩ける?」と彼は聞いた。「うちはすぐそこだけど。五分ぐらい歩かなくちゃいけない。おぶってやろうか」

あなたは何を言っているのか、見知らぬ男の家に行けるわけがない、あなたはわたしが何者なのかもわかっていない、かまわないでほしい、放っておいてほしい、と言おうとするのだが、言葉にならない。嫌悪《けんお》と困惑と不安が波のように襲ってくるというのに、さしのべられた救済の手にすがりつこうとしている自分を感じた。

たとえその手が、わたしをさらなる地獄へ導こうとする手であったとしても、かまわない、と思った。わたしがP村で目撃したこと以上の地獄はないのだから……。

この見知らぬ若い男に凌辱《りょうじょく》され、殺されることと、正義の美名のもと、革インターの血の粛清を受け、絶命することとの間に大差はない。死に方としてどちらかを選ぶしかなくなったのなら、前者を選ぶ、とわたしは思った。

理由は一つだった。

わたしはただ、ただ、何も考えずに、安全な場所で休みたかったのだ。その願いさえ叶《かな》えてくれるのなら、後で何をされようが、かまわない、けだもののように犯され、縛られてまた犯され、あげくの果てに殺されて、人里離れたさびしい山の中に遺棄されたとしても、結局は同じこと。同じ結末がめぐってくるのなら、その前に、褒美《ほうび》か何かのように、いっときの休息を与えてくれるほうを選びたい、と思ったのだ。

「ここに乗って」と男は言い、やおらわたしの前にしゃがみこんで、背中を向けた。白いTシャツに包まれた背中は広くたくましく、わたしの目には安息の海に見えた。

さあ、と彼は促した。「おんぶしてあげるから」

あなたは誰？　名前は何？　学生？　会社員？　無職のフーテン？　一人で暮らしているの？　それとも家族と？　そうでなければ、同棲《どうせい》相手がいるの？　何故《なぜ》、こんなことをするの。何故、わたしを自分の家に連れて行こうとするの。いったい何が目的なの。

質問したいことがあふれ出し、喉《のど》の奥で渦を巻いた。近くの道路を行き交う車の音がし、遠くで子供たちのはしゃぎまわる声がしていたが、公園内にその時、人はいなかった。

聞きたいこと、知りたいことが、急速に意味を失い、ひとかたまりの小石のようになってベンチの下にぱらぱらと転がり落ち、消え去っていくのを感じた。

気がつくと、わたしは両手を男の肩にかけていた。それ以外、自分にできることは何もないような気もした。

力を抜いて、と男は言った。「つっぱられてると、おぶいにくいよ」

言われた通りにわたしは全身の力を抜き、彼の首に両腕を巻きつけるようにして、全体重を預けた。

うん、それでいい、と男は言った。小さな子をあやすような言い方だった。言いながら、彼は上半身でバランスを取り、わたしを背負ったまま、軽々と、いともたやすく立ち上がった。

たちまち視界が拡《ひろ》がった。公園の緑の木立が、揺れながら回りながら、スクリーンに映し出される映像のようになって、目に飛びこんできた。

両の乳房が、男の背で扁平《へんぺい》につぶされるのを感じたが、気にならなかった。疲れきっていた。この先、何が起ころうが、もうどうでもいい、と思った。どこの何者なのかもわからない男だというのに、わたしは彼の背に頬を埋め、目を閉じた。

若い男の健康的な汗の匂い、洗いたてらしいTシャツの洗剤の匂いに混ざって、日向《ひなた》くさいような匂いが嗅ぎ取れた。幼稚園の時に、園内で飼われていたウサギの小屋の、乾いた干し草の匂いに似ていた。

背中のわたしを気づかってか、決して急ぎ足ではなかったが、大股《おおまた》で歩く彼の背は、駱駝《らくだ》のそれのように大きく揺れた。揺れるたびに、若々しく幅広い肩甲骨《けんこうこつ》を胸に感じた。時々、薄目を開けてみた。公園を出た後、どちらの方角に向かっているのかはわからなかった。通りすがりの人々が、好奇心たっぷりの視線を投げてきたが、臆《おく》したり照れたりしている様子もなく、彼はすたすたと同じ歩調で歩き続けていた。

スラックスに包まれた太ももの付け根と尻《しり》のあたりに、彼の手の感触を感じた。恥ずかしいとは思わなかった。いやらしいとも思わず、自分の気が狂っている、とも思わなかった。思ったのはただひとつ、これでもう、駅や公園の水飲み場で水を飲んだり、人の目を気にして俯《うつむ》きながら歩いたり、全身の痛みやめまいに苦しみ、怯《おび》える必要がなくなった、ということだけだった。

見知らぬ若い男に背負われて、どこに連れて行かれるのかもわからないというのに、わたしは行き先を訊《たず》ねもせず、彼の名前、職業、年齢を聞こうともせず、あろうことか、「お願いがあるんだけど」と口走っていた。

「何？」

「すごく言いにくい」

「言っていいよ。言いなよ」と彼は言った。背中を通して伝わってくるその声は、くぐもって聞こえた。

「あの……どこかでナプキン、買って来てほしいの」

「え？」

「……生理用の」

自分が口にしていることの異常さはわかっていたが、どうしようもなかった。照れたり羞《は》じらったり、遠回しな言い方をしている間もないほど、肉体はどうにも仕様のないところまできていた。

明らかに生理が始まりつつある、とわかっているのに、どんな理由があるにせよ、男の背で大きく両足を開いている、ということのほうが、わたしにとっては問題だった。その男がどんな男であれ、この先、何をされるのであれ、深刻な問題はさしあたって、そこにしかなかった。

一瞬の沈黙があったような気もするが、よく覚えていない。あったとしても、文字通り、ほんのわずかのことにすぎなかったと思う。

彼は、「わかった」と言った。

好奇心も戸惑いも興奮も嫌悪感も何もない、きわめて自然な言い方だった。親しい女友達から「煙草《たばこ》を買って来てほしいの」と言われ、わかった、と答える時のように。

「なっちゃったんだ」と彼は言った。

「え？」

「生理に」

同年代の男の口から、生理、という単語を聞いたのは、富樫以来のことだった。しかも、わたしを背負っている男は、あっけらかんと何の照れも見せず、ペニスのことを「陰茎」と言ってみせたがる、ませた少年のように、乾いた口調でそう言ったのだった。

「……そうみたい」とわたしは言った。「すみません」

「あやまらなくてもいいよ」と彼は淡々と言った。「まずきみをうちに連れてって、それから買ってくるよ。それでもいい?」

いいわ、とわたしは言い、ありがとう、と小声で言い添えた。そして再び彼の背に顔を埋めた。

目尻から涙が伝い落ちてきて、彼が着ていたTシャツに染《し》みていくのがわかった。羞じらいや恐怖や絶望や惨《みじ》めさの涙ではない、これでとりあえずは救われた、と思うことによってわき上がる、それは安堵《あんど》の涙であった。

26

秋津吾郎……男の名を知ったのはいつだったか。

背負われて、彼の住まいに向かう途中だったか。路地の一画。向かって右手が広大な屋敷の塀で、左手に、まったく同じ造りの小さな家が連なっていた。表通りを曲がり、そのあたりにさしかかって、急に周囲に静寂を感じた時、聞かれもしないのに彼が、そう名乗ったのだったか。

いや違う。数軒並んでいる、同じ造りの小さな家々の一番奥……路地の突き当たり、左手に建つ家の前に立ち、わたしをおぶったまま、彼はジーンズのポケットをまさぐった。玄関の鍵《かぎ》を取り出しているようだった。

虫に食われ、朽ちかけて、門柱とは名ばかりになった細い柱には、斜めに傾《かし》いだ形で取り付けられている木製の小さな郵便受けがあった。そこに黒いマジックで、「秋津吾郎」と書かれていて、その時初めて、わたしは彼が秋津吾郎という名であることを知ったのだった。

瓦屋根《かわらやね》の家だった。どこから見ても、古めかしい佇《たたず》まいの建物だったが、それは家、というよりも、小屋、もしくは映画のセット、と呼ぶほうがふさわしいほど小さかった。人が二人立つのがやっと、という狭い玄関を入ってすぐ右脇《みぎわき》が、流しとガス台があるだけの台所。その向こうに和式トイレと小さな風呂《ふろ》場。洗面所や脱衣所はなく、トイレと風呂場の引き戸は、それぞれ、台所スペースに面して並んでいた。

玄関を上がって左側に和室が二つ。四畳半と六畳が、襖《ふすま》続きに縦に細長く連なっており、さらにその向こうには二坪ほどの小さな庭があった。

戦後まもなく建てられて、当時としてはモダンな貸家だったと聞いている。長屋のように、路地に面して全く同じ建物がちまちまと並んでいるところが愛らしくもあり、若い新婚カップルを中心に人気を博した時期もあったらしい。

だが、一般のアパートよりも家賃が高く、そのわりには狭すぎて子供が生まれたら暮らしにくい、というので店子《たなこ》離れが続き、あのころはすでに、四軒の同じ造りの家が並んでいるうち、二軒が空き家と化していた。

それでも、猫の額ほどの、箱庭のような庭にも、瑞々《みずみず》しい緑を湛《たた》えた庭木が茂り、形ばかりではあるが、庭に面して濡《ぬ》れ縁もついていた。小さいとはいえ、集合住宅ではない、れっきとした一戸建てである。

家賃が割高であるのは聞かずとも明白で、そんなところに、何故、何の収入もなさそうな、学生ふうの若い男が一人で暮らしていられるのか。その理由をわたしが知ったのは、しばらく経《た》ってからのことになる。

わたしを背にしたまま、煤黒《すすぐろ》い玄関ドアの鍵を開け、中に入った秋津吾郎は、台所とも廊下ともつかぬ、狭い板敷きの床の上に、わたしをおろした。厄介な荷物でもおろした時のように、ふぅ、と息をつきながら、両腕で交互に額の汗をぬぐった。

彼は何も言わなかった。そこがどこなのか、口にしなかった。わたしも黙りこくっていた。あなたは誰、とも聞かなかった。

互いに、目と目を合わせるのを避けていた。彼はまず腰を屈《かが》めて、わたしのはいていたスニーカーとソックスを脱がせにかかった。

スニーカーはするりと脱げたが、ソックスを脱がせられる段になって、いきなり、足元に熱湯をかけられたような痛みが走った。わたしは呻《うめ》き声をあげた。

靴ずれによってできた水泡が破れ、傷口から菌が入って、その部分いちめんが膿《うみ》になっていた。ソックスは血糊《ちのり》や泥や体液と共に足に張りついてしまっており、無理して脱ぎとろうとすると、皮膚そのものが剝《は》ぎ取られるような激痛を覚えた。

痛みのあまり、わたしの中にかろうじて残っていたはずのわずかな慎みも、完全に消え去った。わたしは両手で足首を押さえながら呻き続け、大きく顔を歪《ゆが》めて唇を波立たせた。

秋津吾郎は何も言わずに流しの前に立ち、水道の蛇口をひねって、やかんに水を入れ始めた。当時としては珍しい、白いホウロウのやかんだった。粗末なガスコンロにやかんをかけ、流しの窓の桟に置かれてあった徳用マッチを手にして、彼はガスに火をつけた。青みがかったガスの炎が、勢いよくやかんの底を包みこむのが見えた。

「わいたらバケツに入れるから、中に足をつっこんどけばいい」と彼は低く言った。「そのうち靴下も脱げてくるし、傷口の消毒にもなるよ」

わたしは右手でにぎりこぶしを作り、前歯に強く押しあてながら彼を見た。彼はしかし、そんなわたしの顔は見ていなかった。代わりに台所脇にあった薄型の戸棚の引き出しから青いタオルを取り出してきて、水道の水に浸してしぼりながら、「トイレは？」と聞いた。

何を聞かれているのか、わからなかった。わたしは黙っていた。

彼は次に、やかんをかけたガスコンロの火加減を調節し始めた。「行きたいなら、行けばいいよ。そこだから」

わたしは首を横に振った。彼は表情のない目でわたしを一瞥《いちべつ》し、濡らした青いタオルを目の前に差し出した。

わたしは反射的にそれを受け取り、珍しいものでも見つめるようにしてタオルに目を走らせた。彼は軽く顎《あご》をしゃくった。拭《ふ》けよ、と言ったつもりらしかった。

わたしはタオルを両手に拡げ、そっと顔にあてがった。タオルは冷たくて気持ちがよかった。もう何年も、顔など拭いていなかったような気がした。堆積《たいせき》した汚れと涙と汗と疲れとが、濡れたタオルの中に吸い込まれていくのを感じた。

湯がわきあがると、彼は流しの下からブリキのバケツを引っ張り出し、その中に注ぎ入れた。湯気がもうもうとたっているところに、水道の水を加え、何度か手を差し入れて水温を試した後で、彼は室内のどこかから、丸椅子《まるいす》を運んで来た。煤けたようになった木製の丸椅子だった。

玄関先で、両足を投げ出したまま、へたりこんでいたわたしの背後にまわり、彼は腋《わき》の下に手を差し入れてきたかと思うと、ひと息に丸椅子の上に持ち上げた。そして、わたしの足を片方ずつ、湯をはったバケツの中に靴下ごと浸しにかかった。

熱すぎず、冷たすぎず、湯の温度はちょうどよかった。傷口がひどくしみたが、湯のやわらかさに救われて、我慢できる程度の痛みしか残らなかった。

彼は少しの間、わたしと一緒になってバケツの中を覗《のぞ》きこんでいたが、やがて思い出したように立ち上がると、「買って来てやるよ」と言った。「近くに薬局があるから」

あの、とわたしは口ごもった。「お金、持ってないの。後で返すわ。貸しておいて」

彼は応《こた》えなかった。それとわからない程度に、わずかに両肩をすくめてみせただけだった。

彼が出て行き、玄関ドアが閉められたかと思うと、また開いた。彼は顔を覗かせ、「鍵、閉めとくよ」と言った。

わたしはうなずいた。彼は何か言いたげにわたしを見たが、何も言わずに再びドアを閉めた。外から鍵がかけられる音がした。足音が遠ざかった。

おそるおそる、台所のその位置から見える限りの室内を眺めまわした。男の一人暮しであることは確かだった。だが、台所にはフライパンや鍋《なべ》、一通りの食器類、小型の冷蔵庫までそろっていた。流しの上の布巾《ふきん》かけには、清潔そうな数枚の布巾が掛けられ、小窓の桟には、歯ブラシが一本入った水色のプラスチックのコップが置かれてあった。

はめていた腕時計を覗いた。六時になっていた。夕暮れどきだからなのか、それとも急に天気がくずれ始めたせいなのか。あたりは翳《かげ》っていて、室内は薄暗く、二つ並んでいる和室の向こうの窓ガラスから透けて見える外の緑も、厚い雲の下にあるように見えた。

湯のはられたバケツに両足をつっこみながら、わたしは背を丸め、両腕で身体《からだ》をくるみこんだ。六月初旬。家の窓という窓は閉めきられており、寒いどころか蒸し暑いはずだったというのに、小さな虫が全身を這《は》いずりまわっているような寒けを感じた。

何か食べたい、飲みたい、という欲求はなかった。そうやって丸椅子に座っているのがやっとだった。

何も考えられなかった。早く男が帰って来てくれればいい、と思った。下着が汚れているのはわかっていた。きっともう、スラックスの股間《こかん》は赤く染まっているのだろう、と悲しい気持ちで思った。

男が留守の間にトイレに入り、なんとか自力で応急処置をすることも考えたが、立ち上がることすら億劫《おっくう》だった。寒かった。歯の根が合わなくなるほどだった。そのうち意識も朦朧《もうろう》としてきた。このまま死んでしまうのではないか、と思った。

秋津吾郎が戻って来た時、わたしは丸椅子からくずれ落ち、湯の入ったバケツをひっくり返したまま、床に横たわっていたらしい。水浸し状態だった、と後に彼から聞かされた。

その後、どうやってトイレに入ったのだったか。深くは考えず、秋津吾郎から男ものパンツを借りた。知らない男の、使用済みの下着を身につけることの薄気味悪さなど、何も感じなかった。

汚れた下着を始末し、吾郎のTシャツを着て吾郎のパジャマのズボンをはいた。風呂をわかそうか、と言われたが、入浴する元気もなかった。わたしは倒れこむように布団《ふとん》の上に横になった。

彼は厚手のマットレスの上にシーツをかけ、和室向きのベッドのように仕立てて使っていた。それは庭に面した和室の壁ぎわにあった。とはいえ、室内の様子など、その時のわたしの目には何も映らなかった。

まもなく雨が降り出した。軒先をたたく雨音しか聞こえなくなった。

わたしは布団にもぐりこみ、目を閉じた。身体が揺れ、ぐるぐると目がまわっている感じがしていた。口の中に灼熱感《しゃくねつかん》があった。寒い、とわたしが口走ると、吾郎はわたしの額に手をあてた。ひどい熱だ、と彼は言った。

額に濡れたタオルがあてがわれた。うとうとしていると、起こされた。飲めよ、と言われた。「缶詰だけど。何か腹に入れておけよ」

彼はわたしを布団の上に起こし、口もとに湯気のたつものを押しつけてきた。プラスチックのカップに入れられた、コーンスープだった。

無理して二口ほど飲んだが、わたしはすぐにそれを遠ざけた。何も喉《のど》を通りそうになかった。

再び横になり、目を閉じた。ラジオがつけられ、低く音楽が流れ始めるのが遠くに聞こえた。FENだ、と思ったが、それを最後に意識は急激に薄れていき、深い泥のような眠りが訪れて、丸一昼夜、わたしは秋津吾郎なる男の家の、マットレスの上で眠り続けた。

27

夢を見ていた。

それは眠っている間中、脳裏をかけめぐってやまない、支離滅裂な恐ろしい夢だった。わたしは夢の中で崖《がけ》から転落したり、ビルの屋上から突き落とされたりした。階段を駆け下りると、目の前には底無し沼が拡《ひろ》がっていた。沼の底に引きずりこまれ、泥を大量に飲みこみながらも、なんとか這い出す。そうやって必死で逃げまどうのだが、逃げても逃げても、追手はわたしのすぐ後ろにいる。それどころか、どこからともなく、ひょいと顔を覗かせ、わたしに向かってにんまりと、面白そうに笑いかける。

夢の中の追手の顔は、大場ではなく、最後に幸子の遺体を埋めに行った時に一緒だった柏木や加藤でもない、まるで記憶になど残っていない顔だというのに、気味が悪いほど鮮明だった。にやにや笑っている口もとから覗く、黄ばんだ八重歯まではっきり見えた。

この顔が誰だったのか、思い出そうとするのだが、どう考えてもそれは見知った顔ではなく、そうこうするうちに、再び三たび、わたしは断崖《だんがい》絶壁に追いつめられて、今度こそ終わりだ、と観念し、内臓の奥の奥から迸《ほとばし》ってくるような大きな悲鳴をあげるのだった。

何度目かの自分の叫び声ではっきり目を覚ました時、まず目に映ったのは黄土色だった。視界がいちめん、黄土色に染まっていた。黄土色の液体が、自分の目の中に流しこまれてしまったのではないか、と思うほどだった。

けだるい瞬《まばた》きを繰り返し、よく目を凝らしてみれば、それは黄土色をした壁だった。土壁のようだった。

壁のところどころに、縦やら横やらの薄い疵《きず》がついていた。明らかに意識的につけられたと思われる疵もあった。

全身が汗にまみれていた。頭皮に流れ落ちるほどの汗をかいていて、それが髪の毛を濡《ぬ》らし、そのせいでタオルにくるまれていた枕《まくら》も、ぐっしょりと濡れていた。

おそるおそる枕の上で首をまわし、あたりを見渡した。そこがどこなのか、わからなかった。記憶の回路が完全に絶たれていた。それなのに、たとえようのない不安が押し寄せてきて、一挙に恐怖心がこみあげ、わたしは亀《かめ》のように怯《おび》えながら、仰向けの姿勢で毛布の中に顔を埋めた。

息をひそめて耳をすませた。物音はしなかった。人の気配もなかった。ひと呼吸おき、毛布の隙間《すきま》からそろりそろりと目だけ出して、改めて周囲に視線を走らせた。

部屋には明かりが灯《とも》されていた。黄色くぼんやりとした、やわらかな明かりで、よく見るとそれは、球形に組まれた白い和紙の中に、電球を入れて灯されている明かりのようだった。

どこからか、英語でしゃべる男の声が、低く絶え間なく聞こえてきた。合間にポップスが混じった。ラジオだ、と思ったとたん、大きな渦を巻きながら、記憶が急速に輪郭を整え始めた。

マットレスの上に身体を起こそうとするのだが、なかなかうまくいかなかった。全身の筋肉という筋肉が痛み、しびれ、関節はこわばっていた。

公園のベンチで倒れていたのを、ここまで背負って運んでくれた男のことを思い出した。その名が、秋津吾郎だったということ、ひどい靴ずれで膿《う》んでしまった足を湯に浸してくれたこと、生理用品を買って来てくれたことも思い出した。

記憶の断片は、後になり先になって、順を追うことなく、次から次へと、コマ送りする映像のように甦《よみがえ》ってきた。

浦部幸子の遺体を運んだ山道が思い出されたかと思うと、次にアジトの柱に括《くく》りつけられてぐったりしている幸子の顔が甦った。暗闇《くらやみ》の中、懐中電灯の明かりに頼って走り続けている自分や、その時の烈《はげ》しい喉の渇き、靴ずれの痛みが思い出されたかと思えば、秋津吾郎に背負われて、目を閉じていた自分自身のことが甦ったりした。

今がいつなのか、わからなかった。数時間眠っただけなのか。それとも、あれから何日も経《た》ったのか。

喉の渇きを覚えた。着ていた男もののTシャツは、水でも浴びたように汗で濡れていた。

布団の脇《わき》に、タオルに包まれたものが置かれてあった。指先でこわごわタオルを開いてみると、まだ溶けきっていない氷がビニール袋に包まれて入っていた。

これを額にあてがわれながら、自分は眠っていたのだろうか、と思った。ひどい熱だ、と秋津吾郎が言っていたのをぼんやりと思い出した。

掌《てのひら》で自分の額に触れてみた。まだ少し熱があった。

わたしが寝ていた六畳の和室には、寝具とスチール製の本棚以外、何も置かれておらず、本棚には青いものが整然と、いちめんに並べられていた。来た時も、寝入った時も、それどころか、つい今しがたまで気づかなかった。わたしは目を凝らした。

それが、箱に入れられた本物の蝶《ちょう》の標本であることをみとめるのに、少し時間がかかった。

そのすべてが青い蝶だった。薄い青、濃い青、光線の加減では黒にも茶にも、さらには銀色にも見える青……まさしく青の洪水、と言ってもいいような蝶の標本が、所狭しと飾られているのだった。

かすかに樟脳《しょうのう》の匂《にお》いが漂っていた。標本箱の中に入れた樟脳のようだった。わたしはしばらくの間、その蝶の群れから目を離せずにいた。

古い小さな和室の、煤《すす》けた黄土色の壁の部屋に飾られるには、まったくふさわしくない、作り物のごとく際《きわ》立って鮮やかな青……じっと眺めていると、あたりの空気までが青く染まってしまうほど青い蝶の群れだった。まだ熱があるせいで、幻覚を見ているのかもしれない、と思うほど、眺める角度を少し変えただけで、青々と煌《きら》めく蝶の羽の色は千変万化した。

標本が置かれている本棚の左横には、庭に続く窓があった。網戸のついた窓は細く開いていた。その向こうに濡れた緑が見え、絹糸のように細い雨がやわらかく降りしきっているのが見えた。

再び耳をすませたが、やはり隣室のラジオの音しか聞こえてこなかった。

マットレスから這い出て、わたしは周囲の壁に手をあてがいながら、やっとの思いで立ち上がった。足もとがふらつき、転倒しそうになって、思わず開け放されていた襖《ふすま》の縁につかまった。めまいがし、頭の芯《しん》がぐらぐらした。

隣室は四畳半の和室で、中央に折り畳み式の四角い、小豆色をしたテーブルが置かれていた。テーブルの上には、コーヒーの飲み残しの入ったマグカップやセブンスターのパッケージ、アルミの灰皿が載っており、灰皿には短い吸殻が一本、転がっていた。

秋津吾郎の姿はなかった。小暗い台所の流し脇には、洗った皿や茶碗《ちゃわん》、フォークや箸《はし》などが一か所にまとめられていた。小さな玄関の三和土《たたき》には、わたしがはいていたスニーカーが、履き古した男ものの下駄と共に並んでいるのが見えた。

トイレに入り、和式の便器にしゃがんで用を足した。便器は黄ばみ、タイル張りの床や壁はところどころ、罅《ひび》割れていたが、掃除の行き届いた清潔なトイレだった。

トイレットペーパーホルダーの下に、長方形の空き缶が置かれていた。浅草煎餅《せんべい》と書かれた空き缶で、もしやと思って中を開けると、覚えのある生理用品が入っていた。

女に対する気遣いに満ちた男だ、とは思わなかった。その過剰とも思える親切ぶりに、薄気味悪さを感じた。だが、わたしはなるべく深くは考えないようにした。

何者なのかもわからない、知り合ったばかりの若い男のブリーフをはき、彼のTシャツとパジャマのズボンを身につけているしかない自分が、今さら何かを考えたところで、どうなるものでもなかった。

洗面所がなかったので、台所の流しの水道の蛇口をひねった。目についた白い石鹸《せっけん》を泡立てて手を洗い、顔を洗い、両手で水をすくって口をゆすいだ。

喉が渇いている、というよりも、全身が水を欲していた。わたしは掌いっぱいに受けた水を何度も何度も飲みほした。

水はぬるかった。その生ぬるい液体が喉を通り、胃の奥に流れこんでいったかと思うと、突然、内臓がせり上がってくるような気分の悪さを覚えた。

わたしは流しに顔を埋めるようにして身体を曲げ、嘔吐《おうと》の姿勢をとった。

台所の小窓の外に人の気配がし、流し脇にある玄関ドアが開いて、秋津吾郎が戻って来たのはその時だった。

彼はわたしを見て、あ、と低い声で言ったが、それだけだった。背を波立たせながら嘔吐しかけているわたしを見ても、何ひとつ、慌《あわ》てる様子もなく、かといって、介抱しようとするでもなく、彼は落ち着いた仕草で靴を脱いだ。

彼が手にしていた袋を床に置くと、そこから食べ物の匂いが漂ってきた。その匂いを嗅《か》いだとたん、わたしは喉を鳴らしながら、飲んだばかりの水と共に、黄色い胃液を吐き戻した。

嘔吐は長く続かなかったし、さして苦しくもなかった。波立ったようになった胃の動きがおさまると、急に気分が楽になった。わたしは水道の水で口を洗い、ゆすぎ、手の甲を唇にあてたまま、目に涙をためて吾郎を振り返った。

吾郎は初めて見た時と似たような、白い丸首のTシャツにジーンズ姿だった。

「食べてないからだよ」と彼は言った。ぶっきらぼうな言い方だった。「何か食べなくちゃ」

黙ったまま彼を見上げると、彼は無表情にわたしを見下ろしたまま、つと右手を伸ばしてきた。額に彼の大きな手が触れた。手は少し湿っていた。

「熱、下がりきってないね。アスピリン、飲ませたかったんだけど、ずっと眠ってたから」

「今、何時？　今日はいつ？　わたしはどのくらいの間、寝てたの？」

それには答えず、彼はわたしの腕を引き、マットレスのところまで連れて行った。わたしは彼に促されるまま、再び身体を横たえた。

「お願い。お風呂《ふろ》に入らせて。入れないんだったら、身体を拭《ふ》くだけでもいい」

「食べるのが先だよ」

「食べたくない。汗で気持ちが悪いのよ」

「まず食べて、薬飲んで、もう少し眠るんだ。風呂は熱が下がってからにしたほうがいい」

「あなた、誰？」

ふっ、と彼はため息をもらしながら、皮肉めいた微笑を浮かべた。「同じ質問、返すよ」

そう言うと、吾郎はすっと音もなく立ち上がり、台所に行った。しばらくの間、水を流す音やガスコンロを使う音、冷蔵庫を開け閉めする音が続いていたが、やがて丸盆を手に戻って来た彼は、盆をわたしの脇に置いた。盆には、たっぷりとバターを塗った厚切りトーストと、二つに割られた半熟卵、温めたミルクを入れたマグカップが載っていた。

「きみがここに来てから二十四時間経ってる」

彼はそう言いながら、力強くわたしの背を起こし、壁にもたせかけて、そこに二つ折りにした座布団《ざぶとん》をあてがった。そして丸盆をわたしの膝《ひざ》に載せ、「つまり、きみがここに来て眠り始めたのは、昨日の今頃」とつけ加えた。「だから今日は六月四日で、今は六時少し過ぎ、ってことになる」

「わたしは二十四時間眠ってたの？」

「そうなるね」

「うなされてた？」

「時々」

「何か寝言、言ってなかった？」

「聞いてない。さあ、食えよ」

温めたミルクの匂いに胸が悪くなりかけた。わたしが顔をしかめると、吾郎は黙ったまま、厚切りトーストを指先で小さく千切り、ミルクの中に浸してわたしの口もとに運んできた。

わたしは彼を見、口もとに運ばれたトーストを見た。彼はわたしを見つめたまま、たっぷりとミルクを含んだトーストを軽くわたしの唇に押しつけた。

わたしは小さく唇を開いた。温かなものが口の中に入ってきた。一瞬、吐き出しそうになったが、こらえながら咀嚼《そしゃく》し、飲み込んだ。

トーストのバターの香りが温かいミルクと溶け合って香ばしく、食欲中枢《ちゅうすう》を刺激した。胃が蠕動《ぜんどう》運動を始めようとしているのがわかった。

わたしが口の中のものを飲みこむたびに、吾郎はまたトーストを千切り、ミルクに浸し、それを口もとに運んできた。わたしは再び口を開け、与えられたものを咀嚼し、飲みこんだ。

半熟卵に塩をふり、スプーンに載せ、彼がわたしの前に差し出す。わたしは口を開く。塩味がおいしく感じられ、さらに食欲がわき、ひと口、食べてしまうと、すぐに次をねだるようにして口を開けてしまう。

微笑《ほほえ》みもせず、話しかけもせず、わたしと吾郎は同じことを繰り返した。異様だ、と思う気持ちはなかった。頭の中には、静かなけだるい虚空《こくう》のようなものが拡がっていて、先のことを考えたり、恐ろしがったり、苦しんだりする機能は失われていた。

丸盆に載せられていたもののほとんどをわたしが平らげてしまうと、吾郎はコップに水をくんできて、アスピリンを飲ませてくれた。

無言のまま白い錠剤を手渡されたのだが、わたしはその薬が何なのか、改めて聞かなかったし、疑いもしなかった。これを飲んで静かに死ねるのだとしたら、喜んで飲もう、と思っただけだった。

胃の中に食べ物が入り、全身に血液が流れていくような気分になった。再び睡魔が襲ってきた。

吾郎はわたしをマットレスに寝かせ、毛布をかけた。部屋の明かりを消し、彼が立ち去ろうとした時、「あれは何?」とわたしは聞いた。

吾郎が途中で立ち止まり、振り返るのがわかった。隣室の明かりが、襖の向こうから黄色い飴《あめ》のように流れこんでいた。相変わらず細く開けられたままの、庭に面した窓からは、雨の音が聞こえた。

「あれ」とわたしは毛布から右手を出し、黄土色の壁に乱舞しているように見える青い蝶を指さした。「あなたが集めたの?」

違う、と吾郎は言った。「死んだ親父《おやじ》が遺《のこ》したんだ」

「お父さん、蝶のコレクターか何か?」

「別に。趣味にしてただけだよ」

そう、とわたしは言った。「……どうしてわたしの名前、聞かないの?」

「そんなの」と彼は言った。「どうだっていいさ。おやすみ。目がさめたら、風呂に入れるようにしとくよ」

隣室の明かりが、四角く黄色く、畳の上にこぼれていた。静かに音もなく閉じられる襖の動きにつれて、四角い光は次第に細く長くなっていき、やがて室内の闇の中には、一条《ひとすじ》の光の線だけが残された。

襖越しに、FENから流れてくる音楽が聞こえていた。トイレを使う音や台所の水道を流す音、隣室の畳を歩く音がし、そんな中、軒先を叩《たた》く雨の音は次第に強くなっていった。

わたしはしばらくの間、闇の中で目を開けていた。何も考えられなかった。身も心も虚《うつ》ろになってしまっていた。

ただ、眠っていたかった。休み続けていたかった。考えたり感じたりすることから、永遠に逃れていたかった。

ここがどこなのか、世話をしてくれている若い男が何者なのか、何が目的なのか、このまま知らずにいてもかまわない、と思った。何もかもわからないまま、これほど無防備に眠ろうとすることのできる自分が信じられなかったが、どうしようもなかった。

わたしは本当に疲れ果てていたのである。

28

夢も見ず、うなされもせず、深い谷底に横たわるように無心に眠り続けた。一度も目を覚まさなかった。それはまるで、奇跡のようにして与えられた、神の恩寵《おんちょう》のごとき眠りであった。

深く静かな安らぎに充《み》たされて、果てしなく続くと思われた眠りの底から少しずつ這《は》い上がり、顔に違和感を覚えて、ふと目覚めた。

わたしが最初に目にしたのは吾郎だった。彼はわたしのすぐ傍にいて、手にした白いタオルを少しぞんざいな手つきで畳み直していた。

わたしの顔に浮いた汗を拭いてくれていたようだった。乾いたタオルの感触が額のあたりに残っていて、そのざらついた現実感がわたしをたちまち覚醒《かくせい》させた。

わたしは仰向けに寝たまま、吾郎を見据えた。睨《にら》みつけるような目つきになっていくのが、自分でもわかった。

休ませてもらっていたのが彼の部屋である以上、彼がそこにいても、何の不思議もなかった。そこは彼の住まいであり、彼の安息所だった。

だが、深い眠りの後で細胞を甦《よみがえ》らせ、再生を始めようとしていたわたしの中で、突然、何かのスイッチが切り替わった。彼に向けた、怯《おび》えとも不安とも怒りともつかない気持ちが、煙のようになってわき上がってくるのを感じた。

それは嫌悪《けんお》ではなかった。あえて言えば、他者に対する拒絶に近い気持ちであった。

彼の、インディゴブルーのジーンズをはき、あぐらをかいてわたしの寝床の脇《わき》に座っていた彼の、上半身は裸だった。室内はうす暗かったが、小豆色をした乳首と、贅肉《ぜいにく》のない平らな、引きしまった腹部が何本かの横線で割れているのがはっきり見えた。

わたしが目覚めたことに気づいたはずなのに、彼は表情を変えなかった。

「熱が下がった」と吾郎は言った。今しがたまで会話を交わしていた相手に、引き続き話しかける時のような、平坦《へいたん》な口ぶりだった。「アスピリンがきいたな。汗、すごくかいてたし」

「何時?」とわたしは聞いた。

長い眠りの後に出す声は、嗄《かす》れていた。乾いた舌が、乾いた口の中に張りつき、粘ったような音をたてた。

「一時」と彼は答えた。

「夜の?」

「いや、昼の。外は明るいよ」

「でも、ここは暗い」

「きみが眠ってたから、この部屋の雨戸を開けてないんだよ」

「わたしは何時間、寝てたの」

「さあ」と彼はわたしを無表情に見下ろし、「十七、八時間かな」と言った。

わたしは彼から目を離さずに、「水」と言って、手の甲で額をぬぐった。「水が飲みたい。暑い。窓、開けて」

吾郎は黙ったまま、のっそりと立ち上がった。庭に続く、濡《ぬ》れ縁に面した窓の雨戸が開け放たれた。

外の光が一斉に室内になだれこんできた。あまりの眩《まぶ》しさに、わたしは目を瞬《しばた》いた。湿った土の匂《にお》いがした。木々の葉が、さわさわと風に揺れている気配があった。室内に新鮮な空気が押し寄せ、淀《よど》んでいた汗の匂い、熱の匂いを素早く消し去った。

光に慣れずにいたわたしの視界に、吾郎の立ち姿が白いハレーションを起こしたようになって浮き上がってきた。初めのうち、輪郭すらもぼやけていたが、その姿は次第に少しずつ、明瞭《めいりょう》な映像になってわたしに迫ってきた。

裸の上半身は、薄くしなやかな筋肉に被《おお》われていた。その骨格は端整で、若い牡鹿《おじか》を思わせた。腕を動かすたびに、肩甲骨《けんこうこつ》が健康的に上下するのが見てとれた。

ジーンズは、当時、流行していたベルボトムで、前ファスナーの部分がボタンになっていた。その銀色をしたボタン部分に外の光が弾《はじ》け、一瞬、わたしの目を射た。同年代の若い男の裸が眩しいのではない、ただ単に光が眩しいだけだ、と自分に言い聞かせながらも、わたしは仰向けになったまま、思わず視線をそらした。そらした先に、青い蝶《ちょう》の標本箱があった。

室内が明るくなったせいか、それらは唐突に、おそろしいほどの現実感を伴ってわたしの目に飛びこんできた。

標本箱が置かれていたのは、スチール製の背の高い本棚だった。本棚の最下段にだけ、何冊かの本が乱雑に積まれてあったが、残る三段はすべて標本箱で占められていた。正面に向けて置かれた標本箱は、全部で三つ。表面にニスが塗られてあるのか、箱には光沢があり、無数の青い蝶は透明なガラスの向こうに、整然とピンで留められているのだった。

窓を開け、雨戸を開け、意味もなさそうに外をひとわたり見渡してから、吾郎は部屋を出て台所に行った。流しに向かい、冷蔵庫の製氷器から氷を取り出している気配があった。やがて、氷水を入れたコップを手にした吾郎が戻って来た。

彼はわたしの背に手をすべらせ、上半身を抱き起こし、背中に二つ折りにした座布団《げ》をあてがってきた。当たり前のように、そんなことをしてみせる彼が、急に解せなくなった。

水を飲ませようとしてきた彼に向かって強く首を横に振り、わたしは彼の腕を押しのけた。手を伸ばし、自分でコップを持とうとした。

指先に力が入らなかったのか。それとも彼の手渡し方が悪かったのか。

氷水の入ったコップが手からすべり落ちた。しとどに水がこぼれ、あっと言う間に、膝も毛布も、あたりいちめん、水びたしになってしまった。

吾郎は何も言わなかった。黙ったまま、傍にあったタオルでこぼれた水を拭《ふ》き、さらにどこかから、別のタオルを持ってきて、わたしの濡れた腕や膝のあたりを軽く拭《ぬぐ》った。そして、水をふくんでしまった毛布を剝《は》ぎ取り、丸め、再び落ち着いた物腰で台所に行くと、二杯目の氷水を作って運んできた。

わずかの間、彼の顔にためらいに似た表情が浮かんだが、それもまもなく消えた。彼はコップを畳の上に置き、わたしの背後に回るなり、幼子を抱くようにして、上半身を抱き寄せた。

やめてよ、とわたしは怒気をふくめて言った。眉間《みけん》に皺《しわ》を寄せ、抗《あらが》おうとした。

だが、無駄だった。圧倒的に彼の力のほうが強かった。その腕は鋼《はがね》のように硬く、気がつくとわたしは赤ん坊さながらに軽々と、前を向く形で彼の膝の上に乗せられていた。

張りつめ、爆発しかけていたものが、急激に萎《な》えしぼんだ。ふいに病的な脱力感に襲われて、口をきくのも億劫《おっくう》になった。

冷たい水の入ったコップが唇に触れた。渇きに耐えきれなくなり、わたしが薄く口を開けると、彼は静かにコップを傾けてきた。

ひと口ごとに、獣のように大きく喉《のど》を鳴らして、わたしは水を飲んだ。グラスを傾けてくる吾郎のリズムと、水を口にふくみ、飲み込むわたしのリズムとが、ぴったりと一致した。おかげで、少しもむせかえることはなかったし、水をこぼすこともなかった。

時間をかけて、コップ一杯分の水を飲ませ終えると、彼はつと、わたしから離れた。そこには、急に獲物に対する興味を失った、野生動物のような冷やかさがあった。

「風呂《ふろ》」と彼は言った。「風呂、わかしてあるよ。入れよ。汗くさい」

わたしは差し出されたタオルで口もとを拭いながら、獰猛《どうもう》な目で彼を睨みつけた。彼はわたしを一瞥《いちべつ》したが、それだけだった。

「風呂はあっちだよ」と彼は言い、台所のほうを顎《あご》で示した。

どうして、とわたしは言った。言ったとたん、喉の奥に痰《たん》がからまって、咳《せき》こんだ。彼を睨みつけたまま、何度か咳をし、「どうして」と再び同じ言葉を繰り返した。「どうしてなのよ」

「何が」

「どうして助けてくれたの」

彼はわたしから目をそらし、無表情に閉じた口元に、わずかに笑みのように見えるものを浮かべてみせた。

「別に大した理由なんかないよ」

「わたしのこと、何か知ってるの?」

「なんにも」

「正直に言いなさいよ」

「俺が何を知ってるんだよ。何も知るわけないだろ。名前も知らない。年も知らない。なんで公園で寝てたのかも、知らない」

「知らない女を自分のうちに連れてきたんでしょ。その理由を教えて」

「ほっとけなかったからさ」

至極、まともな、まっとうな答えだ、と思った。わたしは深く息を吸った。庭から入りこんでくる外の湿った空気が、肺の中を一巡していった。

吐く息の中、わたしはかすれた声で言った。「……松本沙織。それがわたしの名前。今年の誕生日で二十一よ」

「年上だね」

「え?」

「一昨日、きみを公園で見つけた日」と彼は言った。「その日が俺の十九歳の誕生日だったんだ」

何か気のきいた言葉を返そうとした。だが、適当な表現が思いつかなかった。わたしは黙っていた。

年下とは思わなかった。だが、二つ年下、と言われれば、そんな気がしないでもなかった。

吾郎は、どちらかというと小さな、ハトのようなつぶらな瞳《ひとみ》をかすかに潤《うる》ませ、瞬かせながら、まっすぐにわたしを見た。照れている様子はなかった。幼さが残った顔に、強い光を発する目が不釣り合いに感じられた。

「秋津吾郎」とわたしはつぶやくように言い、負けじと強い視線を彼に投げつけた。

「あなたの名前。……そうよね？」

「どうしてわかった」

「ここに来た時、外の郵便受けを見たから」

ああ、と彼は言い、そうか、と言ってうなずいた。

次に何を言ってくるのか、少しの間、待ってみたのだが、彼は何も言わなかった。わたしが先に口を開いた。「学生？」

「まあね」

「まあね、ってどういう意味」

「大学にはほとんど行ってない」

「どこの出身？　親は今、どこにいるの」

彼は肩をすくめた。

「そういえば、お父さん、亡《な》くなった、って言ってたわね」そう言って、わたしは青い蝶に視線を移した。「あれ、お父さんの遺品だって」

「そうだよ」

「青い蝶ばっかり」

「親父は自殺した。俺が十五の時に」

わたしは眠たげに瞬きしてみせた。作り話だろうと思った。嘘《うそ》だろうが本当だろうが、そんなことは自分には何の関係もない、と思った。

「青い蝶と自殺と、どういう関係があるの」

「別に何もないよ」

「今、何して暮らしてるの」

「誰が」

「あなたよ」

吾郎は小馬鹿《こばか》にしたように、鼻先で小さく笑った。「こっちが聞きたいね」

藪蛇《やぶへび》になるのは避けたかった。それ以上、どうでもいい質問を続けるのは危険だったし、第一、その気力もなくなっていた。

わたしは両手で髪の毛をかきあげた。脂《あぶら》ぎった、ねばねばした感触が指先に伝わってきた。

「お風呂、入る。そこ、どいて」

言いながら、マットレスに手をついて立ち上がろうとした。腰にまるで力が入らなかった。蝶番《ちょうつがい》が壊れてしまったかのように、足腰が立たなくなっているのがわかった。

吾郎が咄嗟《とっさ》にわたしに手を差し出した。わたしはそんな彼を威嚇《いかく》するように睨みつけた。にこりともしない視線が返ってきた。

彼は厚い唇を結んだまま、表情のない顔でわたしをじっと見下ろした。息をしていないのではないか、と思われるほど、その裸の胸は小揺るぎもしていなかった。

ふいに彼の手が伸びてきて、わたしは腕をつかまれた。次の瞬間、わたしの身体《からだ》は、易々《やすやす》と彼に抱き上げられていた。

あっと言う間のできごとだった。いやがったり、叫んだり、暴れて足をばたつかせたりしてみせる間もなかった。

青い蝶が並んでいる標本箱の脇を通り、隣の和室を抜け、彼はわたしを抱いたまま、台所に面した風呂場の前に立つと、引き戸を片手で器用に開け放った。

湯の匂いが充満している、ひどく狭い風呂場だった。桶《おけ》型をした木の浴槽も、床に敷かれた簀《す》の子《こ》も古びていて、黒ずんで見えたが、掃除は行き届いているようで、清潔だった。

細い格子《こうし》のはまった小窓が、少し開いていた。窓の外には、生い繁《しげ》った緑と、緑の隙《すき》間《ま》を縫うようにしてもれてくる日の光が見えた。

彼はわたしを湿った簀の子の上にそっと降ろすと、「よく洗えよ」と言った。「石鹸《せっけん》はそこ。シャンプーはあっち。脱衣所がないんだよ。着替えとバスタオルは外に置いておくから、まあ、適当に」

彼はわたしが何か言おうとしたのを待たずに、背を向けて風呂場から出て行った。引き戸が外から閉じられ、吾郎が遠ざかっていく気配があった。

近くの空をヘリコプターが飛んで行く音がしていた。湯船の上の水道の蛇口から、ひとしずくの水が滴《したた》った。

簀の子の上に残されたわたしは、清潔な湯の匂いに包まれたまま、しばらくの間、身動きができなくなった。

29

あの時代、親からの仕送りを受けながら独り住まいをしている学生で、テレビを所有する人間はきわめて少なかった。情報はラジオか、もしくは新聞に頼るのが一般的だった。

とはいえ、そんな学生のすべてが新聞を定期購読していたわけではない。親からの送金が学費だけに限られ、生活費をアルバイトで賄《まかな》わねばならないような学生は、新聞代を支払う余裕などなかった。また、新聞をとるからと偽って、親から毎月の新聞購読料をもらい、それを小遣いに替えてしまう者もいた。

したがって、当時、吾郎のようにテレビも新聞もない生活をしている若者は、決して珍しくなかった。トランジスタ・ラジオが一つあれば、音楽はもちろんのこと、ニュースや天気予報も随時、耳に入ってきた。新聞は、大学や喫茶店に行けば、読むことができたから、何の問題もなかった。

吾郎の部屋にテレビがなく、しかも、彼が新聞を定期購読していなかったことに、どれだけわたしは救われたことだろう。

彼が持っていたトランジスタ・ラジオから流れてくるのは、FENだけだった。彼は、それ以外の放送を聴こうとしなかった。そのため、英語以外の言語が、外部からわたしの耳に入ってくることは、一切なかったのだ。

もし、彼が新聞をとっていたとしたら、どうだったろう、と今も時々考える。

「秋津吾郎」と記された、煤《すす》けた郵便受けの中に配達されてくる、インクの匂《にお》いの残る新聞。それを手に、部屋に戻ってくる吾郎。わたしの目の前で、新聞が開かれる。社会面、もしくは一面のトップ記事が、わたしの目にも飛びこんでくる。

「重軽傷者」「爆弾」「過激派」「テロ」といった、おどろおどろしい単語の羅列。「革命インター解放戦線」という活字。探さずとも真っ先に視線が釘付《くぎづ》けになるであろう、大場修造と鈴木祥子の名。彼らの顔写真……。

あるいはまた、室内でつけっ放しにされているテレビ画面に、いきなり浦部幸子の遺体が発掘された現場が映し出される。紺色の制服を着た男たちが、四角い穴の周囲を動きまわっている。テレビ局のレポーターが、マイク片手に悲壮な顔をして何かしゃべっている。掘り返された穴の中には、白いチョークでヒトガタが描かれている……。

吾郎が新聞をとっていたら、あるいは、部屋にテレビを置いていたら、わたしは連日連夜、ひやひやしていなければならなかっただろう。

吾郎にわたしの素性を知られることが怖かったのではない。革インターをめぐるマスコミの情報が逐一、わたし自身の耳に入り、目に入ってくることがたまらなく恐ろしかったのだ。

大場が爆弾闘争を実行に移すのは明らかだった。そうなれば、すぐさま世間は騒然となる。革インターの主だったメンバーは全員、指名手配され、その中の誰かが逮捕される。リンチによる浦部幸子の死が、明らかにされる。わたしの名が捜査線上に浮上することになるのは、時間の問題だった。

新聞は恐ろしかった。テレビも恐ろしかった。外部からの情報はすべて、わたしを恐怖に陥《おとしい》れた。いつ、知りたくないニュースが舞い込んでくるのか。明日なのか、明後日《あさって》なのか。それとも、今日、これからなのか。

わたしは連日、届けられる新聞やテレビに映し出されるニュース、自分を取り囲む現実の数々に怯《おび》え、寝ても覚めても、追われていることを意識し、いてもたってもいられなくなっていただろう。吾郎の家にじっとしていることすらできなくなり、結局は、彼のところからも飛び出して、再び逃亡生活を始めていたかもしれない。

そうなっていたら、わたしはあの古い、二間しかない、動物の巣穴のような小さな家で、吾郎と息をひそめるようにして向き合う暮らしを続けることはなかっただろう。あの、緑に踊る木洩《こも》れ日を濡《ぬ》れ縁越しにぼんやりと眺めたり、軒先を叩《たた》く雨の音を聞いたりながら、吾郎に身を任せ、次第に意思を失った人形と化していって、しまいにその異様な状況から逃れがたくなっていくようなことには、決してならなかっただろう……。

まるでモノクロ映画の中で、日めくりが音もなくゆるやかに繰られていく時のように、静かに時間だけが流れていった。

眠っても眠っても、わたしの健康状態はなかなかよくならなかった。夕方になると微熱が出た。常に身体がだるく、起き上がることのできない日もあったし、食欲がまったくなくて、何も食べられない日もあった。

わたしは、マットレスにシーツをかけただけの、ベッドとも敷き布団《ぶとん》ともつかない寝床の中で目をさます。吾郎は隣の部屋で寝ている時もあれば、すでに起きて台所で何かしていることもある。かと思えば、雨戸が閉まったままの、蝶《ちょう》の標本のある部屋の片隅で、少年のように両膝《りょうひざ》を抱え、膝頭に顔を埋めながら、じっとうずくまっていることもある。

わたしが目覚めたことを知った彼は、おはよう、と声をかけてくる。低い、大人びた声である。わたしは黙っている。何も言わない。

いつも身体が熱っぽかったり、気分が悪かったり、頭の芯《しん》が痛んでいたりして、どんな朝のどんな目覚めも、わたしにとっては爽《さわ》やかなものとはかけ離れている。またそのまま眠ってしまいたくなるのだが、吾郎は雨戸を開ける。そして、何か作って持って来てくれる。

マグカップに入れたアメリカンコーヒーは、おそらくインスタントの粉コーヒーを湯で薄めたものだったと思う。他にバタートースト一枚に目玉焼き。半熟の目玉焼きにはたいてい、醬油《しょうゆ》がかけられていた。コーヒーの代わりに温めた牛乳とクラッカー、ということもあったし、トーストにはバターではなく、いちごジャムやピーナッツクリームが塗られていることもあった。

わたしは顔も洗わず、歯も磨かないままの状態で、それらを供される。起きたばかりで、ただでさえ食欲がなく、食べものを見るのもうんざりするような時である。手をつけずにいると、吾郎はおもむろに箸《はし》を手にし、目玉焼きの黄身の部分をくずしてわたしの口に運んでくる。

わたしは口を閉じたままでいるのだが、彼は真正面からわたしを見つめるだけで、後に引こうとしない。力ずくで強制するでもなく、かといって、温かみのある対応をしようとしているのでもない。そこには細部の感情が読みとれない、ひんやりと冷たい決意のようなものだけが感じられる。

わたしは観念して、薄く口を開く。醬油で味つけされた卵の黄身が、箸と共に口の中に押しこまれてくる。

眉《まゆ》を寄せ、渋面を作りながら、ひと嚙《か》みふた嚙みし、なんとか飲み下す。吾郎は、わたしの唇の端についた卵の黄身を素早く小さなタオルで拭《ふ》き取ってくれる。そして次に、ちぎったトーストやクラッカーをわたしの口もとに運んで来る。

もういらない、とわたしが声に出すまで、そういうことが一定のリズムに則《のっと》った儀式のように続けられる。そして、馬鹿げたことに、わたしはその儀式を当たり前のこととして受け取り、しまいには待ち望むようにさえなっている自分に気づかされる。

何かが口もとに運ばれる。わたしが口を開ける。食べ物が口の中に押し込まれる。

わたしは何もしない。感謝もしなければ、軽蔑《けいべつ》もしない。友情も感じなければ、自己嫌悪《けんお》も感じない。ただそこにいるだけ。そこには、広大無辺の空を漂う時のような、死そのものを思わせる感覚が漂う。

かろうじて食事を済ませると、わたしはよろよろと寝床から離れる。吾郎が、わたしを支えるようにして台所の流しに連れて行く。

石鹼を使って洗面し、ブラシで髪の毛をとかす。そんなふうにしているわたしのことを吾郎は、少し離れた場所で煙草《たばこ》を吸いながら、見るともなく眺めている。

家の中で鏡が掛けられていたのは、台所だけだったが、わたしはろくに鏡も見ない。吾郎に頼んで買ってきてもらった、安物の化粧水と乳液を軽くなすりつけるだけ。

再びわたしは寝床に横になる。何もすることがない。何もしたくない。話したいこともなく、聞きたいこともない。重たく沈みこんでいくような眠りが訪れて、少しの間、うとうとする。

次に目を覚ますと、窓の外には梅雨の晴れ間が拡《ひろ》がっていて、緑色に染まった小さな庭に、吾郎の立ち姿が見える。彼は木刀を手に素振りの練習をしている。彼が着ているシャツの背に、汗が大きな地図のように滲《にじ》んでいるのが、寝床の中からもはっきりと見てとれる。

しばらくわたしは、ぼんやりとその姿を眺めている。木刀が光を切り裂くようにして、上下斜めと軽やかに動きまわる。風を斬《き》る音がする。そのたびに彼の肩や腕の筋肉が、リズミカルに盛り上がる。

逞《たくま》しい若い肉体である。だが、そんなことはわたしにはどうでもいい。わたしは寝床の中から声を出す。

「ねえ、ちょっと」

声が小さすぎて聞こえなかったようである。わたしはもう一度、少し大きな声で言う。

「ねえ、こっちに来て」

吾郎がつと、振り返る。その額に首すじに、しとどにかいた汗が光っている。

「着替えたい。すごく汗をかいた」

吾郎は木刀を濡れ縁に置くと、腕で額の汗を拭《ぬぐ》いながら、部屋の中に戻って来る。彼の体重の重みを受け、古くなって黄ばんだ畳が、歩くたびにみしみしと音をたてる。

化粧水や乳液の他に、彼は女ものの下着やパジャマ、Tシャツ、ショートパンツなどの衣類を買ってくれている。吾郎が、それらの着替えのうち、何枚かを持ってきて、寝床の脇《わき》にどさりと置く。そして黙ったまま、隣の部屋に行き、襖《ふすま》を閉じる。

わたしは寝床の上に横座りしたまま、汗で汚れた下着を脱ぎ、新しいものに着替える。汚れたものはひとまとめにしておく。そんな動作をするだけで、疲れきってしまい、肩で息をしなければならなくなる。

やがて、頃合いを見計らったかのように吾郎が部屋に入って来る。彼はわたしの顔は見ずに、汚れ物を手にすると、風呂《ふろ》場に向かう。しばらくの間、水を流す音が聞こえてくる。

次に戻って来る時、彼の腕には、洗い終え、絞りあげたわたしの衣類が抱えられている。彼は濡れ縁の上に渡した竹竿《たけざお》に、それらを干し始める。

ショーツだけは彼に洗われるのがいやでいやでたまらなかったが、すぐにそんなことも、どうでもよくなっていった。異様な状況の中にいる、ということに、ひとたび慣れてさえしまえば、大概のことは気にならなくなる。何をどう気にしようが、そのすべてが意味をもたないことが、よくわかってくる。わたしは新しい下着やパジャマを身につけ、寝床にだらしなく横たわったまま、竹竿に次々と洗濯物を干していく吾郎の後ろ姿をぼんやりと見つめている。

吾郎は何も言わない。鼻唄《はなうた》ひとつ歌わない。見ようによっては不機嫌そうに、女ものの下着や衣類を手にしては、いささか乱暴な手つきで竹竿に干していく。干し終えると、ちらとわたしのほうを見下ろし、黙ったまま、再び木刀を手にして、庭に降りていく。勢いよく木刀で風を斬る音が聞こえてくる。芝居のために作られたセットのような庭。塀に沿って、さほど背の高くない、葉を繁《しげ》らせた木が二本。その根元には、ママゴトじみた小さな庭木が、幾つかこんもりと、寄せ植えのようにして植えられている。

左隣の二軒の家は空き家。塀の外側は、隣に拡がる大きな屋敷の庭に続いていて、屋敷にある古木の緑が、吾郎の庭にまで枝を拡げ、押し寄せてきている。

緑と光に染まったようになりながら、木刀を振り続ける吾郎の後ろ姿をわたしはずっと見ている。無感動に。何の感想も感慨もなく。

そうやっているうちに、わたしはまた、うとうとと、眠りにおちていった。庭にいる吾郎の気配が遠のいた。

あれは六月の半ば過ぎだったか。六月も末になっていた頃だったか。それとも、わたしが吾郎の部屋に棲《す》むようになって、まだ日の浅い時期だったか。

あの頃、覚醒《かくせい》していられる時間はきわめて短かった。意識は常に、不健康な睡魔のせいで白濁していた。

眠っているのか起きているのかわからない、たゆたうような、無意味な時間を寝床の中で過ごしていたため、初期のころの吾郎の記憶は、どれも曖昧《あいまい》である。しかも、記憶そのものが混乱しているから、それが起こったのがいつだったのか、正確な日付を思い出すこともできない。

ある時、彼は平板な口調で言った。

「今日は俺、どうしても仕事に行かなくちゃいけない。だから、もう少ししたら出かけてくる」

珍しくわたしが早い時間に目覚め、前夜から降りやまない雨の音に包まれながら、いつものメニューの朝食を食べさせてもらっていた時だった。

「仕事？」とわたしは、口の中に入れられたジャムつきトーストを咀嚼《そしゃく》しながら、抑揚をつけずに聞き返した。「バイトか何か？」

「そう。週に三日。月水金。午前九時から午後三時まで。これまでずっと、めったに休んだことなかったんだけど、ここんとこ、きみが来たせいで予定が狂ったから」

「何のバイトしてるの」

「スーパーの店員」と彼は言った。「おふくろの弟……叔父夫婦が小さなスーパーをやってて。そこで働いてる」

「場所はどこ」

「きみが倒れてた公園の近く」

「じゃあ、わたしに声をかけてきた時もバイトの帰りだったの？」

吾郎は眉を軽く上げて、うなずいた。

「時給、いくら？」

「なんでそんなこと」

わたしは目をそらし、「別に」と言った。「かなり時給のいいところでバイトをしてるから、こういうとこに住めるんだろう、と思っただけ」

「こういうとこ、って？」

「ふつうの学生は、今どき、庭つき一戸建ての家なんか、借りられないはずだもの」

ふっ、と彼は皮肉めいた笑いをもらした。「スーパーをやってる叔父が、このぼろ家の大家なんだ。俺は特別に、ただで住まわせてもらってるだけだよ」

そう、とわたしは言った。いい御身分ね、とつけ加えそうになったのだが、その言葉は飲みこんだ。吾郎に喧嘩《けんか》を売る気はなかった。

「いつからここに住んでるの」

「高校を卒業してすぐ」

「お母さんは？」

「両親は俺が十歳の時、離婚して、俺はおふくろに引き取られた。親父《おやじ》が自殺した後、おふくろはつきあってた男と再婚したんだ。しばらく俺も一緒に住んでたけど、そいつとソリが合わないから家を出た。おふくろたちは、今は埼玉のどこかに住んでるらしい」

「らしい、って?」

「詳しいことは知らない、ってこと」

そう、とわたしは言った。開け放たれた窓の外に、まっすぐに、束ねた細い糸のようになって降りしきる雨が見えた。

「もう少し、こうやって話しててもいい?」とわたしは聞いた。

吾郎は小さな奥二重の目をわたしに向け、強い力をこめて見つめながら、「いいよ」と言った。

わたしは、食べ残した胡瓜《きゅうり》とレタスをフォークの先で突きまわした後で、おもむろに言った。「……わたしみたいなのを抱えこんで、あなたも物好きね」

「かもしれない」

「文無しで、どこの馬の骨かもわからない」

「うん」

「かなり迷惑でしょ」

「仕方ないよ。行くとこ、ないんだろ?」

「そうだけど」とわたしは言い、唇を舐《な》めてから注意深く話題を変えた。「お母さんから仕送り、してもらってるの？」

「ついこの間まではね」

「今は？」

「あっちも金に困ってるみたいだから」

「じゃあ、生活費とか学費、全部、自分で稼いでるわけ？」

彼は鼻先で笑った。「別に気の毒がってくれなくてもいいよ。どうってことないじゃないか、そんなこと」

「大学はどこ」

「N大」と彼は言った。ぎくりとした。嘘《うそ》ではなさそうだった。

偶然ね、わたしも二年先輩のN大生よ……そう言えれば、話が少しは弾んだかもしれない。だが、その段階ではまだ、在籍中の大学名を明かすつもりはなかった。デモに出て、公務執行妨害で逮捕され、完全黙秘を続けている意志堅固な活動家のように、わたしは何ひとつ、自分の情報を彼に与えまいとしていた。

「N大だったら、ここから通うの、ちょっと遠いじゃない」

「前にも言ったけど、学校にはほとんど行ってないから」

「休学中？」

「そういうわけじゃないけど」

「こんな質問ばっかりされて、頭にこない？」

「なんで」

「自分のことを先に教えろよ、って」

　吾郎はあまりおかしくなさそうに、片方の口角だけを吊《つ》り上げて微笑してみせた。

「自分のことを話したくないなら、別に何も言わなくたっていいよ」

「変わった人」

　わたしが、少しからかうようにそう言うと、吾郎は無反応のまま、ジーンズの後ろポケットから、いかにも安物の、黒いビニールのバンドのついた腕時計を取り出して覗《のぞ》いた。「俺、そろそろ行かなくちゃ」

　朝食の皿やマグカップを手に、彼は台所に行き、ざあざあと水を流しながらそれらを洗った。そして、わたしが見ている前で、煙草やらマッチやら小銭やらをポケットに押し込み、身をかがめて床に置かれているラジオをつけた。ＦＥＮの、けたたましく英語でしゃべりまくっている男の声が聞こえてきた。

「ラジオはいらない」とわたしは言った。

　彼は黙ったまま、また身をかがめ、ラジオの電源を切った。

開け放した窓からは、雨の音しか聞こえなかった。ねえ、とわたしは言った。「煙草、少し置いてって」

セブンスターのパッケージから、数本が取り出された。そのうちの一本をくわえ、わたしは彼に向かって顎《あご》を上げた。

彼はそんなわたしを見ても、何ひとつ表情を変えなかった。そこには猜疑心《さいぎしん》もなければ期待も同情も、諦《あきら》めすらもなく、わたしたちはまるで古くからの共犯者同士のように、なじみのある乾いた視線を絡《から》ませ合った。

吾郎は無言でマッチを手にし、煙草に火をつけてくれた。そして息を吹きかけてマッチの炎を消すと、それをアルミの灰皿の中に落とした。

「じゃあ」と彼は低い声で短く言った。

わたしは小さくうなずいた。彼が玄関先で靴をはき、外に出て、ドアに鍵《かぎ》をかける音が聞こえた。

遠ざかって行く足音はせず、雨の音だけが残された。わたしは降りしきる雨をぼんやり眺めながら、時間をかけて煙草を吸った。

美味《おい》しいのかまずいのか、わからなかった。頭がくらくらするだけだった。吸い終えるとアルミの灰皿でもみ消し、布団《ふとん》にもぐりこんだ。

何故《なぜ》、ここにいるのだろう、自分は何をしているのだろう、と思った。「ここ」というのが「どこ」なのかもわからない。何がどうなるのかもわからない。

それなのに、そうやってやわらかな雨音に包まれながらうとうとしていると、それまでに自分に起こった出来事のすべては虚構に過ぎなかったのではないか、としか思えなくなった。

大場や祥子、P村アジト、闘争、デモ、機動隊のジュラルミンの楯《たて》、シュプレヒコール、飽きず繰り返される議論、粛清、血の匂《にお》いや死臭……それらすべての記憶は、黴《かび》の生えた古いアルバムの中に見るモノクロ写真のごとく、音のしない、動きすらない、ただの静止画像と化していた。

吾郎の部屋は、静かな昏《くら》い水底だった。そしてわたしは、目も見えず、耳も聞こえないまま、すべての記憶を封印して、そこにじっと横たわっているだけの、深海魚だった。

30

吾郎と交わした会話は総じて少なかった。とりわけ、初期のころは、短い言葉のやりとりしかせず、それは互いが互いのことを詳しく語ろうとしなかったせいもあるのだが、少なくともわたしには、交わされる言葉の少なさがありがたかった。短い文節を並べるだけの、まるで異国人同士のような会話が、わたしを憩《いこ》わせた。そこには友情や同情、愛、相手に向けた健全な好奇心がない代わりに、暴力や強制、規律や義務もないのだった。

初めて彼と会話らしい会話を続けたのは、蝶《ちょう》の話をした時である。

ある時、吾郎は、本棚に置かれている青い蝶の標本箱に、どこか投げやりな視線を移しながら、こう言った。

「親父が、首を括《くく》って遺《のこ》したのが、これだけだったんだよ。家も金もなんにも遺さなかった。遺品は蝶の標本だけ。しかも青ばっかりの」

夜だった。昼間、晴れ間が拡《ひろ》がっていたのが、気温が上昇したせいか、夕刻になって雷雲が発生し、雹《ひょう》のように烈《はげ》しく屋根を叩《たた》く雨音に家中が包まれている時だった。

わたしは、スチール製の本棚に正面を向けて並べられている標本箱を改めて眺めた。厚さ十センチ、幅五十センチ、高さ四十センチほどの、ガラスがはめられた箱が三つ。中には大小の青い蝶が、それぞれ二十五頭から三十頭ずつ、重なるようにして収められている。それらは常にわたしの視界の片隅を占めていたから、すでにその時、当たり前の風景としてそこにあった。

「ほんとはもっとたくさんあるんだよ。ここに置ききれないから、叔父のスーパーの倉庫に保管させてもらってる」

そう、とわたしは言った。「これ、何ていう蝶なの？」

「モルフォ蝶」

「初めて聞いた」

「だろうね」

「どこに行けば採れるの」

「南米。ブラジルとか、コロンビアとか」そして吾郎は、ゆったりと静かに歌うように、続けた。「レテノールモルフォ、エガモルフォ、ネスティラモルフォ、キプリスモルフォ、メネラウスモルフォ……」

「それ、何？」

「モルフォの種類」

わたしは少し身を乗り出し、本棚の最上段に載せられていた標本箱の一隅を指さした。

「あの蝶は? あそこの一番青いやつ。何ていう種類?」

もっとも鮮やかな青色を見せている、大型の蝶だった。翅《はね》を拡げると十三センチほど。前翅《ぜんし》の縁《ふち》だけが、わずかに墨色に縁取られている。天然の色とは思えないほどの光沢で、それは光の加減で深い海の瑠璃《るり》の色にも、紺碧《こんぺき》の空の色にもなり、どれほど優れた詩人であっても、正確に形容することが不可能だろうと思われるほど青かった。

「アナクシビアモルフォ」と吾郎は少しぶっきらぼうに言った。「南ブラジルの」

「アナクシ……」と繰り返そうとして、言えなくなった。はなから蝶の名など、覚える気はなかった。わたしは「それが一番きれい」と言った。

「そうかな」

「あなたはどれが一番好きなの」

吾郎は、ふん、と鼻を鳴らし、「全部嫌いだよ」と言った。

自分を置いて、自殺してしまった父親が遺したものだから、そんなことを言うのだろう、と思った。それ以上、質問するのが急に面倒になった。わたしは口を閉ざした。

遠くで雷鳴が聞こえた。屋根も軒先も、庭木の葉という葉にいたるまで、雨に叩きつけられ、その水音があらゆる外界の気配を消していた。吾郎の家は、青い水の中の小さな檻《おり》だった。

「おやじは、高校の教師だったんだ」と吾郎は、聞かれもしないのに言った。「私立の男子高の。生物を教えてた」

わたしが黙っていると、彼はセブンスターをくわえ、マッチで火をつけた。淡い紫色の煙が立ちのぼり、黄色い明かりの下で、幾重もの形のいい輪を描いた。

「もともと蝶が好きで、休みのたびに、国内をあちこち回ってるような人間だったんだけど……離婚してから、蝶を採りにアルゼンチンに渡った。教師をやめて」

「一人で？」

「いや、若い男と」そう言って、彼はわたしを横目で見るなり、世界そのものを睨《にら》みつけるような表情を作った後で、ふいに、にやりと笑った。「親父とそいつ、デキてたらしい」

わたしは彼から視線を外さずに、片手を彼のほうに差し出した。「煙草《たばこ》、ちょうだい」

彼はセブンスターのパッケージの蓋《ふた》を指先で軽く叩き、飛び出してきた一本をわたしに向けた。わたしがそれをくわえると、彼がマッチをすってくれた。わたしたちはしばらくの間、何も言わずに煙草を吸っていた。

「はっきりしたことはわかんないし、おふくろからそう聞いたわけじゃないんだけど」と彼は言った。「離婚原因は、絶対、それだったんだと思う」

「その若い男、って、もしかして、お父さんの高校の教え子?」

吾郎は珍しく目を輝かせてわたしを見た。「よくわかったね」

「そういうフランス映画があったような気がする。男の教師と教え子の同性愛。観《み》たわけじゃないけど、誰かから聞いた覚えがある」

「俺が小学生のころ、よくうちに遊びに来てたやつだった。親父が泊まりがけで蝶の採集旅行に行く時も、いつも一緒だった」

「何か変だ、って思ってた?」

「なんとなくね」

「相手の男、どんな人だったの」

「ハンサムだった。貴公子ふうの」

吾郎はそう言うと、つとわたしのほうを見て、話題を変えた。「海外でモルフォ蝶を採集した時、どうやって日本に運ぶか知ってる?」

わたしは肩をすくめ、次に、首を横に振った。

「採った瞬間に殺すんだよ。胸を押しつぶして。一瞬のうちにね。でも、殺してしばらくすると、蝶の腹からは脂《あぶら》が出て、翅を汚しちゃうから、胸から下の部分を急いでもいでしまわなくちゃいけない。もいだやつをベンジンとかアセトンとかの瓶の中に漬けておいて、それ以外は三角に折ったパラフィン紙に入れて、そういう状態で運んできて、後で標本にする時に、もいだやつとつなぎ合わせる。だから、蝶の標本には、翅はそうでも、胸から下にはそいつのものではない、別の個体がくっついてる場合が多いんだってさ」

彼がわたしの前で、それほど長くしゃべったのは、その時が初めてだった。熱弁をふるったわけではなく、淡々としゃべっていただけだったのだが、その時の彼は、わたしの目に初めて、血の通った人間として映った。

「おもしろいのね」とわたしは言った。「胴体は他の蝶のもの、ってことか。じゃあ、オスの蝶にメスの蝶の胴体がくっついてることもあるのかしら」

「それはない。採れるのはオスばっかりだから。メスは希少なんだよ。ただし、メスはこんなにきれいな青い翅をもってない。もっとくすんでる。茶色とかね。それなのに、十倍の値がつくんだ」

「一番高いのは?」

「キプリスのメス。しかも、青いやつ。一種の劣性遺伝なのかな。茶色のメスが何かの加減で青になるわけだから。とにかくそれが最高級品なんだってさ」

「へえ」とわたしは感心して言った。「お父さんはそういうメスを探してたわけ?」

「どうかな。わからない。メスになんか、興味はなかったのかもしれない」

雷鳴が近くなり、雨足もさらに強くなった。湿った風が網戸越しに室内に流れこんできた。風は、庭の土の匂いを孕《はら》んでいた。稲妻が光り、一瞬、部屋の中に青白い閃光《せんこう》が走った。地響きが伝わるような烈しい雷鳴が轟《とどろ》いた。わたしは寝床の中で、毛布を耳元まで引っぱり上げた。

「モルフォはジャングルにいるんだ」と吾郎は淡々と続けた。「薄暗くて、気温も湿度も高いジャングル。しかも、治安が悪くて、ゲリラが横行して、山賊なんかが出るような。そういうところに命がけで行って、原始的に虫取り網で採集するんだ。モルフォは、自分たちとおんなじ、青いぴかぴかしたものに向かって自然に集まって来る。だから暗いジャングルの中で、青いぴかぴかした紙や銀紙みたいなのを振ってやるといい」

わたしはからかうようにして言った。「まるで経験してきたみたいな言い方」

「親父から聞いたんだよ。死ぬ少し前に」

「会ったの?」

「ちょっとだけ」

「どうして」

「呼び出されて。きっと、死ぬことを決めて、最後に俺と会いたかったんだと思う。ずっと蝶の話をしてた。親父がそんなに蝶の話を俺に聞かせたのは、それが最初で最後だった」

「聞いていい?」

「何？」

「お父さん、どこで死んだの」

「相手の男の部屋」と彼はぼそりと言った。「ぼろアパートの。チャチな鴨居《かもい》があって、そこにネクタイを渡して、首を吊《つ》った。男が留守の時に」

そう、とわたしは言った。

雷鳴と雨音が轟く中、わたしたちはしばらくの間、黙ったまま、青い蝶が並ぶ標本箱を見るともなく見ていた。再び強い稲妻が光り、室内が青く染まった。その直後、青い蝶の群れが箱から飛び出し、羽ばたきながら上下に舞い踊るまぼろしを、わたしは見た。

時が流れていった。

自分が生き、呼吸している空間と、本物の現実とは、常に目に見えない薄皮一枚で隔てられていた。目に映る世界は、その薄皮を通して見えているものに過ぎなかった。アジトでの数々のおぞましい記憶も、行方不明の娘の身を案じて気も狂わんばかりになっているであろう両親のことも、それまで関わった人間たち、富樫との不器用な恋愛、大場と交わした性……それどころか、生まれてこのかた、自分が辿《たど》ってきた道の一切合切が、何かの薬で巧妙に精神をコントロールされている時のように、輪郭のない、実体を伴わないものになっていくのが、自分でもはっきりと自覚できた。

苦悩も不安も、恐怖すらも遠のいた。五感が感じ取ることだけが、切っ先鋭い、透明なガラスの刃のごとく、日々、研ぎ澄まされていった。

そんな中、自分はこの、逞《たくま》しいが、どこかしら翳《かげ》りを帯びた陰気な若者に護《まも》られているのだ、という思いは、日を追うごとに確かなものになっていった。わたしにとって、彼だけが世界であった。彼に身を委《ゆだ》ね、彼に依存して生きてさえいれば、さしあたって、あらゆる現実の危険、罠《わな》、不信、煩瑣《はんさ》な約束ごとの数々から逃れていられるのだった。わたしは吾郎の赤ん坊、吾郎に繋《つな》がれた奴隷《どれい》だった。吾郎の愛玩《あいがん》動物、吾郎の目を楽しませる蝶の標本、さらに言えば、吾郎が自由にできる人形と化しつつあった。吾郎によって匿《かくま》われ、安全な巣穴の中で身の回りの世話をされ、外界から護られ、心身の傷を癒《いや》しているのがわたしなら、そんなわたしを、あたかも珍しい南米産のモルフォ蝶を飼うがごとく、室内に閉じこめて面倒をみていたのが吾郎だった。

不思議なものだ。あの年の夏、わたしたちのそうした不可解な関係は甘美ですらあった。

いや、遠回しな言い方はやめて、はっきり認めよう。秋津吾郎と共有した世界は、人生の最も秘密めいた、甘美な記憶として、わたしの中に密《ひそ》かにとどまり、消えることなく今に至っている……。

健康状態がすっかり回復しても、相変わらず、わたしは寝床の中で生活していた。目覚めてはぼんやりし、食べたいのか食べたくないのか、わからないまま、何かを口に入れ、気の抜けたコーラを飲み、また横になってうとうとする。吾郎の部屋には、翻訳本も含め、何冊かの小説があった。興味を惹《ひ》かれないわけではなかったのだが、本を読もうという気にはなれなかった。

何もしたくなかった。読むことも書くことも、黙りがちな吾郎を相手にしゃべり続ける、ということすら、したくなかった。

わたしは日がな一日、黄土色のざらざらとした壁に寄りかかり、両足をだらしなく前に投げ出した姿勢で、FENのラジオ放送に耳を傾けていた。早口で話し続けるDJの英語は、何ひとつ理解できなかったし、それ以前に言語として耳に入ってはこなかった。

朝から晩まで、間断なく流され続ける音楽の中には、聞き覚えのあるポップスも多かった。かつて富樫と過ごした日々……わたしが革インターに足を踏み入れる前の、穏やかだったひとときに耳にした曲もあった。

だが、そこに感傷は何も生まれなかった。遠い昔、自分にもそんな時があった、と老《ろう》婆《ば》のような気持ちで淡々と思い返すだけだった。

庭にあふれる光を眺め、風に揺れる木々の枝や降りしきる雨や飛び交う蜂を眺めた。スチール製の本棚で、じっと動かずに翅《はね》を拡《ひろ》げている青いモルフォ蝶の群れを眺めた。

眠っている時間以外に、わたしがしていたのはそれだけだった。

ある日のこと。スーパーでのアルバイト代が入ったと言い、吾郎はどこかから、焼き上がったばかりの、まだ余熱を含んだ温かい鰻《うなぎ》の蒲焼《かばやき》を買って来た。相変わらず多くを語らぬまま、彼は米を研ぎ、手早く炊飯器をセットした。

梅雨が明けた直後の、土用の入りのころだった。外は晴れて暑く、朝から庭周辺の木立で油蟬《あぶらぜみ》が鳴き狂っていて、吾郎の家は、四方八方から遠く近く聞こえてくる、蟬の鳴き声だけに包まれていた。

じっとしているだけで汗がにじんでくるような日だった。吾郎はもくもくと家の中を動きまわり、彼が留守の間にわたしがちらかした紙くずや食べ残したものを片づけ、風《ふ》呂《ろ》をわかし、わたしに入れと命じた。頭を洗え、と言われた。

強く言われない限り、わたしは入浴もせずにいることが多かった。そのせいで、かなり汗くさくなっているのはわかっていたが、わたしは首を横に振った。「お腹《なか》がすいた」

「風呂のあとにしろ。まだ飯が炊《た》けてない」

「今すぐ、鰻、食べたい。食べさせてよ」

吾郎は、かすかに怒りを含んだ目でわたしを見下ろした。「風呂に入ってからだ」

いや、とわたしは低く言った。彼から目を離さずにいたが、思いがけず声に粘りが出て、甘えた口調になっているのが自分でもわかった。

彼の小さな目が、敵を威嚇《いかく》する時の猿の目のように不気味に見開かれ、わたしを捉《とら》えた。だが、それも一瞬のことだった。

ちっ、と舌を鳴らす音が聞こえた。彼は台所に行き、蒲焼の包みを持って来ると、わたしの前にあぐらをかいた。

包みの中からあらわれた二本の蒲焼のうち、一本を手にして、彼は指先で器用にしごきながら鰻を串《くし》からはずした。甘辛い鰻の香りがあたりいちめんに漂った。自分の指についた蒲焼のタレをひと舐《な》めすると、彼は思わせぶりにわたしを見た。生唾《なまつば》が出てきた。まるで飢えた動物、本能だけで生きている幼児だった。わたしは喉《のど》を鳴らしながら唾を飲み、吾郎に向かって、顔を突き出し、ねだるように口を開けた。吾郎は鰻を小さくちぎると、それをわたしの口に入れた。脂じみた芳香と共に、鰻が口の中で溶けていった。

当時の学生にとっては贅沢《ぜいたく》な、めったに口にすることのできない食べ物だった。最後に鰻を食べたのは、仙台に帰省した前年の夏休み、父に鰻屋に連れて行ってもらった時だった。

すでに大場のアパートに出入りし始めていた頃のことだ。老舗《しにせ》の鰻屋の、香り高い鰻重を前にしながらも、早く東京に戻りたい、戻って大場のところに行きたい、と考えていた自分のことも甦《よみがえ》った。

つい一年前のことなのに、それから五年も十年も、いや、半世紀の時間が一足飛びに流れてしまったように感じられた。自分はもしかすると、すでに死んでいて、成仏《じょうぶつ》できないまま、魂がこんな夢を見ているに過ぎないのかもしれない、と思った。

初めのひと口を飲みこんでしまうと、わたしはまた、即座に口を開け、次をねだった。

吾郎はそんなわたしをじろりと見つめ、再び鰻をひと口大にちぎった。わたしは彼を見、彼の指先を見、そしてまた彼の顔を見た。

彼はゆっくりと手を伸ばし、鰻をわたしの口の中に入れてきた。鰻と共に、彼の指がわたしの舌に触れ、ためらいがちにそこに留まろうとしているのがわかった。

わたしはまず鰻をふくみ、そのまま彼の指をくわえた。そして、彼を上目づかいに見据えたまま、指に舌を這《は》わせ、軽く吸った。彼の人さし指と中指が、すぼめたわたしの唇をなめらかに、静かに、慄《ふる》えることなく滑っていった。

彼はひとつも表情を変えなかった。視線を揺るがせもしなかった。ほんのわずか、小鼻をぴくりと動かしただけだった。

二口目の鰻を咀嚼《そしゃく》し、飲みこんだ。少し経《た》ってから、喉の右奥のあたりに違和感を覚えた。何度か唾液《だえき》を飲みくだしてみたのだが、それはやがて小さな痛みに変わった。

「骨」とわたしは渋面を作りながら、喉を指さして言った。「刺さったみたい」

「どこ」

「ここ。右のほう。水、持ってきて」

鰻には、細い髪の毛ほどの骨が無数にある。馬鹿《ばか》にして、よく噛《か》まずに飲みこむと、舌の付け根や扁桃腺《へんとうせん》のあたりに刺さることがたまにある。

吾郎は台所に行き、コップに水をくんできた。口いっぱいに水をふくみ、一気に飲みくだしてみたのだが、無駄だった。

「ごはん、ないの？　こういう時は、ごはんを丸飲みするといいのよ」

「まだ炊けてないよ」

わたしが顔をしかめると、彼は次に台所から食パンを一枚持ってきた。耳をちぎり、白い部分を丸め、彼はそれをわたしの口に放りこんだ。

喉をおさえ、嚙まずに飲みくだしてみた。だが、喉の違和感はなくならず、それどころか、ますます深く刺さってしまったとみえて、痛みが増した。

「だめ。余計にひどくなった」

吾郎はにこりともせずに、わたしの目の前に両膝《りょうひざ》をつき、中腰になると、片手で乱暴にわたしの顎《あご》を持ち上げた。「見せてみろ」

わたしは彼をじっと見据えたまま、口を開けた。

「暗くてよく見えない。窓のほうを向けよ」

「向いてる」

「陰になっててだめだ。外に出よう」

彼に腕を引かれ、わたしは濡《ぬ》れ縁に立たされた。外はまだ充分明るく、木洩《こも》れ日が、ゆらめくスポットライトのように、わたしたちの上で踊っていた。

大きく首を後ろにのけぞらせる姿勢を取りながら、両手をだらりと下げ、彼の前で口を開けた。吾郎はわたしの頭を右にし、左にし、自分で腰をかがめたり、伸ばしたりしながら、口の中を覗《のぞ》きこみ始めた。

彼の息がわたしの顔にかかった。息は甘く、清潔で、かすかな煙草《たばこ》の匂《にお》いを含んでいた。

「あった。見える。取れそうだ」

「どうやって」

「ピンセットがある」

彼はいったん部屋に入り、台所の引き出しなのか、押し入れなのか、どこかをごそごそと探していたが、やがて戻って来ると、手にしたピンセットをわたしに見せた。

何に使っていたのか。蝶《ちょう》の標本を作っていた父親が遺《のこ》したものだったのか。それは、細かい作業をする時に使われる、鈍色《にびいろ》をした、先端の尖《とが》った古いピンセットだった。

あの時、何ひとつ恐怖心を抱かずにいられたのは何故《なぜ》だったのだろう。医師でもなければ、医療経験があるわけでもない。ましてや恋人でもない。知り合って間もない、たかだか十九になったばかりの男に、喉の奥を晒《さら》し、尖ったピンセットの先でいじられる、ということに、何故、不安を覚えなかったのだろう。あやまって喉をひと突きされたら、と、どうして想像せずにいられたのだろう。それどころか、わたしは彼に向かってひどく無防備に口を開け、すべてを委ねることができたのだ。

口を開けたまま、わたしはゆったりと目を閉じ、ゆったりと呼吸していた。閉じたまぶたの裏が、木洩れ日の踊る午後の夏の光でオレンジ色に染めあげられた。

彼の片手はわたしの顎を支えていた。ピンセットはわたしの口の中を器用に進んでいった。古い金属の匂いはひとつもしなかった。冷たい感触が口腔《こうくう》や喉の奥に触れて、思わずげえげえとやってしまうこともなかった。彼の手さばきは、優秀な外科医さながらだった。

数秒後、何が起こったということもなく、ピンセットがすいと口から遠のいていく気配があった。「取れた」と吾郎は言った。

「ほんと？」

わたしの目の前にピンセットが突き出された。細い先端部に、くの字型に固まった白い糸のように見える鰻の骨が、しっかりと挟まれているのが見えた。

わたしは何度か唾液を飲みこんでみた。かすかな違和感が残ってはいたものの、もう痛みは感じなかった。

「信じられない。一発ね」

吾郎は目を細め、光の中で微笑《ほほえ》んだ。彼がそんな微笑み方をするのを見たのは、初めてだった。わたしもそれに合わせるようにして微笑んだ。

彼はピンセットで引き抜いた鰻の骨をしげしげと見つめ、次いでそれを指先でつまみ、ちらりとわたしを見下ろした。そして、口を開けると、つまみ出したものをこれみよがしに舌の上に載せ、わたしの見ている前で、ごくりと音をたてながら飲みこんだ。

わたしはじっと彼を見上げていた。冷たいものがわたしの中を駆け抜けていった。互いの口もとから、今しがたの微笑は消えていた。油蟬が、すぐ近くで鳴き出した。がなりたてでもいるかのような、大きな鳴き声だった。

彼の小鼻がまた、震えるように開くのが見えた。結ばれた厚い唇がわたしの目の前に迫ってきた。後頭部に彼の手があてがわれるのを感じた。次の瞬間、彼は半ば強引にわたしの頭を自分のほうに引き寄せると、唇を重ねてきた。

不器用な、力ずくの、悲しいほど支配的なやり方だった。わたしは身体《からだ》を硬くし、彼から逃れようとしたのだが、無駄だった。

彼の唇がわたしの唇を塞《ふさ》ぎ、熱く湿った舌がわたしの中に入ってきた。わたしは両手で強く彼の胸を押したのだが、そうすればするほど、彼の身体は鋼《はがね》のように硬くなって、わたしを抱きすくめてきた。

なすすべがなかった。そうされることをいやがっているのか、それとも逆に、求めてやまずにいるのか、それすらもわからなくなった。

ふいに全身の力が抜けた。身体が空気の抜けた風船のゴムのようにやわらかくなり、しぼみ、たちまち吾郎の中に取りこまれていきそうになった。

彼の接吻《せっぷん》は野獣のようだった。それは長く狂おしく続いた。彼はわたしの唇を吸いたいだけ吸い、舐めたいだけ舐め、わたしの乳房や腰をもみしだき、やがてその手をわたしが着ていたTシャツの裾《すそ》から中にすべらせてきた。

苦しげな、いまいましげなため息がもれた。ジーンズの中の、恐ろしく硬い棍棒《こんぼう》のようになったものが、わたしの腰に烈《はげ》しくこすりつけられた。

わずかの隙《すき》をねらって、もう一度、抵抗を試みた。今度は彼も逆らわなかった。彼の身体が離れた。わたしは少し震えながら後じさりし、彼に挑むような視線を投げたまま、注意深く室内に戻った。這うようにして寝床に入り、毛布で胸のあたりをくるんで、背中を壁に強く押しつけた。

のしかかられるのではないか、と思った。だが、彼はそうしなかった。怒りに震えるような青ざめた顔をしながら、彼は部屋にあがって来たが、わたしのほうは一瞥《いちべつ》もしなかった。そして、まっすぐ座敷を横切ったかと思うと、トイレに入って行った。

少し経ってから、油蟬の鳴き声の中に、リズミカルな衣擦《きぬず》れの音が混じるのがわかった。そこに、はっ、はっ、という荒い呼吸の気配が重なった。わたしは壁を背にして膝を抱え、毛布にくるまり、唇をかみしめ、全身に汗をしとどにかきながら、じっとしていた。

はっ、はっ、という呼吸は次第に烈しくなっていった。それに合わせるようにして、わたしの心臓の鼓動も速まった。息苦しさが増した。わたしは毛布を胸にかき抱き、強く目を閉じた。

少し経つと、油蟬の鳴き声以外、何も聞こえなくなった。耳をすましてみた。すましながら、おそるおそる目を開けた。

やがて、トイレットペーパーを使う音が聞こえ、衣擦れの音がした。トイレのドアが開いた。吾郎は煙草をくわえながら、けだるい足どりでわたしのいるところに戻って来た。

小ざっぱりとした、それでいて、どこか照れくさそうな顔つきだった。ベルボトムのジーンズの前ボタンが開いていて、中の白いブリーフが覗き見えた。ブリーフの一か所が濡れていた。わたしは目をそらした。

「風呂に入れよ」と彼は言った。声が少し震え、うわずっていた。「汗くさい」

わたしは毛布にくるまったまま、軽蔑《けいべつ》をこめた目つきで彼を見上げた。

「くさいのはそっちよ」とわたしは言った。「精液の匂いがする」

吾郎は無反応だった。白い丸首Tシャツの胸を大きくふくらませて煙草を吸うと、彼はわたしを見つめたまま、下唇を突き出すようにして、粗野な仕草で煙を吐き出した。

「ずっときみを抱きたかった」と彼は抑揚をつけずに言った。「今も抱きたい。すごく抱きたい。きみを前にしてると、いつも抱きたくなって……俺の我慢にも限度がある」

「……自分でしてきたばっかりのくせに」

「それとこれとは別だよ」

「馬鹿なこと言わないで。どうしてわたしが、あなたと……」

「こんな……こんなふうに一緒にいて、俺は男だし……」

「だから何なの」

わたしは内心の緊張をひた隠しにしながら、顎を上げ、口もとに冷笑を浮かべてみせた。「あなた、わたしをそのうち、犯すのかもしれないわね。犯して殺すのよ。どこの誰なのか、全然知らない女をさんざん犯して殺してどこかに埋めてきたって、バレる可能性、少ないものね。わたしがここにいることなんか、誰にも知られてないんだから」

彼は答えなかった。かすかに眉《まゆ》をひそめただけだった。

「いいわよ。好きにすれば？　犯される前に、逃げ出してやるから」

「逃げてどこに行くんだよ」

わたしは急に気圧《けお》されたようになって、押し黙った。喉に刺さった鰻の骨をピンセットで難なく取り出し、それを口に入れて飲みこんでしまった男は、わたしを見下ろしたまま、酷薄な感じのする微笑を浮かべた。

「風呂に入るんだ」と彼は繰り返した。それまでと打って変わって、いやらしさや性的ニュアンスのまるでない、むしろ冷やかな言い方だった。その言い方はどういうわけか、わたしを魅了した。「先に行けよ。あとから行って洗ってやるから」

毛布を払いのけるようにして立ち上がり、わたしは彼に背を向けて風呂場に向かった。風呂場の引き戸に鍵《かぎ》はついていなかった。どうやれば引き戸が外から開かなくなるか、考えた。

うまいアイデアは何も思いつかなかった。考える、ということ自体に、すでに疲れ果てていた。

乾いたままの簀《す》の子《こ》の上で、着ていたものを急いで脱ぎ、裸になった。湯桶《ゆおけ》を使って湯をかぶった。ざあざあと湯の音が響いた。何度も何度も、壊れた機械のように湯をかぶった。

引き戸のすりガラスに、吾郎の影が黒くぼんやり映った。わたしは慌《あわ》てて引き戸に背を向け、簀の子に片膝をついて座り、前かがみの姿勢をとった。

引き戸がノックもなしに開けられ、吾郎が入って来た。わたしは肩ごしに振り返った。彼は白いブリーフ一枚の姿になっていた。黒く猛々《たけだけ》しい脛毛《すねげ》が見えた。この人はこんなに毛深かったのか、と思った。

彼は無言のまま、タオルに石鹸《せっけん》をこすり、白く泡立てて、ためらいがちにわたしの背中を洗い始めた。彼に触れられた瞬間、ぴくりと全身に緊張が走ったが、かろうじてこらえた。

背中から肩、腕、腰……と、柔らかなタオルの感触が拡《ひろ》がっていった。彼は静かに、落ち着いた手つきでわたしを洗い続けた。

ひと言も会話は交わさなかった。やがてわたしは簀の子の上に立たされ、前向きにされた。

わたしはじっと彼の顔を見ていた。石鹼の白い泡と共に、彼が手にするタオルがわたしの乳首に触れ、腹部を通り過ぎて、性器のあたりに届くのがわかった。ブリーフの中で、彼が再び烈しく勃起《ぼっき》しているのが見てとれた。

それでも彼は、能面のような無表情を保っていた。ひとつも息を乱してはいなかった。小さな目が、猛禽類《もうきんるい》を思わせる鋭い光を放っていたが、それだけだった。

身体をすみずみまで洗い終えると、彼はわたしの髪の毛を濡らし、シャンプーを泡立てた。目を閉じ、わたしはされるがままになっていた。

シャンプーの甘い花の香りが風呂場にあふれた。不器用な洗い方だったが、気持ちがよかった。頭皮の汗腺《かんせん》のひとつひとつがきれいに洗い流され、呼吸し始めるのがわかるような気がした。

シャワーがついていない風呂場だったので、彼は湯桶で何度も湯をわたしの頭にかけ、シャンプーを洗い流してくれた。きれいに洗い流すと、次にバスタオルを手にし、ごしごしとわたしの濡れた髪の毛や肩、胸、腹部を拭《ふ》き始めた。その拭きかたはあまりにも乱暴で、雑駁《ざっぱく》で、わたしに向けた憎悪《ぞうお》がこめられてでもいるかのようだった。その怒張したものが、ブリーフの中に収まりきれなくなって、外に飛び出していた。彼はわたしの見ている前でブリーフを脱ぎ捨て、湯桶を使って頭から湯をかぶり、次いで、何ら羞《は》じらう様子もなく、丹念に自分の性器を洗った。筋肉が薄く盛り上がった小麦色の肌に、水滴が弾《はじ》けるようにして留まっているのが見えた。目をそらさずにわたしはそれを眺めていた。不思議なほど静かな気持ちだった。濡れた頭や身体を拭こうともせず、彼は両手で顔をひと撫《な》でると、かすかに荒い息をつきながら、わたしを感情のない目で見下ろした。わたしも彼を見上げた。

頭の中に湯気のような白い靄《もや》が拡がっていた。何も考えられなかった。濡れた身体のまま、やおら彼が腰を折って前かがみになったかと思うと、次の瞬間、わたしは抱き上げられていた。めまいがした時のように、頭がゆらゆらし、わたしは思わず彼の首にしがみついた。

風呂場の引き戸を開け、彼はわたしを抱いたまま、大股《おおまた》で歩き出した。ラジオのある座敷を通り抜け、モルフォ蝶の部屋に行き、わたしは寝床の上に、静かに、しかし、どこか人形として扱われているかのように、ほんの少しではあるが、ぞんざいさを感じさせる手つきで下ろされた。

吾郎の家の小さな庭には、夕暮れ近い夏の光が射《さ》し、油蟬《あぶらぜみ》の鳴き声が遠くなって、代わりにヒグラシが鳴き出していた。身悶《みもだ》えする切なさを閉じ込めたような声だった。それは隣の屋敷の庭から、浜辺に寄せては返す波のごとく、遠く近く聞こえてきて、風もなく、鬱金色《うこんいろ》の夕日に染まっているだけの庭も、自分たちがいる部屋も、すべてが夢の中で見ている光景のように、たちまち現実感を失った。

吾郎は、高校生のような幼い欲情を恥ずかしげもなく見せながら、わたしの上に被《おお》いかぶさってきた。欲望に溺《おぼ》れるあまりか、それとも単に性経験が浅かっただけなのか、手つきは総じて拙《つたな》かったものの、それでもその時、彼の中のどこかに、わたしは大人びた尊大さ、かすかな残忍さを感じ取っていた。

気持ちがいいのか悪いのか、わからなかった。彼の肌は、濡れた羊皮紙のようになめらかだった。彼の身体は硬い岩のように重く、いかめしかった。彼の唇と舌は小さな赤い、軟体動物と化して、わたしの全身を這《は》いまわった。

わたしは眉根を寄せ、目を閉じ、されるままになっていた。声も出さず、息も乱さず、できる限りの無反応を装《よそお》った。

それなのに、肉体は我知らず火照《ほて》り、汗ばんでいった。何も感じていないふりをするために、わたしは両目を大きく開け、奥歯を嚙《か》みしめ、天井を凝視し続けていなければならなかった。

自分の肉体の浅ましさに、烈しい嫌悪を覚えた。だが、どうしようもなかった。行くところなど、どこにもない以上、そこにいるしかなく、そこにいるしかないのであれば、こういうことになるのは仕方がなかった。

蟬が鳴きしぐれ、ラジオからは英語しか聞こえてこない、時間が止まったような、世界からはぐれたような空間の中で、吾郎に依存しながら、ひたすら寝起きを繰り返していく以外、生きる方法は失われていた。季節がめぐり、秋になり、冬になり、また春になっても、自分はここにいるしかないのか、と思うと、絶望の沼に沈みこんでいくような気分に襲われたが、そんな気持ちも煙のごとく、まもなく消え去った。過ぎていく時の流れすらも、そのうちわからなくなるに決まっていた。死にかけていながら、いつまでも死ぬことができずに生きながらえてしまう哀れな虫のように、自分はここに居続けるに違いない、とも思った。

ヒグラシの声がまるで劇的効果音のようにひときわ高まったと思った瞬間、吾郎はいきなり、わたしの上で咆《ほ》えるような声をあげて果てた。

避妊具はつけていなかった。妊娠するかもしれない、と思ったが、その不安すらも瞬《また》く間に消え失《う》せた。

何もかもがどうでもよかった。わたしはただの肉体になっているに過ぎなかった。

「悪い」と彼はわたしの上に乗ったまま、荒い息をつきながら言った。「ゴム、つけなかった。間に合わなかった」

彼の額から玉のような汗が滴《したた》り落ち、わたしの頰のあたりで弾けた。わたしは何も言わずに、じっと彼を見上げていた。

充《み》たされた彼の中から、欲望の波が一挙に引いていくのが見えるような気がした。わたしの上に残されたのは、若く、硬い、弾けるような肉体だけだった。

「平気だったかな」とややあって、彼は聞いた。心配そうにではなく、そうした場合に、男が女に向けて口にすべき言葉を口にしているだけのように聞こえた。

「何が」

「避妊、しなかったこと」

「今頃言っても遅いわ」

「……悪かった」

「子供ができたら、育ててよ」

吾郎はわたしに冷やかな一瞥を投げ、何も言わずにわたしから離れた。

素っ裸のまま彼は立ち上がり、性器を隠すでもなく、台所に行った。冷蔵庫を開ける音がし、まもなくコーラの瓶を手にした彼が戻って来た。

わたしの見ている前で栓を抜き、彼は大きく喉《のど》を鳴らして、何口かコーラを飲んだ。半分ほど一気に飲み干すと、大きなげっぷをし、もう一度、コーラに口をつけると、両頰をふくらませながらわたしに近づいて来た。

　彼は両手でわたしの顔をはさんだ。口の中に、冷たいものが流しこまれてきた。嫌悪感は少しもなかった。わたしは目を閉じ、口移しに受けるコーラを飲んだ。唇の端からこぼれたコーラが、喉を伝い、乳房と乳房の狭間《はざま》を冷たく流れ落ちていった。

　吾郎は手を伸ばし、わたしの喉から胸にかけて、ゆっくり掌《てのひら》をすべらせながら、それを拭き取ってくれた。欲望が充たされた後の彼の掌は、うっすらと湿りけを帯びていた。

　彼はわたしの濡《ぬ》れた髪の毛を指先で軽く、形ばかり梳《す》いてから、じっと顔を見つめてきた。その目に、情熱や愛はなかった。友情や感謝はおろか、憐《あわ》れみすら感じられなかった。彼はあくまでも彼の小さな王国の主であり、わたしは主が自由にできる人形でしかなく、その代わり、徹底して外敵から護《まも》られているだけで、わたしたちの間には、初めて交接した直後の男女に生まれがちな、刹那《せつな》の信頼もなければ、甘さを帯びた気配もないのだった。

　彼は裸のまま、セブンスターに火をつけ、それをわたしにくわえさせた。わたしは指を使わずに、蓮《はす》っ葉《ぱ》に唇だけを動かして深々と煙を吸い、吐き出した。

　迫ってくるヒグラシの声がけだるく、もの悲しかった。吾郎は自分のためにもう一本、煙草に火をつけると、わたしから離れ、畳の上に脱ぎ捨てられていた自分のTシャツで陰部を隠しながら、スチール製の本棚の脇《わき》の壁にもたれて腰を下ろした。

やぶ蚊が入って来て、小うるさく耳元で唸《うな》り声をあげ始めた。耐えられなくなって、わたしが片手で払いのける仕草をした時、あたかもそれが合図になったかのように、彼はつとわたしの方を見るなり、低い声で「きみは」と聞いた。「……いったい誰なんだろう」

わたしは彼を凝視した。薄い笑みが浮かんだ。「何を知りたいの」

「さあ」と彼は言った。湿った溜《た》め息がもれた。「自分でも何を知りたいのか、よくわからない」

「お腹《なか》が空いた」とわたしは、懸命に無関心を装いながら言い、短くなった煙草を灰皿でもみ消した。「骨が刺さったって構わない。また抜いてちょうだい。ねえ、さっきの鰻《うなぎ》、また食べさせてよ」

彼は身じろぎもせずに、じっとわたしを見つめてきた。外では日暮れが始まっていて、世界を染め上げてしまうかのようだった鮮やかな西日の作る影も消え、本棚の蝶の標本箱も、その傍にいる吾郎の顔も、畳の上に散らかった衣類やタオル、コーラの空き瓶、何もかもが、フィルムの中に見るざらついた画像のように、輪郭が少しずつおぼろになってくるのがわかった。

「食べたい」とわたしは掠《かす》れた声で懇願した。「お腹が空いた」

吾郎は怒ったような顔をし、うなずきもせずに立ち上がった。台所に向かう彼の腰から、それまで陰部を被っていたTシャツがはらりと畳に落ち、芯《しん》の抜けた、柔らかそうな、愛らしいペニスが小さく揺れるのが見えた。

32

吾郎は、わたしの素性に本気で興味を持っていたのだろうか。

どこの誰で、何故《なぜ》、あの公園で寝ていたのか。何故、所持品が何もなかったのか。そういったことは実はどうでもよくて、彼にとって、わたしという女が、自分の棲《す》み家《か》で眠り、目覚め、食べ、飲み、排泄《はいせつ》し、また眠っているのを眺め、そんなわたしと性交していられれば、それでよかったのではないのか。

わたしの名前も苗字《みょうじ》も、年齢、国籍すら、彼の関心を引かなかったのかもしれない。彼が知りたかったのは、そうした社会的な記号などではなく、きっと、わたし自身だったのだ。

わたしの奥底に隠されている何か。わたしの中を音もなく流れているもの。わたしの本質……。

八月に入ってまもなくの朝。目覚めると、身体《からだ》の芯が重く、熱っぽかった。

あの時代、独り暮らしの学生のほとんどがそうだったように、部屋にはクーラーも扇風機もなかった。寝苦しい夜は、窓を開けたままで眠るしかなく、明け方の外気に身体が冷やされて、夏風邪をひいたようだった。

頑健とは言えないまでも、子供のころから身体は丈夫なほうで、病気とは無縁だった。めったに風邪もひかなかったというのに、些細《ささい》なことで具合を悪くするようになってしまった自分の身体が、わたしにはむしろ、ありがたかった。

病弱に甘え、日がな一日、うつらうつらと倦怠《けんたい》の海を漂っていれば、余計なことを考えずにすむ。未来も過去も現在も、何も案じることなく、夜を迎え、朝になり、時間が流れ、日付だけが変わっていく。わたしにとっての世界は、吾郎と暮らす小さな家と小さな庭……それがすべてであり、庭の外に拡《ひろ》がっている現実の世界は、何万光年も彼方《かなた》の未知なる宇宙と、何ら変わらないようにも思えてくるのだった。

その日は吾郎のアルバイトの日だった。熱っぽいと訴えると、彼は出がけに、わたしの腋《わき》の下に水銀の体温計をはさみ、熱を計ってくれた。微熱だった。

食欲はなかったが、彼がコーヒーをいれてくれたので、寝床の中でそれを飲んだ。コーヒーは苦く、胃にもたれた。

吾郎は、肉体の不調はすべて、アスピリンで治せる、と信じていたが、家にあったアスピリンの小箱は空になっていた。彼は「帰りに買ってくるから」と言い、仕事に出かけて行った。

うつらうつらしながら、そのまま昼近くまで惰眠をむさぼり、彼が昼食用にと置いていってくれた甘食パンを少しかじっただけで、また寝床に横になった。庭の木々の梢《こずえ》の向こうに、四角く切り取られたような夏空が見えていた。空はあまりにも青すぎて、いちめんに群青色《ぐんじょういろ》の、巨大な布が拡げられてでもいるかのようだった。

油蟬とツクツクボウシが、混声合唱のように鳴き続けていた。古くなって破れ目が目立つ網戸の向こうでは、小さな蜜蜂《みつばち》が飛び交っていた。耳に入ってくる音はそれだけだった。わたしは濃密な暑さの中に埋もれながら、じっと天井を見上げていた。

自問が続いた。ここはどこ。自分は誰。これからどうする。何をすればいい……。

何も答えられなかった。そのくせ、そんな自問を始めたとたん、P村での記憶がまざまざと甦《よみがえ》ってきて、わたしを突き刺した。

だが、そこにはかつて味わった恐怖は薄れていた。不安すらも影をひそめていた。わたしが感じていたのは、暗く冷たい井戸の底に落ちていく時のような孤独感だけだった。

あの日、わたしが吾郎に、それまでひた隠しにしていたことをすべて打ち明けてしまったのは、その、唐突にわき上がってきた、恐ろしいほどの孤独感のせいだったような気がする。

わたしにはもう何もない。誰もいない。家族を捨て、恋人も友もなく、残されたのは、凄絶《せいぜつ》な記憶だけ。

もはや、この男しかいないのだ、とする、自分でも説明のつかない、常軌を逸した強い依存心。ならば、この男とすべてを共有してしまいたい、と願う、馬鹿《ばか》げた無意味な共犯者意識。そういうものがわたしの中に生まれ、膨れ上がり、いてもたってもいられなくなったのが、あの日だったのである。

いつものように午後三時半ころ、玄関ドアの鍵穴《かぎあな》に鍵がさしこまれる音がし、吾郎が帰って来た気配があった。わたしは寝床から飛び起きて、玄関まで走った。

それまで晴れわたっていた空が急激に曇り、風が出てきて、夕立の気配が強くなった。まだ雨は降っていなかったのに、彼が玄関ドアを開けた途端、雨に濡れた土の匂《にお》いが、一斉になだれこんで来たような気がした。

アルバイトから戻った吾郎を、そんなふうに迎えに出たのは初めてのことだった。吾郎は怪訝《けげん》な顔をしてわたしを見た。いつもはいているベルボトムのジーンズに、水色の開襟《かいきん》シャツ姿だった。ボタンを三つはずした胸元に、玉の汗が浮いているのが見えた。

「熱はどう」と彼は聞いた。彼にしては珍しく、儀礼的な聞き方だった。

わたしは黙って突っ立ったまま、彼を見上げた。

彼は手にしていた小さな包みを掲げてみせた。「買ってきたよ、アスピリン。飲めよ」

この男、と思った。表情のとぼしい、目の奥に宿る光だけが不気味に鋭い、未《いま》だ、何もわかり合えずにいるこの男……これといった会話も交わさずにいながら、日毎《ひごと》夜毎、肌を合わせ、口づけし合い、終われば欲望を充足させた獣同士のごとく、隣り合わせに眠りをむさぼっているだけの、この男……。

好きとか嫌いとか、そういった次元の感情に左右されてなどいないはずなのに、いやなのか、と聞かれれば決してそうではない。むしろ自分に必要な唯一《ゆいいつ》の人間であり、これまでの人生を物語ることができるのは、後にも先にも、この男だけ。そう思うと、ますます男にしがみつき、甘え、何かをねだりたくなってくる。

自分はこの男によってのみ、生かされている。この男によってしか、救われる手だてがなくなっている。そう思うことから生まれる、甘美で残忍な執着心……。

「なんだよ」と彼は無愛想に言い、台所の流しに向かって水道の蛇口をひねった。迸《ほとばし》る水で顔を洗い、水からあがったばかりの犬のように、ぶるんと頭を揺すって、あたりに水滴を飛ばした。

「ねえ」とわたしは言った。言いながら、後ろから彼の腕に軽く触れた。

タオルで顔を拭《ふ》いていた彼は、わたしに腕を取られ、窺《うかが》うような目つきを返してきた。その顔には、無防備な幼さが感じられた。一瞬、わたしは彼に、それまで感じたことのない、微温的な友情に似たものを感じた。

「キスして」とわたしは自分でも聞き取れないほど小さな声で言った。

彼はわたしをじっと見下ろし、わずかに笑みを浮かべた。猜疑心《さいぎしん》のこもった笑みだった。「どうしたんだよ」

「今はキスするような気分じゃない?」

「そういうわけじゃないけど」

「……これから全部、あなたに自分のことを話すから」とわたしは言った。「だから……その前にキスしてほしいの」

彼は何も言わなかった。わたしの唐突な申し出に何を思ったのかは、まるでわからなかった。

「話したくなったの」とわたしは言った。言ってから微笑《ほほえ》んでみせたつもりだったが、うまくいかなかった。

遠い空で雷鳴が響いていた。あたりが少しずつ暗さを増していった。

光の射《さ》さない、明かりも灯《とも》されていない、薄暗い台所で、彼の目が、ぎらぎらと光るのが見えた。彼はしばらくの間、警戒するようにわたしの顔を見つめていたが、やがて「どうして」と低く聞いた。「どうして話したくなったんだよ」

「わからない」とわたしは答えた。「聞いてほしい。それだけよ」

彼の手が伸びてきて、わたしはいきなり、彼の胸にからめとられた。唇が、半ば暴力的に塞《ふさ》がれた。次に彼は、堰《せき》が切れたかのように、荒い息を吐きながら乳房をまさぐり始めた。

「違うってば」とわたしは呻《うめ》くように言い、身体をねじって彼の腕から離れた。「そうじゃない。違う。聞いてほしいの。ほんとに話したいのよ。自分のこと、あなたに聞いてほしいのよ」

彼は呼吸を乱しながらも、冷淡な目つきで軽蔑《けいべつ》したようにわたしを見下ろし、やがて全身の力を抜いた。ひどく投げやりな仕草だった。

わたしは深呼吸し、手の甲で額の汗を拭いてから、唇を舐《な》めた。そして、そっと彼の腕を取った。「あっちで」

わたしたちは、モルフォ蝶が舞っている部屋に行った。寝床を横にして、わたしが先に畳に座ると、彼はモルフォ蝶が並べられた書棚の脇に腰を下ろし、あぐらをかいて黄土色の壁にもたれた。ふてくされてでもいるような仕草だった。

風が強くなってきて、庭の木々や草が、さわさわと音をたてて揺れ始めた。雷鳴が少しずつ近くなってくる気配があった。空には灰色の厚い雲がひしめき合っていた。

わたしは口を開いた。「革命インター解放戦線って知ってる?」

吾郎はわたしをじっと見つめ、何を言われているのかわからない、といった顔つきをした。

「通称、革インター。ブントの流れを汲《く》むセクトなの。あの連合赤軍と通じる思想展開をしてる、と言えばわかりやすいかな。といっても、もともとは地下組織のようなもので、一般にはまだ、ほとんど知られてないはずだけど」

「それが？」と吾郎は聞いた。

わたしは瞬《まばた》きをして、彼を見た。「……わたしはそこのメンバーだったの」

彼は反応しなかった。うなずきもせず、表情も変えず、黙ってわたしを見据えていただけだった。

思わせぶりに語るつもりなどなかった。何から話せばいいのかわからなかったが、わたしは思いつくままに、自分自身のことを語り始めた。できるだけあっさりと。できるだけ正直に。

吾郎と同じ、N大の学生であること。東京で生まれたが、両親は現在、仙台に住んでいること。高校時代、仙台ベ平連の活動に参加し、それがきっかけで、大学入学後、N大ベ平連に出入りするようになったこと。ベ平連活動を一緒にやっていた先輩に誘われて、ごく軽い気持ちで革インターの学習会と称する集まりに出向いたこと。そこで、リーダーである大場修造という男を知り、急速に革インターの思想にのめりこんでいったこと……。

平凡な大学生活からの離反。革インターの闘争資金作りのために強要された万引き行為の数々。奥多摩P村アジトへの集結。爆弾闘争に向けての爆弾作り。そこで起こった惨劇。同志である浦部幸子の死……。

それまでの沈黙を破り、吾郎を相手に革インターをめぐる記憶を一つ一つ言葉にしているうちに、わたしの中に忘れかけていた戦慄《せんりつ》が甦った。

「連赤……」とわたしは言った。緊張のあまり、声はうわずっていた。「わたしたちは、あの連合赤軍と同じことをしたわけよ。連赤の母体だった赤軍派を、大場修造は非難してたのに。それなのに、やっぱり同じことを繰り返したんだわ。そしてわたしは、そういうことに加担したのよ。……あなたにはこういう話、しても、あんまりよくわからないかもしれないけど」

吾郎は長い沈黙の中にいた。言っていることが理解されていないのかもしれない、という不満よりも、彼が、話にまるで興味を持たずにいるような気がして、わたしは悲しみに包まれた。

「興味ない?」とわたしは聞いた。「闘争とか革命とか、爆弾で街を殲滅《せんめつ》しようとしてるセクトの話とか……。あなたには別世界の話?」

それでも彼が黙っていたので、わたしは「興味なんか、ないかもね」と皮肉まじりに言った。「そういうこととは、別の世界に生きてるんだろうから」

「続けろよ」吾郎はぼそりと言った。「その浦部なんとかっていう女が、柱に括《くく》りつけられて殴られて死んだんだろ。つまりそれは、リンチ殺人、ってことだよな。で、きみはそれからどうした」

毛布でぐるぐる巻きにされ、板の上に載せられていた浦部幸子の遺体を思い出した。運搬役の柏木と加藤が歩くたびに、板の上でごろごろと左右に転がりそうになる時の、その音も。

「埋めに行った」とわたしは言った。口の中が渇いていた。「大場に命じられたの。山に埋めて来い、って」

「一人で？」

「まさか。他の男のメンバー二人と」

ふいに大粒の雨が降り出した。濡《ぬ》れ縁にぼたぼたと、雨が黒く丸い染《し》みを作ったかと思うと、間をおかずして土砂降りになった。雷鳴があたり一帯に轟《とどろ》いた。

室内は、夜明け前のように薄暗くなっていた。吾郎の顔の輪郭も、ざらついた灰色の映像のように、はっきりしなくなった。

わたしはごくりと生唾《なまつば》を飲み、先を続けた。

同行した同志たちの目を盗み、遺体を埋める前に、命がけで逃走を決行したこと。暗い山道をわき目もふらずに駆け下り、アジトとは逆方向の駅に向かう道を、懐中電灯の明かりだけを頼りに歩き続けたこと。所持金が三百三十五円しかなかったこと。駅に着いたら、夜が明けていたこと。有り金をはたいて切符を買い、渋谷経由で東横線に乗り、祐天寺までやって来たこと……。

「N大べ平連の時の先輩が、ここの近くのアパートに住んでたの」とわたしは言った。「わたしを革インターの集会に誘った人よ。彼女を頼って、ここまで来たの。彼女なら、絶対に助けてくれると思った。匿《かくま》ってくれると思った。でも……行ってみたら……留守だった」

庭から吹きつけてくる雨まじりの風が、家の中を通り抜けていった。寒いはずもないというのに、歯の根が合わなくなっていくのを感じた。わたしは両手で自分の身体《からだ》をくるみこんだ。

「もう、どこにも行くあてがなくなって、疲れてなんにも考えられなくなって、仕方なく歩いてたら公園があったのよ。水を飲んでベンチに横になって……。気がつくと、あなたがわたしを見下ろしてた。……ねえ、暗いわ。電気をつけて。それに寒い。すごく寒い」

彼は黙ったまま立ち上がり、モルフォ蝶の部屋の電灯を灯した。球形の和紙で囲まれた電灯の黄色い明かりが、庭にこぼれていった。そのせいで、土砂降りの雨が水飛沫《みずしぶき》をあげている小さな昏《くら》い庭は、かえって影の中にのまれたようになった。

吾郎は台所に行った。屋根を烈《はげ》しく叩《たた》く雨音が強すぎて、何をしているのかはわからなかった。しばらくすると、彼はアルミの小鍋を手に戻って来た。小鍋の中には、温められた缶詰のコーンスープが入っていた。わたしは彼を見上げた。彼は膝を折ってわたしの傍に座り、スプーンを小鍋の中に浸した。

「身体があったまる」と彼は言った。

雨はますます烈しくなり、天を切り裂くような雷鳴が地響きをたてた。青白い稲妻が庭先を走り抜けたように見えた。その直後、ばりばりという轟音と共に、家の窓という窓のガラスが震えた。

雨に濡れそぼった土の匂いがした。彼はスプーンですくったスープをわたしの口に運んだ。信じがたく恐ろしい話を打ち明けられているというのに、この人は何故、こんなに冷静に、こんなに日常的なことをしていられるのか、と思いながらも、わたしは何口か、与えられるままにそれを飲んだ。

「悪い夢」と彼が言ったのは、その時だった。「悪い夢を見ただけだよ」と。

長いわたしの告白の後で彼が口にした言葉は、それだけだった。

とろりとしたコーンスープから立ちのぼる湯気に、むせ返ったのか。窓のガラスが一度に解けたせいなのか。急に胸が悪くなった。それまでの緊張が幸子の骸から立ちのぼっていた糞尿の匂い、苦悶に歪み、別人のようになってしまった顔が甦った。何かが突き上げてくる、と思った途端、飲んだばかりのスープが、勢いよく逆流し、こらえる間もなく、喉《のど》からあふれ出てきた。

あまりに突然のことで、わたしはぼんやりするだけだったが、吾郎は慌《あわ》てることなく、すぐに風呂《ふろ》場からタオルを持って来た。わたしが着ていたTシャツの、胸から下に流れていった吐瀉物《としゃぶつ》が、手早く拭き取られていった。次に彼はそれを脱がせ、洗濯済みのシャツとショートパンツに着替えさせてくれた。

「まるで赤ん坊だ」と彼は抑揚のない口調で言った。「飲んだばっかりのミルクを吐いちゃう赤ん坊……」

彼は濡らしたタオルでわたしの口もとの汚れを拭《ぬぐ》い、額ににじんでいた汗を拭いてくれた。我知らず、すがるような目をして彼を見ている自分を感じた。

彼は、すべての作業を終えると、わたしの背に手をあてがった。わたしは寝床に仰向けに寝かせられた。胸から下に、タオルケットが掛けられた。

ざあざあと降り続ける夕立の音に囲まれながら、わたしは彼を見上げた。彼はまるで、不思議な生き物でも眺めるような目でわたしを見下ろし、しばらくの間、じっとしていた。

何も言ってはこなかった。聞かされたばかりの恐ろしい話の感想もなければ、質問も驚きの言葉も何も。

やがて彼は、わたしから離れ、隣の部屋に行った。ラジオの電源が入れられた。雷のせいで、聞こえてくるFENのポップスはひどい雑音まじりだった。屋根や軒先、庭の木立を叩きつける雨の音の中にそれを聴きながら、わたしは目を大きく開けたまま天井を見ていた。

外に青白い閃光《せんこう》が走った。直後、凄《すさ》まじい雷鳴が轟いた。至近距離から爆撃を受けたかのような衝撃が、家中に走った。

いきなり電灯の明かりが消えた。近くで落雷があったようだった。

タオルケットをはねのけ、寝床から飛び出した。吾郎を探し、隣の部屋に行こうとしたのだが、四肢に力が入らなかった。わたしは畳の上に這《は》いつくばった。

立て続けに稲妻が光り、わたしの目の前に立った吾郎の姿が、青白い閃光の中に浮かび上がった。わたしが彼の両足にしがみついていくと、彼は腰を折ってわたしを抱き寄せた。

吐息がかかるほど近くに、彼の顔があった。わたしは彼の首に両腕をまわし、その胸に顔を埋めた。両足を折り曲げて彼の膝の上に載せ、身体を丸めた。

はいていたショートパンツの太もも部分が露《あら》わになった。シャツの裾《すそ》がたくし上がり、脇腹《わきばら》から背中のあたりが丸見えになるのがわかった。

わたしはまるで、親鳥の羽の中にもぐりこもうとしている雛鳥《ひなどり》だった。そこにもぐりこんでさえいれば、すべての危険から護《まも》られる、と信じることができた。

しかし、それにしても、何と気持ちがよかったことか。何という快楽だったことか。わたしは未《いま》だかつて、生きた人間を前にして、あれほどの安堵《あんど》、あれほどの安らぎを覚えたことはない。ただの一度もない。

世界に向けたあらゆる恐怖が消えていった。心配ごと、不安、後悔、雑念が消えていった。彼の掌《てのひら》がわたしの髪の毛、肩や腕、背中を撫《な》でては過ぎた。時折、彼の熱い唇がわたしのこめかみのあたりに触れた。

性的興奮はなかった。それどころか、自分たちが男と女であるという意識すら消えていた。

彼は兄のようでもあり、父のようでもあった。一切を受け入れて赦《ゆる》す、神のようでもあった。

彼にもっと深く包まれようとして、さらに身体を縮めていったので、わたしの身体は小さな亀《かめ》になった。

頭を甲羅の中に隠してはいるが、四肢の先端でしっかりと相手に貼《は》りついている亀……。振り落とされたら最後、地の底に落ちていく亀……。だから、必死でしがみついていることしかできない亀……。そんなわたしの身体を彼は、飽かず、無言のまま、慈《いつく》しみ、なだめるように撫で続けた。

彼は昂《たかぶ》らなかった。めくれ上がったシャツの下に手を差し入れ、わたしの素肌に触れてきても、昂りの兆《きざ》しすら見せなかった。

烈しい雨音がわたしたちを包んでいた。少しずつ雷鳴が遠くなっていく気配があった。幼児だったころの自分を思い出した。あまりの幸福、信じがたい安らぎに涙があふれてきて、わたしは鼻をすすった。自分が泣いていることを知ると、ますます彼にしがみつきたくなった。

左の頬を彼の胸に押しつけ、次に右の頬を押しつけ、それでも足りずに鼻を押しつけ、何故、この肉体の中に潜っていって、永遠に隠れていることができないのか、と思った。彼の皮膚の中、親鳥の羽の奥の奥、やわらかな肉に埋もれ、目を閉じ、記憶を消し去り、眠り続けたまま一生を終えたい、と願った。

彼はわたしを抱いたまま、軽く揺すり続けた。わたしはさらに強く彼にしがみつき、涙と鼻汁を彼の汗ばんだ胸にこすりつけた。

力強く正確に打ち続ける、彼の心臓の鼓動が聞こえていた。雨の音も雷鳴も、何も耳に入らなくなった。彼が言う通り、自分はこれまで、悪い夢を見てきただけだったのかもしれない、と思った。

わたしは彼の鼓動の音に包まれながら、目を閉じた。

33

わたしがすべてを打ち明けた後も、吾郎の態度は何ひとつ変わらなかった。今から思うと、信じがたいことではあるが、わたしたちの生活はそれまで以上に、規則正しく続けられていった。

アルバイトに出かける日以外、彼が外出することはめったになかった。生活に必要なものはたいてい、バイトの帰りに買ってきた。もしかすると、彼が働いていたスーパーで、食料品や日用品を安く分けてもらっていたのかもしれないが、確かめたことはない。わたしはそのスーパーの名前も聞かなかったし、彼も口にしなかった。知っていたのは、バイト先が、わたしの倒れていた公園の近くにある、ということだけで、それがどの程度の大きさのスーパーなのか、従業員が何人いるのか、詳しいことは何も知らなかった。

彼の雇い主であり、彼が暮らす家の大家でもある、彼の叔父にあたる人間が、わたしのことを何か嗅《か》ぎつけた気配はまったくなかった。大家である上に叔父であるなら、母親と不憫《ふびん》な別れ方をした年若い甥《おい》が、いったいどんな暮らしをしているのか、たまに覗《のぞ》きに来ても不思議ではなかったと思うが、そんなことは一度も起こらなかった。それどころか、わたしが彼と暮らしている間、彼の友人と称する人間が訪ねて来たことは一度もなかった。

彼に友人と呼べる相手や、性的欲望を満足させてくれる年上の商売女、定期的に会って飲みに行くような女友達がいたとは考えにくい。少なくとも、彼が暮らしていたあの家に、女の痕跡《こんせき》を見つけたことはなかったし、彼あてに私信が郵送されてきた様子もなかった。

彼はあくまでも、他者との関わりを徹底的に排除して生きているように見えた。瞬《まばた》くことの少ない、伏し目がちな小さな目と、笑みが浮かぶことがめったにない厚い唇、感情が読み取りにくい、ひんやりと冷たそうなその顔には、孤絶の表情がよく似合った。

あの時代、知的虚栄心を持たずに生きていられる若者は少なかった。場末の安酒場で、初対面の人間と思想や政治、演劇や文学についてのつまらぬ議論を始め、酔ったあげくつかみ合いの喧嘩《けんか》になり、店を追い出される学生も珍しくなかった。

誰もが、精神や思想の法則を求めていたし、それらを求めること自体が知的な行為と見なされていた。曖昧《あいまい》な情に流されることや単純なヒューマニズムに従うことは、軽蔑《けいべつ》の対象になった。建設より破壊、具象より抽象……だった。

そのくせ、多くの人間が、幼いロマンティシズムと通俗的な世界観を捨てられずにいた。そして、その落差、自己矛盾に対して、生真面目《きまじめ》に苦しんだ。

だが、吾郎にそうした側面はまったく見られなかった。夜の闇《やみ》にのまれながら木刀を振り続ける吾郎は知っていても、酒場で小難しい議論をしている吾郎、反戦フォーク集会でギターをひいている吾郎、ヘルメットをかぶってデモの隊列の中にいる吾郎など、想像できなかった。わたし相手に、結婚を口にしている吾郎が想像できないのと同様に。

彼は週に三度、アルバイトに出かけ、必ず午後三時半ころに戻って来た。行ったり行かなかったり、ということはなく、遅刻して行くこともなければ、遅く帰って来ることもなかった。その習慣は恙《つつが》なく続けられた。

わたしのために食事を作り、わたしに食べさせてくれた。わたしを風呂に入れ、わたしの身体を洗い、濡《ぬ》れた身体や髪の毛をタオルで拭《ふ》いてくれた。清潔な下着とシャツを着せ、飲み物を飲ませ、わたしの隣に添い寝した。

添い寝をしながら、彼は子守歌を歌って子供を寝かしつける時のように、静かにわたしの腕や肩、胸、足を愛撫《あいぶ》していった。そうするうちに、彼は、牝《めす》を前にした若い牡鹿《おじか》と化していくのだった。

初めての時以外、吾郎が避妊を怠ったことはなかった。終わると、精液が入った薄いゴムの避妊具の口を器用に結び、トイレットペーパーで何重にもくるんでゴミ箱に捨てた。その後、彼はわたしに、寝床の上でおしめを替える時の赤ん坊のような恰好《かっこう》をさせ、後始末をしてくれた。

別に恥ずかしくはなかった。ひとたび慣れてしまうと、それをしてもらうことが当たり前になった。たまに彼がわたしの後始末をせずに、その場から離れてしまうことがあったりすると、わたしは自分でも驚くほど苛立《いらだ》った。

そんな時は、仰向けになったまま、顔が赤くなるほど怒りの声をあげ、手足を大きくばたつかせて、彼を呼んだ。まるで醜い子猿だった。

週に一度、彼は畳に、濡れたままの茶殻をまき、埃《ほこり》を吸わせ、箒《ほうき》で掃いて掃除をした。週に二度は、晴れている日を見計らって、風呂場でわたしと彼自身の下着や衣類を手洗いした。

翌日のアルバイトのない日の晩は、安ウィスキーを水で割ったり、コーラで割ったりして飲み始めることが多かった。彼は酒に強く、飲めば飲むほど顔が青ざめ、目がすわってきたが、決して深酒はしなかった。適当な時間になると切り上げ、ウィスキーのボトルを台所に戻した。

わたしが突然、思いついたように、アイスクリームが食べたい、と言い出せば、面倒がらずにそのつど、外に出て買って来てくれた。暑くてたまらないから氷を口にふくませて、と頼むと、冷蔵庫から氷を取り出し、口移しに与えてくれた。わけもなく不安にかられ、怖くなり、彼を呼び寄せて、今すぐ抱っこしてほしい、とせがむと、たいてい、言った通りにしてくれた。かと思えば、何をするのもいやだ、と言わんばかりに、ふてくされた様子で畳の上に大の字に寝ころんだまま、天井をにらみつけ、食事の時間になっても起き上がらずにいることもあった。

そんな時は何を頼んでも無駄だった。わたしは邪険に扱われ、うっとうしがられて、そのうち、苛立った彼から、そばにあるものを投げつけられた。雑誌、ノート、鉛筆、煙草《たばこ》のパッケージ……あたっても怪我《けが》をしないようなものばかりだったが、ひるむあまり、わたしが思わず涙を浮かべると、軽蔑しきった顔をして「泣くな」と怒鳴った。そして、怒鳴った後で、急に全身の力を解き、わたしを抱き寄せるなり、ごめんな、ごめんな、赦してくれよな、と繰り返しては顔中にキスをしてきた。

二日に一度、彼は庭に出て木刀を振った。夜中のこともあれば、早朝のこともあった。何かに取り憑《つ》かれでもしたかのように、一時間も二時間も振り続けていることもあったし、根気が続かず、数分でやめてしまう時もあった。

先に寝入ってしまったわたしが、深夜になってふと目覚め、モルフォ蝶《ちょう》の並ぶ書棚の傍で、小さなスタンドの明かりの中、本を読んでいる吾郎を見つけることもあった。

何を読んでるの、と聞くと、表紙を掲げてわたしに見せてくれた。それはマンディアルグの翻訳書だったり、川端康成の作品集だったり、貸本屋から借りて来て、そのままになっているような古い漫画雑誌だったりした。

自分が読んでいる本の話や感想については、何も口にしなかった。わたしも聞かずに、再び目を閉じた。

スタンドの明かりが網戸越しに外にもれ、そこにカナブンや蛾《が》が集まっていた。しきりと網戸にあたってくる虫は、暑い闇にもがき苦しんでいるかのような羽ばたきの音を残した。

眠れなくなって寝返りをうち、また吾郎のほうを見ると、壁に寄りかかり、眉《まゆ》を寄せ、真剣な顔でじっと活字を追っている。しばらくの間、そんな彼を見るともなしに眺めているのだが、気がつけば、再びとろとろとした眠りの波間を漂い始めている。

次に目が覚めた時には、明かりはすべて消され、彼はわたしの隣に、いつものように薄っぺらな布団《ふとん》を一枚敷いて寝ている。上半身裸で、白いブリーフ一枚の姿である。

わたしは彼に手を伸ばす。すり寄って行く。その、筋肉に被《おお》われた硬い腕に腕を絡《から》ませる。

半分眠ったまま、おそらくはほとんど無意識の内に、彼はわたしを抱き寄せてくれる。

わたしは、甘酸《あまず》っぱい匂《にお》いのする彼の腋《わき》の下に鼻を押しつけて、小犬のように甘えながら目を閉じる……。

彼が何も言い出さず、何も聞いてこなかったのはありがたいと思ったが、そう思っていられたのは初めのうちだけで、やがてわたしは、彼の無反応の裏に何があるのかを知りたくなった。彼が何を思っているのか、わたしから聞いた話が、彼の中にどんな痕跡を残したのか、確かめてみたくてたまらなくなった。

焦《じ》れるあまり、わたしが自ら話を切り出したのは、九月になって間もないころだったと思う。

翌日はバイトのない日だったので、夜になり、吾郎はウィスキーをコーラで割ったコーク・ハイを飲み始めた。少し待ってみたのだが、わたしのために同じものを作ってくれそうになかったので、わたしは黙ったまま、彼に向かって手だけ伸ばした。

そのころになると、わたしはもう、自分でものを食べたり飲んだりすることが、ほとんどなくなっていた。

欲しい、と訴えさえすれば……しかも言葉にする必要もなく、欲しいものに向けて手を伸ばすだけで、吾郎はわたしの欲しがるものを即座に察知し、与えてくれた。ものを食べさせ、飲ませてくれた。そうされることが当たり前になっていた。

二口ほど、コーク・ハイを飲ませてもらってから、わたしは、ふうっと息をつき、手の甲で唇を拭《ぬぐ》った。夜になると少し気温が下がり、気持ちのいい風が入ってくる季節になっていた。

静かな晩で、網戸の外ではしきりと虫が鳴いていた。木々の梢《こずえ》を通して、煌々《こうこう》と照る月が見えていた。

わたしは咳払《せきばら》いをし、おもむろに口を開いた。「聞きたいことがあるの」

声を発したのは、その日二度目か三度目のことだった。あまりに長い間、まとまった言葉をしゃべらずにいたせいか、風邪をひいた時のように声が掠《かす》れていた。

吾郎はさほどの興味関心もなさそうに、けだるい表情でわたしを見た。「何」

「……あなたがあんまり、なんにも言わないでいるから、やっぱり聞きたくなって……」

「だから、何だよ」

座っている古い黄ばんだ畳の縫い目から、切れた麻糸が飛び出していた。わたしはそれを引っ張りだし、意味もなく人さし指に巻きつけた。「本当のことを知った後、わたしとこうやって暮らしていて、あなたは怖くないの?」

「怖い? どうして」

「あなたは真相を知った上で、わたしを匿《かくま》ってくれていることになる。もしもわたしが捕まれば、あなたも共犯になっちゃうじゃない」

「そうだな」

「それでも平気なの?」

「平気も何も……」と彼は言い、マッチをすってセブンスターに火をつけた。彼の唇から、幾つもの輪を描いた紫煙が吐き出された。「きみが捕まらずに、ずっとここにいればいいだけの話じゃないか」

「ずっと、って?」

「ずっとだよ」

一歩も外に出ずに? と聞こうとして、わたしはその質問を飲みこんだ。

わたしは六月三日に吾郎に公園で声をかけられ、背負われて彼の家にやって来て以来、一度も外に出ていなかった。ただの一度も。

外気を浴びたり、陽にあたったり、涼んだりするためなら、庭に出るだけで充分だった。庭は、高い塀と木々に囲まれている上、右隣は人けのない屋敷の庭、長屋の左隣から向こう二軒は空き家だったから、覗かれる心配はなかった。

だが、玄関のドアの向こうは別だった。ドアを開ければ、現実の荒波が、大きく黒々とうねっている。ドアの向こうに、一歩でも足を踏み出した途端、わたしはその波に飲みこまれてしまう。

たまたま路地に入って来た郵便屋や、路地の近くで遊んでいる近所の子供たち、ガスのメーターの検針員などに顔を見られる心配があった。たとえ相手が小学生であっても、わたしがここにいることは決して知られたくなかった。

大場修造の追手が、この付近をうろつき始めているかもしれない、という不安は、抑えても抑えても、ことあるごとにわき上がってきた。大場と祥子が、かつてわたしが親しくしていた高畑美奈子を思い出し、美奈子の所在を突き止めれば、祐天寺駅を中心とした界隈《かいわい》をしらみつぶしにあたって、わたしに関する情報を手に入れる可能性があった。

だが、「外」に出さえしなければ安全だった。たとえ、革インターの誰かがこの近所に現われて、わたしのことを探り始めたとしても、わたしが誰かに目撃されていなければ、彼らは何の情報も得ることはできないはずだった。

吾郎の家は、わたしにとって、温かな羊水に満ちた子宮だった。この世のどこよりも安全な場所……。わたしが胎児に帰って生きられる、絶対無二の場所……。

「ずっと、ここにいたいけど」とわたしは言った。いじっていた畳の麻糸がほつれ、人さし指に絡まっていた。「でも……いられなくなる時が来る。そのうち、きっと」

「どうして」

「いつかは捕まると思うから」

「いつか、って?」

「それはわからない」

「誰に捕まるんだよ」

「革インターの誰かが、そうじゃなかったら警察に。言ったでしょ。革インターはね、連赤でさえ、国内で実行に移せなかったような、大規模なテロを決行しようとしてるんだから。それに、メンバーの中で指名手配になっている人間は一人もいない。デモに出て逮捕された人もいない。わかる？　今なら、革インターは完全に地下に潜っていられるってことよ。大場は今、ここぞという時に犯行声明を出すつもりで、時機をねらってるんだと思う。都内のどこかにダイナマイトが仕掛けられる。連続して爆破事件が起こる。革インターの誰かが逮捕される。そこからいろんなことが、芋づる式に明るみになっていく……」

「大場修造」と吾郎は、話題に不釣り合いなほど柔らかな、歌うような言い方でつぶやいた。「……俺がそいつをなんとかしてやるよ」

馬鹿《ばか》ね、とわたしは言った。「顔も知らないくせに。それに彼は、あなたなんかが、なんとかできるような相手じゃないわ」

「警察に捕まるんだったらまだしも、やつらに捕まって連れ戻されたら最後、きみも柱に括《くく》りつけられるんだぜ」

「そんなことくらい、わかってるわよ」

「そしてリンチを受ける。それは多分、山に埋められた浦部って子よりもひどいリンチになる。やつらは殺気立ってる。最悪だろうな。死にかけているのに死にきれなくて、きみは地獄を見る」

「でしょうね」

「そうなる前に結着をつけておいたほうがいいだろ」

わたしは呆《あき》れ顔を作って、吾郎を見た。あまり笑いたい気分ではなかったが、できるだけ可笑《おか》しそうに笑ってみせた。「結着？　大場を始末するってわけ？　あなたが？　やめてよ。笑わせないで」

「何が可笑しい」

わたしは答えずに、彼の手からコーク・ハイを奪い取った。ごくごくと喉《のど》を鳴らして飲み、少しむせた。咳こみながらコップを彼に返し、目尻《めじり》ににじんだ涙を拭い、また笑った。

「……の名前は？」と彼が質問してきた。うまく聞き取れなかった。

わたしが笑いの渦を飲みこんで、彼の顔を見つめていると、彼はもう一度、聞いた。

「きみが死体を埋めに行った時、一緒だったやつが二人いた、って言ってたね。そいつらの名前だよ」

「そんなこと知って、どうするの」

「きみに関することは、できるだけ知っておきたい」

わたしは彼の瞳《ひとみ》の奥を探った。どこに真実があるのか、わからなかった。彼特有の、冷やかな光を放つ目が、静かにわたしに向けられているだけだった。

「名前、忘れたのか」と彼は聞いた。

わたしは首を横に振った。彼を前にして抵抗したり、ものごとの裏を探ろうとしたり、彼自身を詮索《せんさく》したりしても、無意味であるように思えた。彼にこうやって匿われている以上、彼はわたしにとっての全世界であり、わたし自身の投影でもあったからだ。

「一人は柏木」とわたしは言った。その名を口にするのも不快だった。柏木がわたしに拒まれたことに逆恨みして、大場につまらない、幼児的な密告さえしなければ、浦部幸子は死なずに済んだのだ。

「下の名前は？」

「和雄」とわたしは言った。「もう一人は加藤、っていう苗字《みょうじ》だったけど、名前のほうはわからない」

「殺された浦部が、町に出てどこかに電話してた、ってことを大場にチクったのはそいつだったよな。それで浦部って子はリンチにあったんだよな」と吾郎は言った。「そいつ、どんなやつなんだ」

「T大物理学科の学生。わたしよりも二つ上。爆弾作りのプロと呼ばれてた男よ」

「外見は？」

「痩《や》せて背が高くて、骨っぽい感じ。髪の毛をマッシュルームカットにしてて、いつも、サファリジャケットを着てたわ」

「何色の」

「紺だったり、クリーム色だったり……。でも、なんでそんなこと、聞くのよ」

それには答えず、「柏木和雄……」と彼はゆっくり唱えるように繰り返した。「大場の恋人は鈴木っていう女だったよな。鈴木祥子。そして、きみが助けを求めてやって来たのに、留守だったN大べ平連の先輩は高畑美奈子……」

ひと月近くも前に、わたしが一度だけ打ち明けた話の中の、見ず知らずの他人の名前をそこまで覚えている、というのは異様だった。

その並外れた記憶力のよさに不吉なものを感じながらも、わたしは「よく覚えてるのね」と皮肉をこめて感心してみせた。「でも、何のためにそんなことを全部覚えたのよ。わたしのことを警察に通報するため？」

わずかの沈黙のあと、今度は彼のほうが笑い出した。彼は馬のようながっしりとした白い歯を見せて笑いながらも、どこか落ち着かない様子で、吸っていた煙草《たばこ》をせわしなくもみ消した。

「俺がなんで、きみのことを警察に渡さなくちゃいけないんだよ」

「こういう場合、そうするのがふつうでしょ」とわたしは言った。「あなたがわたしを公園で助けてくれたのは、わたしを一文なしの哀れな家出娘か何かと勝手に勘違いしたせいなんだ、って言えば、誰も疑わない。わたしがリンチ殺人に関わって逃げて来た、革インターの闘士だと知ってたら、ここになんか連れて来なかったでしょ。あなたは後で真相を知って、ぞっとして、慌《あわ》てて警察に通報する。わたしから聞き出した革命インター解放戦線の内部情報も全部、警察に教えることができる。あなたのおかげで、多くの死傷者を出す前に革インターによる爆弾テロは未然に阻止されることになる。革インターの面々は一斉に逮捕される。あなたは犯罪者を匿った罪を問われるどころか、過激派テロリストの魔の手から市民を救った英雄になれるのよ。よかったね。ブラボー。退屈な学生生活の中で、最高の暇つぶしができて……」

まくしたてているわたしを、吾郎は冷たい目で、軽蔑《けいべつ》しきったように眺めまわした。彼の顔は、白すぎて青味がかって見える陶器のようだった。

「何よ」とわたしは小声で言った。「……怒った？」

彼は唇をへの字に結び、上目づかいにわたしを睨《にら》みつけた。その目に光はなかった。死んだ魚のような目だった。ひっぱたかれるかもしれない、と思った。

網戸で大きな黄色い蛾が一匹、鱗粉《りんぷん》をまき散らしながら、騒々しく羽ばたいていた。蛾は、わたしたちの会話が途切れると同時に、ぴたりと網に張りついて動かなくなった。縁の欠けた古い小皿の上には、蚊とり線香の煙が揺らいでいた。

彼はわたしから目をそらし、庭のほうに顔を向けた。研ぎ澄まされた薄い刃《やいば》のような横顔に、庭の影が青白く落ちた。

「ここにいろ」と彼は、低く絞り出すような声で言った。「ここにいれば見つからない。誰にも絶対に、見つからない」

「でも」とわたしは言った。「わたしがここにいる限り、あなたはわたしの面倒をみなくちゃいけなくなる。わたしのためにお金を稼いでこなくちゃいけなくなる。わたしのために食事を作って、わたしを養っていかなくちゃいけなくなる」

彼は小揺るぎもせずに庭を見つめたまま、黙っていた。真意が計りかねた。

蚊とり線香の煙が、ゆらゆらとうすく流れて、部屋の隅の方に消えていった。

長い沈黙の後、わたしは静かに口を開いた。「あなた、わたしのことを、赤ん坊、って言ってた。ひと月くらい前。革インターのことをあなたに打ち明けて、わたしがスープをもどしちゃった時。あなた、言ったわ。ミルクを飲んですぐに吐き出す赤ん坊みたいだ、って。覚えてる?」

「ああ」

「赤ん坊。そうじゃなかったら、ミルク飲み人形。わたしはここでは、そんなようなものなのね」

吾郎がゆっくりと首をまわし、わたしのほうを見つめた。わたしは唇の端をわずかに曲げ、ぎこちないながらも笑みを作った。

彼はほとんどそれとはわからないほど、小さくうなずいた。

これは彼の隠された遊戯の一種であって、自分はそのために、たまたま都合よく選ばれたに過ぎないのかもしれない、とわたしは思った。成熟した大人の女を、赤ん坊のように扱って楽しむ性的遊戯……そういったものに耽《ふけ》りたいと思っているのであれば、吾郎がわたしの素性を知った後でも、変わらずに匿い続けてくれていることの理由がはっきりするような気もした。

だが、わたしのような立場にある女と、その種の遊戯を続けるのは、ふつうはあまりにも危険だし、非常識だし、あり得ないことだった。殺人と死体遺棄罪で逮捕される人間であることを知りながら、彼がわたしを匿い続けなければならない理由など、何もないはずだった。

これは、ただの「ごっこ」などではない、とわたしは思った。もっと別のもの。もしかすると、もっと恐ろしいもの。恐ろしいのに、とてつもなく甘美で、ともすればどっぷりと溺《おぼ》れていきそうになるもの。現実に立ち返ることとさえ不可能になってしまうほどの……。

わたしは彼に向かって、おずおずと手を伸ばした。何も言わなかったのに、彼はわたしが求めていることを即座に理解した。

彼はセブンスターを一本くわえ、マッチで火をつけて、わたしの唇に差しはさんでくれた。わたしが大きく吸って煙を吐き出すと、同じ煙草を次に彼が吸った。

室内に立ちのぼる紫色の煙が、亡霊のように見えた。叢《くさむら》の中、すだく虫の声が途切れることなく続いていた。

わたしは彼に少しずつ、いも虫のようになってにじり寄って行った。彼の肩にもたれかかった。彼は、わたしを無視して煙草を吸い続けた。まるでわたしなどその場にいないかのようだった。

いよいよ青白く照り輝く月光が、庭に影を落としていた。わたしは吾郎の腕に顔を押しつけ、子供じみた仕種《しぐさ》で愛撫《あいぶ》をねだった。

彼は吸っていた煙草を消し、片手でわたしの頭を撫《な》でた。少し面倒臭そうな、形式的な撫で方だった。

その手がわたしの首から肩に、肩から胸におりていって、乳房のあたりで丸く円を描いた。軽く乳首に触れた指が、やがて腰のほうへとすべっていくのを感じながら、わたしは、もう何もかもどうでもいいのだ、と静かな、眠たくなるような気持ちの中で思った。

34

それからしばらくの間、何も起こらなかった。何も起こらずにいることが当たり前になり、時間が音もなく流れていくだけで、今日がいつなのか、何曜日なのかも、そのうちわからなくなった。

だが、季節は確実に移っていった。鬱蒼《うっそう》と生い茂っていた庭の緑は、次第に勢いをなくしていき、あれほど猛《たけ》り狂ったように鳴きしぐれていた蟬《せみ》の声もいつのまにか聞こえなくなった。昼日中、濡《ぬ》れ縁の下の暗がりで、コオロギがさびしく鳴いているのを耳にする頃には、朝晩の肌寒ささえ感じるようになった。

吾郎の家に隣接する屋敷の庭やその周辺には、樹木が多かった。十月に入ると、どこからともなく、金木犀《きんもくせい》の花の香りがあたりに甘ったるく漂い始め、夕暮れが近づくにつれて、香りは切なく濃厚になった。

その日、いつものようにアルバイトに出かけた吾郎は、午後三時半をまわり、四時になっても戻らなかった。じっと耳をそばだてるのだが、玄関に吾郎が戻った気配はしない。五時を過ぎ、六時になり、外には秋のとばりがおり始めて、あたりはまもなく暗くなった。

そんなことはついぞなかったことだった。わたしは部屋の明かりもつけず、寝床の上に座ったまま、彼を待ち続けた。

FENにダイヤルが合わせられていたラジオからは、ダイアナ・ロス&シュープリームスの曲が流れていた。『ラヴ・チャイルド』だった。

吾郎の身に何かが起こり、吾郎がここに戻らなくなる、という状況は、それまで考えたことがなかった。吾郎の家に来てから、およそ初めて感じる具体的な不安がわたしの中に膨れ上がってきた。

ここで、独りで生きていかねばならなくなった時の自分を想像してみた。

しばらくは、台所にあるものを細々と食いつないでいくことができる。米もある。クラッカーも小麦粉もある。だが、冬になる前に……いや、下手をすればひと月も経《た》たないうちに、すべての食料を食べ尽くしてしまうかもしれなかった。

冷蔵庫にも戸棚にも流しの下にも、どこにも、古くなった缶詰一つ、見つけられなくなってしまったら……味噌《みそ》や砂糖を最後の最後まで舐《な》めて、舐めるものすらなくなってしまったら、いったいどうすればいいのか。

そのうち電気も止められ、ガスも来なくなる。庭の草を取って来て、茹《ゆ》でて塩を振って食べることもできなければ、暖をとることもできなくなる。そうなったら、寝床に横たわったまま、餓死するのを待つ他はない……そんなことをぼんやりと考えた。そうしているうちに、窓越しに、金木犀の香りを含んだ闇《やみ》が墨のように流れてきて、本棚の輪郭すら見分けがつかなくなってきた。

毛布を身体《からだ》に巻きつけ、ともすれば震え出してしまいそうになる不安をこらえていると、やっと玄関の外に人の気配がした。いつものように、鍵穴《かぎあな》に鍵が差し込まれる音が聞こえてきた。八時半を過ぎていた。

明かりもつけずに、暗い部屋の寝床で毛布にくるまっているわたしを見ても、吾郎は何も言わなかった。遅くなった理由も口にしなかった。

彼は黙って電灯を灯《とも》すと、わたしから少し離れたところに腰をおろした。ひどく疲れているように見えた。

薄手のカーキ色のブルゾンに同色のコットンパンツ姿で、彼はブルゾンを脱ごうともせず、ポケットから、皺《しわ》だらけになったセブンスターのパッケージを取り出して火をつけた。

「今日、昼頃、男が一人、来た」と彼は煙を吐き出しながら言い、消したばかりのマッチをアルミの灰皿に放り投げた。「行方不明になっている女子大生のことを聞き回ってた」

冷たいものが背中を走り抜けていった。わたしは毛布を顎《あご》のところまで引っ張り上げ、彼を見つめた。

彼は煙草《たばこ》を深々と吸い、片手でうっとうしそうに髪の毛をかき上げた。「松本沙織、っていう名前の女子大生の行方がわからなくなっているんだけど、心当たりはないか、って。ちょうど、客がたてこんでない時で、最初はレジ係のおばさんに聞いて、次に、店にいた叔父にも聞いて……。いろいろ、もっともらしいことを言ってたよ。妹なんだけど、家出して行方がわからなくなったんで、心配して捜してるとか何とか。叔父たちが、そういう人には心当たりがないと答えると、そいつは礼を言って、出て行った。俺はその時、店の奥で段ボール箱の解体作業をしてたから、やつは俺には気づかなかったみたいだ」

「どんな男?」

「紺色のサファリジャケットを着て、マッシュルームカットにした、背の高い、痩《や》せた男。目は一重で細い。きみと死体を運んで埋めに行った、柏木和雄……そうだろ?」

わたしは彼から目をそらさずにいた。思わず飲みこんだ唾液《だえき》の音が、ごくりと大きく響いた。

「やつが帰って行ってすぐ、俺も裏口から店を出て、後をつけた。叔父の自転車を借りて。柏木はしばらくの間、商店街をうろついてたから、四、五分待って、俺から声をかけたんだよ」

わたしは呆《あき》れて目を剝《む》いた。「馬鹿《ばか》じゃないの。わざわざ自分から……」

「まあ、聞けよ」と彼は言い、黄土色の壁にもたれて大きく股《また》を開き、唇の端で煙草を吸った。「そのままにしておいたら、どうなると思う。なんでやつが店にきみのことを聞きに来たのか、その理由がわからないままになるじゃないか。あの日、公園からここに来るまでに、誰かきみの関係者に見られてたんじゃないか、とかさ。気になったままになるだろ。平気だよ。自転車の荷台に配達用の段ボール箱を積んでたし、本当に配達の途中だと思わせることはできたはずだから」

「で、どうしたのよ」

「後ろから声をかけて、さっきのスーパーで働いてる者だけど、って言いながら、自転車から下りて話しかけた。通りがかりに声をかけたみたいにして、人なつっこくね。家出した妹さんを捜してるって店長から聞きましたけど、どうしてこの近所を捜してるんですか、何かこの近所に思いあたるふしがあるんですか、って。柏木は初めのうちは、露骨に警戒心を見せてたけど、俺がいかにも無邪気でお人好《ひとよ》しの若いあんちゃんっぽくふるまって、気の毒そうな顔をしてみせたもんだから、信用したみたいだったよ。妹は、祐天寺に住んでる友達と親しかったから、失踪《しっそう》する前に、もしかするとその友達のところに来て、しばらく居ついていた可能性がある、だから、妹を見かけた人がいないかと思って、こうやって聞いて回ってる……っていうようなことを言ってたよ」

わたしは乾き始めた唇を乾いた舌で舐め、彼を凝視した。「ということは、大場たちは美奈子さんの引っ越し先を突き止めた、ってことね」

「そうらしいな。柏木は、妹のことを聞きに、その友達のところを訪ねたけど、引っ越した後だったんで連絡先がわからなくなってしまった、と言ってた。両親は警察に捜索願を出したけど、全然情報がない、ってさ。嘘《うそ》も休み休み言え、って」吾郎はそう言い、根元まで吸って短くなった煙草を灰皿でもみ消した。「それ以上、突っ込んだ質問はできなかったから、適当にごまかしといたよ。うちみたいなスーパーには地元のいろんな人が出入りするから、僕も気がついたらお客さんたちに聞いてみて、何かわかったことがあったら、すぐ連絡します、とか何とか言ってさ、うまく連絡先を聞き出そうとしてみたけど、ごまかされた。P村のアジトの住所、教えるわけないもんな」

「あなたは怪しまれなかったの？」

「怪しまれてなんかないよ」

そんなはずはない、とわたしは内心、思った。柏木は、物理学に長《た》けているだけではない、動物的直感力の鋭い男だった。それは、自分が生きのびていくために発揮する直感ではなく、彼が盲目的に従おうとしているものに向けた、忠誠心からくる直感だった。大場が死んだら、当然のごとく、彼は殉死するに違いなかった。そういう男だった。

「きっと柏木はまた来るわ」とわたしは言った。「あなたのいるスーパーに。また来る」

「どうして」

「今日、あなたに何か感じたに決まってるから」

「何を感じたんだよ」

「あなたが何か隠してる、ってことをよ。何か意味があって、自分に近づいた、ってことをよ。……名乗ったの？」

「名乗るわけないだろ」

「あなたのこと、嗅《か》ぎ回るわよ」わたしは、いまいましげな溜《た》め息《いき》をついてみせた。「絶対、そうなる。馬鹿よ。わざわざ追いかけてって、話しかけて、印象に残るようなこと言って。顔をさらして。……信じられないくらいの馬鹿よ」

吾郎は叱《しか》られた子供のような目をして、わたしを上目づかいに見た。「俺が後を追って話をしに行かなかったら、なんであいつがこのへんをうろついているのか、その理由がわからなかったじゃないか。わからなければ、余計に怯《おび》えることになったじゃないか」

理由がわかっても、わたしは怯えていた。どうして怯えずにいられただろう。

高畑美奈子の周辺を捜し回れば、いずれこの、世界から閉ざされたようになった吾郎の小さな家が突き止められないとも限らない。いや、美奈子など無関係に、柏木が吾郎のあとをつけさえすれば、この古い長屋を見つけるのは造作もないことなのである。革インターにとってわたしは、処刑に値する人間だった。脱走者は、この世の果てまで追われるのだ。そして処罰されるのだ。彼ら独自の方法で。

怖い、と思わず口走りそうになるのをこらえ、代わりに「どこに行ってたの」となじった。「この時間まで、どこにいたの」

「うろうろしてたんだよ。自転車で」

「どこを」

吾郎はすねたように首をすくめた。「このあたりを」

「何してたのよ」

「別に」と彼は言った。ふてくされた言い方だった。「何もしてない」

わたしは彼をにらみつけ、彼もまたわたしをにらみ返した。外は闇に閉ざされ、窓ガラスには、明かりを灯した部屋の中の光景がそのまま、古いフィルムの中の映像のようになって映し出されていた。

「お腹《なか》がすいた」とわたしは言った。「早く何か食べさせてよ」

吾郎はしばらくの間、無言でわたしをにらんでいたが、やがてのっそりと立ち上がると、台所に行った。冷蔵庫を開ける音がし、フライパンの音や水道の音、ガスを使う音が聞こえてきた。

そのありふれた生活の音を耳にしながら、わたしは毛布を頭からかぶって目を閉じた。

柏木和雄の姿が浮かんだ。はき古したよれよれの、ベルボトムのジーンズで包まれた、がに股の細い足。人を信用できなくなった時に、やぶにらみになる、一重のつり上がった目。薄い唇の上にまばらに生えていた、棘《とげ》のように見える硬そうな不精髭《ぶしょうひげ》。そして、浦部幸子が無断で外部と連絡を取ったことを大場に密告したのは、わたしに対するあてつけだった、と図々《ずうずう》しくも白状した時の、その狡猾《こうかつ》そうな口元。わたしの寝袋に手を入れ、わたしの胸をまさぐって、恥ずかしげもなく息を乱してきた時の、革命戦士とは思えない、ありふれた若い男のありふれた幼稚な欲情ぶり……その何もかもを鮮明に思い出すことができた。

見つかれば、何があっても、必ず連れ戻される、と思った。そして、戻されたら最後、決して助からない。わたしは第二の浦部幸子になる。

ここにいたい、とわたしは思った。ずっといたい。ここにいて、醜く年を取って、あまりに歩かずにいるために足萎《あしな》えになって、そのうち、病に臥《ふ》し、起き上がれなくなり、医者に診せることすら拒んで、吾郎に看取《みと》られながら死んでいきたい、と思った。そうなれたら、どんなに幸せだろう、と。

だが、年月が経ち、吾郎が愛《め》でていた人形は、死なないまでも、いずれは確実にうす汚れ、色あせ、関節が壊れてぐにゃぐにゃになってしまう。そうなったわたしに飽き、吾郎は新しい人形を欲しがるようになるのかもしれなかった。あっさりとわたしを捨てるのかもしれなかった。

何の感慨も感傷もなく。不要になった家具や雑巾《ぞうきん》でも捨てるかのように。

そうなったら、どうすればいいのか、と思った。捨てられ、どぶに流され、野良猫《のらねこ》の死体やビニール袋や空き缶などと一緒くたになって、泥にまみれている自分を想像してみた。もう誰も拾ってくれない人形と化した自分……。

柏木がすぐ近くまで来ていた、という話を聞いたばかりなのに、何故《なぜ》、そんな馬鹿げたことを真剣に考えていられるのか、自分でも不思議だった。

台所で何かを揚げている音、油がはねる音が聞こえていた。わたしは寝床から出て、窓辺に立った。

闇を湛《たた》え、金木犀の香りをにじませたガラス窓に、自分の顔が映っていた。顔はすっかりやつれ、痩せて、ひと回り小さくなっていた。だが、身体にだけは肉がつき、胸や尻《しり》が別人のように丸みを帯びていた。まるでメンドリだった。

油の匂《にお》いが鼻をついた。吾郎が丸盆の上に、どんぶりを載せて戻って来た。どんぶりには、揚げたてのフライドポテトが山のように盛られていた。

いつものウィスキーのボトルと氷の入ったコップ、缶コーラを持ってくると、彼はコーク・ハイを作り、水でも飲むようにごくごくと飲みほしてから、フォークに刺した大ぶりのポテトをわたしの口もとに運んだ。わたしは大きく口を開け、それを頬張った。ポテトはまだ熱すぎて、口の中を火傷しそうになるほどだったが、塩味がきいていて美味だった。

噛みしめ、味わい、飲み込んで、次をねだった。吾郎はすぐに次のポテトをわたしの口に運んだ。

たちまち、わたしは雛鳥になった。またロを開けた。吾郎がそこに餌を入れる。食べても食べてもまだ足りず、コーク・ハイを少し飲ませてもらって、わたしはまた口を開ける。

口のまわりが塩だらけ、油だらけになる。吾郎がそれを指先で拭ってくれる。塩味がついた彼の指をくわえ、わたしが舐める。舐めているわたしを彼が見ている。

わたしの最も愛するひととき。至福の時間……。

「あとで」と彼はその時、言った。「おもしろいゲームをしよう」

「何の」

「あとのお楽しみだよ」

わたしはふざけて彼の胸の中に飛びこんで行った。両足を大きく拡げて両手を首にまわし、油だらけになった唇を彼の耳に押しつけた。

彼は、形ばかりわたしを抱きとめながら、半ば迷惑そうにフライドポテトを食べ、コーク・ハイを飲み続けた。
わたしたちはもう、柏木和雄の話はしなかった。

35

フライドポテトをあらかた食べ終えると、彼はわたしに煙草《たばこ》を吸わせてくれた。わたしがひと口吸うごとに、次に彼が自分でひと口吸い、そうやっている間、わたしたちは無言のままでいた。

静かな晩だった。ラジオを消したので、どこか遠くで吠《ほ》えている犬の声しか聞こえなかった。

短くなった煙草を消し、吾郎はつと立ち上がって隣の部屋に行った。隣室には半間の押し入れがついていた。押し入れの襖戸《ふすまど》を開け、何かごそごそやっていたが、やがて彼は、白くつややかなシルクのような布でくるまれたものを手に戻って来た。

わたしは目を輝かせて彼を見た。ゲーム、と彼は言っていた。そんなふうに吾郎が、わたし相手に遊ぶ気になってくれたことが、わたしを喜ばせた。

毎日毎日、彼だけを相手に暮らしていた。トイレに行く時と風呂《ふろ》に入る時以外、ほとんど寝床からも出ないような生活をしているうちに、わたしの中に、彼と一緒に何か気晴らしがしたい、彼に遊んでもらいたい、と思う気持ちが芽生え、強くなっていた。

　吾郎が畳にあぐらをかいて座り、白い包みを思わせぶりな手つきで膝《ひざ》に載せた。彼はわたしを見て両手を拡げ、にっこり笑った。彼にしては珍しい、大仰な、芝居がかったジェスチャーだった。

　わたしは彼に近づき、膝の上の白い布の包みを見下ろし、わくわくした目を彼に向けた。彼は手品師のように見えた。一方、わたしは、包みの中から白いハトが飛び出してくると信じている少女だった。

　彼はいたずらっぽい目つきで、わたしの顔を見つめると、そっと包みを開き始めた。光沢のある白い布が、はらりと幾重にも彼の膝の上に流れるように落ちていった。

　中から現われたものを見て、わたしの顔から笑みが消えた。

　長さが三十センチ近くある、ずっしりと重たげな、それはリボルバーだった。

　大場は武器としての銃を闘争に使用することを、心底、軽蔑《けいべつ》していた。したがって、銃砲店を襲撃して銃を奪う計画など、持ち上がったことがなく、P村アジトには、散弾銃はおろか、空気銃の一丁も置かれていなかった。

　だから、ということもあるが、わたしは生まれてこのかた、本物の銃を目にしたことはなかった。

　わたしは吾郎の顔を窺《うかが》った。彼はわずかに笑みを浮かべ、わたしの反応を待っていた。

「……本物？」

「どう見える？」と彼は聞いた。

「買ったの？　それとも、盗んできたの？」

「じゃあ、やっぱり本物に見えるんだな」

「おもちゃなの？　どっちなのよ」

「調べてみればいいよ。銃口をこめかみにあてて、引き金ひいて」

吾郎は眉《まゆ》を上げ、目を見開き、からかうような笑みを浮かべた。

日本国内においては、一九六〇年代に入って、モデルガンがブームになったものの、その後、大規模な規制が掛けられた。過激派対策のためでもあったらしい。実銃への改造を困難にするために、銃口を金属で塞《ふさ》ぎ、銃身も白か黄色に塗ることを義務づけられた。

むろん、その時のわたしには、そんなことは知る由《よし》もなかったが、吾郎の膝の上にあるものは、わたしの目に、本物の銃と何ら変わらないように見えた。それどころか、本物としか思えなかった。

「親父《おやじ》が自殺した後、遺品の中からこれが出てきた」と吾郎は銃を手に取りながら言った。「箪笥《たんす》の引き出しの奥に入ってた。こうやってね、シルクの布に包んであった。どうせ死ぬんだったら、首なんか括《くく》らずに、なんで、これを使わなかったんだろうと思ったけどさ。よく見てみたら、モデルガンだった。親父の恋人だった例の野郎が、親父の誕生日だか何かに贈ったものだったんだ。後でわかったんだけど」

「お父さん、銃が趣味だったの？」

「いや、別に。親父が好きだったのは、青い蝶《ちょう》と若い男だけだから」

わたしが黙っていると、彼は手にした拳銃《けんじゅう》を電灯の明かりの下で、さも、いとおしげに眺めまわした。銃は黒光りするシルバーで、グリップ部分が黒だった。

「コルト・シングル・アクション・アーミー」と彼は明瞭《めいりょう》な発音で言った。「通称、ピースメーカー。45口径。六連発」

彼の掌《てのひら》の中、重厚な音と共に、目にもとまらぬ速さでシリンダー部が回転した。彼は何度か、これみよがしに同じことを繰り返してみせた。

いやな予感がした。わたしは少し彼から離れた。

「ゲームをやろう」と彼は快活に言い、拳銃を掲げながら、シリンダーの後ろ部分を開けてみせた。「弾は六発、ここからシリンダーに入れられる。45ロングコルト、っていう弾。でも、今は一発しか入ってない。つまり、六分の一の確率。これは確率のゲームなんだよ」

彼はにんまりと笑い、グリップを握ると、自分のこめかみに銃口を押しつけた。

「こうやって引き金を引く」と彼は言った。目を閉じた。かすかに眉根が寄り、眉間《みけん》に皺《しわ》が寄った。

引き金にあてがわれた指が動いた。カチッ、と乾いた音がした。わたしは息をのんだ。彼は目を開け、「ふぅ」と息をついた。その目には恍惚《こうこつ》の色が浮かんでいた。

「二人で交替で引き金を引くんだ。そのうち、弾が飛び出してくる。それを受けたほうが負け」

『ディア・ハンター』という、ベトナム戦争を描いた映画の中で、精神を病み、ロシアン・ルーレットがやめられなくなったあげく死んでいく若い男が登場していた。映画が日本で公開されたのは一九七〇年代の終わり頃だったと思う。その衝撃的なシーンは、戦争の悲惨さを象徴するものとして、多くの人々の記憶に深く刻まれることになったのだが、わたしが吾郎と過ごしていたあの時期、ベトナム戦争はまだ続いていた。わたしはロシアン・ルーレット、という残酷なゲームの存在も知らなかった。

「弾、って……」とわたしはできるだけ平静を装《よそお》いながら聞いた。「まさか本物じゃないんでしょ」

「モデルガンに本物の弾が入ってるわけないだろ」と彼は言い、慣れた手つきでシリンダーを改めて回転させると、銃のグリップ部分を恭《うやうや》しくわたしに向けた。「レディ・ファースト。きみから先にどうぞ」

わたしは彼の顔を窺い、次いで、拳銃を見た。「死んだお父さんたちも、こういう遊び、やってたの?」

「やってたかもしれないね」

「お父さんをまねようとしてるわけ?」

「そういう意味じゃない。単にきみとやってみたくなっただけさ」

「これがもし、本物だったら、わたしたちのうち、どっちかが必ず死ぬ。そういうゲームね」

「六分の一の確率で、生死が決定するんだ。面白いだろ」

「八百長《やおちょう》は反則よ」

「なんだよ、それ」

「何か細工がしてあるんじゃない? あなたの番が来たら、絶対に弾が飛び出さないようになってる、とか」

「六分の一の確率を楽しむのに、わざわざそんなことしたって、意味ないだろ。そんなに疑うんなら、きみも好きなだけ回せばいいさ」

わたしはうなずき、銃を手にした。ひどく重たく感じられた。一キロか、それ以上、あったかもしれない。

さあ、と吾郎が促した。「やれよ」

銃口をこめかみにあてがった。得体の知れない恐怖心がわき上がってきたが、無視しようと努めた。ただの玩具《おもちゃ》、ただの遊びなのだと自分に言い聞かせた。

目をつぶり、引き金を引いた。カチッ、と音がしただけで終わった。

吾郎はにやにやしながら、わたしに向かって手を差し出した。

わたしが銃を彼に渡すと、彼は嬉々《きき》とした表情でこめかみに銃口をあて、目を見開き、面白そうにわたしを見つめたまま、引き金を引いた。また、カチッ、という乾いた音がした。

「これで確率は四分の一になった」と彼は言い、銃をわたしに返してよこした。

もしこの銃が本物だったら、とわたしは思った。モデルガンだと吾郎が言っているのは嘘《うそ》で、彼は本物の銃を使って、わたしと死の遊戯を楽しんでいるのかもしれない、と。ここには本当に弾が装塡《そうてん》されていて、次に引き金を引いた人間が頭を吹き飛ばされるのかもしれない、と。

石榴《ざくろ》のようにぱっくりと割れた自分の頭を想像した。すでに絶命しているというのに、何が起こったのか、わからない、といったふうに、畳の上に座ったまま、ゆらゆらしている自分。飛び散った血しぶきが、天井を、壁を、襖を、モルフォ蝶の青い翅《はね》を赤く染め、それを恍惚とした目で眺めている吾郎……。

「どうしたんだよ」と吾郎が言った。「怖くなった？」

わたしは首を横に振り、ひきつった笑みを浮かべながらも、銃を受け取った。

かまやしない、と思った。もし、この銃が本物で、次に引き金を引いたとたん、わたしの頭が吹き飛ばされたとしても、それが何なのだ、と。

P村アジトに連れ戻され、粛清されて死に至り、さびしい山に埋められて、墓標の代わりに落ち葉が積もり、雪が積もり、凍える土の中に横たわっているくらいなら、吾郎相手に愚かなゲームをして死んでいくほうがよっぽどましだった。

だが、一方で、この男は何なのだろう、と改めてわたしは思った。その目は興奮に輝き、その頬は紅潮していて、彼が極度の興奮状態にあることが見てとれた。彼は異様なまでに子供っぽく、同時に、そこには、残忍な手口を知っていて決して明かそうとしない、狡猾《こうかつ》な大人の男が隠れ潜んでいるようにも見えた。

わたしは銃口をこめかみに押しつけ、目を閉じた。きっとこれは本物の銃なのだ、と思った。でなければ、吾郎がこれほど興奮するわけがない。

脂汗《あぶらあせ》がにじむほどの恐怖がつのったが、そこにはかすかな、それとは気づかぬ程度の、快感もくすぶっていた。このまま、こういうことをして死んでいく愚かさに、身を委《ゆだ》ねる快楽。委ねさえすれば、一瞬にして、すべてから解放される、という至福。

引き金を引いた。カチッ、という音が鼓膜を震わせた。首すじに顔に、一斉に汗が噴き出した。

「おめでとう。無事通過だな。次は僕の番だよ。三分の一の確率に挑戦だ」

吾郎は言うなり、銃口を口にくわえた。皮をむいたバナナをまるごとくわえ、悪ふざけしようとしている子供のように。

「もう一度聞くけど」とわたしは言った。声が震えていた。「それ、本物なの？」

さあ、と彼は言った。銃口から口を離さずにいたので、言葉がくぐもって聞こえた。

「やってみなけりゃわからない」

「ふざけないでよ」

「ふざけてなんかないよ。言ったろ？　ゲームなんだって」

「そんなもの、くわえないでよ。離しなさいよ」

「いくぞ。見てろよ」

彼は両手を銃に添え、腕を顔と水平になるまで持ち上げると、銃口をくわえたまま、大きく見開いた目でわたしに目配せした。右手の親指が引き金にかかるのが、はっきり見えた。

「やめて！」とわたしは叫んだ。畳の上で両足をばたつかせた。「お願い。やめて！　やめて！」

悲鳴のような声になっていた。わたしは頭を烈《はげ》しく横に振り、両手で顔を被《おお》い、しゃくり上げた。

銃声を聞くのではないか、と思った。首から上が肉塊と化して吹き飛ばされ、のけぞるように後ろ向きに倒れている吾郎の姿を想像した。

「ゲーム終了」と吾郎は言った。

目を塞いだ手の指の隙間《すきま》から、おそるおそる彼のほうを覗《のぞ》いた。彼は勝ち誇ったような顔をして、コルト・シングル・アクション・アーミーをぞんざいな手つきで畳の上に投げ捨てた。急に遊びに飽きてしまった子供のように。

「きみの負けだよ」

「負けたっていい」とわたしは目に涙をため、恐怖の塊を必死になって飲みくだしながら言った。「どうせ、弾なんか入ってなかったんでしょ」

「そう思うんだったら、泣くことないじゃないか」

「怖かったのよ」とわたしは言った。全身の震えがおさまっていなかった。「口にくわえたりして……怖かったのよ。もういやよ。こんなこと……もうやめて」

「わかったよ。もうしない」

「怖かった。本当に怖かった。まだ震えが止まらない」

「俺に死なれたら困る。……そうだもんな」

彼はからかうような口ぶりで言ったが、わたしは笑わなかった。反論はできなかった。その通りだった。彼に支えられ、生活のすべてを彼に委ね、彼に愛玩《あいがん》されていなければ、わたしは生きていくことができない人間になっていた。

「こっちに来て」とわたしは鼻水をすすり上げながら言った。自分が急速に幼児に戻っていくのを感じた。幼児という名の繭《まゆ》の中にこもって、外界から永遠に逃れている以外、わたしの幸福、わたしの人生の意味はすべて失われていた。

「抱っこして。抱っこされたい。今すぐ。早く！」

吾郎は落ち着き払った仕草でわたしの傍まで来て、いつものようにわたしを抱き上げ、抱きしめてくれた。彼の身体《からだ》は温かく、がっしりとして壊れそうもなく、首すじや耳朶《じだ》の後ろからは、彼の香り……煙草《たばこ》や日向《ひなた》や体臭などの、彼だけの香りがしてきて、なじんだその香りの中に鼻を埋めていると、芯《しん》から身体がほぐれ、やわらかく溶けていくのを感じることができた。

「ああ、吾郎。ああ、吾郎」とわたしは彼の首に手をまわし、耳元で囁《ささや》いた。「ずっと生きてて。死なないで。ここにいて。わたしのこと、愛してなんか、くれなくてもいいの。愛してなんか、ほしくないの。そんなもの、いらない。飼ってる動物みたいに、可《か》愛《わい》がってほしいの。世話してくれれば、それでいいの。だから……」

「だから？」

「だから、こんなゲーム、もういや」

わかったってば、と彼は言った。彼はわたしの頭を撫《な》で、背中を撫で、頬にキスをした。

可愛いやつ、と彼はわたしの耳に唇を押しつけながら言った。「きみがそんなに怖がるとは思ってなかった。リンチで殺された友達の死体を埋めに行った時よりも怖かったんだな。そうなんだろ」

恐怖の種類がまるで違う、と思ったが、わたしは黙っていた。浦部幸子の死体を山に運んだ時の恐怖と、今しがた感じた恐怖の、どちらがどう怖かったのか、ということについて、説明するのは億劫《おっくう》だった。

説明も解釈も分析も、したくなかった。ただ、世界のあらゆる恐怖、あらゆる不条理、あらゆる悲しみから逃れ続けていたかった。小さくなって、吾郎の胸にもっと深く身体を埋めてしまいたかった。どうして赤ん坊のように小さくなれないのか、と我が身の大きさを呪《のろ》った。

わたしは身体を縮め、彼の膝《ひざ》の上で丸くなった。自分の腕が邪魔だった。足が邪魔だった。乳房も邪魔だった。そのすべてを切り落とし、ただの丸い塊になってしまいたかった。

「可愛いやつ」と吾郎は再びわたしの耳元で囁くと、わたしの背中を愛撫《あいぶ》し始めた。

吾郎がわたしのことを称して「可愛いやつ」などと言ったのは、あれが最初で最後だった。わたしがこめかみに銃口をあてがっているのを見た時以上に、彼がわたしのことを心底、可愛く、いとおしく思ったことは、一度たりともなかったに違いない。

吾郎はいつになく、丹念な長い愛撫をわたしに施した。可愛い、可愛い、と飽きずに囁き続けた。わたしは甘えて彼にいっそう強くしがみつき、彼はわたしを裸にしてから、大きなアルマジロのように丸めて抱きしめた。

欲望のおもむくまま、互いが等分に求め合ったのか、奇妙な興奮状態にあった吾郎に烈しく犯され続けていただけなのか、どちらだったのかはわからない。気がつくと窓の外が少し白み始めていて、わたしと吾郎はモルフォ蝶のいる部屋の真ん中で、素っ裸のまま、それぞれ別々の方を向き、ブックエンドのようになって、いぎたなく眠りこけていた。

36

拳銃《けんじゅう》がその後、どうなったのかはわからない。

ロシアン・ルーレットを真似《まね》たゲームをした後、吾郎が元通りに白い絹の布で包み、押し入れに戻したことは確かだが、以後、彼がわたしの前にあの拳銃を持ち出してくることはなかった。わたしたちの間で、銃の話が出ることはなかったし、わたしも何も聞かなかった。

だが、ここに、この家のどこかに銃がある、ということは不思議なことに、わたしを安堵《あんど》させてやまなかった。何か起こったら、あの銃が使えるのだ、と思った。銃があれば、どんな外敵が襲いかかってこようと、吾郎は戦えるはずだし、わたしを守り抜いてくれる、と信じた。

深夜になって、革インターの柏木を人気《ひとけ》のない公園のトイレにおびき寄せ、銃口を額につきつけている吾郎の姿は容易に想像できた。吾郎は柏木に、氷のように冷たい顔を向けたまま、ひと思いに引き金を引くのだ。

静寂に満ちた公園に乾いた銃声が轟《とどろ》く。恐怖に打ちのめされた柏木の顔が、瞬時にして血しぶきにまみれる。青白い蛍光灯が灯《とも》されているトイレの、ひび割れたタイルに、どす黒いものが一斉に飛び散り、だらだらと滴《したた》り落ちる。

吾郎は冷やかな目で、タイルに崩れ落ちた柏木……頭部を吹き飛ばされた柏木を見下ろす。そして、何事もなかったように、拳銃を紙袋の中に戻し、トイレから出てくる。月のない、風もない晩である。公園にも、その周辺にも誰もいない。どこかで犬が吠《ほ》えている……。

あの拳銃は本物ではなく、モデルガンだったのだ、と聞かされていてなお、恐ろしい想像は膨れ上がり、そのたびにわたしは、甘美な興奮に包まれた。それは自分でも驚くほどの興奮で、わたしは自分が本気で吾郎を愛し、吾郎もまた、本気で愛してくれているのではないか、という錯覚を抱いたほどだ。

だが、わたしがあの頃、必要としていたのは愛ではない。庇護《ひご》、であった。愛したくはなかったし、愛されたくもなかった。愛、などという不定形で移ろいやすい、嘘《うそ》がまことになり、まことが嘘になるようなものを求める気など、さらさらなかった。

そうしたわたしの気持ちを見透かしたように、吾郎もまた、冷たくわたしを愛玩し続けた。

彼がわたしにものを食べさせ、飲み物を飲ませ、わたしを風呂《ふろ》に入れて、身体や髪の毛を洗ってくれる習慣は恙《つつが》なく続けられた。わたしの裸身を前にして昂《たかぶ》るあまり、風呂場の簀《す》の子《こ》の上で性を交わしてしまうこともあったが、わたしたちが肌を合わせるのは、たいてい寝床の中だった。

飼い猫を愛《め》でるようにして彼はわたしを抱き、愛撫し、そそくさと挿入《そうにゅう》してきた。果てる瞬間に彼がもらす、「うっ」という呻《うめ》き声だけが、彼の人間らしさ、生身の雄を証明していたが、わたしと彼の交合は、いったいに性というよりも、ある種の排泄《はいせつ》行為を思わせた。

そこには「意味」というものがまるでなかった。奉仕もなく、支配も被支配もない。目的もなければ、理由もない。

わたしたちがしていたのは、発情期の獣同士の、無言の交わりでしかなかった。確かに彼はわたしを愛玩し、わたしは愛玩されることに悦楽を覚えてはいたが、その実、わたしたちは共に、枯れ草や濡《ぬ》れた石の下でまぐわい続ける、二匹の虫でしかなかったような気がする。

永遠に続くはずはなかった。いつかは瓦解《がかい》していく関係であるとわかっていた。しかも、瓦解の時は、静かにひたひたと近づきつつあった。

だが、先のことは考えたくなかった。考えようとすると、決まって身体がだるくなり、微熱が出た。吾郎との静かな、異様な暮らしの中に埋もれていること以外、何も見えてこなかった。

そんなふうにして、暦は十一月になった。わたしは二十一歳の誕生日を吾郎の家で迎えた。

前の年、二十歳の誕生日は、大場修造や鈴木祥子やその他の革インターのメンバーたちと議論をして過ごし、自分がその日、二十歳《はたち》になった、ということすら忘れていた。十九歳の誕生日は、富樫充が祝ってくれた。ビルの五階にある、外が見える洋食レストランでの昼下がり。わたしたちはBランチを注文した。ただでさえ安い店だったが、BランチはAランチよりも安いのだった。

そしてあの、吾郎の家で迎えた二十一歳の誕生日は、朝からよく晴れ、澄みわたった水色の秋空が拡《ひろ》がる日だった。その日がわたしの誕生日であることを知っていた吾郎は、バイトの帰りに小さなバースデーケーキを買って来てくれた。

苺《いちご》の載った、ありふれた生クリームのデコレーションケーキだったが、そうした贈り物を吾郎から受けたのは初めてのことだった。わたしは箱を開けるなり歓声をあげた。

ケーキには色とりどりの、小さな細い蠟燭《ろうそく》が二十一本、ついていた。夜になってから、彼はわたしの見ている前でケーキに蠟燭を立て、マッチで火をつけた。部屋の明かりが消された。わたしはゆらめく蠟燭の光の中で、わくわくしながら彼を見つめた。

「吹き消して」と彼は顎《あご》をしゃくって言った。「いっぺんに消すんだ」

わたしは子供のようにこくりとうなずき、大きく息を吸ってから、二十一本の蠟燭を吹き消しにかかった。炎がまばらに大きく揺らぎ、次々と消えていって、あとには闇《やみ》が残された。

闇の中、蠟の匂《にお》いのする煙がたちこめた。吾郎は何も言わなかった。手を打ち鳴らしてもくれなかった。

わたしはたまりかねて言った。「何か言ってよ。誕生日なのよ」

「ハッピー・バースデー」と吾郎は低い声で、抑揚をつけずに言った。それだけだった。通夜《つや》の席で低く交わす、お悔やみの言葉のように感じられた。

浮き立っていた気持ちが急に萎《な》えしぼんだ。わたしは黙ったまま、ケーキを睨《にら》みつけ、次いで暗がりの中、彼を睨みつけた。

再び部屋の明かりが灯された。吾郎はじっとわたしを見据えた。憎んでいるような、思わずたじろいでしまうような視線だった。彼は視線をそのままに、そばにあったフォークでケーキを乱暴に二つに割ると、苺が載った部分を抉《えぐ》り取るなり、わたしの口の前に持ってきた。

機嫌が悪そうだった。何故《なぜ》なのか、わからなかった。わかりたくもなかった。わたしは唇を固く結び、抵抗を試みた。

彼は頓着《とんちゃく》する様子もなく、ケーキをわたしの唇に押しつけた。冷たい生クリームの感触が唇に拡がった。思わず口をゆるめると、ひと口では食べきれないほど大きなケーキが、フォークと共に無理やり中に押しこまれてきた。

口のまわりに、生クリームがべったりとこびりついた。急いで口の中のものを飲みこんでから、わたしは彼をにらみつけ、舌先で生クリームを舐《な》め取った。

「おんぶして」とわたしは唸《うな》るように言った。怒り、命じながらも媚《こ》びるような口調になっていた。「今からわたしをおんぶして、外に連れてって」

吾郎の顔に、明らかな疑念の色が浮かんだ。「なんで」

「星が見たい」

「星なら、庭からいくらでも見える」

「庭はもう飽きた。玄関の外で見るんじゃなくちゃいや」

「人に見られるかもしれない」

「ちょっとだけなら平気でしょ。いいから早く、連れてってよ」

吾郎は感情が読みとれない目でわたしを見た。長い時間が過ぎたような気がした。

「いやなの？」とわたしは聞いた。

彼は唇を突き出し、への字に結んで、わたしから視線を外した。面倒くさそうに中腰になった彼の背中が、わたしに向けられた。

わたしは彼の首に両手をまわし、身体を預けた。口のまわりにまだ残っていた生クリームは、すべて唾液《だえき》と共に彼の首すじになすりつけてやった。

わたしを背負って立ち上がり、彼は狭い三和土《たたき》に立った。玄関ドアに二か所つけていた鍵《かぎ》を外し、細めに開け、外の様子を窺《うかが》ってから、そっとドアを開けた。

玄関の外に出るのは五か月ぶりだった。外は秋の夜の、乾いた枯れ葉のような匂いに満ちていた。

少し先の、表通りの角に一本だけ街灯があったが、その靄《もや》のような薄い光は、わたしたちのいるところまでは届いていなかった。吾郎の家の隣に拡がっている屋敷の庭は、背の高い塀で囲われており、黒々と枝を伸ばした木々の梢《こずえ》以外、何も見えなかった。

わたしは吾郎の背で頭を起こし、上体をそらせて空をふり仰いだ。晴れた秋の夜空にはいちめん、星が瞬《またた》いていた。燦然《さんぜん》と小さく瞬く星々は、じっと見上げていると、どちらが地面でどちらが空なのか、区別がつかなくなった。

遠くを車が行き交う音が聞こえていた。かすかではあるが、彼方《かなた》に拡がる街のざわめきが伝わってきた。都市は生きていた。胎児のように蠢《うごめ》いていた。

だが、わたしは闇にのまれた異邦人でしかなかった。そこがどこなのかわからなかった。どこでもよかった。わたしにとっての全世界は吾郎の背にあり、宇宙は、吾郎の背から見上げる星空の中だけにあった。

「いつか必ず」とそれまで黙りこんでいた吾郎が、ふいに口を開いた。あまりに平淡な口調だったので、吾郎が気をきかせて何かロマンティックなことを言ってくるのではないか、と思ったほどだった。

「……あいつを始末してやるからな」

満天の秋の星とその言葉とは、あまりにちぐはぐだった。わたしは我に返り、「え？」と聞き返した。

「あいつだけじゃない。きみを連れ戻して、リンチにかけようとするやつらは全員」

思わず咳《せき》こみそうになり、彼の背で身体を硬くしたわたしを、吾郎は幼な子をあやすようにして軽く揺すった。

「今日、あいつがまた店に来やがった」と彼は言った。「妹を捜すためにこのへんに部屋を借りることにした、って叔父に挨拶《あいさつ》しに」

「なんで、それを黙ってたのよ。なんで今頃になって言うのよ」

彼はそれには答えなかった。闇の中、彼の言葉は、暗転した舞台の上で語られる独白のように聞こえた。「話を聞いた叔父が気の毒がって、この長屋の部屋が空いてるから貸してもいい、なんて余計なことを話しそうになったもんだから、俺が慌《あわ》てて話を変えた。危なかったよ。ここが知られるところだった。あいつは勘づいてる。間違いなくきみがこの近所にいる、ってこと。それどころか、叔父のスーパーに目をつけてやがる。なんでなのかはわからないけど、勘が働いたんだろう。ここがやつに知られるのは、時間の問題かもしれない」

吾郎の声は低く、聞き取れないほど小さくて、囁《ささや》いているだけのように聞こえた。わたしは目を閉じた。恐ろしい現実が、ひたひたと漣《さざなみ》のようにして押し寄せてくるのを感じた。

遠くからバイクの音が近づいてきて、表通りの角のあたりで減速し始める気配があった。吾郎は、ぎょっとしたように表通りを振り返り、わたしを背負ったまま、大股《おおまた》で家に駆け戻った。

バイクはそのまま通りを走り去って行ったが、吾郎はわたしを床におろしてからも、しばらくの間、台所の明かりを消し、玄関に張りつくようにして外の気配を窺っていた。

わたしは台所の暗い床に座ったたまま、そんな吾郎を見ていた。

「ねえ」と低く呼びかけた。声が掠《かす》れていた。「始末する、ってどういうこと」

彼は振り返って、わたしを表情のない目で見下ろした。「消す、ってことだよ」

モルフォ蝶《ちょう》のいる部屋から洩《も》れてくる、黄色く溶けた飴《あめ》のような光が、台所まで届いていた。淡くおぼろな、とらえどころのない光の中に浮かびあがる吾郎の姿は、公園のトイレで柏木の額に銃口をつきつけている吾郎を思わせた。

自分の口のまわりから、ケーキの生クリームの、甘く饐《す》えた匂いが立ちのぼっていた。胸が悪くなる匂いだった。

何かが終末に向かって転がり出そうとしているのを感じた。わたしが身震いすると、吾郎は酷薄そうな目つきをして、にやりと笑った。

37

密《ひそ》かに危惧《きぐ》していたことが現実に起こってしまった時、人の反応の仕方には二種類ある。

落胆しつつも、やっぱり思っていた通りだった、として、現実と結果を受け入れる努力をするか、もしくは、一縷《いちる》の希望も絶たれた、と絶望して抑鬱《よくうつ》状態に陥るか……。

わたしの場合、そのいずれでもなかった。そうした一般的な反応をみせることすら、叶《かな》わぬ状況にあった。事態は切迫しており、すぐ次の行動に移らねばならないところにまで追いこまれていた。起こってしまった不幸を受け入れようと努力したり、絶望したりしている余裕すら、失われていたのだ。

誕生日から十日ほど過ぎた、十一月十六日のこと。

その数日前から、吾郎がアルバイトをしているスーパーが店舗の一部改装のため、五日間の休業に入った。仕事に出なくてもよくなった彼は、連日、家でごろごろしていた。前の晩、なかなか寝つけず、眠りについたのが明け方だったから、わたしが目を覚ましたのは、昼近くになってからだったと思う。隣の布団《ふとん》で、吾郎は仰向けに寝たまま、まだ寝息をたてていた。

パジャマにしていた丸首Tシャツの、肩と胸のあたりが、呼吸と共にこんもりと、暖かそうに上下しているのが見えた。いつもの習慣で、そこに鼻を押しつけたくてたまらなくなり、吾郎の布団にもぐりこんでいくと、彼は寝ぼけまなこでわたしを抱き寄せ、少し汗ばんだ手で乳房や腰をまさぐり始めた。

まどろみの中で、ぎこちない愛撫《あいぶ》が続けられ、まもなく布団の中には、互いの火照《ほて》った肌の匂《にお》いが充満し始めた。吾郎は半身を起こし、布団をはねのけるなり、わたしが着ていたパジャマのズボンをするりと脱がせて下半身を露《あら》わにさせた。

身体《からだ》の芯《しん》に眠りを孕《はら》んだままの交合は、終始、無言のうちに執《と》り行われた。互いの動きはあくまでも規則正しかった。自分も吾郎も、決められた通りに動き続ける、ネジ仕掛けの玩具《がんぐ》になってしまったような感じがした。

終わった後、彼はいつものように自分の始末をし、次にわたしの始末をしてくれた。相変わらず無言だった。わたしも黙りこくったまま、赤ん坊の恰好《かっこう》をして彼に一切を委《ゆだ》ねた。

あの頃、わたしたちは充分すぎるほど若かった。回復も早かったが、その都度、精を出し尽くすので、疲労の度合いも深く、性を交わすごとに、しばらくの間、とろとろと眠りの淵《ふち》を漂うのが常だった。どんな時であれ、事を終えて目が冴《さ》えわたってしまう、ということはなかった。

なのに、その日に限って、快楽の後のけだるい、凪《な》いだ海の上の浮漂《ブイ》のような眠りは訪れなかった。そればかりか、寝床にじっと横たわっているのが苦痛にさえなってきた。

閉め切った雨戸の隙間《すきま》から、秋の光が一条の筋となって、室内に射《さ》し込んでいるのが見えていた。わたし同様、眠れぬままにいる様子だった吾郎が、わたしよりも先に起き上がり、冷蔵庫を開けて、よく冷えた瓶ビールを一本持って来た。

アルバイトのない日は、昼日中から、彼がアルコールを口にすることはよくあった。今日もそういう怠惰な一日になるのだろう、と思いながら、わたしもまた、布団に仰向けになったまま、彼に向かってビールをせがんだ。

彼は古いコップにビールを注ぐと、ごくごくと飲み、上半身を傾けて、口にふくんだビールをわたしに口移ししてくれた。空気と共に飲みこんでしまったせいで、わたしはむせ、烈《はげ》しく咳こんだのだが、彼は何の反応も見せなかった。寝床の上で眉間《みけん》に皺《しわ》を寄せながら煙草《たばこ》に火をつけ、またビールをコップに注いでから、彼は手を伸ばして、枕元《まくらもと》にあったラジオのスイッチを入れた。

聴き慣れたFENが流れてきた。すでに正午をまわっていた。

しばらくの間、聴くともなく耳を傾けていると、それまで流れていたポップスがいきなり中断された。臨時の「FENニュース」が始まって、男のアナウンサーが、いきなり早口の英語でしゃべり出した。そのしゃべり方は不吉な興奮に満ちていて、何かいやな感じがした。ニュースの全容を理解することはできなかったが、わたしの耳は、ラジオから流れてくる英語の一部をはっきりと聴き取っていた。ブロウアップ、という言葉が繰り返されていた。さらに、ボム、という単語、ダイナマイト、という単語。トウキョウステーション、という単語……。

全身の毛穴が、一度にすうっと冷たく開いたような気がした。

「どこかが爆破された、って言ってない?」わたしは布団の上に身体を起こしながら、吾郎に聞いた。「東京駅で爆発があった、とかなんとか、って……」

吾郎はわたしをじろりと見、黙ったまま、ラジオのボリュームを上げた。わたしの耳は、アナウンサーの口から幾度も発せられている、タイム・ボム(時限爆弾)という単語を聴き取っていた。

そんなことをするのは初めてだったのだが、わたしは彼からひったくるようにしてラジオを奪い、自分でダイヤルを回して別の局に合わせてみようと試みた。

どのAM局だったのかは覚えていない。あるいは、FMだったのかもしれない。舌たらずの口調でしゃべる女のDJが、「今朝起こった、東京駅の爆弾事件での死者の数がまた増えました」と言っているのが聞こえた。わたしはそこでダイヤルを回す指を止めた。指先が冷たくなっていくのを感じた。

「……亡《な》くなられた方の数は、現在の段階で二十七名。重軽傷者は、確認されているだけでも、三百名を超える、ということです。死者の数は今後、さらに増えるだろう、と見られています。繰り返し、お伝えします。今朝、八時頃、東京駅の丸の内南口改札口付近に仕掛けられた時限爆弾が爆発し、大勢の死傷者が出ているもようです。亡くなられた方は現在のところ、二十七名。過激派による無差別テロ、という見方が強いようですが、詳しいことはまだ何もわかっていません。通勤通学の利用客がもっとも多くなる時間帯だったわけですし、東京駅といえば、新幹線を利用する方々もいらして……」

わたしはラジオを抱え込んだまま、吾郎を見た。閉め切った部屋の中、吾郎の顔は暗がりに浮かぶ、青白い亡霊のように見えた。

「革インターよ」とわたしは言った。胸が苦しくなり、声が震え出しそうになったが、なんとかして食い止めた。食い止めていなければ、大声で叫び出してしまうに違いなかった。

女のＤＪが、「たった今、新しい情報が入りました」と、興奮のあまりか、場違いなほど声高らかに言った。「番組を変更して、ニュースをお伝えします。ニュースに切り換えます」

男のアナウンサーがそれを受け、「臨時ニュースをお知らせします」と言った。「先程から、繰り返しお伝えしておりますように、今朝八時頃、東京駅丸の内南口改札口付近で、時限爆弾とみられる爆弾が相次いで爆発し、二十七名の死者、三百名を超える重軽傷者が出る大惨事になっています。事件後、二時間ほど経過した午前十時過ぎ、犯行グループによるものと思われる声明文が、丸の内警察署に送りつけられ、先程、緊急記者会見が開かれました。声明文によりますと、犯行グループは『革命インター解放戦線』と名乗るテロリスト集団で、今後も爆弾テロを決行し続ける、と宣言しており、警視庁に緊急設置された特別捜査本部では警戒の色を強めています。繰り返しお伝えします。今朝起きた、東京駅爆弾事件に関与していると見られる犯行グループが、声明文を発表しました。特別捜査本部は、連合赤軍や黒ヘルグループとの関連が深い、極左過激派の犯行と見て……」

わたしの目の前に、ぬうっ、と手が伸びてきた。妨げる間もなく、吾郎がラジオのスイッチを切った。

「なんで切るのよ」

「もういい」

「よくないわよ。聴かせてよ」

「今更、聴いてどうする。警察に行くのかよ。え？　自首するのかよ。自分も革命インター解放戦線のメンバーです、二十七人が爆弾で吹き飛ばされたらしいけど、その前にもう一人、リンチを受けて殺されて、山に埋められてます、死体を運ぶのを手伝ったのは自分です、爆弾を作るのを手伝ったのも自分です、爆弾テロに加担したのも自分です、逮捕してください、って、うなだれてみせるのかよ。いや、違うな」と吾郎は冷たく吐き捨てるように続けた。「大場修造がどうなったのか、知りたいんだろ。やつのことが恋しくなったんだろ。そうなんだろ」

「馬鹿《ばか》馬鹿《ばか》しくて、話にならない」とわたしは顔を大きく歪《ゆが》め、怒りにまかせて言った。「いいわよ。ラジオを聴かせてくれないなら、これから外に出て、自分で朝刊を買ってくるから」

「何のために」

「決まってるでしょ。詳しい情報を知りたいからよ」

吾郎は小馬鹿にしたように、わざとらしく目をむき、芝居がかった大きな笑い声をあげた。「今朝八時に起きた事件が、朝刊に載ってるわけないだろ。それにきみは文無しなんだ。俺が金を渡さない限り、新聞も買えない。俺がいなければ生きていけない。何もできない。ただの赤ん坊のくせに、爆弾テロの記事なんか読む必要が、どこにあるんだよ」

畳の上のコップには、ビールが半分ほど残っていた。気がつくと、わたしはコップを手に、中のビールを勢いつけて吾郎の顔に浴びせていた。吾郎は表情を変えなかった。吾郎の顔から、前髪から、ビールが泡と共にだらだら滴《したた》り落ちた。だが、彼は身動きひとつしなかった。小さく瞬《また》き返しただけだった。

ややあって、彼は濡《ぬ》れた顔を掌《てのひら》でつるりと撫《な》で、頭を横に振った。プールからあがったばかりの、少年のような仕草だった。

「夕刊は」と彼はこともなげに言いながら立ち上がった。「夕方、俺が買って来てやる。どうせ、どこにも行けやしないんだ。気がすむまで読めばいい。何なら、枕元で俺が読んで聞かせてやってもいいぜ。そうだ。そうしよう。おむつを替えてやらなきゃいけないような赤ん坊には、それが一番いい」

黒々と渦を巻くマグマのようなものが、身体の底からわき上がってくるのを感じた。わたしは空のコップを吾郎ではない、吾郎の後ろの壁に向かって、力まかせに投げつけた。手元が狂い、コップは危うくモルフォ蝶が並ぶ標本ケースに命中しそうになったが、かろうじて外れて、本棚の角にあたった。大きな音と共にコップが割れ、ガラス片があたりに飛び散った。

吾郎は軽蔑《けいべつ》したような目でわたしを見下ろしたが、それだけだった。何も言わなかった。

彼はのそりと立ち上がり、ガラスの破片を器用によけながら、庭に面した窓に向かった。窓と雨戸がするすると開けられた。雨戸の形をした四角い光の渦が、部屋の中に押し寄せてきた。あまりの眩《まぶ》しさに、目の奥に痛みが走った。

吾郎は何もなかったように庭に出て行き、それからたっぷり一時間ほど、木刀を振り続けた。秋の光が長く室内に射し込んできて、割れたガラスの破片を虹色《にじいろ》に染めていた。じっとそれを見つめていると、何も考えられなくなった。庭では、秋の午後の空気を切り裂く木刀の音が、規則正しく聞こえていた。

木刀を振るのをやめた吾郎は、汗だくになって部屋に戻って来ると、ガラスの破片の掃除を始めた。室内用の箒《ほうき》とちりとりを使って掃除を終え、次に台所に行き、食事の支度をして、わたしのところに運んで来た。

驚くべきことに、わたしは空腹に喘《あえ》いでいた。大場や祥子たちが、計画通り、爆弾テロを決行し、大勢の死傷者が出たとわかったというのに、わたしは食べること、吾郎から何かを口に入れてもらうことだけを望んでいた。

食べ物の匂いを嗅《か》いだだけで、胃がきゅるきゅると鳴った。わたしは吾郎に向かって身を乗り出し、大きく口を開けた。吾郎は自分が食べるかたわら、せっせとわたしの口に、ケチャップをかけたスクランブルエッグや、塩胡椒《こしょう》をふって焼いたソーセージや、キャベツを刻んだだけのサラダを詰め込み、バターをたっぷりぬったトーストをかじらせ、砂糖と粉末ミルク入りの甘いインスタントコーヒーを飲ませた。

コーヒーが唇の端からこぼれ、顎《あご》を伝って胸のあたりを汚した。ケチャップが飛んで、コーヒーの染《し》みの上に、新しい染みを作った。粗く刻まれたキャベツの切れ端が、ぽろぽろとこぼれ、膝《ひざ》やシーツの上に散らばった。

自分はひどいなりをしながら、餓鬼のように食べている、とわたしは思った。ブラシをあてていない髪の毛は寝癖だらけで、メドゥーサの蛇のようにとぐろを巻いていた。化粧どころか、ろくな手入れもしていない顔は、鏡に映して見るのもいやだった。

そして、そんな時、外では大変なことが起きているのだった。かつて、その思想に深く共鳴し、爆弾闘争を目指した自分に嘘《うそ》はなかった。だからこそ、爆弾製造に加担した。テロリズムを自分なりに正当化した。いつか自分も、その爆弾を仕掛ける側に立つことになる、ということも、充分、想定内にあった。

あの時、自分が製造を手伝った爆弾が、大勢の命を奪ったのだ、と思った。そうなる、とわかっていて大場の思想に寄り添い続けたはずの自分は、今やただの、薄汚い餓鬼と化し、匿《かくま》ってくれている男が差し出す食べ物にむしゃぶりついている……。

二枚目のバタートーストが、わたしの口の前に差し出された。わたしは口を開け、それを齧《かじ》ったが、突然、嚙《か》むことができなくなった。激流のように嗚咽《おえつ》がこみあげてきた。呼吸が乱れ、涙があふれた。

吾郎は冷やかな目でわたしを見た。剝製《はくせい》にされた猛禽類《もうきんるい》のような、光のない冷たい目だった。

「泣くな」と彼は低い声で言った。

嗚咽をこらえきれずにいるわたしの口から、齧ったばかりのトーストがこぼれ落ち、シーツの上に、ぽとりと鈍い音をたてて転がった。

「泣くな」と彼はもう一度、繰り返した。

だが、わたしは泣くのをやめなかった。嗚咽は声になってあふれ、わたしを震わせ、顔を醜く歪ませた。

吾郎の手が飛んできた。わたしは左の頬を張り飛ばされて、後ろ向きに倒れた。口の中が切れたようだった。鉄錆《てつさび》のような味のする唾液《だえき》と共に、鮮血がシーツに丸い染みを作った。

わたしは亀《かめ》のようにうずくまって泣き続けた。吾郎はぷいとその場から離れ、玄関から外に出て行った。鍵《かぎ》がかけられる音がした。

その日、吾郎が帰って来たのは暗くなってからだ。血の気の失《う》せたような顔をした彼は、わたしの前に夕刊を放り投げ、冷蔵庫を開けてコーラの瓶の栓を抜き、立ったままゴクゴクと大きな音をたてて飲み出した。

夕刊の一面トップには、見たこともないような巨大な見出しで「東京駅で爆弾テロ・

戦後最悪の大惨事」とあった。死者四十三名、重軽傷者は三百二十六名にのぼっていた。

革命インター解放戦線の犯行声明文は、中央に囲み記事で大きく掲載されていた。

『本日、東京駅爆弾作戦を決行したのは革命インター解放戦線である。わが部隊は、支配者階級のみならず、権力側に愚かしく洗脳されていく無能な人民、労働者階級も、日本帝国主義に加担しているものと見なし、それらを殲滅《せんめつ》するためのテロリズムを真っ向から容認するものである』

38

かつて〝同志〟であった者たちが引き起こした惨劇は、一挙にわたしを混乱の極みに陥《おとしい》れた。

烈《はげ》しくうろたえるあまり、自分が何を考え、何をどのように感じているのか、ということすら、わからなくなった。わたしは怯《おび》え、恐れ、震えながら、あるかなきかの理性を総動員させて、自分が取るべき道について考え続けた。

考えはなかなかまとまらなかった。そう簡単にまとまるはずもないことは承知していたが、気分の乱気流が烈しすぎて、舞い戻ってきたと思った理性など、すぐに消えて見えなくなった。途中までなんとか積み上げたはずの積み木も、たちまち崩れ去った。

といって、吾郎の家の小さな庭に、金色の飴《あめ》のようになって溜《た》まっている秋の光を眺め、茫然《ぼうぜん》としたまま過ごしているわけにはいかなかった。早急に何かしなければならなかった。何らかの結論を出さねばならなかった。それだけは確かだった。

ただちに吾郎の家を出て警察に行き、自分が革命インター解放戦線のメンバーであったこと、そして、革インターの全容を包み隠さず明かすべきだ、そうすれば、二度目のテロを未然に防ぐことができる……そんなふうに高潔な正義感にかられることもあれば、このまま知らぬ存ぜぬを決めこんで、吾郎と生活を共にし、身を潜めていればいい、自分はもう死んだのだと思っていればいい、などと、ひどく投げやりに考えることもあった。

吾郎が豹変《ひょうへん》するのではないか、という疑念もないわけではなかった。さしもの吾郎も、事の大きさに腰が引けてしまう可能性はあった。彼がわたしを最後まで裏切らずにいてくれる保証はどこにもなかった。

どうせなら、完膚なきまでに裏切ってほしい、とも思った。彼がわたしを見捨て、裏切ってくれれば、わたしは吾郎を犯罪に巻きこまずにすむ。彼は、わたしのような人間を匿い続けた罪を問われずにすむ。

一方で、わたしは大場修造のこと、革命インター解放戦線のこと、彼らの行為、そして彼らに従おうとした自分自身について考え続けた。

彼らが爆弾テロを決行したと知った時、わたしの中には驚きや恐怖と共に、かすかな畏敬《いけい》に近い感覚が生まれていた。それは事実だ。利害を超え、決然と命を賭《か》けて突き進んだ彼らの思想……大場が提唱し続けた暴力革命思想の中に漂っていた何かは、どれほど馬鹿げた愚かしいものだったとしても、かつてわたしの心の琴線に、確実に触れたことがあった。そのことを忘れるわけにはいかなかった。

わたしも含め、あの時代、全共闘の運動に走った若者たちの心の中に、一瞬にしろ宿ったことのある何かについて、一時の気の迷いであり、ハシカのようなものである、と後年、せせら笑うことは誰にでもできる。全共闘の思想なんて、エリート意識をもつ高学歴連中の愚かしい妄想に過ぎない、だってそうだろう、やつらは後になって権力と手を結んだんだぜ、命を賭けてそういう生き方を拒絶していたはずのやつらが、平然と体制側にまわったんだぜ……そんなふうに言うことは誰にでもできる。

だが、本当にそうだったのか、それだけだったのだろうか。そんなことをわたしは今になってもまだ思う。

わたしにとって、大場の思想が魔物のように魅力的だと思えた時期があった。そこにはイデオロギーだけではない、文学があった。詩があった。それらが、一時期、わたしの精神の礎《いしずえ》になってくれたことは、否定しようのない事実なのだ。

たとえ、死や殺戮《さつりく》を正当化するために文学が都合よく利用されたに過ぎなかったのだとしても、わたしの中にあった未熟さ、幼い情熱がそうさせただけのことだったとしても、わたしは大場の考え方、大場が口にする言葉、その表現に溺《おぼ》れた。

健全な良識だけを愚直に保ち、秩序の網の目からこぼれ落ちてしまうものを軽蔑し、宗教のように道徳や良俗にすがっているだけでは、やがて社会は廃《すた》れ、そこに生きる我々もまた、暗黒の中に放り出されてしまう、ということ。再生のための破壊が必要な時もある、ということ。瓦礫《がれき》の中からこそ、真のエネルギーが噴出する、ということ。いたずらに安息するな、ということ。何ものにも惑わされることのない思想は、破壊と再生の繰り返しの中からしか生まれない、ということ……大場が唱えていたことは、終始、わたしの耳にそのように聞こえていた。そして、きっと、それは間違っていなかったのだと思う。大場自身、爆弾で都市を破壊しようとしながら、そういうことを少年のように考え、信じ続けていたのだと思う。

だからこそ自分は大場に従ったのだ、という自己肯定の思いと、どこからか完全に誤った道に足を踏み入れてしまった大場に絶望し、大場を恐怖し、大場のもとから、大場の思想から、永遠に逃れ続けていたい、という拒絶の思いとがわたしの中に同時に発酵し、混濁し続けた。警察に駆け込んで、大場修造のこと、鈴木祥子のこと、P村アジトで行われていたこと、そのすべてをしゃべってしまえれば、どんなに気持ちが楽になるだろう、とも思った。一方では、どこか高いところから飛び下りて頭を打ち、記憶のすべてを失ってしまいたい、という衝動にもかられた。

連日、朝から晩まで、東京駅爆弾テロのニュースが報じられていたが、わたしには詳しいことはわからなくなった。吾郎が、わたしのために新聞を買って来てくれなくなってしまったからだ。

最後に読んだ新聞は、事件が起きた三日後の朝刊で、そこには死者五一名、重軽傷者は三三八名、とあった。吾郎が、かろうじて新聞を買って来てくれていた三日間に、わたしは全部で六回、朝夕刊を読んだ計算になる。

新聞には、爆発現場となった東京駅丸の内南口改札口付近の、瓦礫と化しながら、もうもうと煙が立ちのぼって、立ち入り禁止になっている様子や、病院のベッドで頭から足先まで全身、包帯を巻かれ、苦しみ悶《もだ》えている負傷者、幾つも並べられた簡易の柩《ひつぎ》に取りすがって号泣している人たちを写した写真が、何点も掲載されていた。

報道によると、爆発の直前、東京駅丸の内南口の改札口付近で、黒っぽいジャケットを着た若い男が、大きな黒いビニール製のバッグと白いスポーツバッグをそれぞれ床に置き、人待ち顔で、あたりをきょろきょろ見回していたのが駅員によって目撃されている。男はしばらくの間、バッグを足元に置いたまま、落ち着かない素振りで同じ場所に立っていたが、突然、逃げ出すようにして、小走りに駅から走り去って行った。不審に思った駅員が、改札口の手前に残されていた二つのバッグに注目したとたん、大音響と共に爆発が起きたのだという。

その駅員は、時限装置のついた爆弾と思われるものの至近距離にいながら、奇跡的に軽傷を負っただけで助かった。男の年齢は推定二十歳くらい。身長一七五センチくらいのやせ型。長髪で黒縁の眼鏡をかけていた。犠牲者の中に該当するような男はおらず、警視庁は全国に緊急配備を命じて、駅員の証言をもとに、駅から走り去った若い男を捜している……ということだった。

また、新聞紙上において、革命インター解放戦線についての新しい情報はほとんど入っておらず、過激派や全共闘に詳しい評論家や社会犯罪学者、作家などが、憶測でものを言っているに過ぎなかった。

誰もが、その前年の暮れに起きた新宿伊勢丹デパート近くの派出所の、クリスマスツリー爆弾事件との関連性について触れていた。ツリー爆弾事件も含めて、それまでに発生した爆弾事件のほとんどが、脱セクトの超過激派である黒ヘル爆弾グループによる犯行であったわけだが、グループのメンバー五人は、七二年五月に逮捕されている。爆弾闘争を主目的にしている、ということで、活動内容が革インターと類似する点も多く、革インターは黒ヘルグループが解体された後に派生した、都市殲滅を目指すテロリストグループであろう、という見方が強まっている様子だった。

だが、新聞を舐《な》めるようにして繰り返し読みあさっても、中に大場修造の名は見つからなかった。大場を連想させる記述も一切なかった。当局によって厳重に隠蔽《いんぺい》されているのか、それともまだ、大場修造という男には捜査の手が伸びずにいるのか、どちらなのかはわからなかった。

わたしは吾郎が外に出て行くたびに、ラジオに飛びつき、電源を入れ、貪《むさぼ》るようにして事件についての詳細を知ろうとした。だが、ダイヤルを回してどの局に合わせてみても、テロの恐ろしさと犠牲になった人たちの悲劇を報じる番組ばかりで、さしたる新しい情報は得られなかった。

事件の報道ばかり気にしているわたしが、吾郎を不機嫌にさせていることは充分、わかっていた。彼の前でもっとうまく立ち回ることができたら、吾郎に新聞を買って来てもらうこともできたと思う。

しかし、革インターの犯行は、一挙にわたしを現実に引き戻した。わたしと吾郎を分かちがたく結びつけていた、あの、閉鎖された空間の中での乾いた、甘美な遊戯の時間が、すでに終幕に近づいていることがわたしにはわかっていた。

吾郎はそのことに気づき、子供のように苛立《いらだ》っていた。その気持ちは理解できないわけではなかったが、どうしようもなかった。

どうすればよかったというのか。爆弾事件なんかどうでもいいから、わたしに餌《えさ》をちょうだい、お水をちょうだい、と言って、彼に向かって燕《つばめ》の雛《ひな》のように、大きく口を開けていればよかったのか。求められるままに肌を合わせ、彼を受け入れ、おしめを替えてもらう時の赤ん坊のような恰好《かっこう》をして、射精の後始末をさせ、そうしてもらえない時は両足をばたつかせていれば、それでよかったというのか。

東京駅での事件が起きてから、一週間後だったと思う。アルバイトに出かけようとしていた吾郎は、わたしの見ている前でトランジスタ・ラジオを抱え上げ、険しい表情で玄関に向かった。

いやな予感がした。「どうする気？」と聞きながら、わたしは蛇のように身体《からだ》を長く伸ばして、モルフォ蝶《ちょう》の部屋から半身を乗り出した。「なんでラジオなんか、持ってくのよ」

「捨ててくる」

「捨てる？　どうして」

「うるさいな」

「わけを教えてよ」

「説明する気はない」

「わたしに一切、ニュースを聴かせまいとしてるのね」と、わたしは吐き捨てるように言った。「わたしがテロのニュースを知ろうとすることがいやなんでしょ。気にくわないんでしょ」

「いやとかいいとかいう問題じゃない」

「テロのニュースを聴いて、気持ちが外に向いてるわたしを眺めてるのが、いやなんでしょ。そうなんでしょ。この家の外で起こってることに、気をとられてるわたしを見るとイライラする。だからラジオなんか、捨てちまえ、って思ってるのよ」

「馬鹿《ばか》を言え」

「じゃあ、何なのよ」

彼は奥二重の目を三角にし、わたしを威嚇《いかく》するように睨《にら》みつけると、何も言わずに外に出て行った。乱暴にドアが閉ざされ、外から鍵《かぎ》がかけられた。

その瞬間、わたしは世間の、あらゆる情報から遮断された。

極度の精神的混乱と不安は、人を攻撃的にさせる、と聞いたことがある。理性ばかりか、客観性も奪われ、理由のはっきりしない怒りと苛立ちばかりが与えられる。怒りによって自らをいっそうかき乱し、不安の矛先を変えてしまおう、とする動物的本能が働くせいかもしれない。

それまで、わたしと吾郎との間で交わされる言葉数は少なかった。会話が長続きすることなど滅多になく、それで充分、事足りていた。なのに、事件以後、わたしの中には絶えず、何かがこみ上げてくるようになり、そのうち、自分でも収拾がつかなくなっていった。

吾郎にラジオを捨てられた翌日。わたしは絶え間なく襲ってくる、自分でも説明のつかない苛立ちに抗しきれなくなったのを知った。まるで自分の中に、もう一人の別の自分が膨れ上がり、肥大化して、皮膚を突き破りながら飛び出してくるような感じだった。すでに夜の七時をまわっていたと思う。吾郎が台所に立ち、夕食の支度を始めようとする気配があった。

わたしが、あれだけの犠牲者を出した爆弾テロ事件と深く関係し、その爆弾製造にも加担したことを知ってからも、吾郎はこれまで通りに規則正しい生活を送ろうとしていた。

事件のことも口にしようとはしなかった。わたしさえ黙っていれば、何も起らなかったかのように、同じ暮らしがこの先、何年も何年も続けられるのではないか、と思われた。

わたしはマットレスの上に座った姿勢のまま、台所に向かって「ちょっと」と大きな声を張り上げた。「こっちに来てよ」

足音がし、吾郎がわたしのところにやってきた。不機嫌そうな、険のある顔つきだった。わたしを見下ろす目は、早くも上目づかいになっていた。

「座って」とわたしは軽く顎《あご》をしゃくって命じた。「そこに」

「何だよ」

「もう、耐えられない」

「だから、何なんだよ」

「わからないから」

「何が」

「あなたの本心。どうして警察に行かないの。どうして、わたしを権力に売り渡してしまわないの。なんで黙ってられるの」

吾郎はふてくされたように畳の上に腰を落とし、いったん胡座《あぐら》をかいたものの、すぐに足を解いて、膝《ひざ》を抱える姿勢でモルフォ蝶が並べられている本棚の近くに座り直した。少しでもわたしから離れたところにいたがっている様子だった。

「なんとでも言えるでしょう」とわたしは声を荒らげた。「わたしという人間の素性を知ってて匿《かくま》ってたわけではない、っていうことにしておけばいいんだもの。それだけの話じゃない。どうせ、証拠なんか、なんにもないんだから。いくらでも都合よく話を作ることができる。なのに、なんで何もしようとしないの。わたしを放り出しもしない。警察にも駆けこまない。世間ではこんな大事になってるっていうのに、あなた、ずっと黙ったまんま。何を考えてるのよ」

吾郎は答えなかった。じろりとわたしを睨みつけたが、すぐに視線をそらせ、いきなり、両腕で膝を抱えたかと思うと、背を丸め、膝の間に顔を埋めた。叱《しか》られて、すねている少年のようだった。

大きな図体《ずうたい》をしながら、わざとらしく打ちひしがれた態度をとっている、と思うと、余計に苛立ちが増した。

「さっさとわたしのことなんか、裏切って、警察に通報したらいいじゃないの。バイトに行く、って言って、ここを出て、その足で警察にかけこんで、自分のところに革インターのメンバーがいる、自分はこれまで騙《だま》されていた、嘘《うそ》八百並べて、こんな恐ろしいことが起るとは思っていなかったとか何とか言って、涙ながらに訴えたら、いいじゃないの。叔父さん夫婦にも同じことを言えばいいじゃない。みんな、あなたを信じるわよ。気の毒がってくれるわよ。あなたは、革インターのやってきたこととは何の関係もない人なんだから。思想だとか、テロだとか、あなたには永遠に無関係のことでしかないんだから。そうでしょ？　これからだって、安全圏に生きていられるのよ。なのに、なんで、何もしないでいるのよ。テロリストの一味だったわたしをここに置いたまんまにして、いったいどうするつもりなのよ」

自分でも、何を言おうとしているのか、よくわかっていなかった。そんなことをまくしたてて吾郎を責めたてるのは、まったくの筋違いだった。わたしはまるで、袋小路に追いつめられ、逃げ道を閉ざされ、やみくもに歯を剝《む》いて威嚇し続ける、ネズミだった。

吾郎は膝の間に埋めていた顔を上げ、わたしを見た。恐ろしくゆっくりとした動作だった。人を怯《ひる》ませるような冷たい視線がわたしを貫いた。

「どうするつもり、って……」と彼は低く、落ち着いた声で聞いた。「なんで、俺が何かをしなくちゃいけないんだよ」

わたしは負けじと、冷やかな視線を投げ返した。「どういう意味?」

「警察に通報する?　きみを追い出す?　そんなことをして、何のメリットがある」

「じゃあ、聞くけど」とわたしは言った。皮肉をまじえた笑みを作ろうとしたが、うまくいかなかった。生唾《なまつば》を飲みこむ乾いた音が、あたりに響いただけだった。「……あなたは何をやっていたいの。ラジオまで捨てちゃって、新聞も買ってきてくれなくなって。世間から完璧《かんぺき》に隔絶した空間を作って、わたし相手に、ここでずっと赤ん坊ごっこをやっていたい、ってわけ?　革命インター解放戦線から逃げ出して、行き場を失ってるわたしを赤ん坊に見立てて、バブバブ、ってあやして、ガラガラを振って遊んでいたいわけ?　あなたが望んでるのはそれなの?　そんなことなの?」

ひどいことを言っている、と自分でも思った。理由はどうあれ、窮地に陥っていた自分を救ってくれた人間に対して言うことではなかった。たとえ、吾郎が赤ん坊ごっこがしたかっただけの男だったのだとしても、わたしの抱えている事情を知りながら、彼がわたしを匿い、世話をし続けてくれた事実は消えない。

それに、何よりも、わたし自身が、そんな彼と共有する時間を必要としていたのだ。少なくとも、そうした時間の中で確実に癒《いや》されてきたのだ。そこに、世間で信じられている友情や恋や愛はなかったかもしれないが、同じ巣穴に生きる獣同士としての絆《きずな》は、確実に存在していたのだ。

吾郎は瞬《まばた》きひとつせず、わたしを見ていた。怒っているようには見えなかった。彼の顔に浮かんだのは、魂を抜かれた人形のような、生気のない表情だけだった。

何をどう言えばいいのか、わからなくなった。わたしは顔を歪《ゆが》めた。再び言葉が渦を巻きながら喉《のど》のあたりにこみ上げてきたが、それは形を成さないまま、煙のごとく消えていった。

沈黙が流れた。どちらからともなく、視線を外し、わたしたちは気まずく刺々《とげとげ》しい空気の中、じっとしていた。

あやまろうとしたのだが、それもできなかった。あなたを護《まも》ってあげたいのよ……そう言えばいい、と認めるまでに時間がかかった。それこそがわたしの本心であり、わたしがもっとも気にしていたことであり、正直な思いだった。だが、それが言えなかった。

何故《なぜ》だったのだろう。あなたを護る。警察から、国家権力の手から、法律や常識から、何があっても、あなたを護りたい……そんなふうに言えれば、わたしたちの間には、何か別の展開があっただろうに。

現金も所持品も、未来も夢も、着るものすら持っていない。しかも、長期にわたって歩かずにいたせいで、足萎《あしな》えになりかけていた。そんな自分にもできる唯一《ゆいいつ》のことがあるとしたら、吾郎を革インターの事件から護ってやること、それだけだった。だからこそ、わたしのことを警察に通報しようとせず、追い出しもしないでいる彼を責めてみたい衝動にかられた。彼を巻きこむまい、とする気持ちが膨れあがった結果、そうなっただけのことなのに……。

「ほざいてろよ」とふいに吾郎は低く、突き放すように言うと、勢いよく立ち上がった。その目には、憎々しげな炎が燃え盛ってはいたが、それはどこか悲しげで、憎悪《ぞうお》を演技しているだけのようにも見えた。「どうせ、腹がへったら、俺の前で口を開けるんだ。きみにはそれしかできないんだ」

わたしは、想《おも》いとは裏腹の、いきりたった言葉を投げ返した。「だったらどうだ、って言うのよ」

「俺がその口に食べ物をつっこんでやる。……それだけの話だろ」

彼は足音高く台所に行き、乱暴に水道の蛇口をひねった。ざあざあと水が流れる音がし、少したってから、玄関先で靴をはく気配があった。

玄関のドアが開き、閉じられ、外から鍵がかけられた。気配が遠ざかった。昨日と同じだ、とわたしは思った。また彼は出て行ってしまった。すでに時刻は夜の八時をまわっていた。

しばらくの間、息をひそめながら、わたしはマットレスの上に座ったままでいた。二十分か三十分、そうやっていたと思う。何も考えられなかった。

傍に置いてあったセブンスターの真新しいパッケージから煙草《たばこ》を一本取り出し、マッチで火をつけた。すぐに吸い終え、たて続けに二本目の煙草に火をつけた。今しがた、自分が発した言葉が甦《よみがえ》った。吾郎を傷つけた分だけ、自分自身も傷を負ったことを感じた。傷は深く、致命的でもあるような気がした。

煙草を消し、マットレスから降りて台所を覗《のぞ》くと、流しに渡したまな板の上に、何かが載っているのが見えた。夕食にするために、吾郎が買っておいたもののようだった。わたしは年老いた獣のように、四つんばいになったまま台所まで行くと、まな板に向けて右手を伸ばした。載っていたのは、二枚のメンチカツだった。一枚を摑《つか》み、その場でかぶりついた。

自分でものを食べたのは久し振りだ、と思った。冷えたメンチカツは、少し硬くなっていた。味はしなかった。

もう、ここにいてはならない、と思った。彼のために。自分のために。わたしがここに居続ける、ということは、つまるところ、吾郎を警察に引き渡すのと同じことになる。わたしがここにいれば、いずれは発見され、吾郎もわたし同様、法の裁きを受けることになる。そしてわたしたちは、この小さな古い家で、言葉もなく赤ん坊ごっこ、飼育ごっこをしていたことを世間に晒《さら》さねばならなくなる。

わたしはいい。たとえそうなっても、そこに至るまでの経緯のほうが、法の世界や世間の良識の耳目を集めてしまうからである。だが、彼は違う。彼はいたずらに、裁かれる必要のないことで裁かれていくのだ。

六月の公園で、おそらくはちょっとした好奇心、もしくは同情心にかられ、わたしを拾ったせいで。ただ、それだけのせいで。

味のしないメンチカツを力なく咀嚼《そしゃく》しながら、わたしは台所の流しの下で、冷たい床に両手をつき、嗚咽《おえつ》した。嚙《か》み砕かれたメンチカツが、唾液《だえき》と共に糸を引きながら、黒ずんだ床にこぼれ落ちていった。

以後、自分が取った行動を思い返すと、そのあまりの矮小《わいしょう》さに、今も腹立たしくさえなる。だが、どう考えても、わたしが吾郎に黙って外に出て行くためには、それ以外の方法が見つからなかった。

何よりも先に必要なのは現金だった。どこかに電話をかけるにせよ、電車やバスを利用するにせよ、現金がなくては身動きが取れない。

かといって、必ずしも高額の金は必要ではなく、あくまでも小銭でよかった。小銭程度なら、彼の所持金からくすねることができる。

吾郎は財布を持つ習慣がなく、いつも小銭や札をそのままジーンズやジャケット、ブルゾンのポケットに押しこんでいた。衣類を脱ぐ際に、ばらばらになった小銭や五百円札をテーブルの上や本棚の上、台所のガス台や冷蔵庫の上などにまとめて無造作に置いておくこともあったし、ポケットに入れたままにして、翌日また、同じものを身につけ、外に出て行くこともあった。

そんな具合だったから、現金を幾ら持ち歩いているのか、本人がいちいち確認しているはずもなかった。バイトの給料が入った時ですら、高額紙幣を紙屑《かみくず》のように丸めてポケットに押しこんでしまう。小銭に至っては、部屋の片隅にばらまかれたままになっていることすらあった。

外出先から戻った吾郎が、ポケットの中の小銭や札を取り出し、頓着《とんちゃく》する様子もなく、そのへんにひとまとめにしたまま、トイレに入ったり、少し目を離したりした隙《すき》を見計らって、わたしは泥棒猫のように、十円玉や五円玉、時には五百円札を一枚、盗み出した。くすねた現金は、寝床に使われていた古マットレスの錆《さ》びたファスナーを開け、奥に押しこんで隠しておいた。

吾郎が小銭を多く持ち合わせていない場合は難しかったが、たいてい一度につき、四、五十円ほどの金は手に入れることができた。

彼の目を盗み、そっと小銭を掌《てのひら》に包みこんでから、マットレスの奥に押しこむ。その一連の動きは、なめらかに行われ、かつて似たような経験をしたことがあったのではないか、と自分でも驚くほどだった。

彼が出かけて行き、外からドアに鍵《かぎ》がかけられ、あたりが静まり返ったとたん、わたしはマットレスのファスナーを開けた。貯《た》めこんだ小銭を取り出し、畳の上に並べた。一円たりとも見逃さぬよう、背を丸め、片膝を立て、髪の毛を乱し、目を皿のようにして小銭を数えあげているわたしは、事情を知らない人間の目には、気のふれた女高利貸しのようにしか映らなかっただろう。

当初は、せめて公衆電話からどこかに電話をかけるための十円玉が何枚か手に入ればいい、という程度に思っていたのが、次第に欲が出てきた。移動するための電車賃として少なくとも百円、二百円は手に入れておきたい、空腹になった時のために、菓子パンや牛乳が買えるだけの金も用意しておきたい、いや、久しぶりに喫茶店に入って飲む、一杯のコーヒー代もほしい……。

そのうち、冬の寒空の下、コートもまとわず、手ぶらで外を歩いていたら、かえって人目につく、女物のコートも買いそろえたい、ショルダーバッグのようなものも手に入れたい、とまで夢想するようになった。

ここを出たら、いったん仙台の家に帰ろう、行ける場所があるとしたら、あそこしかない、と真剣に考え始めたのもその頃からだ。

長期にわたって消息を絶っていた娘が、やつれ果てた姿で戻って来たとなったら、両親がどんな反応を見せるか、あらかじめいやというほど想像できた。彼らは涙を流して娘の無事を悦《よろこ》び、気を失うほどの安堵《あんど》を見せた後で、おずおずと質問してくるだろう。恐ろしい答え、決して耳にしたくないと思っていた答えが返ってくることを覚悟しながら。

父親は多分、うすうす勘づいている。疑っている。現在、世間を震撼《しんかん》させている極左テロ事件に、娘が何か関与しているのではないのか、と。

まず、父親が、東京駅爆弾テロについての話を始める。もしかしたら、革命インター解放戦線の名も口にするかもしれない。傍で母親が、青ざめた顔で小刻みに震えながら、わたしを見守っている。上目づかいの弟が、部屋の片隅に両膝を抱えて座っている。父は弟に低い声で命じる。「自分の部屋に行ってなさい」と。

たとえ、家族からどんなに問いつめられても、どんなに泣かれても、事実を親に告げる気にはなれなかった。

わたしは彼らを安堵させることを目的に、家に戻るのではなかった。戻る理由はただ一つ。早晩、わたしにも捜査の手が伸びてくる。厳しく罪を問われる日がくるまで、せめて数日でいい、まともな生活をしたかった。身を清めて、その日を待ちたかった。吾郎の家を出て、再び、あてどのない逃亡生活を始められるだけの余力は、もはや、わたしの中には一片も残っていなかったのだ。

あるいは、わたしが鈴木祥子なら、逃亡を続けることができたのだろうか。そのうち、東京駅のみならず、爆弾テロが都内各地で頻発している、というニュースを耳にすることにもなっただろう。それなのに、我関せずで、堂々と逃げ続けることができたのだろうか。

祥子なら、できるのかもしれなかった。だが、わたしには無理だった。わたしはその意味では軟弱な、ごくありふれた、山の手育ちの小娘でしかなかった。思想を貫くために一切を欺《あざむ》き、且《か》つ、そんな自分を肯定できる強さなど、初めから持ち合わせていなかった。強さがない分だけ、どうにも行き場がなくなったと知れば、べそをかいて白旗を振るしかなくなるのだった。体制側の論理に甘え、自分を救済しようとするしかなくなるのだった。

かといって狂ってしまうこともできず、まして、自殺する勇気もない。自分を匿《かくま》ってくれていた若い男から、十円、百円……と小銭をくすねて貯め込み、おめおめと親のもとに帰ろうとするのがせいぜいで、そんなわたしを見たら、革インターの連中は、ただそれだけで処刑の対象にしたことだろう。ダイナマイトをわたしの背中に括《くく》りつけ、地面に掘った穴の底に押し込めただろう。そして、導火線に自分で火をつけろ、と命じてきただろう。わたしは彼らの前で、巨大な花火と化し、闇夜《やみよ》を焦《こ》がすことになっただろう。

そうなっていたほうが、よかったのだろうか。自分の美意識を全《まっと》うするためには、そのほうがよかったのだろうか。

答えなど、永遠に出せないとわかっていて、わたしは今もそんなことを自問する。夜空に向かい、火花と共に噴き上がり、粉々に散っていく自分自身の肉体を想像する。想像するたびに、肉体の痛みよりも、そうした情景がわたしに与えてやまない、精神の痛みを感じる……。

39

新聞を読むことも叶《かな》わず、ラジオまで奪われて、外部のニュースが一切、耳に入らなくなった分だけ、わたしの中では余計に想像力が掻《か》き立てられるようになっていった。吾郎から何も知らされていないだけで、革インターによる、二度目の爆弾テロがすでに起こっているのかもしれない、と考えた。革インターの誰かが逮捕され、そこから芋づる式にメンバーの名が明らかになり始めているかもしれなかった。大場をはじめとしたメンバーの指名手配書が作成され、すでに、あちこちにばらまかれている可能性もあった。

そうなったら、わたしが革インターに関わっていたことも、じきに明るみに出る。アジトから脱走したわたしの潜伏先が知られるのも、時間の問題になる。早くしなければ、と思った。いつまでも吾郎の家でぐずぐずしているわけにはいかない。

大学に入学して独り暮らしを始めてから、何度か仙台に帰省していて、そのたびに特急ひばりを利用していた。その乗車券と特急券の値段が合わせていくらだったか、あやふやな記憶しか残っていないことが歯がゆかった。二千円ほどだったような気もしていたが、定かではなく、それればかりは駅に着いてから調べる以外、方法がなかった。

ともあれ、列車を利用できるだけの現金を手に入れたら、迷わず上野に出て東北本線に乗る。仙台駅に着き、駅の公衆電話を使って自宅に電話をかける。おそらく電話口に出てくるのは、母親である。母はきっと、金切り声をあげて、今どこにいるのか、と聞いてくる。仙台駅、とわたしは答える。

それだけでいい。後のことはまだ、何も考えなくてもいい。母がどんな顔をしてわたしを迎えるか。父が何を聞いてくるのか。自分がどんな答えを返していくべきなのか。万一、すでに仙台にも警察の手が伸びていたら、親に何と説明すればいいのか。そんなことを考えるのは、その時になってからでいい。

とにかくここを出て仙台に戻る。余計なことは考えるな、今は少しでも多くの現金を集め、戻ることだけを考えていればいい……そんなふうに自分を鼓舞し、わたしは密《ひそ》かに貯めた小銭を繰り返し数え続けた。

十二月に入り、少し経《た》った或《あ》る日のこと。帰宅した吾郎は、わたしの前で着ていた焦げ茶色の厚手の上着のポケットから、二つ折りにされた札と何枚かの小銭を取り出した。まとまったバイト料が入ったらしかった。何か邪魔なものでもばらまくように、それらをテーブルの上に放り出そうとして、ふと、彼はその手を止めた。

わたしは見て見ぬふりをしながら、読みかけだった漫画雑誌に目を落とした。吾郎の本棚で埃《ほこり》をかぶっていたのを引っ張り出してきた、『ガロ』という名の月刊漫画雑誌だった。当時の若者の多くが熱狂していた漫画家、つげ義春の特集号だったと記憶している。

吾郎はちらりとわたしを見下ろし、何を思ったか、ただちに金をポケットに戻すと、上着を脱ぎ、ハンガーにかけた。隣室の壁にそれを吊《つ》るす気配があり、やがて彼は台所に立った。

彼に向かって苛立《いらだ》ちをぶつけ、言ってはならないことを口にしてしまって以来、ただでさえ少なかった会話は皆無に近くなっていた。そのくせ、常に互いが相手の視線、顔色、気配を窺《うかが》っていた。窺っていながら、何も問いかけようとはせず、それまでと変わらぬ時間を過ごしているふりをし続けているのだった。

それでも、わたしたちの間に、変わったことは何も起こらなかった。ただ一つ、ラジオが姿を消し、外界と自分たちをつなげるものが何もなくなっていたことを除けば。

コーラでも飲んでいたのか、台所でごそごそと動きまわっていた吾郎が、また戻って来て、わたしの前を素通りし、庭に出て行った。すでに外には夜のとばりが下り始めていて、室内の明かりが庭にもれているのがはっきりわかるほどだった。気温が下がって、ひどく寒く感じられた。だが、彼は白いTシャツ一枚の姿で、やおら木刀を振り始めた。「寒い」とわたしが不平を言うと、外にいた彼は、庭に面したガラス戸をぴしゃりと閉めた。古びた小型の電気ストーブで温められていた部屋から、冷気が遠のいていった。わたしはしばらくの間、『ガロ』を手に、壁に寄りかかっていた。自分自身の姿が、ガラス戸に映り、その向こうには、木刀を振り続けている吾郎の姿が透けて見えていた。吾郎はこちらに背を向けていた。わたしは彼から目を離さぬようにしながら、『ガロ』をそっと畳に置き、寝床から出た。トイレに行くふりをし、音をたてて畳の上に立ち上がった。

気配を察したのか、木刀を振っていた彼がわずかに首を横に傾けた。視界の片隅でわたしの動きを追っているのがわかった。わたしは彼の視線を意識しながら背を丸め、のろのろと歩き、隣室を横切ってトイレの前まで行った。中に入り、ドアを閉めた。

少し経ってから、細くドアを開け、庭の様子を窺った。吾郎は先程と同じ姿勢のまま、こちらに背を向けて木刀を振っていた。わたしは音をたてないよう、細心の注意を払いつつトイレから出ると、ハンガーがかけられていた部屋に入り、そのまま襖《ふすま》の陰に身を隠した。

息をひそめて、素早く吾郎の上着のポケットに手をすべらせた。札束とも呼べない、薄っぺらなものだったが、二つ折りにされた札には、ちょっとした嵩《かさ》が感じられた。一万円札はなかった。ざっと見たところ、すべて千円札と五百円札だったと思う。

だが、いくらあるのか、数えている余裕はなかった。わたしは当てずっぽうに、札の中の二枚を引き抜き、掌に押し込み、再び庭を窺いながら、忍び足でトイレに戻った。

くすねた札を確かめてみた。二枚とも五百円札だった。

危険を冒した報酬が、たったの千円だったことにひどく落胆したが、どうしようもなかった。もう一度、同じことをする勇気はなかった。

わたしは二枚の五百円札を折り畳み、はいていたショーツの中に隠した。ひと呼吸おいてからトイレを出て、わざと大きな音をたてながらドアを閉じた。

吾郎が上半身を大きくひねり、こちらを振り返るのがわかった。わたしは無表情を装《よそお》いつつ、モルフォ蝶《ちょう》の部屋に戻り、何事もなかったように寝床の壁に寄りかかって、再び『ガロ』を開いた。

吾郎はそれから少しの間、木刀を振っていたが、寒くなったのか、それとも彼らしい動物的な勘が働いて、かすかな異変の匂《にお》いを嗅《か》ぎ取ったのか、部屋に戻って来た。不機嫌そうな顔をしていた。わたしは彼の視線を感じながらも、漫画を読みふけっているふりをしていた。

トイレに入った彼の、放尿の音が大きく聞こえてきた。わたしは大急ぎでショーツの中から、二枚の五百円札を取り出し、マットレスのファスナーを開けようとした。

だが、糸くずを巻き込んでしまったのか、ファスナーは開かなかった。強く引こうとすればするほど、途中で止まったまま、びくとも動かない。

放尿の音が途絶えた。焦《あせ》りのせいで、全身の汗腺《かんせん》が一度に開くのが感じられた。トイレから出て来た吾郎が、わたしのところにではなく、隣の部屋に入って行って、ハンガーのあたりに佇《たたず》む気配があった。わたしは、巻き込んでしまった糸くずごと、ファスナーを思いきり強く引っ張った。ファスナーが壊れてもかまわない、マットレスの布地が破れても仕方ない、と思った。今、この二枚の五百円札を隠すことができるのなら。

危ういところで、二本の指先がようやく入るほどの隙間《すきま》を確保した。奥に二枚の五百円札を丸めて押し込み終えた直後、まさに間一髪といったところで、吾郎がわたしのいるモルフォ蝶の部屋に現われた。

彼は意味ありげな目つきで、じろりとわたしを見下ろし、問いかけた。「どこに隠した」

わたしは自分の顔色が、壊れた信号のようにめまぐるしく変わっていることを強く感じながらも、平静を装った。『ガロ』のページをめくり続け、忙《せわ》しく視線を左右に動かして、「何のこと?」と聞き返した。

「金だよ」

「お金がどうしたの」

「ごまかすな。さっきトイレに行った時に盗《と》っただろ。俺がバイト料でもらった金のうち、千円がなくなってる」

わたしは彼を見上げた。泥棒行為が彼に知られることよりも、マットレスの奥に隠し、貯《た》めておいた小銭を没収されることのほうが恐ろしかった。

「どこかで落としたか、数え間違えてたか、したんでしょ。人を泥棒扱いしないでよ」

とわたしは言った。口の中がからからに渇き、まぶたが震え出していたが、そう言うしかなかった。

「きみは金を欲しがってる」

「おかしなことを言うのね。何のためによ」

「ここから出て行くためにだよ」

図星すぎて、感心するほどだった。わたしは呆《あき》れ顔を作り、皮肉をこめて言った。

「ここから出て行ったら、すぐに捕まるわ。そうでしょ。この世で一番安全な場所から逃げ出そうとするなんて、馬鹿《ばか》のやることよ」

追いつめられて、咄嗟《とっさ》に口をついて出た言葉にしては上等だった。わたしは満足して、もう一度、彼を見上げた。「それとも調べてみる？　素っ裸にして、すみからすみまで」

吾郎はしばらくの間、瞬《まばた》きもせずにわたしを見下ろしていたが、やがて凍りついた顔のまま寝床の脇《わき》までやって来ると、わたしが着ていた丸首の紺色のセーターを脱がし、キャメル色のネル地のズボンをむしり取った。下着が剝《は》ぎ取られ、裸にされ、仰向けにされた。

わたしは自分の腰の下にあるマットレスの、奥に隠されているものに神経を尖《とが》らせながらも、全身の力を解き放ち、驚くほど静かな気持ちで彼を見上げた。

「どう？」と聞いた。「何もないでしょ」

吾郎は何か忌《い》ま忌《い》ましいものでも見下ろすようにして、乳房のあたりに一瞥《いちべつ》をくれると、馬乗りになって押さえつけていた身体《からだ》の力をゆるめ、わたしから離れて行った。

その日以来、吾郎がわたしの目の届く範囲で、不用意に金を投げ出したままにすることはなくなった。金は常に肌身離さず持ち歩くようになり、わたしにジーンズや上着のポケットをまさぐる隙も与えなかった。

わたしの見ている前で、わざとジーンズの前ポケットから、ありったけの小銭を取り出してはテーブルの上に並べ、声に出して数え上げてみせることもあった。一円単位まで怠りなく数え、その総額を独り言のように口にし、満足げに再びポケットに戻す。わたしを強く意識し、嘲笑《あざわら》っているのは明らかだった。そこまでされれば、たとえ十円玉一枚でも、くすねることは不可能になった。
それにしても、吾郎はあの頃、いったい何を思っていたのか。革インターの爆弾テロに怯《おび》えたわたしが、自首しようとしている、と考えたのか。自首などされたら、自分も巻き込まれてしまうため、わたしを監禁し続けるしかない、と思ったのか。

それとも、何があろうと、わたしを自分の家に閉じこめておくつもりでいたのか。せっかく見つけた、飼育と遊戯を楽しめる相手を、手放してたまるものか、とでも思っていたのか。

だが、実際のところ、あの頃のわたしに、吾郎のそんな気持ちを斟酌《しんしゃく》してやれるだけの余裕は残されていなかった。

破滅が音をたてて近づいてくる予感があった。世間から隔離されたようになっている小さな家。そこで行われていた、すべてのこと。それらをただちに封印してしまわなければ、とわたしは思った。自分たちのことをいたずらに世間から穢《けが》されたくなかった。

わたしさえ、いなくなればいいのだった。この場から姿を消せばいいのだった。そうすれば、何もなかったことと同じになる。

わたしがいなくなったら、吾郎はまた、独りで生きていくだろう。いずれ、別の人形、別の飼育ごっこの相手を見つけるだろう。そして、わたしに施したのと似たようなことをし、そうやっているうちに、彼はわたしのことなど、忘れてしまうだろう……。

そうあってほしい、と思い、同時に、そうなってほしくない、とも思った。少なくとも吾郎に関しては、わたしは烈《はげ》しく分裂していた。

吾郎に勘づかれるまでに、マットレスの奥に貯めこむことのできた現金は、一八九九円だった。その数字は、今に至るまで一度たりとも忘れたことがない。一八九九……高校時代、日本史の年表を暗記した時のように、一八九九、という数字が、いったい幾度、わたしの頭の中に浮き上がってきたことだろう。

むろん、それだけでは、コートを買うどころか、喫茶店で一杯のコーヒーを飲むことも、車内で食べる弁当を買うことも叶わなかった。だが、コートも弁当も飲み物もいらなかった。何もいらない。東北本線に乗ることができれば、それでよかった。

わたしは密かに、自ら決める「その日」が来るのを待ち始めた。

40

一九七二年十二月十八日は、朝から快晴だった。

バイトのある日だったので、吾郎はいつもの通り、わたしに朝食を与え、自分の分を慌《あわ》ただしく食べ終えると、厚手のジャンパーを着こみ、無言のまま、にこりともせずに玄関から外に出て行った。ドアに鍵《かぎ》がかけられ、まもなく気配が遠のいて、何も聞こえなくなった。

風のない日だった。穏やかな冬の日射《ひざ》しが部屋のすみずみにまで、淡くゆらめくように充《み》ちていた。

つけていた電気ストーブのぬくもりが、陽炎《かげろう》になって立ちのぼっているのが見えた。モルフォ蝶《ちょう》のケースには、うっすらと埃《ほこり》がたまっていた。畳の上に落ちている髪の毛の一本一本まではっきり見分けられるほど明るい光に照らし出されながら、室内にはどこかしら、ぼんやりと眠たい、けだるい安息が拡《ひろ》がっていた。それは、死にも似た安息だった。

わたしはほとんど唐突に、出て行くのなら、今日しかない、と思った。何故《なぜ》、そう思ったのか、うまく説明できない。もし、その日が快晴ではなかったら……灰色の雲が拡がる小寒い日だったら……出て行くことはなかったかもしれない。雨でも曇天でもない、見事な快晴。一点の濁りもなく晴れわたった空と、庭先にあふれ、柔らかく弾《はじ》けていく儚《はかな》い冬の光とが、わたしの頭の中をたちまち透明にした。複雑なパズルの最後のピースがカチリと嵌《は》まった時のように、あらゆるものが整然と気持ちよく、秩序の中に収められ、まとめ上げられたような気がした。

わたしは寝床から出て、流しに向かい、冷たい水道の水で顔を洗って歯を磨いた。吾郎がそろえてくれていた、安物の化粧水と乳液を顔になすりつけ、吾郎の縮れた抜け毛がへばりついている、汚れたヘアブラシを使って髪の毛を梳《と》かした。吾郎がわたしのために用意してくれた女物の衣類のうち、冬物は数えるほどしかなかった。そのうち、最も新しい、一、二度しか袖《そで》を通したことのないクリーム色のセーターと、パジャマ代わりに着ていた紺色のセーターを重ね着した。押し入れの奥をかき回し、六月に奥多摩の山から逃げてきた時にはいていたスラックスを探し出した。乾いた土や汗がこびりついて、ごわごわに乾き、皺《しわ》だらけになっていたはずのスラックスは、洗濯されていた。血なのか泥なのか、点々と付着した茶色いしみも目立たなくなっていた。

だが、それはわたしに浦部幸子の遺体を埋めに行った時のことを思い出させた。それでも、それをはく以外、外に出て行く方法はなかった。いやなら、ネル地のパジャマのズボンをはくか、もしくは、下半身、下着だけの姿でいなければならない。

マットレスのファスナーを開け、奥から一八九九円の金を取り出して、もう一度数え直し、スラックスのポケットに押し込んだ。吾郎に公園で拾われ、ここに連れてこられた時にはめていた腕時計を探したが、どこにあるのか、わからなかった。しばらくの間、台所の食器棚の引き出しや押し入れの中を探してみたのだが、出てこなかった。

手荷物がなく、その上、冬だというのに、コートらしきものも身につけていないとなると、不審者と見なされるかもしれなかった。思いついて、吾郎が部屋着にしていた焦《こ》げ茶色《ちゃいろ》の厚手のカーディガンを着てみた。サイズが合わず、ぶかぶかで、おまけに汚れていたが、それでなんとか恰好《かっこう》がついた。

十一時になろうとしていた。半年間、自分の居場所になっていた寝床を見苦しくないように整えた。脱いだものは丁寧に畳み、枕元《まくらもと》に並べた。台所の流しにあった食器類を洗い、布巾《ふきん》で拭《ふ》いて食器棚に戻した。

片づけ終えると、ホウロウのやかんに湯をわかしてほうじ茶をいれ、ゆっくりと飲んだ。そして、いつも吾郎がやっていたように、濡《ぬ》れたままの茶殻を畳にまき、室内箒《ぼうき》で掃除をした。たっぷりと埃を吸いこんだ茶殻は、まとめてゴミ入れに捨てた。

思いついて、埃が目立っていたモルフォ蝶のケースを乾いた雑巾で丹念に拭いた。蝶の青い翅《はね》は外の光を受け、虹《にじ》のごとく極彩色の光を放った。

部屋の中が小ざっぱりと清潔になったのを確認してから、セブンスターに火をつけた。窓を開け放したまま、冷たい空気の中で煙草《たばこ》を吸い、庭先を飛び交う雀《すずめ》たちを眺めた。

考えることが山のようにあるはずなのに、頭の中は怖いほど空っぽだった。感情すら麻痺《まひ》していて、不安も虚無も絶望も悲しみも、何も感じられなかった。

煙草を吸い終えてから、灰皿でもみ消し、七、八本残っていたセブンスターのパッケージをマッチと共にスラックスのポケットに入れた。吸殻は台所の水道で水につけた後、流しのゴミ入れに捨てた。

窓を閉め、戸締りを確認した。電気ストーブを消し、プラグをコンセントから抜いた。置き手紙を書こうか、どうしようか、迷った。ありがとう、でも、さようなら……究極のところ、それしか書くことはなかった。なんだかビートルズの『ハロー・グッドバイ』みたいだと思った。

この部屋の小さなラジオで、様々な音楽を聴いたことを思い返した。ビートルズ、ローリング・ストーンズ、ロバータ・フラック、ニール・ヤング、ミッシェル・ポルナレフ……。玄関の三和土《たたき》の脇の、小さな靴箱の奥に、わたしのスニーカーが押し込まれてあることは知っていた。半年ぶりにそれを取り出し、足を入れた。長い間、ほとんど歩かずにいたせいで足がむくんでいると思っていたのだが、逆だった。ぴったりだったはずのスニーカーは、驚くほどゆるくなっていた。足の甲までもが痩《や》せ、萎《な》えしぼんでしまっているのだった。

合い鍵がなかったので、玄関に鍵をかけることはできなかった。不用心か、と思ったが、どうしようもなかった。ドアを閉じ、もう一度、吾郎の家を見上げてから背を向けた。

冬だというのに、太陽の光がひどく眩《まぶ》しく感じられた。目を細めながら表通りに出て、行き交う人の視線を避けながら歩いた。

足の関節という関節がぎくしゃくしていて、ピノキオのように、カクカクと音をたてそうだった。歩いている、という実感も希薄であった。

道順は覚えていた。迷わずに祐天寺の駅に行き、渋谷までの東横線の切符を買った。三十円だった。

ウィークデイのその時間帯、車内は空《す》いていた。座席に座ると目立つような気がしたので、空席があったにもかかわらず、顔を隠すようにして扉口に立った。

週刊誌の中吊《なかづ》り広告に目が吸い寄せられた。「東京駅爆弾テロ事件、やり場のない遺族の怒り」とか「男性犠牲者の婚約者、失意の後追い自殺未遂」といった被害者側を報じた記事に混ざって、「革命インター解放戦線の驚くべき実態」「謎《なぞ》の極左過激派グループを率いるリーダーは誰か」といった記事タイトルも目に留まった。

心臓が大きく鼓動を打ち始めた。貧血を起こしかけているのではないか、と思われるほど、頭からすうっと血の気が引いていくのがわかった。

努めて何も見ないように、読まないように心がけた。そんなものを目にし続けていたら、その場で叫び声をあげてしまいそうだった。

電車が渋谷駅に到着し、わたしは目を伏せたまま、身を翻《ひるがえ》すようにしてプラットホームに降りた。人ごみに混ざって歩いていると、恐怖感が甦《よみがえ》ってきた。

何もかもが、ざわざわしていた。人々が何をしゃべっているのか、聞き取れない。意味がわからない。大群を成した蜂が羽ばたいているだけのような感じがした。

ところどころに警官が立っていた。中には少数だが、ジュラルミンの楯《たて》を手にした機動隊のグループもいた。何があったのかはわからなかった。

改札口を抜け、国鉄の切符売り場まで歩き、上野駅までの切符を買った。八十円だった。俯《うつむ》きがちに階段を上り、プラットホームに立って、うまい具合にすべりこんできた内回りの山手線に乗りこんだ。

わたしが乗った車両の座席は八割方、埋まっていた。アタッシェケースを手にした中年男、ひっきりなしに何かしゃべっている初老の女の二人連れ、赤ん坊を抱き、あやしている若い母親、どこから見ても隠居老人ふうに見える、七十過ぎとおぼしき、頭髪の薄い男……。

その七十代ぐらいの男は、くたびれた灰色の薄手のコートを着て、わたしが立っていた扉口のすぐ隣……座席の一番右端に座り、窓からなだれこんでくる光の中、眼鏡をかけ、寛《くつろ》いだ様子で新聞を開いていた。朝刊の社会面だった。

覗《のぞ》きこむつもりはなかった。怖いもの見たさの衝動にかられたわけでもない。

だが、そこに書かれてある活字はごく自然に、まっすぐに、目の中に飛びこんできた。

「渋谷ハチ公前、交番の目と鼻の先」「なめられた警察、命がけの逮捕劇。若い巡査の大手柄」「二度目の無差別テロは未遂。興奮を隠せぬ捜査陣」「記者会見で、よくやった、の声しきり」……。

息をとめ、目をこらしたわたしの前で、男はゆったりとした仕草で新聞を閉じ、背中を丸めたまま立ち上がった。電車は目黒駅のホームにすべりこもうとしていた。男は新聞を手にしたまま、降りて行った。

そのまま電車に乗り続け、上野まで行けば、売店で新聞が買える、とわかっていたが、それまで待ちきれなかった。発車のベルが鳴り出したが、わたしは閉まりかけたドアをすり抜けるようにして、外に飛び出した。

あたりを見回し、売店を見つけて走り寄った。売れ残っていた朝刊は一紙だけ。さっきの男が読んでいたものと同じ新聞だった。

迷わずわたしはそれを手にし、「おいくらですか」と目を伏せたまま、掠《かす》れた声で聞いた。

売店の中にいた、小太りの中年の女は「三十円」と答えたが、床に置いていた商品か何かに気を取られていた様子で、わたしのほうは見ていなかった。わたしはスラックスのポケットから十円玉を三枚取り出し、積み上げられていた週刊誌の上に載せた。指先が震え、爪《つめ》は青白くなっていた。

プラットホームのベンチに腰をおろし、すぐさま新聞を開いた。新聞には「12・17渋谷ハチ公広場爆弾テロ未遂事件 ドキュメント」とあり、概《おおむ》ね、次のようなことが書かれてあった。

渋谷駅前ハチ公広場に、十二月十七日の早朝、不審な若い男女二人がやって来て、それぞれ持っていた大きな黒いビニールバッグを広場の茂みに残したまま、姿を消した。その一部始終を目撃していたのが、近所で飲食店を営むA氏（58）。A氏は男女を見て、東京駅に爆発物を仕掛けた過激派一味に違いない、と判断し、即座に現場付近の交番に通報した。知らせを受けた巡査二名が、茂みに残された三つのバッグを調べると、中から時限装置付きの三つの爆弾が発見された。巡査Bが本部に応援を頼んでいる間、巡査Cはただちに周辺の捜索を開始。渋谷センター街付近の路地裏で、隠れるようにして会話していた男女を発見し、職務質問をしたところ、いきなり男から、殴る蹴《け》るの暴行を受けた。巡査Cが路上に倒れた隙《すき》に、男が女を連れて走り出そうとしたので、やむを得ず発砲。二発の銃弾のうち一発が、男の太腿《ふともも》を貫通。男が倒れたところを「公務執行妨害」で現行犯逮捕した。女は逃走した。仕掛けられた時限爆弾は、駆けつけた警視庁の爆発物処理班により、無事に処理された。逮捕された男は取り調べに対し、黙秘しているが、所持品の中にあった小型英和辞典に、「加藤達也《たつや》」の署名があり、革命インター解放戦線のメンバー全員の検挙をめざしている捜査本部では、男の身元や同組織との関連が判明するのは時間の問題だろう、としている——。

加藤達也……わたしは愕然《がくぜん》としながらも、その名を何度も見返した。P村アジトから、浦部幸子の遺体を運んだ時に一緒だった、あの加藤に違いない、と。

口の中が渇くあまり、舌が張りつきそうになっていた。わたしは読んでいた新聞を畳み、膝《ひざ》に載せた。ポケットに煙草を入れてきたことを思い出し、取り出してマッチで火をつけた。息苦しさが増し、頭がぐらぐらと揺れた。煙草の味はしなかった。

吸っていた煙草をホームに落とし、スニーカーの爪先《つまさき》を使って消した。知らなかった、知らなかった、知らなかった……とわたしの中の何かが、怯《おび》えきったオウムのように同じ言葉を繰り返していた。

どのくらいの間、目黒駅のホームのベンチに座っていたのか、覚えていない。放心状態で二、三十分、同じ姿勢のままでいたのか、新聞を読み終えてすぐに、いたたまれなくなって、立ち上がったのだったか。気がつくとわたしは、再び内回りの山手線に乗り、新聞を丸めて握りしめたまま、ドアガラスに額を押しつけながら立っていた。目を開けているというのに、視界には何も映らなかった。まともに順を追って、ものを考えていくことができず、かといって混乱している、というのでもない。わたしはひたすら虚脱していた。

それまでの自分にとっては、吾郎の小さな家が全世界、全宇宙であった。そしてわたしは、ただの、うす汚れた人形、ぼろをまとった赤ん坊にすぎなかった。自分がそうやって生き永らえていた間に、現実の世界では、生命を賭《か》けた死闘が繰り返されていたのである。ものごとが、速度をあげて、留まることなく変化し続けていたのである。

わたしは烈《はげ》しいめまいを覚えて、思わずドア横の手すりにしがみついた。足元がくずれ、地の底に引きずり落とされていくような感覚があった。

前にも進めない、後にも引けない。何もできない。どうすればいいのか、ということすらわからない。

革インターから逃げ、世界から隔絶されたような場所で暮らしていた。その暮らしは、繭《まゆ》の中で衰弱し、ひたすら腐り果てていくサナギのそれに似ていた。わたしは、ふいに、

「取り残された」という、絶望にも似た思いにかられた。

そう、時間から、世界から、実存から、わたしは完全に取り残されていた。わたしは空《から》だった。わたしの中で時はねじれ、すべてが停止してしまっていた。

それなのに、世界は変わらずに動き続けているのだった。血を流しながら、膿《うみ》にまみれながら、叫び声をあげながら、それぞれの道を驀進《ばくしん》しながら、何が正しくて何が間違っているのかわからないまま、それでもとにかく、動き続けてやまずにいるのだった。

底知れぬ空虚感がわたしを襲った。それは、恐怖や不安よりも手に負えない感覚のように思えた。

山手線が上野駅に到着し、わたしは死にかけた手負いの鹿《しか》のように、よろよろと電車から降りた。すれ違いざまに電車に乗りこもうとしていた営業マンふうの男とぶつかり、大きくよろけた。振り返りざま小声であやまると、気の毒そうな目で見られた。

どこをどう歩いたのか、東北本線の乗り場改札口付近にある切符売り場まで辿《たど》り着き、備えつけられていた時刻表をめくった。大勢の人間の手垢《てあか》がこびりついて、ページの片隅がめくれ上がってしまっている時刻表だった。

目の焦点が合わなくなっていた。小さな数字の羅列が、黒い小蟻《こあり》の行列のようにしか見えなかった。

なんとか意識を集中させて指先をすべらせながら、東北本線の下り急行列車を探した。

まつしま3号が、十三時九分に上野発で出ていたが、構内の大きな丸時計は、十三時十五分を指していた。次の急行列車はまつしま4号。十四時九分発だった。おが屑が詰まったようになった頭で、所持金の残りを計算した。祐天寺から渋谷経由で上野までの電車賃が、百十円。新聞代が三十円。合計百四十円を使って、残りは千七百五十九円。

仙台まで急行列車を使うとなると、急行券も含め、千七百七十円必要である。……十一円足りなかった。

わずか十一円！　新聞を買わずにいたら、次の急行に乗ることができたのに、とわたしは皮肉な現実を呪《のろ》った。

東京駅での爆弾テロや渋谷駅前でのテロ未遂事件の影響か、駅構内には警官の姿が目立っていた。乗降客を装《よそお》った私服刑事も、大勢うろついているのかもしれなかった。

自分自身の指名手配書が、構内のあちこちに貼《は》られているのではないか、と恐ろしくなった。行き交う人々が皆、わたしに注目し、眉《まゆ》をひそめながらひそひそと耳打ちし合っているような気がした。

わたしは顔を伏せ、流れ落ちてくる髪の毛で目もとを隠しながら、切符売り場でそそくさと仙台までの乗車券を買うと、人目につきにくい柱の陰に身を寄せた。

当時、鈍行列車で仙台まで行くには、黒磯《くろいそ》、福島……と少なくとも二回乗り換えなくてはならず、所要時間は十一時間近かった。だが、急行に乗ることができなくなった以上、鈍行を利用する以外、方法はなかった。

ウィークデイの昼下がり、ものものしい警備をよそに、駅構内はナップザックを背に談笑している若者たちのグループや、ボストンバッグを手にした親子連れ、地方から上京してきた初老のツアー客たちなどで賑《にぎ》わっていた。

わたしのすぐ近くにいた、学生ふうの男女のグループは、全員がスキー板を抱えていた。女の子たちはそれぞれ、華やかな色合いのブルゾン姿、男の子たちは示し合わせたように毛糸のボンボンが揺れるニットキャップをかぶっていた。誰かの冗談に、全員が声をあげて笑った。彼らのうちの一人が手にしていたラジカセからは、カーペンターズの『トップ・オブ・ザ・ワールド』が流れていた。

彼らにはもちろん、駅を行き交う人々の誰にもどこにも、革インターの匂《にお》いはなかった。革命思想も観念も闘争も、意志や自意識がもたらす波瀾《はらん》も何もなく、そこにあるのは淡々とした日常……たとえ世界が終わってもなお、必ずや細々と続けられていくに違いない、微熱のような愛すべき日常に過ぎなかった。

わたしは澱《よど》んだプールの底から、水の外側にある眩しい世界を眺めているような気分で、彼らを見ていた。水は揺らぎ、視界が滲《にじ》み、輪郭がぼやけた。

どこかで絶え間なく発車ベルが鳴っていた。アナウンスが聞こえてきた。果てしなくざわめき、呼吸し続ける世界の中に佇《たたず》みながら、わたしは強く唇を結んだ。

その日の夜十一時過ぎ、仙台駅に到着し、改札口を出てから、わたしは駅前にある公衆電話ボックスに入った。寒い晩で、電話ボックスの中で吐き出す息が白く見えた。コーラを一本飲んだだけで、長時間、何も食べずにいたのだが、空腹は感じなかった。果てしなく疲れていたはずなのに、眠気もなかった。

十円玉を入れ、深呼吸をひとつしてから、自宅の番号をダイヤルした。四度ほどコール音が繰り返された後、受話器が外される気配があった。「はい、松本です」とぶっきらぼうに応じる若い男の声が聞こえた。弟だった。

「健?」とわたしは聞き返した。弟が、はっと息をのむ気配があった。「健、わたしよ。今、仙台に着いたとこ。これからタクシーで帰る。でも、お金が足りないの。着いたら払ってほしいんだけど、ママにそう言っておいてくれる?」

がさがさと音がし、健の声が響きわたった。「大変だ! お姉ちゃんだよ! お姉ちゃんが帰ってきた!」

背後で大きな足音が響き、母が電話口に出てきた。母は大声で何かを早口でわめき、けたたましく質問を繰り返し、またわめき、笑っているのか泣いているのかわからない、悲鳴のような声をあげた。

「とにかく」とわたしは声を絞り出して言った。「これから帰るね」

言ってから、答えを待たずに受話器を下ろした。一瞬だが、気が遠くなりそうになった。

街には雪が舞い始めていた。

41

公務執行妨害で現行犯逮捕され、怪我《けが》の手当てを受けた加藤達也は、三日間、黙秘を通し、その間に、留置所で舌を嚙《か》み切ろうとしたとも聞いているが、四日目にあえなく陥落した。逮捕時に、たまたま自分の名前が書いてある小型英和辞典を所持していて、早くから身元も割れており、執拗《しつよう》な追及に観念する他はなかったのかもしれない。加藤の自供をきっかけに、革命インター解放戦線の全貌《ぜんぼう》は、驚くほど素早く、呆気《あっけ》なく明かされることになった。真っ先に、リーダーの大場修造と鈴木祥子の指名手配書が全国にばらまかれた。

仙台に戻って、わずか十一日後の、暮れも押し迫った十二月二十九日。夜七時のNHKテレビニュースで、わたしは大場と祥子が逮捕されたことを知った。逮捕容疑は、爆発物取締罰則違反だった。テレビ画面には、大場と祥子の顔写真が大きく映し出された。指名手配書にあった顔写真と同じものだった。

その日の午後二時過ぎ。宇都宮市内にある小さな古い中華料理店に、二人は巧妙な変装をした上で、時間をおいて入店した。互いに他人を装って別々のテーブルについた後、同じ五目炒飯《チャーハン》を注文したという。

祥子のほうは見破られなかったが、大場は初めから胡散臭《うさんくさ》い雰囲気を漂わせていたため、店主は、指名手配書にあった東京駅爆弾テロ事件の犯人に酷似している、と直感。炒飯を作るのにわざと時間をかけた上、同じ厨房《ちゅうぼう》にいた妻に耳打ちして密《ひそ》かに警察に通報させた。

先に食べ終えて、そそくさとレジに向かった大場は、店内の空気が違っていることに気づいた。咄嗟《とっさ》に店の奥にあるトイレに入るなり、窓ガラスを叩《たた》き割って逃走を図り、祥子もそれに続いた。だが、すでに店は、駆けつけた警察によって包囲されていた。

逮捕された二人は、現在、栃木県警宇都宮署に勾留《こうりゅう》されているが、警視庁の護送車が到着次第、捜査本部が置かれている丸の内署に移送されることになっている、とアナウンサーが報じ、革インター関連のニュースを締めくくった。

すでに世間は正月休みに入っていた。その時、テレビのある自宅の茶の間には、父も母も弟もいた。

頭から血の気が引いていくのがわかった。喉《のど》が詰まった。強く歯を食いしばっていたというのに、奥歯がカチカチと鳴り出しそうになった。それでもわたしはじっとしていた。瞬《まばた》きもしなかった。

「よかった、やっと捕まったのね」四つの湯飲みに緑茶を注ぎかけていた手を止めて、母が怒気をこめながら言った。「まだ若いのに。何を考えて、あんなに恐ろしいことをしたんだろう。親が泣いてるわ、きっと」

「鈴木祥子ってさ、すげえ美人だから、指名手配のポスター、盗まれて大変なんだってよ」と弟の健が言った。「うちの高校にも、盗んで部屋に飾ってるやつがいるよ。女優みたいだ、って、ファンになっちゃってさ」

「くだらないことを言うんじゃない」と父が吐き捨てるように言い、弟を睨《にら》みつけた。

わたしは黙っていた。口を開いたら最後、悲鳴をあげるか、さもなかったら嘔吐《おうと》しそうだった。

父がわたしを見つめるのがわかった。わたしは気づかないふりをしてテレビ画面から目をそらし、炬燵《こたつ》の上に並べられていた夕食の数々を見おろした。表情を作らなくてはいけない、何か別のことを話さなくてはいけない、さもないと質問の矢が飛んでくる……そう思うのだが、こわばった顔は凍りついたままになって、ぴくりとも動かない。

「沙織」と父がおもむろに、意味ありげに言った。その声は少し震えていた。「まさか、知ってるやつらじゃないんだろうね」

仙台の親のもとに戻ってから、嘘《うそ》をつき通すことで最も苦しんだのはあの時だ。八か月近くにおよぶ「家出」の理由をわたしは、「大きな失恋をし、傷心の旅に出ていた」ということで通していた。

父も母も、いや、弟ですら、そんな作り話を信じたはずもない。当然だ。いくら男に手ひどくふられたからといって、吉祥寺のアパートにも戻らず、八か月もの長い間、身内と連絡を絶ち続けねばならない理由が、どこにあるだろう。仮に自殺を企てていたのだとしても、あまりにも不自然である。まして、戻った時、わたしは手ぶらで、財布どころか、ハンドバッグも口紅一本も持っていなかったのだ。

記憶を失っていた、という嘘にしておけばどんなに楽だったか、と後悔したことは何度かある。雨の晩、酒場の急な階段から転げ落ちて頭を打ち、気がついたら見知らぬ土地にいて、見知らぬ人に看病されていた、その人はわけあって、身元不明者を警察に届けることができない立場にあり、わたしはその人と共にしばらく静かに暮らしていたが、最近になって、突然、記憶が甦《よみがえ》った、家族がどれだけ心配しているか、と考えるといてもたってもいられなくなって、慌《あわ》てて帰って来た……と。

三文ドラマでも扱わないであろう、滑稽《こっけい》きわまりない作り話だが、そこまで馬鹿《ばか》げていれば、かえって本当らしく聞こえるのかもしれなかった。

だが、いずれにせよ、一度ついた嘘は取り消せなかった。わたしは記憶喪失患者でもなく、自殺志願者でもなかった。したがって、自ら消息を絶った理由をなんとかして、形のつく話に仕立て上げねばならなかった。

八か月間、ずっと旅をし続けていたのか、と聞かれた時は、首を横に振った。旅をしていたのは一か月ほどで、あとは地方在住の友達のところに厄介になっていた、と答えた。

それは男なのか、女なのか、地方とはどこなのか、と詰め寄られ、思いつきで口からでまかせに、大学の女友達の親が、伊豆《いず》半島の温泉街で旅館を経営していて、そこに転がりこんで旅館の仕事を手伝っていた、と言った。

どれだけ心配したかわかってるのか、と父は声を震わせ、三角に吊《つ》り上げた目に涙をためながら言った。「パパはね、沙織がどこかのくだらない新左翼の思想に洗脳されて、地下に潜ったんじゃないか、と想像してたんだよ。警察にもそのことを言って、重点的に調べてもらっていた。吉祥寺のアパートも調べた。手がかりが何もなくて、パパは……パパは……てっきり、沙織が何かの理由で断崖《だんがい》絶壁から身投げでもして、死体が上がらなくなってるんじゃないかと……」

父が泣き出すと、決まって母も肩を震わせ、エプロンで顔を被《おお》いながら泣いた。それでもわたしは黙っていた。必要以外のことは口にせずにいた。

手伝っていたという旅館の名を教えろ、と言われたが、その友達にはいろいろと、ここでは明かせない事情があって、迷惑をかけたくないから、ということで通し、具体的なことは何も教えなかった。むろん、「失恋」の内容、相手についても。

「知ってるのか」と父は、テレビ画面ではない、わたしを直視したまま、重々しく繰り返した。「こいつら、知ってるんじゃないだろうね。え？　沙織。正直に答えなさい」

「知らない」とわたしは言った。言ってから、渾身《こんしん》の力をふりしぼって、皮肉をこめた笑みのようなものを浮かべてみせた。「何言ってんの。知ってるわけないじゃない」

その時、声が震えずにすんだのと、表情をなんとかしてごまかすことができたのは、まさに奇跡だったと思う。わたしは味噌汁《みそしる》の椀《わん》を手にし、箸《はし》を動かして、小さな油揚を口に含んだ。父も母も、表情の読めない目でわたしをじっと見ていた。怯《おび》えたトカゲの目に似ていた。

嚙まずに飲みこもうとした油揚が、喉につかえる感覚があった。わたしは烈《はげ》しく咳《せき》こみ、口をおさえた。

この拷問《ごうもん》はいつまで続くのか、と思った。自分は革インター指導者の大場修造が提唱するイデオロギーに心酔した。何度か彼と性も交わした。四月からP村アジトでの訓練に参加し、メンバーと寝起きを共にして、爆弾製造に加担した。リンチを受ける同志を見殺しにし、その遺体を山に運ぶのを手伝った……。わなわなと震え出す両親を前にして、そんなふうに告白を続ける自分を想像してみた。

何ひとつ現実味がなかった。たとえ、父が、懺悔《ざんげ》室の奥にいる神父のような優しい口調で、わたしにすべてを打ち明けることを促してきたとしても、母がわたしのせいで具合を悪くし、寝込んだとしても、沈黙を守り抜いていることを誰かに烈しく責められ、罵《ののし》られ、折檻《せっかん》を受けたとしても、わたしは何も言うまいと心に決めていた。最後の最後、否応《いやおう》なしに明かさざるを得なくなる、その瞬間がくるまで、わたしは自分が辿《たど》ってきた時間を隠し続ける覚悟でいた。

両親にすべてを明かしてしまいさえすれば、楽になることができる。謝罪し、泣き、後悔し、弱さを垂れ流したあげく、親に後始末を任せてしまえば、全身の緊張が解けることもわかっていた。

だが、わたしは、そんな安易な、甘ったれた子供のような最後を選ぶために、仙台の家に戻ったのではなかった。実行に移された爆弾テロ事件に、そうとは知らずに巻きこまれてしまうことになる秋津吾郎を護《まも》ってやりたい……そのためにこそ、吾郎の元から離れ、ここまでやって来たのだった。

吾郎のことは、仙台にいる間中、頭から離れたことがなかった。置き手紙も残さずに姿を消したわたしのことを彼がどう思っているか、今、何をしているのか、幾度となく考えた。そのたびに、吾郎の肉体、吾郎の肌の感触が甦った。

恋しかったのではない。もう一度会いたい、と思っていたのでも、もちろんない。ロマンティックな愛や恋や友情などといった感情を、わたしは彼に抱いたことがない。

彼と培《つちか》った記憶の中に、言葉は残っていなかった。睨みつけるような獰猛《どうもう》な、皮肉な視線。その肌の湿り具合。わたしの口の中に食べ物と共に押しこまれてくる、指の味わい。暗い井戸の底に吹いている風を思わせるような低い声と、その声を発するたびに動く尖《とが》った喉仏。小さな巻き毛状になった黒い髪の毛の、汗ばんだ匂《にお》い。わたしの身体《からだ》を洗ってくれている時、石鹸《せっけん》の泡の向こう側で、力強く勃起《ぼっき》し続けている性器……。

思い出すのはそんなものばかりだったが、吾郎の小さな家の小さな庭に射《さ》し込んでくる日の光や、やわらかな風を受けて揺れているカーテンの裾《すそ》、室内に日がな一日流れていたFENのアメリカン・ポップスをそこに重ね合わせると、どういうわけか、ひどくあの場所が懐《なつ》かしくなってきて、いっとき、自分が置かれた立場を忘れてしまうほど、あの家に戻りたい、と思ってしまうのだった。

一方で、祥子のこともよく考えた。祥子なら、こうはならない。こんなふうには考えない。真の革命家であるか否《いな》かは別にして、祥子はいつだって毅《き》然《ぜん》としている。何があろうと胸を張っている。泣かない、不安がらない、怯えない、意志を曲げない……。

なのに、自分は、結局はこうやって、おめおめと家族のいる茶の間に戻っている。暖かな炬燵に入り、湯気の上る夕餉《ゆうげ》の食卓を囲み、母親が作った油揚の味噌汁をすすりながら、テレビで報道されている大場逮捕のニュースを、あたかも遠い世界で起こった出来事のように、素知らぬ顔をして眺めている……。

うすうす勘づいていながら、父があえてそれ以上、踏み込んでこないことの理由は、はっきりしていた。正面からわたしに質問をぶつけ、知りたくなかった事実を知らされる瞬間がくることを、何よりも父は恐れていたからである。

夕餉の食卓の、居心地の悪い沈黙に耐えられなくなったのか、母親が痛々しい笑顔を作って口を開いた。「ところで、聞いてなかったけど……沙織の今年の冬休みはいつまで？」

わたしは母の顔を見ずに、食卓の上に目を泳がせたまま答えた。「……一月いっぱい」

「そんなに長いの？」

「自主的にとる冬休み、っていう意味だけど」

「学年末の試験なんかがあるんじゃ……」母の口調は気の毒なほど、おどおどしていた。「でも、そうね。今はまだ、しばらく静かに家にいたほうがいいし、いろいろあったんだし、少しゆっくり身体も休めて……」

「ずっとここにいるのか」と父が間に割って入ってくるなり、声を荒らげて聞いた。

「うん、いる」とわたしは小声で言い、うなずいた。

「わけのわからん家出をして、親を死ぬほど心配させて、文無しの小汚いフーテンみたいになって戻って来たと思ったら、今度は大学にも行かず、試験も受けず、家にいるだと？」

父の両の目が、大きく見開かれた。激昂《げっこう》しているのがわかった。怒鳴られるか、炬燵をひっくり返されるか、どちらかだろうと思ったが、父は憮然《ぶぜん》とした表情のまま、突然、力尽きたように黙りこくった。

弟が、自分には関係ない、といった顔をして大きく身を乗り出してくるなり、テレビのチャンネルを替えた。車のCMが流れてきた。

父は黙って手をのばし、テレビの電源を切った。弟は何も言わなかった。静寂が茶の間を包んだ。

わたしは喉を通らなくなった食事を前に、そっと箸を置いた。「なんか、食欲ない」

「じゃあ、そのハンバーグ、くれよ」と健が言った。わたしは、ほとんど手をつけていないハンバーグを皿ごと弟に差し出し、「ごちそうさま。疲れたから寝る」と言って炬燵から出た。

父も母も引き止めなかった。茶の間の襖《ふすま》を開けた時、母がわたしの背に向かって、慌てたような口ぶりで「ねえ、沙織。おしるこ」と言った。「後でおしるこ作って、部屋まで持ってってあげる。食べるでしょ?」

その言葉は思いがけず、わたしの中の何かに触れた。母の手製のおしるこは、幼い頃からわたしの好物のひとつだった。茶の間に背を向けていなかったら、あふれ出てくる涙を両親に見られていたことだろう。

「うん、食べる」とわたしは言い、そっと後ろ手に茶の間の襖を閉じた。

廊下はしんしんと、凍えるように冷えていた。自分の部屋に向かって足早に歩きながら、わたしは両手で口をおさえ、嗚咽《おえつ》を嚙み殺した。

その翌々日、大晦日《おおみそか》の午後、奥多摩P村付近の山中から、浦部幸子の遺体が発掘された。元旦《がんたん》の朝刊一面にあった見出しは、「背筋も凍る第二の連合赤軍事件か」……というものだった。戦慄《せんりつ》を隠しつつ、それを読んでいたわたしの目の前には、のどかな湯気を立ちのぼらせた雑煮の椀があった。

よく晴れた元日だった。その時、庭木の梢《こずえ》から、ヒヨドリが甲高く鳴きながら飛び去ったのを覚えている。

42

一九七三年一月二十八日。やっと空が明るくなったばかりの朝七時少し過ぎ、仙台の自宅玄関のブザーが鳴った。

玄関はわたしの部屋の真横にあった。来客の際、ただでさえ、あたりかまわず大きく鳴り響くブザー音は、冷気を切り裂くようにして家中にけたたましく響きわたった。

ベッドの中にいて、とろとろとした浅い眠りを貪《むさぼ》っていたわたしは、ただならぬ気配を感じ、咄嗟《とっさ》に上半身を起こした。部屋の外の廊下に、母の足音が聞こえた。その時刻、母は弟の弁当作りと、父の朝食作りに追われていた。

母がドアを開ける気配があった。男の声がした。ややあって、母が廊下を駆け戻って行き、今度は父の足音が響き渡った。

何が起こったのか、わたしにはもうわかっていた。ついに、という思いはあったが、自分でも驚くほど動揺はなかった。覚悟はできていた。

わたしはベッドから降り、ストーブのついていない寒い部屋で、パジャマの上に紺色のロングカーディガンを羽織った。手櫛《てぐし》で髪の毛を撫《な》でつけ、壁に掛けられた丸い小さな鏡に顔を映してみた。二十一歳の小娘の、老婆《ろうば》のように疲れ果て、くすんだ顔がそこにあった。

「何ですって?」と低く聞き返している父の声が聞こえた。それに答える男の声が続いた。ぼそぼそとした会話が交わされた。合間に母の、悲鳴とも呻《うめ》きともつかない、か細い声が混じった。

ノックもなしに、父がいきなりわたしの部屋のドアを開けた。その背後には母の顔も見えた。大きな蒼白《そうはく》の卵が二つ、そこに並んでいるように見えた。

「沙織……」と父が言った。震えるような、吠《ほ》えるような言い方だった。「おまえ、いったい何をした……。警察が……警察が……」

わたしは父を見つめ、目を伏せ、冷たくなった手でロングカーディガンの前をかき合わせた。そして、そっと父の横をすり抜け、廊下に出た。

開け放たれたままの玄関先には、四人の男が立っていた。私服刑事のようだった。寒い朝だったが、全員、カーキ色の薄いレインコート姿だった。

中の一人が、わたしに向かって場違いなほどやわらかな表情を作り、手にしていた黒い警察手帳を見せた。

「朝早くからどうも。松本沙織さん、ですね」

わたしはうなずいた。気持ちは怖いほど落ち着いていたというのに、急に首ががくがくと揺れ、歯の根が合わなくなるのを感じた。

刑事たちの背後には、冬の朝の光が、薄い煙のように揺らいでいた。数日前に積もった雪が、未《いま》だ地面のあちこちに残っているのが見えた。彼らの口から吐き出される息は、もうもうと白かった。朝の馬小屋の馬みたいだ、と思った。

「寒い中、申し訳ないですがね、任意同行をね、お願いしたいんですよ」

これと同じシーンをテレビドラマか映画の中で何度も観《み》たことがある、とわたしは思った。冷めた既視感だった。現実に起こっている事態との落差がありすぎて、それは滑《こっ》稽《けい》にすら感じられた。

わたしはごくりと唾液《だえき》を飲み下してから、はい、と小声で言った。

「理由はわかってますよね。わからないはずはないよねえ」

もう一度、はい、と言おうとして喉《のど》が詰まった。弟が奥からおそるおそる出て来る気配があった。背後で、わたしの家族は全員、凍りついたように沈黙していた。

「今から一緒に、東京に行ってもらうことになりますよ」と刑事が言った。「そのつもりでね」

ベ平連活動をしていた頃、左翼のための救援連絡センターの電話番号を無理やり覚えさせられたことを思い出した。何かあった時、電話一本で、過激派対応の弁護士が飛んで来てくれるから、覚えておけ、と言われていたのだが、番号はとっくの昔に忘れてしまっていた。たとえ覚えていたとしても、両親が見ている前でそんな電話はできなかったし、するつもりもなかった。

「着替えてきても、いいですか」とわたしは訊《たず》ね、もう一度、ロングカーディガンの前を強くかき合わせた。息をするたびに身体中が震えた。「まだ顔も洗ってないので……」

「もちろんいいですよ」と、目の前の刑事は満面の笑みの中、うなずいた。「今日は天気はいいけど、寒いからねえ。あったかい恰好《かっこう》、してったほうがいいね」

父が何か言った。母が顔を被《おお》って泣き出した。弟がそんな母の腕を取った。

わたしは振り返り、妙にぼんやりとした、とりとめがなくなった意識の中で、自分の家族の顔をそれぞれ眺めた。

……後のことは覚えていない。

刑事たちに付き添われ、特急ひばりに乗車したわたしは、捜査本部が置かれた丸の内警察署に連行された。

その後、「死体遺棄」の容疑で令状逮捕され、二十三日間の勾留《こうりゅう》生活を送り、さらに、「殺人」容疑で再逮捕された。合計四十六日間、わたしは三畳の独房で寝起きしたことになる。

43

わたしが留置されていたのは、大場がいた丸の内署ではなく、浅草の菊屋橋分室だった。共犯者同士の内通を防ぐ目的で、分散留置という方法がとられていたため、大場をはじめ、鈴木祥子や加藤達也ら、すでに逮捕されているメンバーと顔を合わせることはなかった。

わたしの父は、過激派専門の弁護士を避け、一般の弁護士をわたしのために雇い入れた。佐久間《さくま》、という名の、小柄でほっそりとした、陶器のように青白い肌をもつ男だった。

頭は白髪まじりだったが、案外、若かったのかもしれない。メタルフレームの眼鏡をかけ、乱れのない日本語で理路整然と話をし、生まれ落ちた時から、あらゆる綻《ほころ》びとは無縁で生きてきたような、ひんやりとした顔つきをしていた。めったに笑うこともなかった。

佐久間に初めて会った時、わたしは、この男なら信用できるかもしれない、と思った。理由はうまく説明できない。佐久間が法律の世界の中だけで生きている優秀な男……大して役にも立たない情にほだされることなど一切なく、すみずみまで明晰《めいせき》に対処してくれて、ある一つの目的のためだけに、正当なエネルギーを注いでくれそうな男に見えたからかもしれない。

わたしは佐久間に、黙秘権について質問した。アジトから脱走して仙台の実家に戻るまでの約半年間、どこで何をしていたか、厳しい追及を受けることが予測されていたからである。

佐久間は冴《さ》え冴《ざ》えとした冷たい顔をわたしに向け、聞いた。「どこで何をしていたか、答えたくない、と。そういうことですね」

「ええ」

「それに関してのみ、黙秘権を行使したい、と」

「はい、そうです」

「今現在も、完全黙秘を続けているのですね」

「そうです。話すつもりはありません」

彼はメタルフレームの眼鏡のブリッジを指先で軽く押さえると、「黙秘は可能です」と言った。あっさりした言い方だった。「まったく可能です。今なら」

「今なら？」

「今、この時代においては、という意味です。つまり、政治犯や思想犯がこれだけ多くなってくると……という意味ですが。しかし、この先、そういうことはいずれ不可能になってくると考えられますが、今ならまだ全面的に可能です。ただし……」と佐久間は言葉をつないだ。「そのためにあなたは二つの利益を失うことになります。一つは、死体遺棄罪による起訴猶予《ゆうよ》。二つ目は、減刑の可能性」

わたしが瞬《まばた》きを返すと、佐久間は「つまり」と言った。「あなたが黙秘権を行使すると、検察当局はその報復として、間違いなくあなたを起訴してきます。そして、あなたは有罪判決を受ける、ということです」

「……有罪？」

「心配するほどのことではありません。懲役一年が一年半になる程度でしょうから」

「懲役……ですか」

「執行猶予がつきます」と佐久間はひんやりとした口調で言った。「ですから、刑務所に入ることはありません」

わたしが黙っていると、彼はわたしをちらりと見た。「他に質問は?」

「いえ……あの……」とわたしは口ごもった。「佐久間さんは弁護士として、わたしが半年以上、どこで何をしていたか、知らずにいてもかまわないんですか」

「知らなくても、弁護に支障はありませんよ」

そう言われても、俄《にわ》かには信じがたかった。佐久間の言っていることは、常識はずれも甚だしいことのように思えた。

「でも……わたしがこのまま起訴されたら、公判の場で、脱走後に何をしていたのか、検察側からうるさく聞かれることになりませんか」

「検察が、あなたの空白の期間について質問をしてくることはありません。裁判で争われるのは、起訴状に基づくことだけです。起訴状にはない、あなたの私生活についての尋問はされないのです」

わたしは佐久間に向かって身を乗り出した。「では、もしも……です。仮にわたしが、六か月間、どこで誰と何をしていたのか、包み隠さず正直に明かした場合は、どうなるんでしょう」

「どうなる、とは?」

「ええと……つまり……」

口ごもり、黙りこむと、佐久間は、わたしをじっと見つめた。メタルフレームの眼鏡の奥の、感情を隠蔽《いんぺい》し尽くしたような静かな目が、ひたと揺るぎなく、わたしに向けられた。

「あなたが知りたいのは、その時、あなたと一緒にいた人物が、犯人隠匿《いんとく》の罪に問われるのかどうか、ということですね」

驚くべき勘のよさだと感嘆しながら、わたしは小さくうなずいた。

佐久間は、わたしから目を離さずに、「むろん、問われます」と言った。「ただし、その人物の、あなたに関する認識がどの程度だったのか、によりますが。あなたという人が、革命インター解放戦線のメンバーだった、ということを知っていた程度なら、何ら問題にはされないかもしれません」

いや、違う、それだけではない、とわたしは内心、つぶやいた。吾郎はわたしが爆弾製造に加担していたことも、浦部幸子の遺体を山に運んだことも知っていた。P村アジトで日夜行われていたこと、その目的も知っていた。知った上で、わたしをあの、日のあたる小さな家の中に匿《かくま》い、飼育し続けたのだ。

「それに補足すれば……」と佐久間は淡々と続けた。「さっきも言ったように、そのようにしてあなたがすべてを明らかにすれば、当然、減刑の対象にはなります」

「減刑といっても、わずかでしょう?」

「まあ、そうです。しかし、同時に、死体遺棄罪自体も起訴猶予になるかもしれません」

わたしは視線を転じ、深呼吸した。吸い込んで吐き出す息が、なかなか吐ききれないような気がした。沈黙が流れた。

「何か？」と佐久間が聞いた。

慌《あわ》てて首を横に振り、「いえ、何も」と言った。

「起訴されるか、されないか、で、その後のあなたの人生は大きく変わってきます。当然、承知しているとは思いますが」

「起訴されて有罪になったら、わたしは前科者になるんですよね」

小学生でもわかるようなことを聞かれている、と言いたげに、佐久間は口もとに哀れむような笑みを浮かべ、うなずいた。

わたしは佐久間を見つめ、「決意は変わりません」と言った。「脱走後の自分の行動については、完黙を通します」

何か言われるか、と思ったが、佐久間は何も言わなかった。彼は深くうなずき、あらゆる問題が今日も整然と秩序の中に収められて満足した、と言わんばかりの顔つきで、

「わかりました」とだけ言った。

P村アジトから脱走し、仙台の自宅に戻るまでの六か月以上におよぶ空白期間について、完全黙秘し続けることは、当初、案じていたほど難しくはなかった。取り調べの際、追及されなかったわけではないが、佐久間弁護士が言っていた通り、本題から外れたことだと見なされていたようで、そこに思っていたほどの手厳しさは感じられなかった。

わたしは、逮捕容疑である「死体遺棄」についての取り調べに対しては、きわめて素直に応じていた。また、わたしの父親が雇い入れた弁護士が、過激派専門ではなかったことが、警察の心証をよくしていたのも明らかだった。さらに、東京駅の爆弾テロ事件が起ったのは、P村から脱走して、五か月後のことであり、他の逮捕者の供述も含めて、わたしが直接、テロにかかわった可能性はきわめて薄い、と判断された。

結局、「空白の六か月」についての黙秘を貫徹したわたしは、死体遺棄罪のみで起訴された。殺人罪は不問になった。

起訴後、父がすぐに保釈金を支払ってくれた。保釈金は確か、五万円だったと思う。自由の身になったわたしを迎えに来た父は、険しい顔をしたまま、小さくうなずいた。わたしもうなずき返した。言葉は交わさなかった。

保釈されたその日のうちに、父に付き添われて特急ひばりに乗り、仙台の自宅に戻った。わたしと父が、門の前に横づけにしたタクシーから降りようとすると、たまたま、竹箒《たけぼうき》を手に、家の前の掃除をしていた隣家の主婦が、そそくさと玄関の奥に引っ込んで行くのが見えた。目を合わせるのを恐れている様子だった。

自宅では母と弟が出迎えてくれた。母は今にも泣き出しそうな顔をして、わたしの腕を取った。弟は、玄関先に、無愛想な案山子《かかし》のように突っ立ったままでいた。

数日前から風邪をひいていたのだが、久々に家に戻って安堵《あんど》したからか、その晩、わたしは熱を出した。熱は上昇の一途を辿《たど》り、なかなか下がらず、そのうち起き上がれなくなるほどの強い倦怠感《けんたいかん》に襲われた。

周囲の目があるから、として父は、かねてから懇意にしていた医師に往診を頼んだ。弟が水疱瘡《みずぼうそう》にかかった時や、わたしがインフルエンザで倒れた時に、何度も往診してくれた医師だった。

頭の禿《は》げあがった初老の内科医は、わたしに太い注射を打ち、「栄養価の高いものを食べて、まず、もう少し太らなくてはね」と言った。「せめて、この肋骨《ろっこつ》が隠れるくらいにはね」

医師がわたしの事情を知らないはずはなかった。母が傍で見守っていてくれたのだが、医師は母とほとんど言葉を交わさぬまま、帰って行った。

せっかくの注射も薬も、あまり効かなかった。食欲もなく、喉《のど》を通るのは水分と果物程度だった。

かろうじて起き上がり、まともな食事ができるようになるまでに、十日はかかったと思う。その後も体力はなかなか回復せず、寝たり起きたりの生活がしばらく続いた。微熱のこもった、生温かなベッドに横たわり、レースのカーテン越しに庭の緑を見ながらわたしが思っていたのは、吾郎のことだった。彼に救われ、彼の住む小さな家に連れて行ってもらった時のことが甦《よみがえ》った。

熱で火照《ほて》った身体《からだ》の中で、流れていたはずの時間が淀《よど》み、滞り、次第に自分が世界から隔絶されていくのを感じていた。あの時の気分と今の気分は、どこか似ている、とわたしは思った。

吾郎を前にして、燕《つばめ》の雛《ひな》のように口を開け、食べ物をせがんでいる自分を思い出した。熱っぽい口の中に、冷たいスプーンがさしこまれた時の感覚も思い出した。

だが、覚めている時には頻繁に思い出すのに、夢にはまったく吾郎は出てこなかった。吾郎の代わりに夢に現われたのは大場だった。

夢の中の大場は、決まって肩に黒猫を載せていた。毛艶《けづや》のいい黒猫は、黒く細長い襟巻きのようになって大場の首にまとわりつき、時折、ざらついた舌で大場の唇を舐《な》めていた……。

大場らの統一公判は、開始されるのが遅くなるばかりか、長期化することがわかっていたため、佐久間弁護士を通して、わたしは分離公判を求めた。

公判は三か月後に開始され、わずか二回で結審、判決が出た。わたしの罪状は死体遺棄罪。懲役一年六か月、執行猶予三年であった。すべて、佐久間から聞いていた通りであった。

判決が出た時点で、大学に退学届を出した。せめて休学にしておけ、と父に言われたが、どれだけ時間をおいても、大学に戻る気はわたしにはなかった。

革インターから脱走し、逮捕されただけだったら、わたしは執行猶予の判決を受けた後、すぐにでも大学に復帰していただろう。そして、少しずつキャンパスでの日常生活になじんでいき、いずれ古い友人たちとも語らうようになって、平凡な女子大生らしい生活を取り戻していたことだろう。

不思議だ。わたしを決定的に変えたのは、革インターでもなければ、大場修造の思想でもない。爆弾テロでもなければ、前科者になったことでもなかった。わたしを以前の自分と異なる人間にさせたのは、他でもない、秋津吾郎だった。

吾郎と過ごした時間が、おぼろな記憶に変わっていくことはなかった。それどころか、日を追うごとに記憶は鮮明になり、より静けさを増していった。それはまるで、海の底に沈んだ、一台の捨てられたピアノのようだった。一匹の魚も泳いでいない深い群青色《ぐんじょういろ》の水底で、演奏する者もないまま朽ちていくピアノのごとく、吾郎の記憶は、音もなく、ひっそりとそこに在り続けた。

退学届を出すと同時に、わたしは吉祥寺のアパートも引き払うことにした。引っ越しの時、手伝ってくれたのは母だった。ウィークデイの昼間だったせいか、アパートは森閑としており、住人と顔を合わせることもなく引っ越しは完了した。母と二人、荷物を運び出した後の殺風景な部屋で、母が握って持って来てくれたおにぎりを食べた。革インターの話やテロの話はしなかった。話したのは猫のことだった。母の知り合いが飼っている猫が子猫を五匹産んだのだが、五匹ともまったく模様が違う、いったい父親猫はどんな柄の猫だったんだろう、などという、そんな他愛《たわい》のない会話だった。

「お父さん猫って、きっと、黒でも白でも茶トラでもない、そういうのが全部混ざった、七色の虹《にじ》みたいな猫だったのかもしれないね」と母が言った。

それを受け、わたしは「レインボー・キャット」と言った。母はあまり可笑《おか》しくなさそうに笑った。

「一匹、もらう?」と母が聞いた。「よかったらどうぞ、って言われてるんだけど」

ううん、いらない、とわたしは言った。

「そう?　あんた、昔から、猫、好きだったじゃない」

「好きだけど、今はまだ、自分のことだけで精一杯だから」

そうね、と母は泣きそうな顔をして言った。

黒猫を肩に載せて歩いている大場の夢をよく見るのだ、という話をしたい衝動にかられた。だが、母の前で大場の名を口にするのはいやだった。できなかった。

大場ら首謀者の公判中、わたしは何度か、検察側の証人として出廷を命じられた。大場修造の弁護士は、佐久間と異なり、大柄でがさつな、熊《くま》のような男だった。色あせた背広に、色あせたネクタイをだらしなくゆるめて締めているのが常だった。わたしは法廷に立つたびに、その弁護士から情け容赦のない尋問を浴びせられた。彼は、わたしが供述したことを細かく再現しては、「これは司法取引だったのではないか」として、手厳しく責めたててきた。わたしの発言が、検察側の作ったシナリオにすぎない可能性がある、と指摘することにより、わたしの目撃証言を崩そうとしていたのだ。

証言台に立つ際には、検察庁において、事前に検察官との予行演習が行われた。検察側の証人として出廷したのは四回程度だったが、勾留《こうりゅう》されていた時よりも、自分自身の判決を聞いた時よりも何よりも、あの四度の法廷での経験はわたしの人生に、拭《ぬぐ》い去ることのできない暗い影を落とした。当然の帰結だったとはいえ、その影は今も消えていない。

わたしはその後、仙台の両親のもとに帰り、引きこもったような暮らしを続けた。あてどのない日々だった。めぐりくる未来が何も見えてこなかった。覗《のぞ》きこむのは過去ばかりで、しかもそこには漆黒の闇《やみ》しかなかった。

街に出てみる気になったのは、ずっと後になってからだ。初めの数年間はほとんど外に出ず、レコードを聴いたり、本を読んだり、母を手伝って料理を作ったり、庭の草むしりをしたりしながら過ごした。

休日の午後、自宅のサンルームで、父から将棋を教わったこともある。勝った負けたで、大げさにはしゃいでみせ、父もまた、それに合わせてくれた。弟がそばで観戦し、母がコーヒーをいれて運んで来た。

誰が見ても、ごくふつうの、折り目正しい家族の風景だったと思う。わたしが「前科者」だったことを除けば。

だが、前科者といっても、わたしが再犯で捕まらない限り、ふつうの社会生活を営むのに何ひとつ支障はなかった。前科が戸籍に明記されることもなく、選挙権も奪われなかった。自ら打ち明けない限り、わたしは表向き、大学を中退して家でごろごろしている小娘に過ぎなかった。

そんなふうにして時が流れた。一九七四年七月……よく晴れた、緑まぶしい夏の朝だったが、わたしは茶の間で朝刊を開き、ぞっとして凍りついた。

社会面の左下のほうに、「山中の変死体は、指名手配中の革インターメンバー」という見出しがあった。

山梨県大菩薩嶺《だいぼさつれい》付近の原生林で、五月末に身元不明の男の遺体が発見された。土中に埋められた状態だったのを動物が掘り返した模様で、腐乱が烈《はげ》しく、遺体は半ば以上、白骨化していた。その後の検死で、死後、約半年。頭蓋骨《ずがいこつ》に銃創痕《じゅうそうこん》があったことから、銃による他殺と断定された。残されていた着衣の一部、歯形などから、男は、かねてより指名手配され、逃亡中だった革命インター解放戦線メンバー、柏木和雄（25）であることが判明。殺害は、72年11月の、同組織による東京駅爆弾テロ事件との関連があるのではないかと見られている――そんな内容であった。

そのころには、革インターのメンバーはほぼ全員、検挙、起訴されていた。ただ一人、逃亡中だった柏木和雄を除いては。

銃による殺害、と知り、真っ先に思い出したのは吾郎だった。吾郎が柏木を殺したのだ、とわたしは思った。吾郎なら、やりかねなかった。わたしが吾郎の家から出て行った後、彼なりのやり方で柏木を追い続け、狙《ねら》いを定め、誰にも知られぬよう殺害したに違いない。やはりあの銃は本物だったのだ、と。

わたしの二十一歳の誕生日の夜、わたしをおんぶして家の外に出て、満天の秋の星を眺めながら、彼が言ったことを忘れたことはなかった。

彼は言った。「あいつを始末してやるからな」

わたしは聞いた。「始末する、ってどういうこと」

彼は答えた。「消す、ってことだよ」

吾郎だ、とわたしは確信した。吾郎以外、考えられない。彼ならやる。何年かけても、やってのける……。

どうやっておびき出したのかはわからない。どこか別のところで殺害し、運んで山に埋めたのか。それとも山に連れ出して、銃の引き金を引いたのか。

彼なら、風のごとく柏木の前に現われて、一瞬にして命を奪い、何ひとつ痕跡《こんせき》を残さずに、闇の中へと、立ち去って行くことができる。彼なら、一度決めたことはやる。残忍なまでに無表情な顔をして……。

その晩から、わたしは悪夢にうなされるようになった。夢の中、吾郎は、夥《おびただ》しい数のカラスの群れに囲まれながら立っていた。拳銃《けんじゅう》を手にし、彼はその銃口を思わせぶりに口にくわえた。やめて！　とわたしが叫ぶと、彼はにやりと笑った。漆黒のカラスの群れが、不気味な羽ばたきの音を残して飛び去った。そして、カラスがいなくなった後の路上には、柏木が倒れているのだった。

似たような夢を繰り返し、見た。気が変になるのではないか、と思い、眠るのが恐ろしくなった。だが、誰にもその話はしなかった。

どうしてそんな話ができただろう。したところで、誰が理解しただろう。

秋津吾郎という人物は、わたしの記憶の中にあるだけで、初めからわたしにとって、現実の時間を共に生きた相手ではない。彼はいわば、世界の外側にしか存在していない人間だったのだ。

大場ら首謀者に一審判決が下ったのは、逮捕から五年後の一九七七年。判決は大場と祥子が死刑、加藤達也が無期懲役であった。

大場らの刑の確定までには、さらに長い時間がかかった。一審判決から五年、逮捕からちょうど十年後の一九八二年、最高裁は大場修造と鈴木祥子に一審二審同様、死刑、加藤達也には無期懲役の判決をそれぞれ下した。

大場と祥子の罪状は共に、爆発物取締罰則違反、殺人罪、殺人未遂罪、死体遺棄罪。加藤達也は、爆発物取締罰則違反、殺人未遂罪、死体遺棄罪、公務執行妨害であった。

44

長い長い、うつろとも言える日々が流れていった。考えなければならないことが山のようにある、とわかっていて、結局、何も考えられなかった。悲しみも怒りも絶望も、無念の想《おも》いすらもなく、わたしは自分が、二十代にして老いさらばえてしまったように感じた。

こんなことをしていてはいけない、という気分が芽生えてくるまでには、長い時間を要した。やっと外に出て働く気になったのは、判決が出てから四、五年後のことになる。仙台市内には、東北大学を中心に大学や専門学校が多い。学生向けアルバイト程度の仕事なら、無理なく簡単に見つけることができた。

当時、母の知り合いに、老舗《しにせ》のお茶屋を経営している夫婦がいた。夫妻から熱心に勧められ、お茶屋の店番の仕事を始めたのをきっかけに、わたしは片平丁《かたひらちょう》にある古本屋や、名掛丁《なかけちょう》アーケード街の小さな喫茶店の仕事を自分で見つけてくるようになった。いずれの場合も短期のアルバイトで、賃金も安かったが、わたしには充分だった。外の空気を吸いながら仕事をし、規則正しい生活を繰り返すことは心地よかった。

二十九歳になる年の夏、市内にあるホールで、ちょっとしたロック・フェスティバルが開かれることになり、その受付仕事をやってほしい、と頼まれた。頼んできたのは、かつてバイトしたことのある喫茶店の、音楽好きの店主だった。

主催は仙台市内にある楽器店で、地元の新聞社が協賛していた。出演するミュージシャンは、名が知られているとは言いがたかったが、一応は中央で活躍しているグループばかりだった。

三日間にわたって開催されたフェスティバルでは、裏方の仕事も手伝った。そのため、東京から来ていた音楽プロダクションの人間やマネージャーたちとも、すぐに顔なじみになった。

最終日、関係者だけの打ち上げ会に招待された。国分町《こくぶんちょう》にある居酒屋を借り切って行われたその会で、わたしは一人の男に声をかけられた。東京にある大手レコード会社の制作部に勤務する、二つ年上の男だった。渡された名刺には「槙村一之《まきむらかずゆき》」とあった。

槙村とわたしは、後に結婚することになるのだが、その時は、まさか自分の夫になる男だとは夢にも思わなかった。恋愛や結婚は、わたしにとって遠い世界の出来事だった。いや、意識的に関わらないようにしていた、と言ったほうが正確かもしれない。

だが、槙村とは、音楽の話から映画の話、好きな本の話など、初対面とは思えないほど話がはずんだ。また会いましょう、と言われた。精神の陰影やねじれが何ひとつ見えない男だった。何よりもその点が、わたしには好もしかった。

東京に帰った槙村からは、頻繁に電話がかかってきた。月に二度ほど、手紙も送られてきた。適度な距離を置きながらも、正直な気持ちが伝わってくる手紙だった。素直で誠実な彼の人柄が感じられた。

そのうち彼は休日を利用して、仙台に通って来るようになった。わたしにとっては、気後れしてしまうほど清々《すがすが》しい、まっとうな恋愛が始まった。彼はまっすぐに、清潔に、わたしを求めてきた。

出会ってから一年後、結婚をほのめかされた。きみとの将来を真剣に考えている、と言われた。街の灯りが見えるホテルのレストランで、遅い夕食をとっていた時だった。いずれは勤めているレコード会社を辞め、独立して音楽プロダクションを始めるつもりでいる、その時、きみが傍にいてくれることが僕の夢だ、と彼は目を輝かせて語った。

今こそ、正直に明かすべき時なのではないか、と思った。実は自分は、東京駅爆弾テロを起こした革命インター解放戦線の元メンバーであり、死体遺棄罪で起訴された人間なのだ、と。それを知っても、わたしと結婚する気持ちは変わらずにいてくれるのか……と。

だが、喉《のど》まで出かかったその言葉が、どうしても言えなかった。事実を知った槙村が、申し訳なさそうな顔をしつつ、わたしの元から離れていくのを見送る自信はなかった。わたしは槙村が好きだった。別れたくなかった。

黙っていれば誰にもわからない、とかねてより佐久間弁護士から言われていた。結婚のことを言っているのだった。今こそ、その教えに従うべきだ、とわたしは思った。

後になって、わたしの過去を知った槙村がどのように反応するのかは、想像がつかなかった。騙《だま》されていた、と感じるかもしれなかった。

だが、少なくとも彼はわたしと同世代の男であった。大勢の犠牲者を出したテロリストの思想に溺《おぼ》れたことの是非はともかくとして、あの時代の誰もがそうだったように、何事につけ生真面目《きまじめ》に生きようとしたわたしの過去を、槙村が全否定してくるとは、とても思えなかった。

いずれ、語るべき時がきたら、語ろう、とわたしは思った。必ず、それにふさわしい時がくる、と信じた。

槙村とわたしは互いの親に結婚の挨拶《あいさつ》をしたが、あの時代を生きた者の常で、堅苦しい儀式は一切、行わなかった。結婚式すらも。代わりに槙村は、親しい音楽仲間やミュージシャンたちを招き、麻布にあるスタジオで賑《にぎ》やかな披露パーティーを開いてくれた。

わたしたちは槙村の仲間にからかわれ、友情のこもった祝辞を贈られ、終わらない夜を音楽と共に過ごした。

まもなく妊娠し、娘が生まれた。恵み多き人生を願って、槙村が恵《けい》と名付けた。恵は手がかからない子で、めったに夜泣きもしなかった。なんだかそういうところは、きみに似てるね、と槙村に言われた。

わたしが夫に向かって、迸《ほとばし》る感情や泡立った想いをぶちまけたことはなかった。それどころか、不機嫌な顔や涙をみせたこともなかった。夫にとってわたしという女は、生涯かけても踏み込むことのできない謎《なぞ》の領域を持った、不可解な妻であったに違いない。

恵が十か月になる少し前、わたしはすべてを槙村に明かした。いつかは話さなければいけない、とずっと思っていて、おそらくはその重圧に耐えられなくなってもいたのだと思う。

あの晩、すやすやとよく眠っている恵のベッドを見おろしながら、わたしは自分が、これほどまでに世間並みの佳《よ》き母親になれるとは思っていなかったことを感じたのだった。自分がまっとうな家庭をもち、妻として母として主婦として生きるようになるなど、長い間、想像の外にあった。だが、実際、自分は今、その想像外だった現実のさなかで生きているのだった。幼子が眠る小さなベッドを見下ろして、子守歌を口ずさんで目を細めているのだった。

夫に何もかも打ち明けよう、とほとんど衝動的に決めたのは、その時だった。夫の反応は、どんなものであれ、受け止める覚悟でいた。

わたしは娘の眠るベビーベッドから離れ、別室にいた槙村に近づいた。視線が揺らがないように注意した。そして、「ねえ」と声をかけた。「あなたに聞いてもらいたいことがあるの」

わたしの長い打ち明け話を聞かされた槙村の衝撃は、どれほどのものだったろう。想像を絶する。

だが、彼は微塵《みじん》も乱れた様子を見せなかった。途中で、余計な質問や感想を差しはさもうともしなかった。おそらくは感情の嵐《あらし》に襲われていたに違いないが、表向きの冷静さを失うことなく、終始、彼はわたしの話すことに真剣に熱心に、耳を傾けてくれた。

わたしが夫を相手に、革インターの爆弾テロ事件のこと、アジトで行われていたこと、自分が逮捕、起訴され、有罪判決を受けたことを詳しく、嘘《うそ》偽りなく打ち明けたのは、それが最初で最後になる。槙村もまた、以後、わたしを相手にその話を蒸し返そうとしたことは一度もない。

空白の六か月について彼に何か聞かれたら、父や母に伝えたのと同じ嘘をつき通すつもりでいた。吾郎のこと、吾郎と分かち合った秘密は、自分の柩《ひつぎ》の中にまで持っていく覚悟だった。

だが、夫はそのことについても、何も聞いてこなかった。妻から聞かされた話の内容のあまりの衝撃に、空白の六か月のことにまで意識が及ばなかったのだろうと思う。

恵が生まれた翌々年……一九八五年の秋。大場修造が獄中自殺した。看守の目を盗んで、少しずつシーツを細く引きちぎり、紐《ひも》を作った上で、首を括《くく》ったと報じられた。最高裁で結審し、死刑が確定した三年後のことになる。

朝食の席で、わたしよりも先に、朝刊にその記事を見つけた槙村は、黙ってわたしに新聞を差し出した。トーストをかじっていたわたしは夫の顔を見て、「何?」と問いかけた。夫は答えなかった。

バターがついた指先を、はいていたジーンズの太ももの部分で拭《ぬぐ》い、口をもぐもぐさせながら、手渡された新聞に目を落とした。何故《なぜ》、槙村が黙ったままわたしにそれを見せたのか、すぐに理解した。

まだ二歳になったばかりの娘の恵が、何がおかしいのか、笑いながらしきりと「パパ、パパ」と呼びかけていた。槙村は父親らしい、晴れ晴れとした笑顔でそれに応《こた》え、椅子《いす》から立つと、恵を抱き上げて庭に出て行った。

わたしは一人、テーブルに残された。もう一度、新聞を手にし、記事を読み返した。二度三度と繰り返し読み、しまいには何を読んでいるのか、わからなくなった。

大場は正しい幕引きをした、と思った。

そう思った途端、胸が詰まり、窓の向こうの色づいた沙羅《さら》の木の下、秋の光を浴びながら夫に抱かれて笑っている幼い娘の姿が、プールの中で見るそれのようになった。

45

二〇〇六年四月。槙村と共にパリから帰国して二か月半が過ぎた。

早いものだ。いつのまにか桜の季節も終わり、大田区の洗足池にあるわが家の庭には、青葉が瑞々《みずみず》しく繁《しげ》っている。チューリップや水仙の花が、あたりを華やかに彩《いろど》っている。

東京の小住宅にしては、広い庭である。といっても、つい最近まで、所有者は槙村の父親であった。義父母が元気でいた頃は、同じ敷地内に建つ二軒の家でそれぞれ暮らしていた。

数年前、義母は知人と帝劇に芝居を観《み》に行った際、座席で脳卒中の発作を起こし、他界した。居眠りをしているのだとばかり思っていた知人は、芝居が終わってから揺り起こそうとし、初めてそこで、息絶えているのがわかったのだという。

後を追うようにして、一昨年、義父も逝《い》った。義母の死後、不眠に悩み、少量の酒と共にいつもの倍以上の量の睡眠薬を服用したところ、眠っているうちに心臓が止まってしまった、とのことだった。義父母とも、あまり苦しむことなく迎えた死で、それは健全な槙村の家系にふさわしいもののように思えた。

義父母の家は空き家になってしまったが、わたしたち夫婦の家は、今もまだ、その隣にある。かつて、外国かぶれだった義父が貸家として建てたもので、小さな平屋とはいえ、造りは外国人仕様になっており、賃貸契約を結ぶ相手もすべて、外国人の富裕層だった。

わたしたちが暮らす直前まで、この家に暮らしていたのはイギリス人夫婦だった。妻のほうが園芸を趣味としていて、しかもプロはだしであったと聞く。わたしたちは忙しさにかまけ、庭にまで手がまわらずにいたというのに、おかげで今も庭には季節ごとに、折々の草花が美しく咲き乱れる。

槙村の友人がここを訪れ、「モネの庭」と絶賛してくれたこともある。花が終わり、風に乗って種が飛び、またどこかで花が咲く。特別な手入れもせず、自然に咲くにまかせている庭は、雑然としながらも、まさに「モネの庭」に似ている。

この年、大学院に進んだ娘の恵は、ここのところ、連日のデートでいつも帰りが遅い。恋人ができたとの報告を受け、三月だったか、槙村も一緒に四人で中華料理を食べに行った。

相手は恵と同じ大学を卒業し、大手企業に就職した好青年だった。面差《おもざ》しといい、穏やかで健全な性格といい、育ちのよさといい、どこか槙村を思わせた。

今日は日曜日だというので、恵はその青年とドライブに出かけている。行き先は聞いていない。もしかすると、どこかに泊まって来るのかもしれない。

何も心配していないと言えば嘘になるが、わたしは娘の行動にうるさいことは言わずにいる。娘と同じ二十三歳の時、わたしはすでにあれだけの体験を経ていた。そんな女が母となり、娘の行状に神経を尖《とが》らせて、あれこれ生き方を指図するのは笑止千万だ。

槙村の音楽プロダクションに所属する、一番の稼ぎ手であるロック・バンドが、今日から全国ツアーをスタートさせる。槙村は彼らに付き添いながら、すべてのツアー先をまわることになっている。したがって、向こう二か月ほど、槙村はほとんど家に戻らない。

長い結婚生活中、このようなことは何度もあった。ツアーが大がかりになればなるほど、オフィスでの仕事も増える。槙村の留守中、スタッフもわたしも、てんてこまいさせられるのが常だったのだが、今回は事情が異なる。槙村の仲間たちが外部から助っ人として参加してくれているため、わたしがしなければならない仕事は極端に少なくなったのだ。

もしそうでなければ、今頃、こんなふうにのんびりと一人、自宅にいて、庭を眺めてなどいられない。目の前に置いた一枚の名刺を、指先でたぐり寄せたり、突き放したりしながら、逡巡《しゅんじゅん》し、考えこみ、溜《た》め息《いき》をついてなど、いられるはずもない。

東日商会、という会社名、広報部副部長、という肩書、秋津吾郎、という名を何度も見つめ直す。そしておもむろに名刺を裏返してみる。十一桁《けた》の数字が並んでいる。吾郎の携帯番号である。

居間のチェストの上に置いてある置き時計を見る。午後二時四十分。日曜日のこの時間、秋津吾郎はどうしているのか。たとえ海外出張中でも、国際仕様にしてあるから、いつでも携帯にかけてくれてかまわない、と言っていたことを思い出す。

だが、時差、という問題がある。どこに行っているのかわからず、どのくらいの時差があるのかも知りようがない。異国の地で、常識はずれの時刻に携帯が鳴り出すのは不愉快に違いない。

彼が海外にいるとも限らなかった。東京近郊の町にあるマンションに暮らし、今頃は、健康志向の強い同世代の妻と共に、無理やりウォーキングに駆り出されて、近所の公園を歩いているところかもしれない。犬など連れて。

休日なので、携帯が初めから留守番電話に設定されている可能性のほうが高かったが、かえって、そのほうが気は楽だった。先日はパリで偶然、お会いして、本当に驚きました、懐《なつ》かしくなって、電話をかけてみただけです、お元気で……そんなふうに吹きこんでおけばいい。

そして、自分の携帯番号は非通知にしておく。そうすれば、折り返し、吾郎からかかってくることもないから、携帯が鳴り出すたびに、びくびくせずにすむ……。

何故、今頃になって、秋津吾郎と連絡を取りたいという気分がこれほどまで高まってしまったのか、自分でも説明がつかない。

パリのギュスターヴ・モロー美術館で再会した瞬間、あれほど吾郎のことを恐ろしく思ったというのに、あの時覚えた得体の知れない不安は、時と共に薄れていった。秋津吾郎……今、彼が何をしているのか、知りたかった。あの後、どんな人生を送ってきたのか、知りたかった。

わたしと暮らした半年間、死んだ青いモルフォ蝶《ちょう》に囲まれて、わたしを人形にし、着替えから食事の世話から入浴から、性交の後始末まで何もかもやってくれていたあの男の、あの家に流れていた時間は、いっときの夢まぼろしのように消え去ったのか。わたしが出て行った後、彼はすべてから卒業し、まともな結婚をし、家庭生活を営み、今は副部長の肩書と共に、海外出張を多くこなす会社員をやっているに過ぎないのか。

そしてその反面、彼はおそらく、妻にも友人にも、誰にも知られてはならない秘密を抱えて生きているのである。彼は、革インターの柏木を何らかの方法で殺害した。柏木との間には何の利害関係もなかったため、一切、疑われることはなかった。

わたしのために殺したのではない。彼は彼自身のため、わたしという、彼のための人形、わたしという、彼のための赤ん坊が受けた被害に対する報復をし、満足するためにこそ、柏木を殺したのだ……。

わたしは自分の携帯を手に取り、しばし、窓越しに庭を眺めた。「モネの庭」だ。彩りも美しく、適度に自然で、適度に人工的で、文句のつけようのない庭……誰もが安心しながら眺め、愛《め》でることのできる庭……それなのに、そこには何かが永遠に、決定的に欠落している。わたしがこれまで、決して見ないようにしてきた何かが、初めから失われている。まるで、今のわたしの人生を象徴するがごとく……。

注意深く184の数字をつけ、非通知設定にした。深呼吸を一つした。そして、名刺の裏に斜めに走り書きされた吾郎の携帯番号を押していった。

留守番電話ニオツナギシマス……という音声ガイダンスが流れてくることを願った。吾郎の携帯に電話をかけている、というのに、吾郎と話はしたくなかった。話をしたくないのに、吾郎と連絡を取りたいと思っている、烈《はげ》しく分裂した自分がいた。

すぐにコール音が始まった。三度だけ鳴って、男の声が返ってきた。「もしもし……？」

その声に、澱《おり》のようになって沈殿していた記憶が、猛烈な勢いで蠢《うごめ》き始めた。わたしは、わかりすぎるほどわかっていることを形ばかり確認した。「秋津さん、ですか」

「そうですが……」

「パリの、ギュスターヴ・モロー美術館での偶然には驚きました。……あの……わたし

「……松本沙織です。松本、というのは旧姓で、今は槙村といいますけど」

吾郎が一瞬、押し黙ったのを感じた。次の言葉が続かなくなり、わたしも黙りこんだ。

話すこと、話したいことなど、何もないのだ、と思った。わたしが二十歳、彼が十九歳だった時から、何も変わっていない。それなのに、何故、自分は、この男に電話をかけているのだろう。今さら、何を話そうとしているのだろう。

「あの」とわたしが言葉を繫《つな》ごうとしたのと、「今」と吾郎が言ったのは同時だった。

わたしは「え？」と聞き返した。

「今、あなたはどこに住んでいるんですか」

「洗足池です」とわたしは言った。「大田区の」

「僕は鎌倉《かまくら》です」聞かれもしないのに、彼は言った。「今泉台《いまいずみだい》というところ。鎌倉湖の近くです。北鎌倉駅の東側に位置するんですが……知ってますか」

いいえ、とわたしは言った。「知りません」

「鎌倉湖っていうのは通称で、散在《さんざ》ガ池《いけ》というのが正しい。大船駅から車で十分もかかりません」

「そうですか」

「……いつか一緒に歩きませんか。鎌倉湖のほとりを」

わたしは黙りこんだ。意味がわからなかった。わからないのだが、それと同時に、そのわからないという状態が不快ではないことに気づいた。

「パリで会ってからずっと」と吾郎は静かに抑揚をつけずに続けた。「ずっとあなたのことを考えていました。いや、考えていたのではなく、思い出していた、と言ったほうがいいのかもしれない」

感情のこもらない、それどころか、どこかに冷淡ささえ感じられる言い方だった。わたしは沈黙を通した。

「それにしても、電話をいただけて嬉《うれ》しいですよ。待つともなく、待っていましたから。いつか電話がかかってくるのではないか、と思っていた」

軽く咳払《せきばら》いをし、わたしは聞いた。「今の時間、こんな話をしていても、いいんですか」

「かまいませんよ」

「でも、ご家族が……」

「三十で結婚して子供も一人作ったけど、結局、うまくいかなくなって別れました。今は独身です。少し前までは渋谷の狭いマンションに暮らしていたんですが、いやになってね。古い家だけど、安い物件を見つけて、今の住まいに落ち着きました。……あなたは？」

「夫と娘が一人。娘は大学院に通ってます。わたしは夫の会社を手伝っていて……音楽関係の会社なんですけど」

「モロー美術館で会ったあなたは」と吾郎は言った。「ちっとも変わっていなかった。驚くほど。でも、ごくふつうに結婚して、家庭をもって、ふつうに生きてきたんですね。もっとも、僕も表向きはふつうです。狂人に見られたこともなければ、どうしようもない変人だと思われたこともない。このまま定年まで今の会社にいて、出世も昇給もしない代わりに、つまらない人間関係の輪から逃れて、どうでもいいような海外出張を繰り返しながら、穏やかに人生を終えるのだろうと思っています」

「あの」とわたしは言った。口の中が渇き始めていた。得体の知れない恐怖と不安と、それ以上の歓喜、期待感がわたしの中に膨らんで、息苦しくなるのを感じた。「自分でも、どうしてあなたに電話をしているのか、わからないんです。もしかしたら、電話などしてはいけなかったのかもしれない……」

「何故」

「だって」とわたしは言った。畳みかけるような言い方になっているのが、自分でも怖かった。「……その必要なんか、ないですから。……ないでしょう?」

「でも、あなたは僕に電話した」

「ええ、そうね」

「電話する必要なんかない、と言いながら、あなたは僕と連絡をとりたいと思ってたんだ。ずっと、この番号に電話をかけたい、電話をかけて話したい、と思ってたんだ。

……違う？」

それには答えず、わたしは言った。「聞きたいと思ってたことがあるの」

「何？」

「どうして、あの日、モロー美術館にいたんですか。仕事？　それとも、モローの絵が好きで、本物が見たくなって、わざわざパリに行った……そういうこと？」

「僕が美術館にいたら、おかしいのかな。僕には絵の趣味なんか、なかったはずだ、って。そう言いたいのかな」

わたしが黙っていると、ふふっ、と吾郎は吐息をもらすようにして、皮肉まじりに笑った。「仕事が急にキャンセルになっただけですよ。時間が空いたものだから、あのあたりをぶらぶらして、モロー美術館を見つけた。モローに限らず、もともと幻想絵画は好きだったし、なんとなく入ってみる気になって。……そしたら、そこにあなたがいた。昔と変わらぬ表情で」

「どういう意味？」

「どこか不満げな。どこか不機嫌そうな。いや、それも違うな。何かが常に欠落しているような、と言ったほうがいいのかな。そのくせ、そんな状態に生まれつき慣れきってしまってるような……」

今度はわたしが苦笑してみせる番だった。

「短い間に、ずいぶん、つまらないことを観察していたのね」

「観察してたんじゃない。ただ、見つけただけだ。……きみを」

わたしは深く息を吸った。胸の奥がかすかに震え出すのがわかった。

声が震えないように注意しながら、「長い間、ずっと」と言った。「あなたが怖かった。恐ろしかった」

「怖い？……どうして？」

わたしは口を閉ざした。あんなに怖いと思っていたのに、こんなに懐かしい。あんなに会いたくなかったのに、こんなに会いたい……。その、烈しく分裂した気持ちを言葉にして口にすることは不可能だった。

わたしが息をひそめるようにして沈黙を通していると、ふいに吾郎は「鎌倉湖」と低い声で言った。「来ませんか。一緒に湖畔を歩きましょう。その後、よかったら僕の家にも是非。きみにモルフォを見せたい」

「モルフォ？」とわたしは聞き返した。腕に鳥肌が立った。「あのモルフォ蝶がまだ……？」

「全部、というわけではない。何度かの引っ越しで、翅《はね》がだめになってしまった。息子と一緒に暮らしてた頃、いたずらされて壊されたこともある。でも、不思議な偶然ですね。アナクシビアモルフォだけは残ってる。今も変わらずに、きれいなままで」

記憶がめまぐるしく甦《よみがえ》ってきた。その名に覚えがあった。アナクシビアモルフォ。わたしが一番好きだった蝶……。

「きみが」と吾郎は言った。「きみが好きだったやつ。大きくて、青の色が一番きれいだ、と言って」

「覚えてます」とわたしは言った。声は掠《かす》れていた。「とてもよく」

かすかな沈黙が、美しいが冷やかな序曲のようになって流れた。腕に拡《ひろ》がった鳥肌が、胸元のあたりまで拡がっていくのを感じた。

「いつ」と吾郎が聞いた。「いつ来られますか」

その声。その口調。その響き……。

目の前がぐるぐると回り始めた。それまで視界に入っていた自宅の庭の木々が、緑色の絵の具と化して、溶け、流れ出したような感じがした。

「次の」とわたしは言った。自分ではない、自分の中に棲《す》みついた別の生き物がしゃべっているようだった。「次の日曜日なら」

「わかりました」と吾郎は言った。「では、次の日曜日に。大船駅からタクシーに乗って、鎌倉湖と言ってください。十分くらいで着きます。僕は入り口で待っています」

詳しいことはまた改めて、と吾郎は言った。わたしも鸚鵡《おうむ》返しに「また改めて」と同じことを言った。

吾郎は黙りこんだが、電話を切ろうとする気配はなかった。わたしは「じゃあ」と言った。今度は吾郎が「じゃあ」と言った。

わたしは携帯を切った。電話を非通知でかけていたことを思い出した。

彼はわたしの携帯番号を知らない。わたしとの連絡方法を知らない。次の日曜日までに、もう一度、自分から吾郎に電話をかけずにいれば、この約束は流れてしまう……。

……すべてを決めるのはわたし自身だった。

46

それは雨の日曜日だった。

槙村はツアー中で留守だったし、恵はまた、例の青年と会ってランチを一緒に食べた後、映画を観《み》に行くとのことで、午前中から出かけてしまった。

ジーンズに黒のボートネックのカットソー、白いGジャン、という軽い装《よそお》いで出向こう、と決めていたので、支度に時間はかからなかった。家の玄関に鍵《かぎ》をかけ、そぼ降る雨の中、緑の木立に向かって勢いよく卵色の傘を開いた瞬間、いったい自分は何をしに行こうとしているのか、と思って茫然《ぼうぜん》とした。

だが、そう思ったのはその時だけである。何かの手にそっと背を押されているがごとく、わたしは急《せ》くような思いにかられながら歩き出した。わたしたちは鎌倉湖の入り口で、二時に待ち合わせることになっていた。

吾郎から言われていた通りに、大船まで行き、駅前のタクシー乗り場からタクシーに乗りこんだ。「鎌倉湖の北側入り口まで」と頼むと、初老の気のよさそうな運転手は

「あれはね、散在ガ池、っていう、江戸時代に造られた貯水池だったんですよ。いつから鎌倉湖になっちゃったんですよね」と話し始めた。「バードウォッチングもできるし、いいところだよねえ」

にこやかに、しかし、適当に相槌《あいづち》をうちながら、わたしはぼんやりと窓の外を見ていた。その季節にしては少し肌寒い日だった。雨で煙った街並みは、先に進むにしたがって、より緑の濃いものになっていった。

うねうねと曲がる車道、石積みの壁、古びた小さな家々、そちこちに点在する雑木林、小さなトンネル……やがて車は、雨の中、鬱蒼《うっそう》と繁《しげ》った木立の前に静かに横付けされた。

運転手から「お客さん、お釣り」と声をかけられていながら、それに気づかずにいたのは、わたしの目が、すでにその時、秋津吾郎の姿を捉《とら》えていたからだ。

散在ガ池森林公園、と書かれた看板の近くに、吾郎が車道に向かって立っていた。芥《から》子《し》色《いろ》の、身体《からだ》にたっぷりとした薄手のレインコートを着ていた。傘はさしておらず、同じ芥子色のレインハットをかぶって、両手をコートのポケットに入れていた。道路のこちら側から見る彼は、芥子色の衣装をまとったまま動かない、大きなマネキン人形のように見えた。

彼はわたしを見つけると、ほんのわずか、唇の端を上げて微笑のような形を作った。卵色の傘をさし、道路を横断し、彼の近くまで行ってから、わたしも彼と同じように、形ばかり微笑を返した。

挨拶《あいさつ》めいた言葉は何も交わさなかった。見つめ合いもしなかった。吾郎はわたしに向かって小さくうなずくと、そうするのが当たり前だと言わんばかりに、すぐさま背を向け、歩き出した。

思っていた以上に鬱蒼とした森林公園だった。池自体はさほど大きなものではないが、池を囲んでいる森林が、色濃く濃密に、奥へ奥へと拡がっている。

せせらぎの小径《こみち》、のんびり小径、馬の背の小径……など、様々な名称がつけられた案内板があった。吾郎が選んだのは「のんびり小径」だった。無言のまま、わたしは数歩遅れて、彼に従った。

小雨で小寒い昼下がりだったせいか、他に散策者の姿は一人も見えなかった。小径のまわりに、草がみっしりと生え、青々と湿っていた。木々は枝を伸ばし、絡《から》み合い、葉を打つ雨の音と、園内を流れる小川の水音とが混ざり合い、間断なく耳もとでざわめいていた。

わたしの歩調を気づかう様子もなく、吾郎はもくもくと前を歩き続けた。ウグイスの澄んだ鳴き声が聞こえた。吸い込む空気はひんやりと湿っていた。

何故《なぜ》、こんなことをしているのか。何故、わざわざ古い貯水池のある森を前後になりながら、話もせずに歩かねばならないのか。そんな疑問が生まれても不思議ではなかったのだが、わたしは何も感じなかった。

久しぶりに会ったというのに、吾郎が前を歩き、わたしが後ろに従い、互いに何もしゃべらずにいる。それはきわめて異様なことであるに違いないのに、わたしにはとても自然なことに感じられた。吾郎とわたしなら、こうするだろう、と思った。たとえ、あと二十年後に再会することになったとしても、こうしていただろう、と。

傘を雨が叩《たた》いていた。その音に包まれていると、世界のあらゆる気配が消え去って、目の前を行く、芥子色のレインコートの背中を追いながら歩くことが、すべてであるような気がしてきた。

吾郎はここでわたしを殺そうとしているのだろうか、とふと考えた。この池の周囲を一緒に歩こう、と誘ったのは、わたしを殺し、雨に濡《ぬ》れた茂みの奥深くに捨て置くためだったのではないか。突飛な想像だったが、それは不気味なほど甘美なものとしてわたしの中に残された。

三十四年の歳月は瞬《また》く間に巻きなおされ、わたしは二十歳のわたしに戻っていた。目の前を、かすかな衣《きぬ》ずれの音をたてながら歩き続けている男の芥子色の背に、三十四年分の時間の堆積《たいせき》が見える気がした。

「どこに行くの」とわたしは吾郎の背に向かって聞いた。

口調がすっかり、昔に戻っていた。少しぞっとしたが、どうしようもなかった。

「別に」と吾郎は答えた。振り向きもしなかった。「入り口から入って、出口から出ようとしてる。それだけ」

「公園なのに、誰もいないのね。どうして？」

「雨だからね」

「ふだんは？」

「混み合うことはない」

「ねえ」と、わたしは畳みかけるように言った。「わたし、ここであなたに殺されるのかしら」

彼は足を止めはしなかったが、少しだけ頭をこちらに向け、「……何だって？」と聞き返した。雨の中に、伏し目がちの、無表情な横顔が見えた。

「冗談よ」とわたしは笑いを滲《にじ》ませながら言った。「ただの冗談」

わたしたちはまた、黙ったまま、しばらく歩き続けた。途中、一階がトイレになっている、管理人用の二階建ての小屋があったが、中に人がいる気配はしなかった。

わたしは前を行く吾郎に、再び声をかけた。「しょっちゅう、仕事で外国に行くの？」

「しょっちゅうでもない。数か月に一度」

「輸入のための買いつけ仕事とか？」

「まあね。いろいろだよ」

「会社、千駄ヶ谷でしょ。ここからだと通うのに遠いように思えるけど」

「別に。俺は閑職に回されてるから、たいして忙しくないし」

「閑職……って、何か悪いことでもしたの？」

「まさか」

石段が始まろうとしていた。湿った、苔《こけ》むした石段だった。吾郎は一段一段、ゆっくりと登り始めた。そこに石段があるから登っているにすぎないような、どこか投げやりな足どりだった。

「……柏木をやったのは、あなたなんでしょ？」

自分の口から迸《ほとばし》り出てきた言葉だというのに、それはわたしではない、わたしの近くにいた別の誰かが口にしたもののように感じられた。

そして、その「別の誰か」は、石段を登りながら、勢い余ったようになって、まくしたて始めた。「大菩薩《だいぼさつ》峠のあたりよ。その奥のほうの原生林。そこで殺したのかどうかはわからない。どこかで殺して運んだだけだったのかもしれない。あのあたりは、近くまで車で入って行けるから。とにかく遺体はそこにあったのよ。白骨化してて、身元がわからなかったんだけど、検死結果が出て、それが柏木だってことが判明した。そういう記事を新聞で読んだわ。もうずいぶん前の話だけど。一九七四年だったかな。わたしが逮捕されて、死体遺棄罪で執行猶予《ゆうよ》つきの有罪判決を受けた翌年……」

息が切れた。わたしは立ち止まって呼吸を整えた。

三段ほど先の石段を登っていた吾郎が足を止め、勢いよくわたしを振り返った。あまりに急な動きだったので、着ていた芥子色のレインコートの裾《すそ》が大きくめくれ上がるのが見えた。

恐怖心が、鋭利なナイフの切っ先のようになって、わたしの表面をすうっと切り裂いていくのがわかった。わたしは石段の途中で立ち尽くし、彼を見上げた。

吾郎はわたしを見下ろしたまま、低い声で言った。「……自殺したんだろう」

わたしはゆっくりと首を横に振った。「自分の頭に拳銃《けんじゅう》を突きつけて、引き金引いて即死した人間に、拳銃の始末ができると思う？　自殺じゃない。他殺だったのよ」

吾郎はしばらくの間、黙っていたが、やがてその顔に漣《さざなみ》のような笑みが拡《ひろ》がり始めた。

「俺がやった、と。銃をぶっ放して柏木の頭を吹き飛ばして、わざわざ山の中まで運んだのだ、と。きみはずっと、そう思っていたわけだ」

すぐ近くで、一羽のウグイスが甲高く鳴いた。いっとき、雨足が強くなり、旺盛《おうせい》に葉を繁らせた木々から、重たい雨垂れが、ぼとぼとと音をたててわたしの傘に落ちた。

「何のために」

「わたしは吾郎を見上げ、吾郎はわたしを見下ろし、わたしたちはいっとき、互いを睨《にら》みつけるような視線を交わし合った。

「何のために？」とわたしは鸚鵡返しに聞き返した。「それはあなたが一番よく知ってるでしょう」

石段からは、池が見下ろせた。細長い池の水面は、周囲の木々を映し、深い緑色に染まっていた。雨を受けて、無数の波紋を描いている池と吾郎とを交互に見ながら、わたしは自分の中から急速に言葉が失われていくのを感じた。

「きみの潜在願望が、そう思わせてきたんだよ」と吾郎が言った。「きみにとって、当時、柏木は恐ろしい存在だった。きみはやつのことを俺に消してもらいたい、と思ってたんだ。モデルガンを使って。でもあいにくだね。モデルガンに殺傷能力はないんだよ」

「どうかしら、とわたしは声を詰まらせながら、それでも冷静さを保って言った。「あれがモデルガンだったのかどうか、わたしは知らない。それに……あなたにとっても彼は、邪魔な存在だった……」

吾郎は、わたしを表情のない目で見つめていたが、やがて、ふふっ、と短く笑ってうなずいた。「俺はきみに、あいつを始末してやる、と言ったね。確かに言った。覚えてるよ」

わたしは吾郎を見上げた。

吾郎は厚いくちびるの端をわずかに吊《つ》り上げ、微笑した。「若かったんだ。信じられないほど若かった。俺もきみも。それだけのことだよ」

パリのギュスターヴ・モロー美術館で再会した時に生やしていた髭《ひげ》は、剃《そ》り落とされていた。年齢が特定できない顔だった。彼は六十歳にも見えたし、二十五歳にも見えた。長い歳月が、明らかに肌の張りを損なわせてはいたが、面長の顔の輪郭や、猛々《たけだけ》しさが漂うたくましい鼻梁《びりょう》は、ほとんどくずれていなかった。皮肉めいた、冷たい硬質な光を宿す瞳《ひとみ》も、昔のままだった。

「わたしたち、三十三年ぶり？」とわたしは聞いた。五十を過ぎた秋津吾郎を目の前にして、そう聞いている自分が信じられなくなった。しかも柏木の話をした直後に。めまいがした。「……三十四年？」

吾郎は目を細めて微笑した。目尻《めじり》に皺《しわ》が寄り、彼の顔はたちまち、親しみやすい、友好的なものに変わった。

「ここを通り抜けて公園を出て、少し行ったところに、わが家がある。アナクシビアモルフォが、きみを待っているよ」

モルフォ、と聞いて、全身が総毛立つ思いにかられた。怖さのせいではなかった。自分の人生が高速回転で巻き戻され、瞬く間に現実が見えなくなっていくのがわかったせいだった。

わたしが陶然とした思いで吾郎を見上げていると、吾郎はゆっくりとわたしから目をそらし、背を向け、再び石段を登り始めた。芥子色のたっぷりとしたレインコートが、わたしの目の前に大きく拡げられたような気がした。

森の奥の至るところで、ウグイスが鳴き続けていた。雨は次第に小降りになっていった。木々は何本もねじれ、絡み合い、葉を繁らせていた。そこから透明な雨滴が伝い落ち、流れ、土に吸い込まれていく気配がありありと感じられた。

土の匂《にお》いと水の匂い、青くさい緑の匂いがたちこめる中、石段の上に立った吾郎はふと立ち止まり、わたしを振り返った。「何？」

わたしはやっとの思いで、無器用に笑みを作ってみせた。「別に何も」

森林公園を出て、静かな、人通りのまるでない、雨に濡れた住宅街の舗道を歩いた。吾郎はわたしの数歩先を行き、速くもなく遅くもない足どりで、芥子色のレインコートのポケットに両手をつっこんだまま、一度もわたしを振り返らなかった。わたしも話しかけなかった。

雨はあがったかと思うと再び降り出した。ざあざあと音をたてるほどになるのに、ほどなく勢いを弱めて、ふいに薄日が射《さ》しこんだりした。

吾郎の家に着くまで、わたしたちはひと言も口をきかなかった。こうやって自分はどんどん、どんどん、昔に返っていく、とわたしは思った。もしかすると、もう、あの頃の自分そのものに戻ってしまっているのかもしれなかった。

怖いような、それでいて泣きたくなるほど甘美な、生きているのか死んでいるのかわからなくなるような、そんな気分に充《み》たされて、頭の芯《しん》がくらくらし、何も考えられなくなった。

濡れた石塀と共に並ぶ小ぎれいな家々には、人影がなかった。どこか遠くで、犬がけだるく単調に、吠《ほ》え続けているだけだった。

47

その家は、かつて祐天寺の路地の奥にあった吾郎の住まいとは、似ても似つかなかった。

舗道から少し高いところにある、石垣の上の敷地にはまるで人の手が加えられておらず、ぼうぼうと生えた雑草で埋めつくされていた。自生のものなのか、細い竹の群生が、防風林のようになって建物を囲んでいた。そのため、外からは、ほとんど家の様子はわからなかった。

入り口のあたりに、門扉《もんぴ》が外れたままになっている朽ちかけた門があり、赤く錆《さ》びた小さな郵便受けが斜めに掛かっていた。唯一《ゆいいつ》、その郵便受けだけが、かつて吾郎と暮らした祐天寺の家を思い出させたが、それだけだった。

雨の日の午後、ということもあったのだろう。背の高い竹に囲まれた三角屋根の木造の二階家は、湿って薄暗く、主を失って久しい廃屋のようにしか見えなかった。

だが、わたしには懐《なつ》かしく感じられた。それこそが、吾郎の棲《す》み家《か》だった。祐天寺の、日のあたる古い民家とは異なるが、あれから長い歳月を旅してきた吾郎が住むにふさわしい家のように思えた。

吾郎は芥子色のレインコートのポケットから鍵《かぎ》を取り出し、おもむろに玄関ドアを開けた。焦《こ》げ茶色《ちゃいろ》の木製ドアの上半分は、古めかしいステンドグラス仕立てになっていた。

「古い家ね」とわたしは言った。「古い家に住むのが、今もやっぱり、好きなのね」

吾郎はそれには応《こた》えず、薄暗い玄関先で靴を脱ぐと、わたしのためにスリッパを用意してくれた。色褪《いろあ》せたオレンジ色の、爪先《つまさき》部分が少し剝《は》げた、麻のスリッパだった。

玄関ホールは広く、一部が吹き抜けになっていた。吾郎が壁のスイッチを押すと、ホールの明かりが灯《とも》され、あたりがやわらかな黄色い光に包まれた。家の中には、雨に濡《ぬ》れた草の匂いが満ちていた。

一階は板敷きの居間と、それに続くキッチン、廊下をはさんだ向こうに洋間が一つ。居間には白い布貼《ば》りの三人掛けソファーと、年代物のロッキングチェア、巨大な正方形のテーブルがあった。オーディオセットと小型テレビが、無造作に床置きにされ、部屋のあちこちに、本や雑誌、写真集や美術書、洋書のたぐいが山積みにされていた。

雨に濡れた緑が窓の向こうに押し寄せ、緑以外、何も見えず、まるで緑色の沼の底にたゆたっているような感じのする部屋だった。

庭に面した小さな三角形の出窓の上、中央部に、長方形の箱があった。中には、青い蝶《ちょう》が一羽、翅《はね》を拡げた形で留められていた。胴体は半ば以上、色褪せ、変形していたが、翅の色は鮮やかだった。

アナクシビアモルフォ……三十四年前の、小さな古い家のスチール製の本棚に立てかけられていた、あの、わたしが一番愛し、一番きれいだと思い、毎日毎日、澱《よど》んだ時間の中で眺め続けていた、光射す海の水面のような美しい青い蝶が、そこにいた。三十四年前とほとんど変わらぬ姿で。

吾郎は着ていたレインコートとレインハットを脱いだ。中に着ていたのは、墨色の長《なが》袖《そで》シャツと同色のデニムだった。よく似合っていた。

「寒い？」と彼は聞いた。

わたしは小さくうなずいた。実際、ひどく寒く感じた。歯の根が合わなくなるほどだった。

わたしが片手で喉《のど》のあたりをおさえ、モルフォ蝶から目を離せずにいる間、吾郎はリモコンを手に、壁に据えつけられているエアコンのスイッチを入れた。室外機が窓の外で大きく唸《うな》り、窓越しに轟《とどろ》きわたるような派手なモーター音が聞こえてきた。

「灰皿はいる？」と彼が聞いた。

わたしは首を横に振った。口の中が渇き始めていた。「煙草《たばこ》はやめた。とっくの昔に」

「同じだ」と彼は言った。「コーヒーでもいれようか」

わたしはうなずいた。首ががくがくと不自然に揺れるだけで、声は出てこなかった。

吾郎がカウンターの向こうのキッチンに入り、ケトルに水を入れ、ガスにかけると、また戻って来て、CDプレーヤーの前に立った。青いガラス製の、背の高いCDラックの中から一枚のCDを取り出し、デッキにセットした。

ベースギターとドラムが奏《かな》でる、頽廃《たいはい》的な烈《はげ》しいリズムがいきなり始まり、その後でオルガンの切ないソロ、苦しげに悲しげに歌い出す男の声が入った。ああ、聴いたことがある、とわたしは思った。覚えている、覚えている、すべて覚えている……と。

吾郎の部屋で、日がな一日、音質の悪い小さなトランジスタ・ラジオから、怠惰に流れていたFEN。あの頃、何日かに一度は必ず耳にしていた曲。六〇年代後半、世界的に大ヒットし続けていた曲。ほとんど一曲で姿を消してしまった、謎《なぞ》めいたグループ、ヴァニラ・ファッジの『キープ・ミー・ハンギング・オン』……。

吾郎は何も言わず、わたしのほうを振り返りもせず、のっそりとした歩き方でキッチンに向かった。若かった頃よりも、全体の輪郭に柔らかさが加わっていたが、贅肉《ぜいにく》は見あたらなかった。くるくると、小さな巻き毛を作っていた髪には、白いものがまじり、短くカットされている分だけ、癖はわからなくなっていた。

だが、そのいかつい肩の線、人を拒絶するような背中の線、うなじのあたりの骨ばった感じは昔のままだった。

わきあがった湯でドリップ式のコーヒーをいれ、大ぶりのマグカップに注ぎ、ミルクも砂糖も添えないまま、カップを手に、彼はわたしに近づいて来た。泥のように濃いコーヒーが入ったマグカップが、黙ったまま、差し出された。わたしもまた、黙ったまま、それを受け取った。

目と目が合った。わたしはにこりともせずに彼を見つめ、マグカップを口に運んだ。

座って、と言うように彼が顎《あご》を軽くしゃくって、ソファーに目を移した。わたしは色褪せた白い布貼りのソファーに浅く腰をおろした。

話すことは何もないような気がした。あの後、三十四年間、どんな暮らしをしてきたのか。どんなふうに結婚し、子供を作り、仕事をしてきたのか。その間、どんなことを考えてきたのか。感じてきたのか。吾郎との半年間にわたる日々をどのように自分の中で整理したのか。

いや、それ以上に、革インターのメンバーだった自分が、あの事件をどのように総括し、今に至ったのか……それらのこと一切が、わたしの中で、突然、意味のない記憶のようになって凍りつき、静まり返り、表現する言葉のすべてが失われていくのを感じた。

同時に、わたしは、自分が吾郎のこれまでの三十四年間に、ほとんど何の興味も抱いていないことを知った。あれからどうしたのか、どのようにあの祐天寺の家で暮らし、大学に通い、卒業し、就職したのか。革インターの事件の報道から、何を感じたのか。

何を考えたのか。何故《なぜ》、今、ここにいるのか。何故、こういう暮らしをしているのか。年齢について、通りすぎてきた時間について、残り少なくなった人生の時間について、死について……愛ではなかったにせよ、かつて性愛も含めて人間の見せ得るすべての面を見せた相手を前にしているというのに、話したいこと、聞きたいことは何もないような気がした。

わたしは時間の迷路の中に飛びこんでいた。時間軸が歪《ゆが》み、ねじれ、どちらが未来でどちらが過去なのか、わからなくなっていた。

雨が再び強くなった。室内の緑色が濃くなった。

壁際《ぎわ》の、青いCDラックの脇《わき》に、細い竹竿《たけざお》のようなものが立てかけられていることに気づいた。竿の先端には色褪せた網がついていた。網はところどころが破れ、ほつれて糸を垂らしていた。わたしはそれが、古くなった捕虫網であることを知った。

「このへんで虫捕り?」とわたしは捕虫網から視線を外さぬまま、聞いた。

「なんで」

「捕虫網があるから」

「ああ」と吾郎はわたしの視線を追いながら言った。「別れた女房との間にできた息子が、虫好きだった」

「息子さんとの思い出?」

「なんとなく捨てられずにいるだけさ」

「息子さん、幾つ?」

「二十歳になった」

「会ってるの?」

「いや、母親が会わせてくれない。会わなくなって何年もたつ」

「息子さんと一緒に蝶を捕りに行ってたわけ?」

吾郎は薄く笑った。「息子は蝶より甲虫類だった。クワガタとか、カブトムシとか」

「あなたは?」

「え?」

「一人で蝶を捕りに行ってたの?」

「俺が?」そう聞き返して、吾郎はやっと気づいたと言わんばかりに、わずかに両目を大きく見開き、皮肉めいた微笑をわたしに投げた。「山に? 大菩薩峠のあたりの原生林に? 蝶を捕りに行く、と言って、あの捕虫網を手に、いかにもの恰好《かっこう》をして、柏木をおびき出して、うまい具合に山奥に連れて行った? そして、いつだったか、きみとロシアン・ルーレットごっこを楽しんだ時に使った、コルト・シングル・アクション・アーミー、通称ピースメーカー、45口径の六連発銃で、やつの頭をぶち抜いた、って?」

彼は笑い声をあげた。昔と変わらない、大きな歯が見えた。髑髏《どくろ》が笑っているような感じがした。

「悪い夢は」と彼は、はたと笑うのをやめた後、低く言った。「とっくの昔に終わってるんだよ」

わたしは彼から目をそらした。

昔、吾郎から聞いた話が甦《よみがえ》った。アナクシビアモルフォが視界に入った。モルフォ蝶は、奥深いジャングルにいて、自分と同じ青いぴかぴかしたものに吸い寄せられるようにして集まってくる、と。

森は暗く、何もかもが湿っている。緑の匂い、土の匂い、樹液の匂いがたちこめている。そんな中で、青い銀紙を振っていると、いつのまにか、青い蝶が集まってくる。

太陽が傾き、緑に染まった森に光が射す。夥《おびただ》しい数の蝶が舞い続け、光は青く染め上げられる……。

「あなたが来る、と思って、プリンを買っておいた。大船の駅ビルで。昨日」

吾郎がそう言った。

「冷やしてある。食べる?」

何かがわたしの中に、ゆるやかに押し寄せてくるのを感じた。それは荒れ狂う波のようなものだった。烈しく白い水飛沫《みずしぶき》をあげて、波はわたしの足元を、腰を胸を濡らし、わたしは波に運ばれ、音もなくのまれていきそうになるのを感じた。

吾郎はわたしの答えを待たずに、再びキッチンに行き、白い小さな陶器のカップに入ったプリンを二つ、スプーンと共に持ってきた。ごくありふれた、どんな洋菓子店でも売っていそうなプリンだった。

吾郎は大きなセンターテーブルに、プリンとスプーンを置くと、CDプレーヤーの前にしゃがみこみ、ボタンを操作した。再び、『キープ・ミー・ハンギング・オン』の、地を揺らすような重いベースの音があたりを包み始めた。

わたしのところに戻って来た彼は、中にスプーンをさしこんだプリンを手渡そうとした。

彼の視線とわたしの視線とが、冷たく、しかし強烈に交わり合った。わたしはプリンを見つめ、次いで彼の顔を見つめた。頭の中が白くなった。視線は絡《から》み合い、そこから逃れようもなくなった。

いけない、いけない、それをしてはいけない。そう思うのだが、こらえようがなくなってくる。

次の瞬間、気がつくとわたしは、彼に向かって大きく口を開けていた。

［2007年6月］

48

わたしたちの間に流れ過ぎていた時間は、おぞましく膨大な、想像を絶するほどのものだった。

三十四年……その間に、幾多の死と誕生が繰り返された。多くを失い、少しを得て、また失っては無常の何たるかを知った。

小暗い森の中に一条《ひとすじ》の光が射しこんだように思うこともあったが、その光はまもなく消え失《う》せ、再び森は薄闇《うすやみ》に包まれた。総じて言えば、吾郎から離れた後のわたしの人生は、そういうものだった。

そして、いよいよ人生はゆるやかに衰弱に向かいつつあった。本物の終盤はもう少し先とはいえ、これまで通りすぎて来た、どの場所よりも深く、仄暗《ほのぐら》く、不可思議でわからない場所に足を踏み入れなければならない年齢にさしかかった時、わたしたちは再び出会った。出会ってしまった。

無意識のうちに、そうなることを天に願い続けていたからなのか。それとも、これすらも必然だったのか。

途方もなく巨大な、過剰に抽象的に描かれた曼陀羅《まんだら》の中に迷いこんでしまった自分が見える。わたしはその、曼陀羅の中の小さな点にすぎない。

曼陀羅に宇宙は幾つもあり、それぞれに特有の時間が流れ、悦《よろこ》びがあり、悟りがある。それらは整然と分けられ、整理されて、各々《おのおの》の場所に配置されている。

だが、少し離れて全体を俯瞰《ふかん》すると、それはまったく違うものに見えてくる。時間も、苦悩も、悦びも悟りも、大きな一枚の、凄絶《せいぜつ》な抽象画の中に溶けこんでしまったかのように、何の意味も成さなくなるのである。

そう、ちょうど、目を細めて森を眺め、地を這《は》う虫や風に揺れる木の葉、宙を飛び交う蝶、光、雨……そのすべてが、緑色にしか見えなくなってしまうのと同様に。

そう考えるたびに、頭の中が朦朧《もうろう》としてくる。めまいがして、身動きができなくなる……。

秋津吾郎と鎌倉で会い、雨の中、ウグイスの鳴《な》き音《ね》を聞きながら散在ガ池の森を歩き、初めて吾郎の家に行ってから、瞬《また》く間に一年以上の月日が流れた。

二度目に吾郎の家に行ったのは、昨年の六月で、それは初めて彼のところを訪れてから二か月後のことだった。三度目は、さらに二か月過ぎた八月の猛暑のころだった。早くも、吾郎と会う日を待ち焦《こ》がれるようになっていたわたしは、焦がれるあまり、その時、夫に大胆な嘘《うそ》をついた。

今はもう、ほとんど連絡をとらなくなってしまったが、大学時代の古い女友達が心臓の発作で急死した、彼女は鎌倉に住んでいたのだが、昔を懐《なつ》かしむ同級生たちと共に追悼会を開くことになったため、泊まりがけで行ってくる……と。

嘘は大胆につけばつくほど、不思議にも微塵《みじん》も疑われずに、夫や娘に通じた。

秋、わたしはまた、数人の親しい友人たちと共に、死んだ同級生の墓参に行って来る、と嘘をつき、吾郎のところに泊まった。冬には、仙台に暮らす母親の具合が悪くなった、と嘘をつき、二泊した。

二泊を三泊にしたい、三泊を四泊にしたい、いやそれ以上に……という思いはつのったが、さすがにそれを実行に移すことは難しかった。吾郎は、まがりなりにも会社勤めをしている人間だった。わたしはわたしで、槙村と仕事を共にしている以上、たとえ数日であれ、行方をくらまして、関係者に迷惑をかけることは許されなかった。

だが、だからといって、自分たちが置かれた現実を不満に思うことはなかった。すべてを捨ててしまいたい、いっそ、何もかもかなぐり捨てて、吾郎とどこかに姿を消してしまいたい、とする情熱は、どう探しても自分の中に見つけることはできなかった。現実に背負っているものが、疎《うと》ましいしがらみである、というようにも考えなかった。それは仕方のないことだった。

生きていれば、必ず藻屑《もくず》のように足元にまとわりついて、不自由を強いてくるものが生じる。人と人とが関係を結べば、何らかの感情は生まれるものであり、愛や情もその一つである。そういうものすべてを不要とするのなら、生きることをやめる以外、方法はない。

いずれにしても、わたしと吾郎は、三十数年前と何も変わらずにいた。むさぼるように求め合うこともなければ、恋だの愛だのという言葉を持ち出すこともなく、残り少なくなった人生の時間を共に過ごしたい、などとロマンティックな思いに浸ることも、一切なかった。

わたしたちは常に、陶製のブックエンドのように互いが別々の方を向きながら、過ぎ去っていった時間を間にはさみ、冷たく、無意味につながっているにすぎなかった。

吾郎が何をどう思い、どう考えて、今もわたしとこういう形で関わり続けているのか、わからない。彼にとって、わたしが何なのか、ということもよくわからない。昔がそうだったように、わたしたちは何ひとつ、胸の内を確認し合わないまま、奇妙な逢瀬《おうせ》を繰り返しているに過ぎない。

彼はわたしが会いに行くと、昔のように簡単な手料理を作り、フォークやスプーンや箸《はし》を使ってわたしに食べさせてくれる。バスタブに湯をはり、一緒に風呂《ふろ》に入って、泡立てたタオルでわたしの身体《からだ》を洗ってくれる。髪の毛を洗ってくれる。濡《ぬ》れた身体をタオルで拭《ふ》いてくれる。

わたしたちはその後、寝室に行き、ベッドの中、全裸で愛撫《あいぶ》し合う。

年齢を重ね、互いの肉体が衰え始めている、ということはほとんど意識しない。そんな話をしたこともないし、若かった頃とは異なる身体を相手に晒《さら》すことを恥じたりもしない。

実際、わたしには何も変わっていないように思える。彼の骨格、彼の肉付き、彼の匂《にお》い、硬いところ、柔らかいところ、すべて昔のままである。変わったところがあるとしたら、肌の質感、ところどころに刻まれている皺《しわ》、ゆるみ程度だが、それすらも慣れてしまえば昔のままだ。

そして相変わらず、わたしたちは余計な話はしない。どちらかが短い質問を発する。相手がそれに短く答える。会話は途切れがちのまま終わり、言葉と言葉はつながらず、虚空《こくう》に放置されたまま消えていく。

言葉ではない、別のものが、わたしと吾郎の間にはある。それはどうしようもなく無意味で滑稽《こっけい》で、非生産的なものでしかないというのに、わたしはそれを強く求める。吾郎はそれを受け、与えてくれる。

わたしたちは、温かくつながることや、愛を確認し合うことや、市民社会的で健全な夢を紡《つむ》ぐことや、青写真通りの人生を歩こうとすることとは無縁のところにいる。わたしたちは、すでに幕が下ろされて久しい舞台の、こちら側にしかいない。

芝居は遥《はる》か遠い日に終わっている。芝居小屋は廃墟《はいきょ》と化している。

時間はそこで三十数年前のまま、停止している。止まってしまった時間の中で、わたしたちが会い続けているだけで、そこに意味など、一切ない。

そんな中、幼な子のように護《まも》られていたい、安心していたい、という思いがわたしの中に一挙に噴出する。二十一歳のわたしが、吾郎のもとから離れて以来、努力して抑え続けてきたものが、マグマのようになって噴き上がってくる。

抱っこして、とわたしは言う。吾郎はわたしをじろりと見る。

わたしはかまわずに、彼の膝《ひざ》に這い上がっていく。そして、彼の胸の中で、両足を折り曲げ、背中を丸め、できるだけ小さくなるように身体を縮める。

彼はそんなわたしを軽く抱きしめる。あやすように揺する。頭を撫《な》で、背中を撫で、お尻《しり》を撫でて、また抱きしめてくれる。

彼に抱っこされている時、わたしはすべてのものから護られ、無限の宇宙を漂っている。呼吸がよりいっそう静かに、楽になる。あまりの安堵《あんど》に、気が遠くなりそうになる！

今日、わたしは午後一時に吾郎の家にやって来た。空梅雨《からつゆ》で、雨が少ない六月だが、今日は朝から雨が降り続いている。ひどく蒸し暑い。

さっき、一緒にシャワーを浴び、身体を洗ってもらったところだ。バスルームから出て、吾郎はわたしに白いバスローブを着せてくれた。下着はつけていない。

男ものの厚手のバスローブで、ぶかぶかである。吾郎は以前、そんなわたしを見て「白熊《しろくま》みたいだ」と言ったことがあった。その通りだと思う。

彼は今、濃紺のボクサーパンツ一枚の姿で、キッチンに行き、冷蔵庫を開けている。わたしは濡れた髪の毛をそのままに、室内をうろうろと歩きまわり、出窓の前に立った。

世界一、美しい青い死骸《しがい》、アナクシビアモルフォが、箱の中、ピンで留められている。その箱の脇《わき》に、何冊かの本が積み上げられている。窓の外に降りしきっている雨を見るともなく見ながら、わたしはそれらの本の背の部分に指を這わせた。

薄手の本がふと、目についた。それが、現在、東京拘置所の独房にいる、かつての日本赤軍の闘士であり、パレスチナ解放闘争に加わった重信房子の歌集であることを知り、わたしは思わず吾郎を振り返った。だが、吾郎は冷蔵庫から何かを取り出し、流しに向かっていて、わたしのほうを見てはいなかった。

薄い歌集のページの端が、小さく折られている箇所があった。見開き二ページに六つの歌が並べられている。その中の一つに、黒いボールペンで小さな丸印がつけられていた。

草原に身をひるがえし蝶を追う決死の闘いひかえし君は

吾郎が何故《なぜ》、と思った。何故、彼がこの本を求めたのか。何故、この歌に丸印をつけたのか。ただ単に、蝶を詠《よ》んだ歌だからか。それとも別の意味があったのか。

あの時代に背を向けて、小さな家に引きこもって生きていた男が、と思うと心がざわついた。わたしとはまるで異なったものを見て生きていた男が、何故、今頃になってこの歌を……。

吾郎は食器棚から皿を取り出し、何かを盛りつけている。こちらを見てもいない。ねえ、と呼びかけようとして、歌集を手にしたまま、もう一度、彼のほうを振り向いたが、急に声を出すのが面倒になった。もういい、と思った。

わたしもまた、この歌の世界を、たとえ短い間だったにせよ、形こそ違え、まっしぐらに生きた。命をかけて、生きた。人に語れないもの、生涯かけても、誰にも打ち明けられないようなことを抱えて生きた。

そして今、ここに辿《たど》り着いた。おそらくは、あの時代を生きた人々が落ち着いた場所とは悉《ことごと》く異なっているのだろうが、これもまた、居場所のひとつであることに変わりはない。

庭に続く窓は半分、開いている。まっすぐに細く降り続いている雨が、木々の梢《こずえ》や竹、茫々《ぼうぼう》と伸びた雑草、地を被《おお》うかのごとく生えそろっている羊歯《しだ》類を、規則正しく叩《たた》いている。緑の匂いがする。水の匂い、土の匂い、かすかな樹液の匂いがする。

吾郎が四角い盆に缶ビールと枝豆を載せ、こちらに向かって来た。彼は盆をセンターテーブルに置くと、CDプレーヤーの電源を入れた。

CDラックの脇に立てかけてあった捕虫網は、いつのまにかなくなっている。処分したのか、それともどこか別の場所にしまったのか。

わたしは何も聞かないし、彼も言わない。柏木の話も、あれからわたしたちの間で一度も出たことがない。

調べる気になれば、柏木の死の真相を知る方法はいくらでもある。今もまだ、現役で弁護士をやっているはずの佐久間に頼み、調べてもらうこともできる。佐久間なら、何か知っているはずである。

判決が出た後、佐久間弁護士とは一度も会っていない。だが五、六年前、まだかろうじて元気だった頃の父から、佐久間の話を聞いた。父は都内のホテルで行われた何かの会合で、ばったり佐久間と会い、挨拶《あいさつ》を交わしたのだと言っていた。

その時に佐久間から渡されたという名刺は、わたしが保管してある。今も探せば、どこかから出てくるはずである。

だが、佐久間に会い、柏木を殺したのが誰だったのか、確かめようとは思わない。今はもう、柏木のことなど、わたしにはどうでもいい。

若かった秋津吾郎が、父の形見のリボルバーを使って柏木を殺害した……そんなふうに結論づけ、物語をしめくくってきたのがわたしの人生だった。わたしは吾郎を護ったが、吾郎もまた、わたしを護ったのだ。少なくとも護ってくれようとしたのだ。

父は、佐久間弁護士とばったり会ったという話をわたしに教えてくれた翌年、肺炎をこじらせて他界した。今、仙台の家には、高齢になった母が弟夫婦と一緒に暮らしている。

濡れた、白髪まじりの吾郎の髪の毛が乱れている。濡れると、若かった頃のような巻き毛が現われる。巻き毛は獰猛《どうもう》さを失ってはいるが、十九歳だった頃の彼を思い出させる。

ヴァニラ・ファッジの『キープ・ミー・ハンギング・オン』が流れてきた。一年前から、それがわたしたちの曲になっている。意味など別にない。感傷も何もない。たまに吾郎は、好んでそれを聴こうとする。わたしたちはすぐに、曲の中に入りこみ、サイケデリックな夢まぼろしの桃源郷を楽しむ。

わたしと吾郎は床に腰をおろし、ビールを飲み始めた。ビールは自分で飲むが、枝豆は彼が食べさせてくれる。二つみっつ、枝豆を嚙《か》み、飲み込むたびに、わたしは彼に向かって口を開き、次をねだる。彼は枝豆をさやから取り出し、わたしの口に入れてくれる。彼の指からは、清潔な石鹼《せっけん》の香りが立ちのぼっている。

おいしい、とも言わない。もっと、とも言わない。わたしが口を開ける。彼がそこに食べ物を入れる。視線は交わったり、遠のいたりする。言葉はない。

だが、そのたびに、どういうわけか、デモ隊のシュプレヒコールが、わたしの頭のどこか深い、闇《やみ》の底の部分から聞こえてくる。そこには無数の赤い旗が揺れている。軍靴《ぐんか》を踏み鳴らすような音が響く。罵声《ばせい》が轟《とどろ》く。投げつけられた火炎瓶が弾《はじ》け、炎が上がる。機動隊のジュラルミンの楯《たて》が重なり合う音がする。

同時に、赤ん坊だったころの、娘の恵の顔が浮かぶ。愛らしい子猿のようだったその顔が、たちまち大人になり、現在の顔に変わる。

娘と夫と、家族三人で撮った写真の数々が思い出される。犬を飼ったことがあった。ロニーと名付けた、シェルティだった。

ずいぶん前に病死したが、写真の中にはいつもロニーがいる。幼い娘が犬を抱きしめ、頰ずりをしている。

かと思えば、ロックコンサートの会場が甦《よみがえ》る。槙村と共に開催し続けてきたコンサートの数々である。会場いっぱいに響きわたるドラムの音、ベースの音。目を射るような、凄《すさ》まじい照明。興奮し、高く手を突き上げ、全身でリズムを取っているオーディエンス。記憶の中のそれらの喧騒《けんそう》が、ともすればかつてのシュプレヒコールに重なる。血を流しながらも、世界を変えようとする若者たちが参加した、あの頃の市街戦と、贔屓《ひいき》のロック・ミュージシャンによるライブコンサートに熱狂する若者たちの喧騒……どちらがどちらなのか、もう、わたしには区別がつかなくなる。

だが、今、目の前には吾郎がいる。わたしの耳は、庭の雨の音と共に、『キープ・ミー・ハンギング・オン』のメロディをしっかりと捉《とら》えている。

ボーカルの男が、「Set《セット》 me《ミー》 free《フリー》……」と歌っている。「俺を解き放ってくれ」と。いやだ、と思う。わたしはもう、解き放たれたくはない。ここから。この安息から。

吾郎がふと、わたしを見る。わたしも吾郎を見る。

枝豆が食べたくて、開こうとした口をゆっくりと閉じる。彼が何か言いかけていることが、わかったからである。

吾郎が訊《き》いた。低い声で。

「望みは何？」

凄まじい質問だ、と思った。こんな恐ろしい質問は、これまで受けたことがない。

わたしはじっと彼を見ていた。答えははっきりしている。だが、言葉にできない。どう表現すればいいのか、わからない。

庭先で鳥が羽ばたき、飛び去る気配があった。山鳩《やまばと》のようだった。はずみで木々の梢から雨滴が飛び散り、地面の羊歯の葉が一斉にそれを受けて、水音をたてた。

わたしは吾郎を見つめたまま、ゆっくりと瞬《まばた》きした。答えが見つかったような気がした。いや、答えは初めからわたしの中にあったのかもしれない。

吾郎はにこりともせずにわたしを見つめていたが、やがて皿の上の枝豆を一つつまみ上げ、さやから豆を取り出してわたしの口もとに運んできた。

わたしは口を開けた。

参考文献・資料

『兵士たちの連合赤軍』　植垣康博著（彩流社）
『ジャスミンを銃口に　重信房子歌集』　重信房子著（幻冬舎）
『パルチザン前史』　土本典昭監督・小川プロダクション製作
『チョウを求めて　アメリカ大陸縦断五万二千キロ238日間の記録より』
日向博美著（自費出版）

協力：(有)むし社

解説

重松 清

回想と再会の物語である。小池真理子さんはそれを冒頭で明示する。

回想されるのは主人公・沙織の青春時代——一九七〇年代前半。小池さんが『無伴奏』や『恋』などで繰り返し描いてきた、政治と闘争の季節である。

再会する相手は、沙織の青春時代にあまりにも濃密な記憶を刻印した秋津吾郎。すでに五十代半ばにさしかかった沙織は、二歳年下の秋津のいまの姿を〈見分けもつかないほど醜くたるんだ、うす汚れた中年男〉になっているだろうと夢想していた。そうであればいい、そうであってほしい、と願ってもいた。だが、秋津はあの頃の面影を残した姿で沙織の前にあらわれた。その場所は、パリの美術館……。

と、きわめて大づかみに作品の輪郭を走り書きすると、もしかしたら、解説の小文から先に読む流儀の方には、とんでもない誤解を与えてしまうかもしれない。

甘酸《あまず》っぱくほろ苦い中年の恋物語の始まりを予感するだろうか。

ノスタルジックな青春物語を期待するだろうか。

なるほど確かに舞台はととのえられ、小道具もそろっている。いわば「あの時代をこんなふうに描く」ためのキャンバスの広さや絵具の色数は、必要にして十分なものがちゃんと用意されているのだ。恋愛小説の名手たる小池さんが絵筆をとれば、たちまちのうちに端正な作品ができあがるだろう。

ただし、そこには同時に「こんなふうに」の一語に象徴される既視感も、ぬぐいがたくまとわりついてしまう。さらに、その既視感は往々にして、過去の美化か現在の肯定、つまりは自己弁護の臭みをも生んでしまいかねない。

小池さんは違った。「あの時代をこんなふうに描く」ときと同じ絵具を使いながら、まったく異なる絵をキャンバスに描き出した。

そこには、一組の男と女がいる。いや、性と性が、ある。

〈時間も、苦悩も、悦《よろこ》びも悟りも、大きな一枚の、凄絶《せいぜつ》な抽象画の中に溶けこんでしまったかのように、何の意味も成さなくなる〉

小池さんは、そんな絵を描いたのだ。

沙織の過去は決して美化されることはなく、現在もまた肯《うべな》われない。

ならば、彼女が望むものは――？

望みは何と訊《き》かれたら――？

この印象的な題名を目にしたとき、最初に僕が連想したのは、オスカー・ワイルドの戯曲『サロメ』だった。養父ヘロデ王に「望みは何か」と訊かれ、自分の求愛を拒む預言者ヨハネの首を求めた魔性の女・サロメ。十九世紀の世紀末芸術を妖艶《ようえん》に彩《いろど》るファム・ファタールである。

もちろん、それが誤りであることはページをめくると早々にわかった。冒頭のエピグラフに掲げられているとおり、小池さんはリリアーナ・カヴァーニ監督の映画『愛の嵐《あらし》』の中でシャーロット・ランプリングが歌った曲から、この題名の着想を得たのだった。

しかし、決して牽強付会《けんきょうふかい》するわけではないのだが、本作の遠くでは、やはりサロメが(ベアズリーの描いた戯曲の挿絵のような)なまめかしい微笑《ほほえ》みをたたえているように思えてならない。

『愛の嵐』は、かつてナチの親衛隊にいたマックスと、戦時中に彼の性の奴隷《どれい》となっていたルチアの物語である。ダーク・ボガード演じるマックス(ちなみにボガードの名前は、小池さんの『恋』にもちらりと出てくる)は、戦時中にユダヤ人に対しておこなった犯罪行為を告発されることを恐れながらも、ナチの残党ともひそかに連絡を取り合い、ウィーンのホテルの夜間給仕として戦後の日々を過ごしている。原題『ナイト・ポーター』は、その職業名から採られた。一方、ランプリング演じるルチアは、ナチの虐殺《ぎゃくさつ》から生き延びて、国際的な指揮者の妻となっていた。夫の公演旅行に付き添ってウィーンを訪れたルチアは、マックスと再会する。捕虜収容所でマックスから受けた辱《はずかし》めの数々がよみがえる。だが、それは倒錯した甘美な記憶となって――ルチア自身も気づかないうちに、胸の奥深くに刻み込まれていたのだ。マックスも同様である。二人はお互いを激しく求め合う。のちに谷崎潤一郎の『卍《まんじ》』も映画化する女性監督カヴァーニは、過去と現在を交錯させながら、出口のない二人の愛（と呼べるのかどうかすら定かではない、愛）を描き出す。

『望みは何と訊かれたら』の歌は、捕虜収容所で歌われる。親衛隊たちのパーティーの場面である。ナチの軍帽をかぶり、黒い革の長手袋をつけたルチアは、痩《や》せた乳房をあらわにして踊りながら、歌う。

望みは何と訊かれたら――。

つづく歌詞は、DVD版の日本語字幕を借りれば「分からないと答えるだけ／いい時もあれば／悪い時もあるから」。

望みは何と訊かれたら――。

さらにつづけて、「小さな幸せとでも言っておくわ／だってもし幸せすぎたら／悲しい昔が恋しくなってしまうから」。

もともと、この曲はマレーネ・ディートリッヒが歌ったものである。ドイツ人でありながらアメリカに逃れて反ナチの活動をつづけたディートリッヒの歌を、ナチの軍帽をかぶらされたユダヤ人のルチアが歌う。それじたい息が詰まるほど倒錯した構図だが、ルチアはナチの慰み者となった自分を虚無的なまなざしで受け容《い》れ、マックスらナチの将校たちは、そんなルチアをただ無表情に見つめるだけなのである。

歌い終わったルチアは、ヘロデ王の前で「七つのヴェールの踊り」を披露したサロメと同じように、マックスから贈り物を受け取る。それは、彼女が忌《い》み嫌っていた男の生首だった。ルチアは悲鳴をあげない。卒倒もしない。預言者ヨハネの生首に口づけをしたサロメと、ユダヤ人の少女は、ここで重なり合う。

『愛の嵐』のパーティーの場面は、明らかに『サロメ』を下敷きにしている。

そして、すでに本作『望みは何と訊かれたら』を読了された方にはすぐにうなずいていただけると思うのだが、小池さんの描いた沙織と秋津の関係には、ルチアとマックスが投影されているはずだ。本歌取りと言ってもいいだろう。

さらに付言するなら、沙織と秋津が再会したパリの美術館は、ギュスターヴ・モロー美術館である。モローの代表作には、本作中にも名前が出ている『出現』をはじめサロメをモチーフにした連作があり、ワイルドはその『出現』を鑑賞したことがきっかけで、戯曲『サロメ』を書いたのだという。

そうなると、『サロメ』から『愛の嵐』をへて、小池さんの『望みは何と訊かれたら』

へ――という一本の流れができあがる。

小池真理子さんという作家のすごみは、ここだ。

本作が、いわゆる「学生運動（と、その後の彼らの）小説」の傑作として読み継がれることは言を俟《ま》たないだろう。しかし、それだけではない。いや、個人的にはむしろ、秋津をユイスマンスの小説『さかしま』の主人公デゼッサントにも重ねつつ、本作をワイルドやユイスマンスの作品と同様に、デカダンス文学の系譜に位置づけたくてしかたないのである（そうだ、そういえば、小池さんが最も影響を受けたと公言している三島由紀夫は『サロメ』を岸田今日子主演で演出し、『さかしま』をデカダンスの聖書と称《たた》えていたのだった）。

もしもその解釈を小池さんに認めていただけるなら、ナイーヴな青春懐古にとどまるか、もしくはいたずらに政治的・社会的な主題を抱え込みがちな「学生運動（と、その後の彼らの）小説」は、『望みは何と訊かれたら』によって、まったく新しい地平を拓《ひら》かれたことになるのではないか？

あわてて言い添えておくが、本作は決して抽象的な小説ではないし、退廃的な美に耽《たん》溺《でき》するだけのものでもない。

沙織は理知的に過去を回想し、揺れ動く心理も克明に、繊細に描き出される。一九七〇年代初頭にまつわるディテールも確かで、彼女が背伸び気味に所属し、やがて集団リンチ殺人事件へと引きずり込まれてしまうことになる過激派のセクトについても、その革命理論から非合法活動の詳細まで、具体的に描かれている。前述した絵の比喩《ひゆ》を再び用いるなら、パレットに出した絵具はすべて、きちんと使われているのだ。

このまま仕上げていけば、恋物語や青春物語の佳品は間違いなく完成するはずである。だが、小池さんは絵筆を持ち替えた。新しい色――黒い絵の具をパレットに搾《しぼ》り出し、それらすべてを下地に塗り込めてから、妖《あや》しくも美しいモルフォ蝶《ちょう》の乱舞するさまを描き出した。

再会した秋津と逢瀬《おうせ》を重ねながら、沙織は独白する。

〈話したいこと、聞きたいことは何もないような気がした〉

別れてからそれぞれが過ごした日々も、沙織の犯した罪も、秋津が犯したかもしれない殺人事件の真相も、あの頃考えていたことも、いま思っていることも、すべて――。

ならば、下地となったディテールの数々は意味を成さなかったのか？　そうではない。

キャンバスを埋めた漆黒の闇《やみ》は、絵の具のチューブから搾り出したままの黒とは違う。下地に塗り込められたさまざまな色がわずかずつ溶けて、マンセル表色系でもオストワルト表色系でも表現しきれないほど微妙な黒になっているはずで、だからこそ、その闇を背景に描かれるモルフォ蝶の羽の青い色は妖しく輝くはずなのだ。

そんな作家としての勇気と志の高さに圧倒されるのはもとより、愛読者の一人として、また同業者の端くれとして、僕はあらためて居住まいを正さなければならないだろう。作家にとってのライフワークが、いかに重いものなのか――。

周知のとおり、小池さんには同じ時代を背景とした先行作品がすでにある。たとえば三十代で書かれた『無伴奏』もそうだし、直木賞を受賞した四十代の作品『恋』もそうだ。どちらもあの頃を回想しつつ、秘められた「事件」を語るという構成である。ただし、仙台を舞台にした『無伴奏』では連合赤軍事件へと至る学生運動は遠景に置かれ、倒錯した性愛を描いた『恋』でも、あさま山荘の攻防はテレビの画面を通した、いわば隣景として描かれている。

ならば、五十代で描かれた本作はどうか。『無伴奏』も『恋』も世評の高い作品である。読み手の勝手な想像を許してもらうなら、小池さん自身にもきっと確かな手応《てごた》えはあったはずだ。本作でも、その達成を踏まえて同じ世界を変奏することは可能だった。より洗練を加えることもたやすかっただろう。

しかし、小池さんは、沙織をセクトの一員にした。学生運動の当事者にした。そのうえで、感傷を排し、政治的・社会的な主題も削《そ》ぎ落とし、回想の核心にある秋津にまつわる「事件」すら無化して、むき出しの性を、つまりは人間そのものの本質をえぐり出した。それによって、本作は「学生運動（と、その後の彼らの）小説」の大きな収穫であると同時に、もはや時代背景のくびきも解かれて、いつの時代のどんな社会の読み手でも——彼らが人間であるかぎり、性を持って生まれた存在であるかぎり、胸の奥深くを揺さぶられる普遍性を獲得したのだ。

妥協しない。安住しない。挑戦と挑発をつづける。前へ進む。文学の頂を目指す。思えば、『恋』で象徴的な生き物として描かれていたのは、誘蛾《ゆうが》灯《とう》に惹《ひ》かれてやってくる蛾の死骸《しがい》だった。本作では、自らが妖しい輝きを持つモルフォ蝶の標本。そこに小池さん自身の性愛観や、女性が歳《とし》を重ねることに対する意識の変化を読もうとするのは、考えすぎだろうか。それを円熟と呼ぶのは僭越《せんえつ》だろうか。そして、本作の単行本版が刊行された時期に「この作品は奇跡のように生まれた」といくつかの取材でおっしゃっていた小池さんに、いえいえ、これほどの本作でさえも小池文学の「大いなる通過点」に過ぎなかったんだと思い知らせてくれるような次の頂をぜひ見せてください、と願うのは読者のワガママだと叱《しか》られてしまうだろうか……。

せっかちなリクエストに応えていただく日を、本作の妖しい美しさに身も心もひたしながら待っていたい。

『愛の嵐』のルチアとマックスは、物語の最後に、二人でゆがんだ性をむさぼり合った秘密のアジトを出て、マックスを裏切り者と見なしたナチの残党に射殺される。サロメもまた、ヘロデ王に殺される。

だが、沙織と秋津は、最後まで〈時間軸が歪み、ねじれ、どちらが未来でどちらが過去なのか、わからなくなって〉しまった状態のまま、ルチアとマックスにオマージュを捧《ささ》げたような性の営みにふける。小池さんは時間を停《と》めた。時代や社会から二人を切り離した。そうすることで、悦楽と安寧の純度を高めた。二人は〈永遠の繭《まゆ》の中〉にいる。その永遠がいつまでつづくのか、誰にもわからない。わからないままでいい。

蝶は、繭を破って外の世界に飛び立つことで蝶になる。

しかし、何万、何十万に一つは、繭の中にとどまったまま羽化する蝶もいるかもしれない。生物学の話ではない。それを信じさせてくれるのが文学の力なのだ。

暗い闇の中、白い繭を透かして、青く輝く羽を持つ蝶がうごめくさまは、どれほどまでに美しいことだろう。

その美しさを見せてくれるのもまた、文学の――本作の、力なのである。

（平成二十二年四月、作家）

この作品は平成十九年十月新潮社より刊行された。

望《のぞ》みは何《なに》と訊《き》かれたら

新潮文庫　こ－25－14

平成二十二年六月一日発行

著者　小《こ》池《いけ》真《ま》理《り》子《こ》

発行者　佐藤隆信

発行所　株式会社　新潮社

郵便番号　一六二―八七一一
東京都新宿区矢来町七一
電話　編集部(〇三)三二六六―五四四〇
読者係(〇三)三二六六―五一一一
http://www.shinchosha.co.jp

価格はカバーに表示してあります。

乱丁・落丁本は、ご面倒ですが小社読者係宛ご送付ください。送料小社負担にてお取替えいたします。

印刷・大日本印刷株式会社　製本・加藤製本株式会社

ISBN978-4-10-144025-5 C0193